Oscar Pill

*Du même auteur
aux Éditions J'ai lu*

OSCAR PILL

La Révélation des Médicus
N° 10202

Eli ANDERSON

Oscar Pill
Les deux Royaumes

Pour tout savoir sur l'actualité d'Oscar Pill
et contacter l'auteur, rendez-vous sur
www.elianderson.info ou Facebook.

© Éditions Albin Michel/Versilio, 2013

Chères lectrices, chers lecteurs,

Pourquoi une « nouvelle édition revue par l'auteur » ?

C'est le cœur gros que j'ai mis un point final au cinquième et dernier tome de la série, après des années formidables auprès de mon Oscar ; j'étais ce père (de plume), fier et triste en même temps, qui voit son fils grandir, changer, assumer des responsabilités, puis partir vivre sa vie. Je ne pouvais pas me résoudre au mot « fin » – un peu comme beaucoup d'entre vous qui m'ont adressé des messages tellement touchants.

Alors, j'ai décidé de me replonger dans les deux premiers tomes comme on ouvre un album photo pour raviver les plus beaux souvenirs. Et avec la complicité de mes éditeurs, j'ai eu le plaisir et le privilège de retoucher ces photos, en quelque sorte : je leur ai donné plus de couleur, de vitalité, d'intensité, avec le recul et l'expérience de ces années passées – sans changer l'histoire qu'elles racontent, bien sûr.

Aussi, qu'il s'agisse de vos premiers pas dans le monde fascinant d'Oscar ou que vous soyez déjà ses inséparables compagnons de route, je vous souhaite, avec cette nouvelle édition, un voyage envoûtant – ou un savoureux recommencement.

Je finirai avec ces mots que vous avez été si nombreux à m'écrire : « Il n'y aura jamais de fin puisque Oscar reste dans nos cœurs. »

Mille mercis,

Eli Anderson
Paris, le 11 mars 2013

1

La plaine s'étendait encore à perte de vue. Pourtant, il courait depuis des heures. Il était épuisé, il avait soif et la température ne cessait de monter. Il sortit sa gourde et but avec avidité les dernières gouttes. Il devait trouver un point d'eau. Vite. Il scruta l'horizon : il devinait encore ces ombres longues et pointues qui émergeaient du sol comme des troncs brûlés. Il tenta d'oublier le vent terrible qui ne tombait jamais et qui desséchait tout – le vent qui rendait fou et qui donnait leur nom à ces plaines arides.

Il se baissa pour ramasser un peu de terre pâle et poudreuse, et il aperçut la première empreinte. Beaucoup plus grande que les siennes, elle se terminait en trois extrémités pointues. Des griffes. Son cœur se mit à battre beaucoup plus vite et plus fort. Il fit quelques pas et reconnut une empreinte similaire. Quelle pouvait être la taille d'une créature capable de faire des enjambées de trois mètres ?

Il se redressa. Depuis les canyons, noyé dans le souffle du vent, un bruit avait déchiré le silence ; un hurlement de bête. Il frissonna malgré la chaleur, et se remit en marche. Il songea à son père, et la peur s'éloigna. Un Médicus avançait, toujours.

Le cri résonna encore ; plus intense – et surtout plus proche. Le sol, maintenant couvert des terribles empreintes, se mit à trembler comme si on frappait sur des dizaines de tambours. Il courut vers un bosquet, unique refuge. Les vibrations du sol montaient jusqu'à sa tête. Il n'était plus qu'à quelques enjambées des troncs noirs. Une masse surgit alors de derrière et fondit sur lui. Il plongea et retomba sur le côté. Une ombre gigantesque s'étendit : plusieurs bêtes, monstrueuses et difformes, l'encerclaient. Elles s'écartèrent et un homme apparut. Sa tenue noire était rehaussée par un col rouge.

Il ne distinguait qu'une silhouette à contre-jour, et un visage dissimulé dans une brume. La silhouette se retira et l'étau se referma sur lui. Il fouilla frénétiquement sous sa cape et posa la main sur sa première sacoche : il constata avec terreur qu'elle était vide. Sa Fiole, son Trophée, avait disparu.

Le cercle des bêtes se resserra autour de lui. Il ferma les yeux pour ne pas voir les horribles gueules, les crocs luisants, et se recroquevilla sous la cape, au milieu des hurlements. Plus que la peur, une immense détresse le prenait à la gorge. Lui qui voulait rapporter un à un les Trophées qui feraient de lui un Médicus, lui qui tenait tant à rendre à son père et à sa famille l'honneur perdu, allait mourir ici sur cette plaine hostile, terrassé par un Pathologus, seul parmi des bêtes féroces. Des larmes de rage coulèrent sur ses joues. Les visages de sa mère et de sa sœur apparurent sur l'étoffe verte de la cape.

Il serra son pendentif inerte dans son poing, eut encore le temps de voir des pattes griffues se tendre vers lui, et le plus grand des monstres bondit.

2

Oscar s'éveilla en sursaut. Il regarda autour de lui, hagard et en nage, et mit quelques instants à reconnaître les posters éclairés à la lueur de la lune, le ballon de foot et la batte de baseball, son bureau ; tout ce qui composait sa chambre dans la petite maison de Kildare Street. Il jeta un coup d'œil sur son réveil : 4 h 37.

Il se laissa retomber sur l'oreiller, soulagé. Puis il sauta du lit sans même emprunter l'échelle et se précipita vers son armoire. Il écarta les cintres et tâtonna contre le fond : ses doigts sentirent le contact du velours. Il dégagea alors un coffre rangé sur l'étagère la plus basse. La Fiole d'Hépatolia, son Trophée rapporté du premier Univers du corps, était bel et bien là, intacte, mais sans vie ; un simple flacon en cristal rempli de liquide orangé, inerte.

Il se souvint de l'incroyable énergie dégagée par son Trophée, et de sa ceinture aux cinq sacoches volant et s'enroulant autour de sa taille. Mais depuis un an, plus rien. Il avait tout tenté pour raviver son Trophée, et ne comptait plus les fois où il avait chauffé le flacon au creux de ses mains, où il lui avait parlé – en vain. Il en était de même pour son pendentif, réduit à une Lettre d'or cerclée sans éclat.

Il s'allongea à même le sol, découragé. La fraîcheur du parquet le fit frissonner. Il avait voulu considérer ce cauchemar comme un signe, comme si quelqu'un, quelque part, lui annonçait que tout ce qui le rattachait au monde des Médicus était enfin sorti de ce long sommeil ; hélas, ses espoirs étaient encore déçus. Il était alors, comme chaque fois, confronté à son ultime crainte : ne plus faire partie de l'Ordre, en avoir été banni depuis qu'il avait quitté précipitamment Cumides Circle, la demeure de Mr Brave, à la fin de l'été dernier.

Le souvenir de ce terrible jour et surtout de ce que lui avait révélé le Sanctuaire des Connaissances l'oppressa, même si c'était moins vif qu'un an auparavant. Il ne s'était jamais résolu à accepter ce qu'il avait vu et entendu : son père ne pouvait pas être ce traître à la solde des Pathologus qu'on avait jeté dans une sombre prison où il avait trouvé la mort. Sa mère, bien sûr, mais aussi d'illustres Médicus lui avaient affirmé le contraire : Vitali Pill était un homme honnête et courageux, et surtout le brillant Médicus qui avait réussi à terrasser et à faire enfermer le Prince Noir, leur terrible ennemi, le maître des Pathologus. Nombreux étaient ceux qui avaient vécu son destin comme une injustice.

Oscar avait alors décidé qu'il irait jusqu'au bout : il rapporterait un à un les Trophées des cinq Univers et serait lui-même un Médicus à la hauteur des exploits de son père. Il laverait ainsi l'honneur de Vitali, c'était une promesse qu'il s'était faite et qui ne l'avait pas quitté depuis l'effrayante révélation du Sanctuaire. Il avait cru pouvoir compter sur le soutien de Mrs Withers, et peut-être sur celui de Mr Brave, le Grand Maître des Médicus. Pourtant, eux non plus ne s'étaient pas manifestés. Pas une lettre, pas un signe en treize interminables mois.

De son année d'initiation à ses fabuleux pouvoirs, ne restaient que ce flacon, un pendentif et une cape sans vie, et cinq sacoches réunies par une vieille lanière en cuir.

Oscar se remit au lit. La fatigue finit par s'imposer, tel un manteau de plomb, et il sombra dans un sommeil agité.

Trois heures plus tard, la voix de sa mère l'arracha à la nuit.

— C'est mon deuxième passage, prévint Celia, la tête dans l'entrebâillement de la porte. Le troisième, c'est avec un seau d'eau.

Oscar leva la tête de son oreiller. Elle pesait une tonne. Il marmonna quelques mots incompréhensibles. Celia sourit, entra, tira le rideau pour laisser pénétrer une belle lumière de fin d'été et s'approcha du lit en mezzanine. Elle contempla avec amour son fils de treize ans à qui on avait imposé des choix d'adulte et qui, à d'autres moments, n'était qu'un adolescent qu'il fallait tirer du lit.

— Si tu as vraiment envie d'être en retard le jour de la rentrée des classes, dit-elle en passant la main dans la tignasse rousse de son fils, tu peux effectivement rester au lit encore quelques minutes. Sinon, tu te lèves, tu fais ta toilette et tu rejoins ta sœur pour le petit déjeuner.

Oscar s'assit péniblement dans son lit. La rentrée des classes, déjà. Et avec elle, les horaires fixes, les élèves en rangs serrés, les matières qu'il fallait apprendre même si elles l'ennuyaient copieusement. En somme, un an de plus n'avait rien changé à son aversion pour la discipline : les règles bien établies et l'obéissance lui allaient comme un tutu à un éléphant ; et l'été, les vacances et la liberté que lui accordait sa mère n'avaient pas arrangé les choses.

Il traîna les pieds jusqu'à la salle de bains et en sortit un peu plus frais quelques minutes plus tard. Ses idées étaient plus claires, sa mémoire aussi : pire que la discipline, il y aurait Moss, et le cortège d'ennuis qu'il s'attirerait immanquablement en l'affrontant tout aussi immanquablement, lui et sa bande. Une seule certitude : jamais il ne s'entendrait avec ce garçon ni avec quiconque de son clan.

... Ou presque. Parce qu'il y avait aussi Tilla, si consciente du charme qu'elle exerçait sur tout le monde – y compris Moss. Y compris lui. Il fut assailli par les sentiments contrastés qu'il éprouvait pour elle, déchiré entre l'attirance et la méfiance. Il s'assit devant son petit déjeuner sans un mot, débraillé, et entreprit de nouer les lacets de ses Converse. Violette, très concentrée sur la forme d'un flocon de céréale, sortit de sa rêverie.

— Tu vois pas que tu les étrangles ?

Il la dévisagea. Aux idées farfelues comme aux causes perdues de sa sœur, il ne se ferait jamais non plus.

— Qui ?

— Tes pieds. Comment tu veux qu'ils te portent, ensuite ? Respecte-les.

Violette se leva, perdit au premier pas une chaussure sans lacet, et sortit une petite cuiller du réfrigérateur. Elle retourna à sa place en récupérant du pied la chaussure orpheline. Celia l'avait vaguement observée du coin de l'œil.

— Ma chérie, tiens-moi au courant quand tu décides de ranger les couverts ailleurs que dans leur tiroir.

Elle avala son café.

— On s'en va. Oscar, tu finiras ta tartine en chemin. Violette, tu laisses exceptionnellement cette cuiller dans l'évier, tu verras, ça se passera très bien pour elle. En route !

Elle laissa ses adolescents devant la grille de l'école et fila à son bureau. Geldhof, son patron, n'avait visiblement pas pris assez de vacances, et depuis son retour huit jours plus tôt, il était plus détestable que jamais ; elle paierait cher le moindre retard.

Violette s'échappa comme un papillon vers le fond de la cour en tâchant de ne pas semer de chaussures.

— Oscar !

Un garçon maigre aux cheveux en brosse lui faisait signe au milieu de la foule bruyante. Oscar le rejoignit.

— Bon, c'est reparti pour une année ? lui fit Jeremy O'Maley. Cache ta joie...

— C'est reparti pour les ennuis aussi, répliqua Oscar, qui venait de repérer Moss et Tilla, en grande discussion.

La jalousie le pinça.

— Je sais comment te motiver. Les affaires vont reprendre au Bazar, se réjouit Jeremy. J'ai un tas de projets, il faut qu'on en parle. Cette fois, tu vas forcément vouloir t'associer.

— Violette est là ? demanda Barth, l'aîné des O'Maley, en scrutant l'agitation ambiante qu'il dominait d'une bonne tête.

— Si tu trouves des baskets sans lacets dans la cour, elle est pas loin.

Une voix derrière eux se fit entendre.

— Salut.

Oscar sourit au garçon pâle qui venait de les rejoindre. Ayden Spencer n'avait pas perdu son allure fragile, il ployait sous le poids de son sac, mais il semblait un peu plus sûr de lui. Son appartenance à l'Ordre secret des Médicus et les épreuves périlleuses qu'il avait traversées au côté d'Oscar y étaient sans doute pour quelque chose.

— On t'a pas beaucoup vu cet été, Oscar. T'es parti ?

Une voix moqueuse coupa leur conversation :

— Et où tu veux qu'il aille, avec sa mère et sa sœur ? Il a dû faire de la danse ou jouer à la poupée tout l'été !

Ronan Moss avait bousculé Ayden pour entrer dans le cercle. Lui non plus n'avait pas changé : la même carrure large, la même attitude agressive – son visage était juste un peu plus marqué par l'acné. Derrière lui, un groupe de filles ricana.

— C'est normal, poursuivit Moss. Il n'y a que des filles chez lui. Toujours pas de père,

Pill ? Nan, je suis bête, j'oublie toujours qu'il est mort.

Oscar jeta un rapide regard autour de lui et serra les poings. Barth se rapprocha, menaçant. Moss réfréna ses ardeurs : le frère de Jeremy était le seul à rivaliser de force avec lui, il n'aimait pas le provoquer. Les trois brutes qui l'entouraient eurent elles aussi un mouvement de recul. Jeremy en profita.

— Toi, si tu veux rester en vie, tu ferais mieux de partir, ou je lâche mon garde du corps, prévint-il en palpant les biceps de son frère.

— Bravo, voilà une rentrée scolaire qui démarre dans la bonne humeur.

Mr Penguin se tenait derrière eux, droit comme un i dans son costume trois-pièces. Il toisa Moss, puis Oscar, bras dans le dos.

— J'ai une très bonne nouvelle : cette année encore, je suis votre professeur principal. Et cette année encore, je vous ai à l'œil.

Moss disparut avec son groupe.

— Et maintenant, Oscar Pill, reprit le professeur avec moins de dureté, la plus terrible épreuve de la journée t'attend : te mettre en rang avec tes camarades et attendre que je donne l'ordre de monter en classe.

Penguin entama son premier cours avec un long préambule sur la camaraderie et le respect des autres.

— Il ne vous reste plus qu'à mettre tout ça en pratique, conclut-il sans trop y croire.

Oscar jeta un coup d'œil derrière son épaule : Moss l'observait d'un air narquois. La franche camaraderie, ce ne serait pas encore pour cette année.

Heureusement, les cours s'enchaînèrent et la nouveauté captiva Oscar. Lorsque la cloche sonna à la fin du dernier cours, il n'avait pas vu la journée passer. Il était 16 heures, et il se souvint de ce qu'il avait prévu de faire – aujourd'hui *plus que jamais*.

— Attends ! s'écria Jeremy. Où tu vas ? Buffet au Bazar pour fêter la rentrée !

— J'essaie de vous rejoindre, promis, mais j'ai... une course urgente pour ma mère. Tu peux me prêter ton vélo ? Je te le rapporte ce soir.

Jeremy lui lança la clef du cadenas.

— D'accord, mais fais vite ! Tiens, où est Ayden ? Il a disparu comme un fantôme... Qu'est-ce qui vous prend, tous ?

Il se pencha vers Oscar avec un air de conspirateur :

— Il aurait pas filé en douce dans le corps de quelqu'un ? Avec vos manies de Médicus...

— Non, je crois pas.

Ils en avaient parlé : comme lui, Ayden n'avait pas eu de manifestation de ses pouvoirs depuis des mois. Oscar se hâta de quitter la salle. Barth le rattrapa in extremis :

— Et Violette, euh... elle vient au Bazar ?

— Tu peux lui proposer d'y aller, je préviendrai ma mère, le rassura Oscar avec un sourire.

Barth lui rendit son sourire et s'échappa d'un pas pressé. Oscar profita d'un moment d'inattention de Jeremy, qui invitait quelques filles à sa fête en les faisant rire, et s'éclipsa par le portail qui donnait sur l'arrière de l'école. Juste avant de le franchir, il remarqua la présence de Moss, à l'autre bout de la cour ; devant lui, deux filles se tenaient immobiles. Il semblait leur donner des ordres, et elles y répondaient par le silence. Lorna, l'aînée, tête baissée, se soumettait aux paroles de son frère. Son regard s'échappa un court instant et croisa celui d'Oscar. Carrie, qui n'avait que dix ans, tenait courageusement tête à Ronan. Oscar les ignora et enfourcha le vélo de Jeremy.

— Tu t'en vas ?

Tilla le regardait de ses grands yeux dorés. Il sentit son cœur battre un peu plus vite.

— Oui, je suis un peu pressé.

Légèrement en retrait de son amie, la très blonde Reese Glaser – rebaptisée « Barbie » par Jeremy pour sa ressemblance avec la célèbre poupée (« elle doit avoir la même taille de cerveau, aussi », avait-il précisé) – se mit à rire bêtement. Eleanor Blayne, alias « Shadow », ultime perle du trio, se contenta de mériter son surnom en copiant scrupuleusement l'attitude de Tilla.

— Moi aussi, il faut que je rentre, dit Tilla en jouant avec une mèche. On peut faire le chemin ensemble, si tu veux.

Elle adressa un regard autoritaire à ses deux amies. Barbie resta plantée sur place, sans réagir. Eleanor-Shadow comprit le message et tira sa copine par le bras.

— Viens, Reese, faut qu'on parte.
— Ah, pourquoi ?
— Parce que ! Je t'expliquerai.

Oscar vira au rouge pivoine et se concentra sur le pneu de son vélo.

— Ben... c'est que... je rentre pas tout de suite à Kildare Street.

Tilla haussa les épaules.

— Ronan a sûrement raison : tu préfères peut-être jouer à la poupée avec ta sœur.

Les trois filles éclatèrent de rire. Oscar pédala aussi vite qu'il put pour ne plus les entendre.

Il ne posa pied à terre qu'un quart d'heure plus tard.

Il descendit de vélo et le fit rouler à son côté sur le trottoir d'une belle avenue qui bordait un parc. Les maisons étaient toutes élégantes et imposantes, mais il n'avait d'yeux que pour l'une d'elles, plus impressionnante encore, et en recul. Il s'approcha de la grille en fer forgé, et lut les deux mots sur la discrète plaque :

Cumides Circle

Il leva le regard sur la façade en pierre claire. À travers les grandes fenêtres, pas le moindre signe de vie. Seul le gravier blanc, fraîchement ratissé jusqu'au perron, laissait penser que la maison était régulièrement entretenue. Bones, l'austère majordome, l'observait-il derrière l'un des rideaux ? Cherie s'affairait-elle dans la cuisine ? Pourquoi ni elle ni son mari Jerry, le chauffeur de Mr Brave, n'avaient-ils répondu à ses courriers et à ses appels ? Oscar répéta le geste qu'il exécutait presque tous les jours depuis des mois : il appliqua son pendentif sur la serrure de la grille.

Rien.

La grille restait désespérément close. Découragé, il s'en voulut d'avoir nourri plus d'espoir aujourd'hui, après le cauchemar de la nuit passée et le sentiment qu'avec la rentrée une nouvelle ère commençait, y compris au cœur de sa destinée de Médicus. Il s'apprêtait à remonter sur son vélo quand il sentit un léger contact sur son épaule.

— Zizou ! C'est toi ! C'est bien toi !

S'il avait pu sauter par-dessus la grille, il aurait enlacé le chêne qui s'était déplacé jusqu'à lui. Il implora son ami végétal :

— Zizou, fais-moi entrer dans le parc !

L'arbre se contenta de l'effleurer du bout de son feuillage et se redressa.

— Non, attends, reviens !

Ce fut peine perdue : Zizou disparut derrière la demeure de Winston Brave, le Grand Maître des Médicus, et se fondit dans la végétation luxuriante.

La consolation était maigre, mais le monde secret des Médicus s'était enfin manifesté ; tout n'avait pas été qu'un mirage tombé dans l'oubli.

Il s'éloigna des grilles quand il éprouva une tiédeur, d'abord, puis une chaleur presque brûlante contre son torse. Il souleva son T-shirt au beau milieu du trottoir : son pendentif venait de s'embraser. Fou de joie, il n'osa pas s'en saisir. Au premier étage, il crut apercevoir un léger mouvement, puis la Lettre retrouva son apparence et sa température initiales.

Oscar sourit, vivifié. Il enfourcha le vélo et partit pour Babylon Heights.

3

La fête battait son plein dans le Bazar de Jeremy. Les adolescents riaient, buvaient, mangeaient – et achetaient les mille et une babioles glanées par Jeremy dans le quartier et ailleurs. Il ne tarda pas à repérer Violette en pleine conférence improvisée :

— ... Et donc, si on plante ses pieds dans la terre, on n'aura plus besoin d'avaler de l'eau, et on aura de jolies couleurs sur le visage !

Ceux qui faisaient cercle autour d'elle la dévisagèrent sans un mot. Seule Carrie Moss, avec son caractère bien trempé, refusa d'en rester là.

— Mais... pourquoi ? Tu crois que des racines vont sortir de tes orteils ?

Violette acquiesça.

— En tout cas, si vous voulez tenter l'expérience, rendez-vous demain dans mon jardin. C'est samedi, on aura tout notre temps. Venez pieds nus !

— Moi, si tu veux, ça ne me dérange pas d'essayer, répondit Barth avec une infinie compassion, tandis que le petit public de Violette s'égayait.

Carrie haussa les épaules.

— Tu sais quoi, Violette ? Je sais pas si t'es une fleur, mais je crois que t'es un peu fanée, là-dedans ! dit-elle en pointant la tête rousse.

Oscar, rejoint par Jeremy, était prudemment resté en dehors du groupe.

— Qu'est-ce qu'elle fait là, la sœur de Moss ? demanda-t-il, méfiant.

— Les sœurs de Moss sont sympas, et Carrie, c'est une copine de ma cousine. Elle a dix ans mais on dirait qu'elle en a quinze quand elle parle ! Elle a déjà engueulé Penguin, tu imagines ? Il paraît qu'il n'a pas bronché !

— Son frère l'a laissée venir ?

— Non, mais elle s'en fiche. C'est Lorna qui n'ose pas lui désobéir, alors qu'elle a douze ans. Je crois qu'elle a peur de lui. Il fait comme son père, il les martyrise. Ce soir, ça va hurler chez les Moss...

Oscar pensa enfin à regarder sa montre : il était 19 heures et il n'avait pas prévenu sa mère de leur détour par la fête de Jeremy. Il se précipita pour déraciner sa sœur et l'entraîna vers la sortie.

— À demain, on se voit au parc ! cria-t-il à l'intention des frères O'Maley.

Lorsqu'ils poussèrent la porte du 6897 Kildare Street, le silence qui régnait dans la maison ne présageait rien de bon.

— Convocation IM-MÉ-DIA-TE.

Violette se protégea instantanément derrière Oscar, bien qu'elle soit légèrement plus grande. Ils se dirigèrent vers la cuisine.

Celia était assise sur une chaise, encore vêtue du strict tailleur imposé par son patron, la tête entre ses mains. Elle lissa ses longs cheveux noirs en arrière.

— Merci, mes enfants, vraiment merci. Dans ma vie, tout est si simple, si facile, je manque d'angoisses, donc merci d'avoir disparu sans prévenir. J'ai ameuté tout le quartier, ça m'a bien occupée. C'est dommage, encore quelques minutes et j'appelais la police.

— Maman, tenta Oscar, je...

— Je ne veux rien entendre. Il vaut mieux que je me calme, d'abord.

Celia s'emportait rarement. Elle n'élevait de toute manière jamais la voix ; au contraire, elle parlait très bas lorsqu'elle était anxieuse ou furieuse, mais tout se lisait dans ses yeux, les mêmes yeux incroyablement violets dont sa fille avait hérité. Oscar y vit un mélange de terreur et de colère. Celia prit son téléphone portable d'une main tremblante et composa fébrilement un numéro en mémoire.

— Ils sont là, tout va bien. Merci... Oui, si tu veux... d'accord.

Elle raccrocha, sortit et ajouta sans se retourner :

— Quand vous aurez compris que vous n'êtes pas seuls au monde et que des gens s'inquiètent pour vous, vous ferez un saut chez les voisins pour les rassurer, ils sont tous affolés.

Un vertige l'obligea à s'arrêter au pied de l'escalier. Elle s'agrippa à la rampe et ferma les yeux. Heureusement, il y avait eu cette voix, au fond d'elle, qui l'avait rassurée. Une voix qu'elle n'oublierait jamais. Et comme c'était souvent le cas dans ces situations d'inquiétude, le visage apaisant de son mari lui était apparu, plus vivant que jamais, et elle avait gardé confiance. Ses enfants de retour, la peur et les pensées noires cédaient la place à l'envie de pleurer ; elle se retint. Depuis treize ans, elle avait toujours exigé d'elle-même de ne jamais leur offrir l'image déstabilisante d'une mère qui perd son sang-froid, qui s'effondre. Elle préférait manifester une colère retenue, sans cris et surtout sans larmes, et leur faire simplement prendre conscience de leurs actes. Elle se ressaisit et monta l'escalier jusqu'à sa chambre.

Oscar chercha un soutien auprès de sa sœur. Il se heurta à une coquille vide : Violette, qui ne supportait pas le spectacle de la douleur sous quelque forme que ce soit, s'était réfugiée dans une chanson inconnue et la contemplation du carrelage au-dessus de l'évier.

Il décida de ne pas remettre à plus tard la consigne de sa mère : rassurer les voisins. Il ouvrit la porte et s'arrêta net. Devant lui se tenait celui qu'il considérait comme le plus extraordinaire concentré de lourdeur, de bêtise et de prétention au monde : Barry Huxley. Barry, qui avait comme défaut suprême de faire une cour effrénée à Celia. Pire : Oscar soupçonnait sa mère d'y avoir cédé. La voiture de sport, un modèle décapotable tape-à-l'œil et vulgaire avec ailerons de toutes sortes et bandes chromées, était pratiquement garée au milieu de la rue, bien en évidence. L'homme se pencha du haut de son mètre quatre-vingt-dix et empoigna Oscar.

— Alors, dit-il en le secouant comme un prunier avec un grand sourire, on fait des frayeurs à sa mère ? Heureusement qu'elle peut compter sur moi, heiiiin... Je savais bien que je te retrouverais.

Oscar se dégagea vivement.

— T'as peut-être pas imprimé, mais je suis rentré tout seul et ma mère vient de t'appeler pour te le dire.

Barry mit les poings sur les hanches et le toisa.

— Bon, t'étais où ? Avec une p'tite copine, c'est ça, hein ? dit-il avec un clin d'œil appuyé. Allez, entre hommes, on se comprend...

Il partit d'un gros éclat de rire.

— J'avais beaucoup mieux à faire, répondit Oscar du tac au tac, mais ça te regarde pas.

— Mais t'as treize ans, non ? Y'a quoi de mieux que les filles, à ton âge, hein ? Heiiin ?

Oscar secoua la tête avec mépris. Barry était la dernière personne à laquelle il confierait ses préoccupations de cœur ou de Médicus.

— Quand on n'a pas de cerveau, rétorqua-t-il, y a pas mieux. À part les casquettes portées à l'envers et les voitures de ringard.

Le visage de Barry changea de couleur. La voix de Celia retentit et rappela Oscar à l'ordre.

— Oscar, qu'est-ce que tu fais ? Rentre tout de suite.

Elle connaissait le rapport de force qui s'était établi entre Oscar et Barry, et elle préférait ne pas les laisser seuls ensemble trop longtemps.

— Je vais prévenir les voisins et je reviens !

Les habitants de Kildare Street formaient une grande famille et les adolescents des uns étaient un peu considérés comme ceux de tout le monde. L'absence de père chez les Pill renforçait encore plus ce lien : Oscar et Violette faisaient l'objet d'une attention et d'une affection toutes particulières. Oscar fit le tour des foyers pour les rassurer.

Il aurait bien dîné puis prolongé sa soirée chez les O'Maley – il était prêt à tout pour ne pas endurer la présence de Barry –, mais sa mère ne lui pardonnerait pas une seconde évasion. Enfin, Celia souffrait de son aversion à l'encontre de Barry. Alors ce soir, il lui devait bien de faire un effort. La mort dans l'âme, il rentra chez lui.

Il arriva à temps pour se mettre à table avec tout le monde. Barry insista pour s'asseoir à côté de lui. Sa mère guettait sa réaction et il n'osa pas refuser. Mister Hein, qui avait autant de mémoire qu'un lombric, lui vissa sur la tête sa casquette de baseball. Oscar lutta contre l'envie de l'arracher. Violette, sortie d'un long voyage dans un rêve inaccessible, l'observa avec surprise.

— Depuis quand tu portes une casquette ? Enlève-la, ça te donne un air idiot, comme...

Son regard se posa sur Barry, qui semblait apparaître pour la première fois dans son champ de vision.

— Ben... comme lui.

Oscar hésita entre le rire et la conviction que sa sœur était devenue complètement folle.

— Violette ! s'écria Celia, consternée.

La jeune fille se tourna vers son frère, désolée.

— Je ne comprends pas, je l'ai effacé dans ma tête, et je continue à le voir. C'est pas encore très au point, mon truc.

Oscar se pencha par-dessus la table et embrassa sa sœur.

— Je t'adore !

Celia s'emporta.

— Arrêtez tout de suite, tous les deux ! Vous êtes devenus fous ?

Oscar allait répondre. Celia lui imposa le silence d'un regard.

— Plus *un* mot.

Mister Hein se renversa sur sa chaise, satisfait.

— Je t'ai déjà dit que tu te laissais trop faire, Celia. Tu vois, quand on serre un peu la vis, ça marche.

Elle ne lui répondit pas. Il prit cela pour une invitation à poursuivre.

— D'ailleurs, je ne vois pas pourquoi tu ne leur parles pas de notre projet.

— C'est à moi de choisir quand je dois parler à mes enfants, et...

— Tu fais trop d'histoires pour rien, décréta Barry.

Oscar s'était crispé. Un « projet » ? Elle et *lui* ? Il envisagea le pire, livide.

— Votre mère et moi, reprit Barry, on...

— Laisse-moi faire, imposa Celia.

Mister Hein soupira bruyamment et se cura les ongles. Celia fixa son assiette et s'adressa à ses adolescents :

— Barry a eu la gentillesse de me proposer... euh...

Oscar n'y tint plus.

— Quoi ?

Il avait presque crié. Violette sursauta.

— Il sait que je travaille dur et que l'été a été fatigant avec Mr Geldhof, expliqua Celia, et il m'a proposé de partir quelques jours avec lui pour me reposer un peu.

Oscar se laissa retomber contre le dossier, soulagé, même si l'idée que Barry et sa mère puissent partir en *amoureux* lui parut insupportable. Curieusement, c'est Violette qui réagit en premier. Elle bondit de sa chaise et se précipita sur sa mère.

— Maman, vous allez partir avec la voiture de Barry ?

Celia fut secouée par l'inquiétude de sa fille. Elle répondit de façon désordonnée :

— Rien n'est encore décidé, on va d'abord s'assurer que Mrs Orfanoudakis ou les O'Maley peuvent vous prendre chez eux, il faut que vous soyez bien, et que ça ne vous dérange pas...

— Qu'est-ce que tu racontes ? intervint Barry. Pourquoi ça les dérangerait ? C'est pas à eux de décider !

— Maman, répéta Violette, vous allez partir avec sa voiture ?

— Oui, confirma Barry. C'est une super voiture, hein ? dit-il, fier comme un paon.

Violette serra les mains de sa mère.

— N'y va pas, maman : la voiture de Mister Hein n'a pas de toit.

— La voiture de *qui* ? l'interrompit Barry.

— Quand on manque d'argent, tu dis toujours : « L'essentiel, dans la vie, c'est d'avoir un toit ! ».

— Violette, ne fais pas l'enfant, je t'en prie, c'est une expression pour dire qu'on est à l'abri, tu le sais très bien.

Violette se retourna vers Barry et l'examina avec attention.

— Regarde-le : il n'a jamais de belles idées, c'est parce qu'il est comme sa voiture, il n'a pas de toit dans sa tête. Avec lui, tu ne seras jamais à l'abri. Jamais !

Elle s'échappa de la cuisine. Oscar, lui, fulminait.

— Écoute, il ne s'agit pas d'une punition pour vous, c'est juste que Barry veut me faire plaisir et...

— La punition, c'est lui, lâcha Oscar.

Un silence de mort pesa entre eux.

— Non seulement vous êtes méchants avec moi, répondit Celia d'une voix étranglée, mais vous me faites honte.

Oscar lança un regard noir à Barry et quitta la cuisine.

Il resta un long moment assis par terre, contre un mur, dans sa chambre, à repousser du pied son ballon de foot. S'apprêtant à descendre pour s'échapper quelques instants dans la douceur de la soirée et l'animation de la rue, il passa la tête par la porte de la chambre de sa sœur. Il entra, referma sans bruit et vint s'asseoir sur le lit, tout près d'elle.

— Violette... dit-il pour la faire revenir d'une planète éloignée.

Elle resta immobile, les mains posées l'une sur l'autre, le regard perdu vers le ciel rougeoyant. Elle avait entouré son visage d'un élastique qui passait sous son menton et retenait un livre ouvert et posé sur le sommet de son crâne. Ça formait un chapeau assez cocasse, et Oscar finit par sourire.

— T'as raison, reconnut-il. Comme ça, t'es sûre d'avoir un toit.

Violette écarta l'élastique et pencha la tête vers son frère. Oscar haussa les épaules et colla son oreille à celle de Violette.

— Ouais, fais-moi un peu de place.

4

— Je ne sais pas pourquoi je t'ai engagé, Silvio. La prochaine fois, je prendrai le volant, ça ira plus vite.

Silvio jeta un rapide coup d'œil dans le rétroviseur : son passager était vautré sur la banquette arrière de la limousine ; son visage maussade et son regard agressif lui déplaisaient chaque jour un peu plus. Il n'était peut-être que le chauffeur, mais dès le départ, il n'avait eu que du mépris pour cet homme arrogant et convaincu que l'argent ouvre toutes les portes et autorise tout, y compris le manque de respect. Mais il n'avait pas le choix : il avait besoin de ce travail. Il contint sa colère et appuya légèrement sur l'accélérateur.

La voiture quitta la ville pour une route déserte qui sinuait à travers la campagne puis la forêt. Ils atteignirent l'enceinte d'une propriété et longèrent le haut mur en pierre planté de tessons de bouteille. La voiture s'arrêta devant un portail en métal. L'homme ouvrit la porte d'un geste rageur et descendit. Il frappa contre la portière avant, et Silvio baissa la vitre sans le regarder.

— Tu m'attends ici, c'est compris ? ordonna son patron. Si tu n'es pas là quand je sors, tu pourras te chercher un autre boulot.

La vitre remonta. L'homme marmonna une autre menace, puis sonna et fixa la caméra qui semblait l'observer. L'interphone grésilla.

— J'ai rendez-vous, dit l'homme. *Ouvrez.*

Quelques secondes s'écoulèrent. Le visiteur appuya sur la sonnette avec insistance. Un seul battant s'ouvrit dans un grincement. Il suivit l'allée de terre vers un bosquet serré au feuillage rouge sombre. Ses pieds disparurent dans la boue. Il remarqua les traces de pneus et pesta :

— Il aurait pu me laisser entrer en voiture... Ces chaussures m'ont coûté une fortune !

Il s'enfonça entre les arbres. Lorsqu'il sortit du talus, il se figea devant un véritable château écossais, orné de tourelles, de murs crénelés et de fenêtres étroites aux façades en pointe. On lui avait vaguement parlé de « demeure néogothique qui datait de la Renaissance », mais comme il ne savait absolument pas à quoi cela correspondait – et il s'en fichait complètement –, il ne s'attendait pas à découvrir un manoir fortifié. À l'ombre de la forêt, les pierres sombres s'étaient couvertes de mousse et rendaient la construction encore plus lugubre. La nuit semblait tomber plus tôt ici qu'ailleurs. Il monta avec précaution les marches glissantes, saisit une main en métal et frappa avec force, à plusieurs reprises.

— *Veuillez patienter.*

Il sursauta, en espérant qu'on ne l'avait pas vu sur un écran de surveillance. La porte s'ouvrit automatiquement.

Il entra, le battant claqua avec un bruit sourd derrière lui et il fut plongé dans l'obscurité d'un immense hall. La lumière du jour filtrait à peine à travers les rideaux noirs. Ses pas résonnèrent sur les dalles de marbre – noir, lui aussi. Tout était noir, décidément, dans cette sinistre demeure. Il fit quelques enjambées plus longues pour atteindre le tapis, où ses semelles ne claqueraient pas. Il leva la tête : les caissons du plafond, peints en noir et argent, semblaient inaccessibles. Tout autour, une coursive ponctuée de colonnes en ébène dominait l'entrée. Il crut y deviner des ombres mouvantes et fantomatiques.

Pourquoi ce silence et cette obscurité ? Il eut le sentiment de se trouver dans une église, ou pire, un monastère. Il n'était ni religieux ni franchement porté sur la méditation, et son premier réflexe, lorsqu'il était devenu riche, avait été de tout faire pour que cela se voie. Il se demanda pourquoi un homme comme Worm, propriétaire de nombreuses usines de produits chimiques dans les pays d'Europe de l'Est, et à la tête d'une fortune colossale, n'habitait pas lui aussi dans les beaux quartiers de la ville. Quel gâchis, vraiment. *Il aurait pu se payer la plus somptueuse baraque du coin, cet idiot*, songea-t-il.

Il entendait sa propre respiration troubler le silence. Pour autant, l'atmosphère n'était ni douce ni reposante, au contraire. Un bruit d'étoffe, en hauteur, attira son attention. Une femme en robe longue traversa la coursive d'un pas léger et rapide. Il n'aperçut que les reflets du tissu sombre et une main qui effleurait la balustrade.

— Hé, vous, là-haut, arrêtez-vous un instant ! lui dit-il comme s'il s'adressait à une poissonnière de Bond Street, oubliant qu'il était l'invité du maître des lieux.

La femme, très droite, ralentit son pas et tourna la tête. Il continua à l'apostropher.

— Dites, vous ne voulez pas m'appeler Worm ? Parce que...

Sa phrase resta en suspens. Le visage de la femme venait d'entrer dans un rai de lumière miraculeusement échappé des rideaux, et son regard – un regard noir, profond, magnifique – venait de le tétaniser. Il y avait dans ces yeux de la grâce, de la tristesse et une froideur saisissante. Comme si une part de ce regard était morte.

— Excusez-moi, bafouilla-t-il, je... j'ai rendez-vous.

Il prit alors conscience de sa beauté, avec ses cheveux noirs de jais remontés au-dessus de la nuque et ses pommettes hautes. Il n'y vit pourtant qu'une jolie femme à séduire ; il bomba son torse déjà imposant et lui sourit avec vulgarité.

— Si Worm n'est pas là, vous pouvez le remplacer, on aurait beaucoup de choses à se raconter.

— Mr Worm va vous recevoir.

Il se retourna vivement : une femme en tablier l'attendait, immobile au milieu du hall.

Il leva à nouveau la tête : la sublime apparition s'était évaporée, la coursive était déserte. Il pointa grossièrement du doigt les colonnes.

— C'était qui ?

L'employée de maison se raidit.

— Mrs Worm ne reçoit pas, dit-elle sèchement.

Il guetta encore quelques instants la coursive et se résigna.

— Bon, conduisez-moi chez votre patron, lâcha-t-il d'un air méprisant.

Ils empruntèrent un escalier en colimaçon dans une tourelle et gravirent trois étages.

Il prit un malin plaisir à marteler le parquet avec ses talons, le long du couloir, jusqu'à ce que son guide s'arrête devant une haute porte laquée. Elle frappa discrètement.

— Faites-le entrer, répondit-on simplement.

Elle ouvrit la porte et se retira à pas feutrés sans saluer le visiteur.

Ce dernier pénétra dans une pièce tout en longueur qui suivait la façade du château. Ici aussi, les rideaux étaient tirés devant chaque fenêtre. Unique source de lumière, une lampe posée sur le bureau, tout au fond, diffusait une faible lueur.

— Prenez place, dit une voix légèrement nasillarde.

— Où êtes-vous, Worm ? On n'y voit rien dans cette purée de pois ! Comment vous faites pour bosser et vivre là-dedans ? Ouvrez un peu, mon vieux, ou vous allez moisir !

Il se dirigea droit vers la première fenêtre, s'apprêtant à tirer les rideaux.

— Ne touchez à *rien* et asseyez-vous.

Worm sortit de la pénombre. Son invité pressentit qu'il fallait obéir. Il observa le maître des lieux : dans le halo jaune, le profil se détachait, taillé à la serpe. Le nez long et droit prolongeait la ligne du front, les yeux s'étiraient jusqu'aux tempes, et les cheveux ras, d'ordinaire argentés, prenaient une teinte ocre. Fletcher Worm, membre du Conseil suprême des Médicus, posa une main sur le bureau, et l'homme fut surpris par la transparence de sa peau : on pouvait suivre le réseau veineux sur les doigts.

Le conseiller prit place dans un fauteuil en cuir. Son interlocuteur, de l'autre côté de la table, se cala dans un siège sensiblement plus bas, comme un fait exprès. Il lutta contre l'envie de se relever et dominer de son corps puissant et trapu la silhouette svelte de Worm, emprisonnée dans une veste à col Mao. Le conseiller était un homme influent, bien au-delà des limites de la ville. Même s'il ne savait toujours pas pourquoi il avait été convié à ce rendez-vous, il était certain qu'il avait tout à gagner à faire de Worm un allié. Pour les affaires douteuses qu'il menait, tous les appuis étaient bons, surtout au sein du Conseil. Il laissa Worm entamer la conversation.

— Je comprends votre réaction, dit enfin le conseiller, radouci. Tout cela doit vous paraître... triste et sombre, par rapport à votre belle maison.

L'homme se rengorgea.

— Ah, pour une belle maison, c'est une belle maison ! Il faudra que vous veniez, votre jolie dame et vous.

Worm se raidit un court instant.

— Mais attention, vous allez avoir besoin de lunettes de soleil, précisa son invité en regardant autour de lui, parce que c'est pas comme ici. Les tableaux et les tapis sombres qui fichent le moral à zéro, c'est pas mon style. Ça brille, chez nous !

Il partit d'un grand éclat de rire, que Worm accompagna d'un vague sourire.

— Bien sûr. Plus brillant. Cela doit représenter un changement formidable, pour... des *gens comme vous*.

Son interlocuteur prit conscience de la pique.

— Pour qui vous vous prenez, Worm ? s'écria-t-il en se redressant. Les gens comme nous, comme vous dites, ils ont autant de fric que vous, d'accord ? Sauf que nous, on vit pas dans un cercueil, on sait en profiter ! On allume autre chose qu'une lampe minable dans la maison !

Worm ne se défit pas de son petit sourire.

— Vous avez autant d'argent, mais nous ne l'avons pas gagné de la même manière, c'est toute la différence.

Le type tendit un poing serré vers le conseiller.

— Worm, si vous m'avez demandé de venir pour m'insulter, gardez...

— Calmez-vous. Je me moque totalement de l'origine de votre fortune. Quand je parle de différence, c'est que personne n'enquête sur la provenance de *mes* biens. Vous ne pouvez pas en dire autant, hélas.

L'homme se pencha sur le bureau avec un air menaçant – et inquiet.

— Qu'est-ce que vous êtes en train de me dire ? Qu'on enquête sur moi ? C'est une menace ? Je m'en moque complètement.

— Ce n'est pas une menace, c'est un fait, et vous pourriez bien vous retrouver dans de mauvais draps très bientôt. Je vous en informe parce que vous êtes des *nôtres*, si mes souvenirs sont bons. J'ai quelques connaissances bien placées qui m'ont prévenu, j'en fais de même. Estimez-vous heureux.

Il laissa son invité digérer la nouvelle. Ce dernier observa les tentures, les boiseries, et l'horloge suisse au tic-tac entêtant. Le bureau lui paraissait encore plus étouffant qu'en entrant.

— C'est tout ce que vous aviez à me dire ?

— Non, répondit Worm. Je peux même vous aider à faire le ménage parmi les ragots et les fouineurs. Et vous proposer une défense, surtout, si vous êtes attaqué.

Le type frappa violemment du poing sur la table.

— La voilà, ma défense. Ça a toujours très bien marché, j'ai besoin de rien d'autre.

Avec une vivacité surprenante, Worm saisit le poing de l'homme et serra jusqu'à ce qu'un craquement retentisse et arrache un grognement à sa victime. Le type recula, stupéfait : jamais il n'aurait imaginé une telle force de la part du conseiller – de trente ans son aîné.

— Vous voyez, reprit Worm, ça ne marche pas toujours. Et encore moins dans votre situation. Ils ont ce qu'il faut pour vous mettre en prison pendant des années.

Le type contint un élan de violence, partagé entre la prudence vis-à-vis d'un adversaire dont il sous-estimait la puissance et l'envie de broyer ce vieux gringalet.

— Et comment vous pouvez m'aider, alors ?

— Un seul homme peut vous sortir de là, et en un tour de main.

Un tour de main. Worm sourit. L'homme massa ses doigts encore endoloris.

— Ne vous fichez pas de moi et soyez clair.

— Brave, répondit simplement Fletcher Worm.

— Winston Brave ? Le Grand Maître ?

— C'est le meilleur avocat de la ville. Je lui parlerai.

— Laissez tomber. Je voulais qu'il me défende dans une autre affaire, et il a refusé.

— Je lui rappellerai le lien qui nous unit. Il ne refusera pas d'aider un Médicus en difficulté. Quel qu'il soit, ajouta Worm.

Le type réfléchit quelques instants.

— Vous avez raison, il peut bien faire ça pour un Médicus ; ça compensera ses erreurs.

Worm l'interrogea du regard. L'homme s'expliqua.

— Il paraît qu'il a accepté de prendre le fils de Pill sous son aile. Alors que le nom a été effacé de l'Ordre et que les Trophées du père ont été...

— Je sais.

— On pourrait s'en servir, non ? Il me défend, et moi je me tais.

Worm balaya la proposition d'un revers de main.

— Tout le monde est déjà au courant et lui fait confiance. Winston Brave est un Grand Maître très populaire.

Le type se mit à rire et se rapprocha.

— Ah, ça ne vous fait pas plaisir, ça, n'est-ce pas, Worm ? Ça ne passe pas bien, on dirait.

Worm se leva lentement.

— Il a toute ma confiance, à moi aussi, dit-il en recouvrant son sang-froid. Et il me fait l'honneur de me rendre la pareille : si je lui parle de vous, il vous aidera. Il est loyal. Prenez exemple sur lui, ça vous évitera des ennuis. Cela dit, si vous préférez vous débrouiller tout seul, je ne vous retiens plus.

Worm raccompagna son invité vers la porte. Le type agrippa son bras. Un simple regard du conseiller lui fit lâcher prise.

— D'accord, Worm. Qu'est-ce que vous voulez en échange ? Parce qu'il y a sans doute une contrepartie, non ? Rappelez-vous une chose : c'est vous qui m'êtes redevable. Je vous ai rendu service il y a quelques années... Je dois vous rafraîchir la mémoire ?

Worm rajusta sa manche.

— Je ne vous demande rien en échange, au contraire : je n'ai pas fini de vous soutenir, et j'ai une autre proposition à vous faire.

L'homme le regarda d'un air méfiant.

— Votre soutien, je m'en passerais bien, en fait. Faut pas abuser des bonnes choses.

— Il ne s'agit pas de vous.
— Alors de qui ?
— C'est votre *enfant* que je veux aider, cette fois. Je vous sers à boire ?

Il sortit du bureau, partagé entre la satisfaction et le doute.
— Quand ?
— Demain, répondit Worm. Le plus tôt sera le mieux.
Il hésita puis finit par accepter.
— Je ne suis pas idiot, Worm, en tout cas moins que vous le croyez : j'imagine bien que votre proposition n'est pas désintéressée. J'y tiens, à mes gamins, alors je vous ai à l'œil.
— Ne vous inquiétez pas : ça ne peut que l'avantager.
— Attention : c'est donnant, donnant.
— Je parlerai de vous à Brave dès demain.
L'homme allait refermer la porte, puis se ravisa.
— Worm ?
Le conseiller, déjà à son bureau, leva les yeux. L'homme lui décocha un sourire malsain.
— Mes amitiés à votre dame.

5

Une lueur jaune vif l'éblouit. Oscar tâtonna pour trouver sa montre, près de l'album de famille qui contenait les photos de son père. 6 h 15. Il se tourna vers le mur et enfouit son visage sous le drap, furieux d'avoir oublié d'éteindre sa lampe de chevet. Il souleva un coin : la lumière avait changé de côté, à nouveau devant ses yeux. Il s'assit, incrédule : la Fiole d'Hépatolia, son premier Trophée, dansait devant lui, plus brillante que jamais.

Il bondit hors de son lit. La porte de l'armoire était ouverte, tout comme le coffre. La ceinture aux cinq sacoches s'en échappa, elle aussi, et vola à travers la chambre, comme aux premiers jours. Sans réfléchir, Oscar enfila un jean et un T-shirt, et sauta dans ses baskets. La ceinture s'enroula autour de sa taille, tandis qu'il arrachait la cape à son cintre. Il empocha son Grimoire et serra son pendentif dans son poing. Tout ce qui faisait de lui un Médicus venait de revenir à la vie ; c'était le plus beau jour qu'il ait vécu depuis un an.

Il voulut saisir le flacon en cristal, mais celui-ci lui échappa et flotta vers la porte de la chambre.

— Ma mère a le sommeil léger !

La Fiole sembla hésiter un instant puis se dirigea vers la fenêtre.

— Qu'est-ce que tu veux ? chuchota Oscar.

Il comprit, et ouvrit la fenêtre. Sa ceinture l'attira vers le rebord.

— Hé, mais...

Sourde à ses mots, la ceinture le fit basculer par-dessus bord. Par réflexe, il agrippa les coins de sa cape qui s'ouvrit comme un parachute, et atterrit en douceur au beau milieu du jardin. La rue émergeait à peine de son sommeil, seule l'épicerie de Mr Dawesar manifestait déjà des signes de vie. Était-il prudent de partir aux aurores ? Si Celia venait à se lever plus tôt et trouvait sa chambre vide... La Fiole trancha : elle s'échappa dans la rue, et il partit à sa suite.

Ils sillonnèrent Babylon Heights avec les premiers rayons du soleil. De temps à autre, le Trophée ralentissait son vol pour permettre à Oscar de le rattraper. Oscar, qui connaissait pourtant son quartier par cœur, découvrait, émerveillé, une nouvelle ville au petit matin. Il en perdit la trace de la Fiole, disparue dans un parc. Il se remit à courir et suivit une allée jusqu'au kiosque à musique. Le parc était moins accueillant qu'en journée, et un grognement le fit sursauter. Il se plaqua à la balustrade et distingua la Fiole entre les arabesques en métal, immobile au-dessus d'un homme allongé sur un banc. Oscar reconnut Pavarotti, le clochard de Babylon Heights : il devait son surnom à sa fâcheuse habitude d'entonner un air d'opéra tonitruant à minuit avant de sombrer de nouveau dans un sommeil de plomb. Les événements de l'année précédente revinrent douloureusement à la mémoire d'Oscar : si ces mois de silence lui avaient paru si pénibles, c'était aussi parce qu'il n'avait pas eu la moindre nouvelle de Valentine et Lawrence, ses deux compagnons venus du monde intérieur. Il n'avait pas pu se résoudre à l'idée qu'ils avaient disparu sans un signe, ni un mot. Depuis que la Fiole s'était animée, Oscar nourrissait un espoir immense – parmi tant d'autres : les retrouver.

Le flacon de cristal décrivit une courbe ambrée tout autour de lui et le poussa dans le dos. Lorsqu'il fut près du banc, le Trophée vint se ranger en douceur dans la première sacoche de sa ceinture. Il contempla Pavarotti.

Un corps humain.

Un *rendez-vous*.

Il se concentra sur la bouche du clochard, qui tremblotait à chaque ronflement. Il sentit son cœur battre – d'appréhension, mais aussi d'émotion et de joie. Il serra son pendentif, prit son élan et se précipita vers le clochard.

Un flash éblouissant se produisit, sans pour autant troubler le sommeil du bienheureux, à nouveau seul dans le parc.

Oscar n'avait pensé à aucune destination en particulier dans le premier Univers et s'était laissé guider par le hasard de l'Intrusion Corporelle, convaincu qu'il se rendrait au bon endroit, grâce à la Fiole. Il reconnut immédiatement les lieux : le ciel noir zébré d'éclairs au-dessus d'une vallée, le grondement du fleuve Porte, des centaines de mètres plus bas... Il se tenait sur la montagne d'Hépatolia, presque au sommet d'un des deux pics.

Il inspira profondément, pour s'imprégner de la magie de ce moment tant attendu.

— Qu'est-ce que tu as à déclarer ?

Il se retourna vivement sur un homme grand et joufflu, en uniforme.

— Tu viens de t'engager sur la passerelle. Tu as donc quelque chose à déclarer ?

— Quelle passerelle ? demanda Oscar, un peu perdu.

Le type fronça ses sourcils broussailleux et brandit une plaque de marbre émeraude.

— Tu t'es engagé sur la passerelle d'Un-Univers-à-l'Autre. Tes papiers.

Une frontière, la passerelle... Oscar sourit : la Fiole l'avait conduit au point de passage entre Hépatolia et le deuxième Univers, celui des deux royaumes. L'homme insista, menaçant.

— Tes papiers, si tu veux passer la frontière.

Oscar le dévisagea, stupéfait. Ni Mrs Withers, ni Mr Brave, ni quiconque ne lui avait jamais parlé d'une police des Univers, encore moins de devoir prouver son identité.

— Tu es bien un Médicus, n'est-ce pas ? demanda le douanier d'une voix radoucie.

Oscar acquiesça.

— Alors tu as forcément une pièce d'identité.

Oscar aperçut l'incrustation dans le marbre, et fouilla fébrilement sous son T-shirt. Il tendit sa Lettre d'or.

— Tout de même ! soupira le douanier. Voyons ça.

Il plaqua le M contre la partie inférieure de la tablette. Un visage apparut.

— C'est toi, ça ? demanda l'homme, suspicieux.
Oscar se pencha sur l'écran.
— Oui, mais ça date de l'année dernière. J'ai treize ans maintenant.
Le type passa de l'image au visage à plusieurs reprises, et tourna la page en effleurant le marbre.
— Ton nom ?
— Oscar Pill.
— Tu es né un 7 décembre, tes parents sont Celia Fielding et Vitali P...
Il se figea.
— Tu es le fils de *Vitali Pill* ?
— Oui, répondit fièrement Oscar. Et alors ?
Le douanier lui rendit son pendentif.
— Es-tu prêt ?
— Prêt pour quoi ?
— Pour l'épreuve de la passerelle.
Oscar regarda autour de lui, et se pencha : il se trouvait sur une plateforme rocheuse surplombant le précipice. En contrebas, la vallée traversée par la Grande Canalisation bouillonnait.
— Oui, je... je suis prêt.
Il perçut un tremblement sous ses pieds qui l'obligea à s'accroupir. Une fissure courut sur la roche, entre le douanier et lui.
— Tu ne risques rien. Enfin, *pas encore*.
La plateforme en pierre se détacha de la paroi. Au lieu de chuter, elle flotta dans l'air et se déplaça progressivement entre les deux pics de la montagne, où le vent soufflait avec violence. Oscar s'était presque couché, terrifié. Le douanier, resté sur le flanc de la montagne, mit ses mains en porte-voix.

— Relève-toi et observe attentivement ce qui va apparaître autour de toi.

Oscar se redressa, exposé aux rafales, et tenta d'oublier les centaines de mètres de vide qui le séparaient de la vallée. Apparurent alors tout autour de lui d'étranges symboles lumineux : un chaudron suspendu à une chaîne, puis un chariot, un gros oiseau, un personnage métallique avec une lance d'arrosage, des bulles qui se superposaient, un anneau avec des vagues, et enfin un triangle avec un rond à l'intérieur.

— Tu vas devoir choisir *un seul* symbole et le désigner avec ton pendentif. Si tu fais le bon choix, tu passeras de l'autre côté de la passerelle. Tu m'as compris... pris... pris... pris ?

Oscar se concentrait pour ne pas perdre une syllabe malgré la dispersion des mots dans la vallée et le grondement de la Grande Canalisation.

— Comment je dois choisir ? Et si je ne choisis pas le bon symbole, qu'est-ce qui se passe ?

— Je n'entends rien ! hurla le douanier. Ah, ce maudit vent, aujourd'hui ! Qu'est-ce que tu dis ?

— QU'EST-CE QUI SE PASSE SI JE ME TROMPE ?

— Tu auras une seconde chance ! Sors ton pendentif et écoute la Voix des deux royaumes !

Oscar brandit sa Lettre. Le vent se mit à tournoyer pour former une véritable colonne autour des symboles et d'Oscar sur son rocher volant. Le souffle se transforma en un son grave, puis en une voix qui semblait naître des entrailles de la montagne.

Oscar Pill,
Tu as évité les lames
Tu as connu pire brûlure que celle de la flamme
Tu as volé dans les airs
Et roulé sous la terre
Tu as traversé les mers
Pour atteindre le feu derrière le verre.

Oscar se tordit dans tous les sens. Le vent hurlait à nouveau et les symboles brillaient intensément. La Voix avait prononcé six phrases, alors qu'il avait compté sept symboles autour de lui. Si chaque phrase désignait l'un d'entre eux, il n'aurait plus qu'à choisir le dernier restant pour passer dans le deuxième Univers. Mais les mots s'effaçaient déjà de sa mémoire. La voix du douanier fut couverte par le vacarme.

— ... pendentif... voix... répéter !

Oscar tendit le bras et la Voix surgit à nouveau de nulle part :

— *Je ne répéterai qu'une fois, Oscar Pill.*

Il se concentra.

— *Tu as évité les lames...*

Il fouilla du regard la farandole de symboles. *Les lames...* Ses yeux se figèrent sur le dessin du chaudron. Un chaudron... ou une cuve : celle de l'unité de broyage, avec ses lames. Il fallait donc écarter ce premier symbole.

— *Tu as connu pire brûlure que celle de la flamme...*

Les mots de Maureen Joubert, membre du Conseil suprême des Médicus qui l'avait initialement guidé dans cet Univers, lui revinrent à l'esprit : « Attention, Oscar, la salive est très concentrée : elle peut décomposer un repas ! ». Il passa en revue les symboles restants et s'arrêta sur les bulles superposées : il s'agissait probablement des Sialines, ces gigantesques bulles remplies de salive. Deuxième symbole désigné par la mystérieuse Voix – ce n'était donc pas lui qui le mènerait de l'autre côté de la frontière. Il en restait cinq.

Une bourrasque de vent fit tanguer le rocher, et les symboles eux-mêmes vacillèrent. Oscar s'accroupit sans lâcher son pendentif.

— *Tu as volé dans les airs...*

Il tourna instinctivement la tête vers le gros oiseau : il s'agissait plutôt d'un avion, comme celui qu'il avait pris pour sortir de la montagne avec Valentine et Lawrence. Encore un symbole de moins.

— *Et roulé sous la terre.*
Tu as traversé les mers...

Cette fois, Oscar n'hésita ni pour l'une, ni pour l'autre : il avait « roulé sous terre » dans l'unité de stockage souterraine d'Hépatolia, au fond d'un *chariot*, tandis que le symbole des vagues faisait immédiatement penser aux rivières et aux mers de l'Univers qu'il avait exploré l'année dernière. Il élimina ces deux symboles.

Il n'en restait plus que deux, et une seule phrase. Son cœur s'emballa.

— *Pour atteindre le feu derrière le verre*, conclut la Voix avant d'être emportée par le vent tourbillonnant.

Oscar se releva. *Pour atteindre le feu derrière le verre*. Il oublia le vent et le précipice, répéta mentalement la phrase et observa les deux symboles restants : le triangle noir avec un cercle jaune en son centre, et un personnage casqué et en combinaison argentée qui tenait une lance. « Le feu derrière le verre » : fallait-il lier ce dernier indice au pompier ? Si c'était le cas, alors le seul symbole auquel la Voix ne faisait pas allusion était le triangle : c'était lui qu'il fallait choisir et qui le mènerait de l'autre côté de la passerelle.

Il se souvint de ce que lui avait dit le douanier : il avait le droit de se tromper, il aurait une seconde chance. Il fallait prendre une décision. Il superposa son pendentif au symbole du triangle. Un faisceau lumineux en jaillit et traversa le symbole.

Oscar regarda autour de lui. Rien n'avait changé : il était toujours au milieu de son rocher plat, en suspension entre les deux pics de la montagne d'Hépatolia, et aucun nouvel Univers n'était apparu. Il s'apprêtait alors à utiliser son ultime chance et à apposer la Lettre sur l'autre symbole, quand une fissure se creusa *sous ses pieds*. Un grondement se fit entendre, et le rocher fut violemment secoué. Oscar se jeta contre le sol, terrifié. La pierre se fendait de toutes parts. Il cria aussi fort qu'il put :

— Vous m'avez dit que j'avais une seconde chance si je me trompais !

— Tu as dix secondes pour trouver le symbole ! Vite, petit, VITE !

Sept secondes.

Oscar tenta de résister à la panique. Et s'il s'était trompé plus tôt, dès le départ ? Avait-il mal compris les phrases ? La roche se disloquait de tous les côtés.

Cinq secondes.

Non, il fallait qu'il ait confiance en lui : il ne s'était trompé qu'à la fin, entre les deux.

Deux secondes.

Le feu derrière le verre, se répéta Oscar. *Le feu derrière le...* La montagne, les mines dans la montagne, le feu derrière les milliers d'alvéoles ! C'était ça, le triangle noir centré par un rond jaune !

Une seconde.

Sous ses pieds, le sol se déroba, et Oscar bascula dans le vide. Il allait mourir à l'intérieur d'un corps ; il ne resterait rien de lui, son âme ne se réfugierait pas dans un quelconque objet, et ses pouvoirs se perdraient à tout jamais sans être transmis à un autre. Dans un mouvement désespéré, il projeta son M d'or vers le haut. Le pendentif traversa le symbole du pompier, et Oscar, en chute libre, fut avalé par un flash éblouissant.

Un éclat attira son regard : son pendentif gisait sur le sol poudreux. Il se releva au milieu d'une immense plaine déserte, dont il avait un souvenir confus.

Contrairement à Hépatolia, le ciel était clair et limpide, et le soleil accablant. Les premiers reliefs apparaissaient tout au loin, monticules rouge sombre émergés du sable. Le vent faiblit puis tomba totalement. Puis, une seconde plus tard, il se leva à nouveau pour souffler dans l'autre sens. Oscar n'eut plus de doute : il était bien passé dans le deuxième Univers, dans le royaume des Souffles et ses Plaines des Vents Contraires. Il scruta l'horizon et reconnut les arbres noirs et décharnés qui avaient peuplé son cauchemar, la nuit précédente. Mrs Withers l'avait prévenu : les Plaines des Vents Contraires étaient redoutables pour un Médicus inexpérimenté, et même pour certains, plus aguerris, qu'on avait dû secourir. Oscar était courageux, mais pas suicidaire : pour une fois, il se rangea aux conseils d'un adulte et préféra ne pas s'éterniser. Il avait passé avec succès l'épreuve de la première passerelle, c'était l'essentiel.

Mais pour sortir d'ici, il n'y avait qu'un seul moyen : trouver le Caducée. Il se mit à observer les lieux sans laisser échapper le moindre détail, lorsqu'un tremblement se fit sentir. Il se figea, inquiet. Un second tremblement, plus intense, lui donna raison. Dans son cauchemar, c'était près des arbres que le drame s'était déroulé ; il fallait s'en éloigner. Le sol vibrait de plus en plus fort, comme si une armée de cavaliers se dirigeait dans sa direction. Un grondement sourd se mêla aux secousses. Le ciel et la plaine s'obscurcirent, et l'ombre le rattrapait. Il se retourna, hors d'haleine : une ligne noire s'étirait à l'horizon. Dans sa course, il avait légèrement bifurqué vers le nord et les troncs, vus sous cet angle, formaient une étrange image : celle d'une coupe qui s'évasait vers le ciel. Autour du pied de cette coupe, une branche était enroulée comme un serpent. Au milieu, du bois mort pendait pour former un M, telle une signature entre les troncs. Enfin.

Oscar s'enveloppa dans sa cape sans quitter le Caducée des yeux, et disparut de la plaine inquiétante dans un éblouissement.

6

Aucun autre endroit n'aurait pu être plus beau, ni plus désirable. Il se releva, heureux et ému, et contempla la belle bibliothèque, les hautes fenêtres, la table ovale. Les portes de Cumides Circle, si longtemps closes, s'étaient rouvertes.

Il fit le tour de la table du Conseil, salua tout particulièrement Titus, le fauteuil de Mrs Withers, qui inclina discrètement son dossier, et fit un signe à Sissi, celui de la comtesse Lumpini. Sissi froufrouta de tous ses rubans et un parfum capiteux envahit la pièce. Oscar inspira profondément comme s'il s'était agi d'un air frais et vivifiant. Il longea les étagères, effleura la tranche de certains livres, et en tira une pochette. Il dénoua le ruban et ouvrit la pochette sur une page blanche.

— Julia ! Vous vous souvenez de moi ?

Il n'avait pas oublié l'extraordinaire faculté des livres de la bibliothèque du Grand Maître, habités par l'âme de leurs auteurs morts, qui répondaient à leur interlocuteur en écrivant sur la page de garde. Julia Jacob, feue la secrétaire de Mr Brave, avait été son alliée indéfectible pendant son premier séjour à Cumides Circle. Hélas, sa réponse se fit attendre.

— Julia, vous m'entendez ? C'est Oscar, Oscar Pill !

La feuille frémit presque imperceptiblement. Il rangea la pochette, intrigué, et chercha fébrilement un autre livre. Il enleva ses baskets et se précipita vers Titus.

— S'il vous plaît, je peux ?

Le fauteuil hésita, puis glissa jusqu'aux étagères. Oscar pria pour que Bones, le sinistre majordome de la maison, ne fasse pas irruption au moment crucial pour lui asséner une leçon de morale, et il bondit sur le fauteuil sans ménagement ; Titus tangua pour manifester sa désapprobation.

— Pardon, je suis un peu impatient.

Il tendit les mains vers un gros volume couvert de cuir, et ouvrit *L'Épopée fabuleuse des Médicus du Moyen Âge à nos jours* sur la page de garde jaunie.

— Alphonse, c'est Oscar Pill. Vous... vous êtes là ?

Oscar guetta en vain les belles lettres en pleins et déliés d'Alphonse de Saint-Larynx, duc de Bréviaire et marquis de Carabin, un charmant vieux monsieur et historien renommé dans le monde des Médicus. Son seul défaut se résumait à une mémoire légèrement défaillante ; était-ce la raison de son silence ? Oscar feuilleta le livre, dépité. Là encore, l'auteur fit jouer le privilège dont jouissaient tous les auteurs de cette bibliothèque fascinante : celui d'effacer le contenu de leurs pages s'ils ne souhaitaient pas être lus, ou si Mr Brave n'avait pas donné son autorisation. Les mots disparurent et les pages retrouvèrent leur virginité au fur et à mesure qu'Oscar les parcourait. Il remit le livre en place.

Il se souvint alors des événements de la fin de l'été dernier et du sort tragique qu'avaient connu le livre d'Estelle Fleetwood et son âme dans les profondeurs du premier Univers – comment aurait-il pu l'oublier ? Longtemps après, le cri déchirant et la lumière verte qui étaient montés de la cuve avaient peuplé ses cauchemars... Il en était responsable ; les autres livres lui en tenaient-ils encore rigueur ? Son regard se posa sur la tranche d'un ouvrage taché et abîmé. Pas question d'interroger l'*Anthologie des Pathologus*, ni même de saluer son détestable auteur, Billy Boyd, après ce qu'il avait infligé à Oscar l'année précédente.

Il s'éloigna des livres pour longer le mur de portraits qui ornaient la pièce : toutes les grandes figures du Conseil suprême des Médicus, les plus éminents membres disparus, étaient immortalisées et formaient un patchwork de toiles du sol jusqu'au plafond. La totalité des tableaux était illuminée, alors que les grands lustres en cristal diffusaient une lumière douce et que les portraits étaient d'ordinaire plongés dans l'ombre ; les visages n'en étaient que plus sévères. Oscar savait ce que signifiait cette lueur inhabituelle.

Il fit face au mur, son pendentif en main, et les mots montèrent naturellement, tels que Mrs Withers les lui avait enseignés, et comme il n'avait jamais cessé de les prononcer depuis pour ne pas les oublier.

Derrière ce mur apparaissez, les Éternels,
Pour nous annoncer une vie plus belle.

Mur et tableaux se volatilisèrent, laissant apparaître la salle des Éternels, absolument identique à celle où il se trouvait. Ces illustres Médicus disparus, dont l'âme avait choisi de se réincarner dans leur propre enveloppe charnelle, étaient tous présents, silhouettes éthérées et brumeuses, et le fixaient en silence. Oscar ne connaissait pas tous les membres de cette vénérable assemblée, loin de là : certains d'entre eux avaient vécu des dizaines d'années, voire des siècles plus tôt. Leur sagesse et leur expérience rendaient d'immenses services aux membres actuels du Conseil, bien vivants. Il les salua et reconnut l'homme âgé en costume noir qui se tenait en avant des autres Éternels, la main droite sur la poitrine : Sigismond Brave, l'arrière-arrière-grand-père de Mr Brave et ancien Grand Maître des Médicus, chef de cet étrange conseil sur lequel le temps n'avait pas d'emprise.

Sigismond lui fit signe d'approcher et Oscar traversa la paroi virtuelle qui le séparait de la salle des Éternels. Sigismond ouvrit la bouche : sa voix semblait faite de souffles et d'aspirations.

— Je n'ai pas compris, lui dit Oscar.

Le vieux monsieur colla un pan de sa cape à sa bouche. L'étoffe vibra et une voix étrange, qu'on aurait dite sortie du fond d'une caverne, résonna.

— Qui... es... tu ?

— Oscar Pill, répondit-il, surpris que l'ancien Grand Maître ne le reconnaisse pas.

Sigismond se tourna vers ses pairs : tous acquiescèrent.

— D'où... viens... tu ? poursuivit l'Éternel.

La voix avait pris plus d'ampleur, son écho envahissait les moindres recoins de la pièce. Oscar se laissa envelopper par les sonorités et l'étrange atmosphère.

— Du deuxième Univers. Celui des deux royaumes.

L'assemblée fit un signe de tête comme un seul homme. Sigismond poursuivit :

— Où... iras... tu ?

Oscar hésita. Ce moment ritualisé lui inspirait du respect tout comme il suscitait en lui de l'émotion – et une certaine fierté. L'image de son père lui apparut, fugace.

— J'irai au bout des royaumes, puis des autres Univers, dit-il avec plus d'assurance.

Les Éternels l'observaient et l'écoutaient avec bienveillance.

— Qu'y... feras... tu ?

— J'en rapporterai mes Trophées. Et je me battrai contre nos ennemis Pathologus, ajouta Oscar.

Sa Fiole d'Hépatolia s'était mise à briller et une douce chaleur s'en dégageait. À travers elle et l'assemblée qui l'accueillait, il avait l'intime conviction d'être accepté et guidé.

L'ancien Grand Maître baissa sa cape. Il souriait discrètement. Les lèvres de Sigismond bougèrent une ultime fois, mais les mots échappèrent à Oscar.

— Bienvenue, Oscar Pill, et bonne route : c'est ce que te souhaite mon aïeul, comme le veut la tradition séculaire.

Oscar se retourna, rayonnant face à l'imposante silhouette de Winston Brave, maître des lieux et Grand Maître des Médicus. Sur les étagères de la bibliothèque, des dizaines de livres se mirent à frapper de leur tranche contre le bois. Il aurait voulu laisser éclater sa joie d'être de retour, de retrouver Cumides Circle et ses habitants – et de reprendre le flambeau qu'il avait posé il y avait plus d'un an, mais sans l'éteindre. Il adressa un sourire radieux à une vieille dame aux inimitables lunettes rouges.

— Bonjour, mon cher, mon très cher Oscar, lui dit Mrs Withers, aussi heureuse que lui.

— Tu peux être honoré de l'accueil que t'ont réservé les Éternels pour célébrer ton entrée dans la deuxième phase de ton apprentissage, reprit Mr Brave : tout le monde n'y a pas droit. Il faut croire que Sigismond, comme les autres, a de l'estime pour toi.

Oscar s'inclina maladroitement.

— Je crois que derrière cette porte, on s'impatiente.

La porte s'ouvrit à la volée et une fille aux cheveux rouges et un garçon blond et rondouillard à lunettes déboulèrent. Après les premiers éclats de rire, Oscar ne put s'empêcher de reprocher à ses amis du monde intérieur leur interminable silence.

— On ne nous a pas permis de te répondre, expliqua Valentine. On a évidemment essayé en douce – même Lawrence, tu te rends compte ? Lui qui me casse les pieds dès qu'on s'écarte un tout petit peu des règles de...

Lawrence la secoua discrètement sans cesser de sourire à Mr Brave.

— Arrête, s'écria-t-elle, tu me fais mal !

Elle croisa enfin le regard du Grand Maître. Elle rougit et papillota des yeux.

— C'est... c'est de l'histoire ancienne. Et puis, quoi, une malheureuse fois, pas plus...

Mr Brave tapota des doigts sur son avant-bras, soupçonneux.

— Bon, deux fois. Mais ça n'a pas marché, alors on va dire que ça ne compte pas, d'accord ?

— Mais pourquoi on ne leur a pas permis de m'écrire ou de me parler ? s'étonna Oscar.

— Parce qu'il fallait suivre ton calendrier des Trophées, répondit Mrs Withers.

— *Quel* calendrier ?

— Chaque Médicus suit un calendrier intérieur.

Ils s'approchèrent de la table ovale, au centre de la bibliothèque.

— Donne-moi ton pendentif, s'il te plaît.

Oscar le lui tendit. Mrs Withers posa la Lettre dans une encoche taillée au milieu du plateau qui se fendit. Les deux moitiés s'écartèrent et révélèrent une grande plaque de verre qui monta à la hauteur des regards, verticalement. Au centre, la Lettre s'était mise à briller intensément et, comme si elle répondait à son appel, la ceinture d'Oscar se détacha de sa taille et prit son envol à travers la salle. Elle s'étira, rectiligne, et flotta devant la plaque. Les noms des cinq Univers s'inscrivirent alors sur le verre, en dessous de chaque sacoche.

— Ton calendrier des Trophées a deux particularités, précisa Mrs Withers : il ne correspond qu'à *ton* parcours de Médicus, et il évolue avec le temps.

Dans l'angle supérieur, le visage et la fiche d'identité d'Oscar étaient apparus, comme sur la tablette du douanier.

— Tu vois ce petit M au-dessus de ta ceinture ? C'est lui qui progresse avec le temps. L'année dernière, il se trouvait au-dessus du nom du premier Univers, celui d'Hépatolia. Le jour de ta première Intrusion, il s'est mis en route, et ce matin, il a atteint le nom du deuxième Univers ; il est au niveau des deux royaumes. Tu es prêt pour y voyager – et seulement maintenant.

Lawrence ajusta ses lunettes, toujours avide d'explications et de connaissances.

— Il progressera jusqu'au cinquième Univers, dit-il. Ce jour-là, Oscar pourra s'aventurer là-bas pour rapporter son dernier Trophée ?

— Ce jour-là, confirma Mrs Withers, la formation de ton ami sera finie et Oscar sera un Médicus accompli.

— Ça veut dire qu'il faudra que j'attende un an, chaque fois, avant de pouvoir voyager dans l'Univers suivant ? s'inquiéta Oscar.

— Ton calendrier lit en toi, en quelque sorte. C'est lui qui décide de la progression du M, et du temps nécessaire avant que tu puisses accéder à l'Univers suivant. Mais dorénavant, tu pourras pratiquer des Intrusions entre deux étapes du M. Cela t'était interdit uniquement entre les deux premiers Univers, parce que tu manquais d'expérience.

— Là encore, ton calendrier décidera, rectifia Mr Brave. S'il juge que tu dois patienter pour pratiquer une Intrusion, il te le dira.

— Mr Brave, intervint Valentine, est-ce que le calendrier d'Oscar précise s'il peut y aller avec des amis, dans les Univers ?

Le Grand Maître secoua la tête.

— Non, répliqua-t-il. Ce n'est pas lui qui décide ce genre de choses.

— Alors qui ? supplia-t-elle. Il faut absolument que je lui parle !

— C'est *moi* qui décide. Et pour le moment, je décide que vous devez nous laisser, tous les deux.

Ils obéirent à regret.

— On t'attend dans ma chambre, dit-elle à Oscar. On a plein de choses à se raconter.

Lawrence resta interdit sur le pas de la porte, et une voix de Castafiore résonna dans le hall.

— Eh bien, mon garçon, tu ne vas pas rester planté là, tu vois bien que je ne vais pas pouvoir passer !

Un nuage de parfum précéda l'entrée de la comtesse Lumpini. Lorsqu'elle fit son apparition dans la bibliothèque, même Mrs Withers dut se tenir au siège le plus proche.

— Anna-Maria, une crinoline pour assister au Conseil, quelle excellente idée ! N'est-ce pas un peu... encombrant ?

— Question d'habitude, ma chère, répondit la comtesse en retenant sa formidable perruque poudrée qui venait de frôler un des lustres de la pièce. Celle-ci est très simple, c'est une robe pour tous les jours.

Une voix pétillante résonna derrière elle.

— Je reste en jean et chemisier, si personne n'y voit d'inconvénient. Hello, Oscar !

Oscar reconnut immédiatement Maureen Joubert, qui l'avait guidé dans Hépatolia. Maureen prit place dans son fauteuil attitré, Ginger Rogers, tandis que la comtesse venait de noyer Sissi sous les arceaux de sa robe comme on couvre de meringue un gâteau.

Alistair McCooley déboula dans la bibliothèque, chemise froissée et cheveux bruns qui partaient en tous sens.

— Je ne suis pas en retard, j'espère ? s'écria-t-il, essoufflé, en se laissant tomber dans son fauteuil, Gavroche.

— Non, calmez-vous, mon ami, le rassura Mrs Withers. Vous n'êtes même pas le dernier arrivé.

— Je sors d'une réunion avec des Médicus de Tchétchénie, s'enflamma-t-il. Il faut absolument que je vous raconte, on va organiser une véritable révolution !

Son regard s'arrêta sur le monceau de soieries de l'autre côté de la table. Il fronça les sourcils.

— Tiens, il me semblait que Marie-Antoinette avait été décapitée...

Empêtrée dans sa robe et perdue dans une pensée tout aussi excentrique, la comtesse ne prêta aucune attention au commentaire. Tous prirent place autour de la table, et Oscar se rabattit sur la chaise, au bout de la bibliothèque.

— Nous sommes presque au complet, déclara Mr Brave, nous allons pouvoir commencer.

— Nous *sommes* au complet, rectifia une voix acide.

Fletcher Worm venait de faire son entrée. Il salua l'assemblée d'un signe de tête, ignora Oscar et s'installa dans Machiavel. Oscar l'observa ; Worm n'avait pas changé : il semblait fait de cire, immuable, avec sa peau étonnamment pâle et ses cheveux ras argentés. Sa présence ternissait la joie des retrouvailles.

On frappa à la porte, et Cherie entra avec un plateau chargé de tasses, d'une théière et d'une assiette. Pour l'occasion, l'attachante cuisinière avait retenu ses cheveux jaune paille avec un petit serre-tête et revêtu une blouse d'un blanc éclatant qui flottait autour de son corps longiligne. Son visage s'illumina en croisant le regard d'Oscar. Elle fit le tour de la table avec un petit frottement de patins sur le parquet pour déposer une tasse devant chaque conseiller.

— Quel bonheur de vous revoir, cher Oscar ! s'exclama-t-elle sans se soucier de l'assemblée. Pour fêter l'événement, je vous ai confectionné un gâteau, dit-elle en déposant devant lui une assiette de la taille d'un plat à paella.

Oscar contempla la masse tremblotante avec terreur ; quiconque avait déjà avalé un plat de Cherie n'oubliait jamais quelle épouvantable cuisinière elle était.

— Gâteau au radis, à l'orange et à l'huile d'olive, et nappage cannelle. Je vois bien que ça vous a manqué...

— Vous n'imaginez pas, confirma Oscar, qui s'étranglait déjà à l'idée de devoir y goûter.

Mr Brave le sauva.

— Merci, Cherie, je veillerai à ce que personne n'en vole une miette.

Tout le monde s'empressa d'acquiescer, la cuisinière sortit et le Grand Maître reprit.

— Oscar, avant toute chose, le Conseil te félicite : tu as passé l'épreuve de la passerelle et l'assemblée des Éternels t'a réservé un accueil inhabituel, dit-il en se tournant vers les âmes réunies dans la salle toute proche. Tu vas maintenant t'engager dans un deuxième Univers complexe.

Worm daigna enfin lever les yeux sur Oscar. De toute évidence, le sombre conseiller ne partageait pas l'enthousiasme des autres.

— Complexe... et périlleux, précisa Brave. Sois très attentif à tout ce que t'en dira Alistair McCooley.

Oscar acquiesça : Alistair lui inspirait confiance. D'abord parce qu'il était responsable du deuxième Univers au sein du Conseil, mais aussi parce qu'il semblait sincère et aussi indiscipliné et fougueux qu'Oscar l'était lui-même.

— Bienvenue dans le royaume des Souffles et celui de Pompée, mon vieux ! lui souhaita Alistair. On va faire équipe ensemble.

— À propos d'équipe, intervint Mrs Withers, je vous rappelle, Alistair, ce dont nous sommes convenus hier...

— Très juste ! Comme les deux royaumes ne ressemblent en rien au premier Univers, j'ai pensé qu'il serait plus prudent que tu n'y voyages pas seul.

— D'autres Médicus vont voyager avec nous ?

— De jeunes Médicus qui ont tous obtenu leur premier Trophée et ont franchi la passerelle avec succès. Plus on est de fous, plus on est forts, non ?

— Et si vous faisiez entrer les futurs compagnons d'Oscar ? suggéra Mrs Withers.

7

Oscar guetta l'entrée de la bibliothèque, anxieux. Il était sociable mais aussi très indépendant, et il redoutait de devoir faire route en terre inconnue avec des camarades qui ne s'entendraient pas avec lui. Bones, l'austère majordome, entra dans la pièce, suivi d'Ayden Spencer, pour le plus grand soulagement d'Oscar.

Un adolescent en jean, sweat-shirt et baskets noires lui emboîtait le pas. Oscar douta avant de prendre conscience qu'il s'agissait d'une fille.

— Oscar, tu connais déjà Ayden, voici Sally Bunker. Son père est boucher à Golden Crown.

Oscar observa la fille aux cheveux châtains très courts, qui lui adressa un signe. Grande et charpentée, elle aurait pu soulever Ayden d'une main.

— Les présentations sont faites, passons aux choses sérieuses, décréta Alistair.

Les adolescents l'écoutèrent attentivement : le deuxième Univers réserverait des surprises, et les conseils d'Alistair ne seraient pas de trop.

— Vous allez partir pour un long voyage dans ces deux royaumes. Et qui dit deux royaumes... dit deux Trophées. Ou deux demi-Trophées complémentaires, en quelque sorte.

— Il va falloir rapporter *deux* Trophées d'un seul Univers ? répéta Ayden, incrédule. Comme si un, ça n'était pas assez difficile...

Sally haussa les épaules.

— On en rapportera deux, et puis voilà. On part quand ?

— Vous viendrez avec nous ? demanda Oscar.

— Au début, oui, pour vous mettre sur la route, répondit Alistair. Puis vous continuerez seuls ; je vous expliquerai tout le moment venu.

— C'est quoi, ces Trophées ? insista Oscar.

— Patience, répliqua Alistair – mal placé pour donner ce type de conseil. On se reverra avant le départ : il va falloir vous... *équiper*.

— Avant de clore cette réunion, conclut le Grand Maître, je tiens à recueillir l'avis de chaque membre ici : êtes-vous d'accord pour que ces trois jeunes Médicus s'engagent ensemble dans ce long voyage ?

Quatre membres acquiescèrent – Worm se contenta de rester silencieux.

— Ces jeunes gens doivent pouvoir se reposer sur vous, c'est le rôle des aînés, aujourd'hui plus que jamais, poursuivit Brave. Surtout s'ils sont dans un Univers dont vous êtes responsable, mais ailleurs également. Puis-je compter sur vous ?

Oscar devina à quoi le Grand Maître faisait allusion : la nouvelle de l'évasion du Prince

Noir, Laszlo Skarsdale, s'était répandue comme une traînée de poudre, l'année dernière. La menace planait à nouveau sur l'humanité entière : les Pathologus avaient le pouvoir de déclencher des maladies incurables, et les Médicus étaient les seuls à pouvoir lutter contre eux à l'intérieur du corps. Winston Brave et les conseillers auraient-ils eu de mauvaises nouvelles récentes d'ici ou d'ailleurs ?

Anna-Maria Lumpini détendit l'atmosphère un peu trop solennelle pour elle.

— Mais bien sûr qu'on les aidera, ces petits. Et puis, ils ont l'air dégourdis, surtout le jeune Pill. Berenice, vous ne trouvez pas qu'il ressemble terriblement au beau Vitali ? C'est son portrait craché !

— Il n'en aura pas que le visage, répondit Mrs Withers avec un demi-sourire.

Maureen Joubert sortit de sa réserve.

— Oscar, tes amis et toi-même pouvez partir tranquilles : si vous avez besoin de moi en Hépatolia ou ailleurs, je serai là.

— Parfait, conclut Brave en se levant. Le Conseil est donc levé. Berenice, voudriez-vous...

— Mon avis vous intéresse peut-être.

Worm s'exprimait pour la première fois. Mrs Withers se redressa, attentive. Worm avait un talent certain pour intervenir lorsque tout était dit – et bouleverser l'ordre des choses.

— Bien sûr, répondit le Grand Maître en contenant son irritation. Nous vous écoutons.

— Vous savez ce que je pense de la présence du jeune Pill parmi nous, se plut à répéter le conseiller pour la énième fois. Mais soit : je ne *m'oppose pas* à la conquête du deuxième Trophée – ou plutôt des deux demi-Trophées – par ces trois adolescents. Par ailleurs, je trouve excellente l'idée du jeune McCooley.

Alistair se crispa ; la condescendance de Worm l'exaspérait. Brave le calma d'un simple regard.

— Ces jeunes sont inexpérimentés, poursuivit Worm. Rien de mieux qu'un groupe pour favoriser l'entraide et la solidarité.

— Des valeurs qui vous caractérisent, tout le monde le sait, glissa Alistair.

Worm répondit par un petit rictus.

— Lorsque vous avez décidé d'accélérer l'initiation de nos jeunes Médicus, je vous ai proposé mes services, Winston, vous n'avez pas oublié.

— Et je vous ai répondu que je ne manquerais pas d'y faire appel lorsque *je* le jugerais nécessaire, précisa Brave, qui se méfiait comme les autres de ce que Worm pouvait avoir derrière la tête.

— J'ai préféré anticiper votre demande, répliqua le conseiller de sa voix lente et acide, en haussant très légèrement les épaules.

Personne d'autre n'aurait osé s'affranchir de l'autorité du Grand Maître et l'affirmer aussi ouvertement. Cette fois, c'est Winston Brave qui dut contenir sa colère.

— Aussi ai-je fait comme vous avez dit, enchaîna Fletcher Worm : j'ai encouragé la formation de jeunes Médicus et je les ai pris sous mon aile. Un peu comme vous l'avez fait avec ce garçon. C'est le rôle des aînés, c'est bien ça ?

Brave se leva en poussant sur les deux accoudoirs de Carolus Magnus, son fauteuil, dont le dossier était surmonté d'un M ; la pierre verte en son centre brillait d'un éclat glacial, à l'image de l'humeur du Grand Maître à cet instant précis.

— Nous en parlerons plus tard, répondit-il. Si vous n'avez plus rien à nous dire, je propose que nous libérions tout le monde.

— Non, je n'ai plus rien à vous dire.

Tous les autres se levèrent, cette fois.

— ... Il ne me reste qu'à vous les *présenter*, ajouta Worm, bien calé dans Machiavel.

— Nous présenter qui ? s'étonna la comtesse qui rajustait tant bien que mal l'échafaudage de postiches sur sa tête.

Worm traversa la bibliothèque et ouvrit la porte. Sur un signe, une jeune fille de l'âge d'Oscar apparut sur le seuil. Très droite, elle inspecta les lieux avec un air sévère. Oscar ne la connaissait pas. Il l'observa de la tête aux pieds : elle portait une jupe bleu marine, des sandales sombres, un chemisier à rayures boutonné jusqu'au col. Rien de très sympathique, et Oscar ne put s'empêcher de penser que son caractère ne le serait pas plus. Son visage était triangulaire, ni joli ni laid, mais avec son petit chignon, ses lèvres pincées et son nez relevé, elle ressemblait à une gouvernante pas commode.

Worm l'attira à l'intérieur. Elle le fusilla du regard et repoussa sèchement sa main. Lui-même n'osa pas insister.

— J'ai demandé à Iris Flockhart de se joindre à nous pour que nous lui présentions ses futurs compagnons de voyage dans le corps. Elle est en possession du premier Trophée, comme les autres, elle a passé l'épreuve de la passerelle, et je l'estime prête pour l'étape suivante.

Berenice Withers réagit la première.

— Pourquoi ne pas en avoir parlé avant le Conseil ? Vous nous prenez de court, nous avons le droit d'émettre un avis.

— Il me semble que nous avions le même droit lorsque vous avez décidé, vous et vous seule, d'initier le jeune Pill. Je ne vois donc pas pourquoi vous refuseriez à l'une ce que vous avez accordé à l'autre. D'autant que le père d'Iris, lui, n'a pas fini en prison, et son nom n'a pas été effacé de l'Ordre.

Mrs Withers croisa le regard de Winston Brave, puis celui des autres conseillers. Piégés, ils n'avaient plus qu'à accepter cette entrée en force d'une protégée de Worm dans le groupe. Maureen fit une dernière tentative.

— Il me semble que le premier concerné est celui qui va mener l'expédition et guider le groupe : Alistair. Il est donc logique qu'on se soumette à sa décision. *Tous*.

Worm se tourna vers Alistair.

— Comment avez-vous dit, jeune homme ? Plus on est de fous, plus on est forts ? Je suis certain que Miss Flockhart s'intégrera parfaitement au groupe et le rendra plus fort.

Alistair chercha le regard de Brave.

— Iris fera donc partie du groupe, c'est décidé, trancha le Grand Maître.

Worm, satisfait, s'approcha de la porte.

— Et puisqu'il ne faut pas perdre de temps dans ce combat qui s'annonce contre le mal, laissez-moi vous présenter une dernière recrue.

Pour couper court à toute opposition, Worm enfonça le clou.

— J'ai une totale confiance en ce jeune Médicus, et je tiens absolument à ce qu'il prenne part au voyage, Winston.

La porte fut repoussée sans ménagement et Oscar crut que le plafond s'effondrait sur lui.

8

— Moss !

Lawrence, stupéfait, répétait le nom pour la troisième fois.

Valentine, elle, était folle de rage.

— Cette brute épaisse, un Médicus ! S'il est le protégé de ce Worm, ça veut tout dire...

Oscar lui-même n'en revenait pas. Il lui avait suffi d'apercevoir Moss pour comprendre que tout serait bien plus compliqué à partir de maintenant.

— Je crois que c'est le pire danger de ces deux royaumes. Même cette Iris a l'air plus commode...

— Pourquoi Mr Brave a-t-il accepté ?

— Il n'a pas eu le choix, répondit Lawrence, qui retrouvait progressivement ses esprits. Tu as entendu ce qu'a dit Worm...

Valentine lui lança un regard chargé de reproche. Oscar la dévisagea.

— Ce qu'a dit Worm ? Mais... vous étiez ici, non ? Ça m'étonnerait que Bones t'ait laissé écouter à la porte de la bibliothèque.

Valentine pinça Lawrence.

— Traître, va. Bon, d'accord, avoua-t-elle.

Elle farfouilla sous son lit et en retira un curieux appareil artisanal.

— Qu'est-ce que c'est que ce truc ? demanda Oscar, intrigué, en retournant l'objet qui semblait tout droit sorti du Bazar de Jeremy.

— Un capteur d'ondes vocales, répondit Lawrence. Le métal propage les ondes, alors j'ai attaché un fil de fer à la conduite du chauffage qui passe par la bibliothèque et le salon, puis qui monte dans nos chambres ; je l'ai enroulé autour d'une boîte de conserve et j'ai rajouté un amplificateur au bout de la boîte pour que cette petite curieuse entende tout ce qui se dit en bas. Enfin, moi, j'ai fourni la théorie, et elle a tout chapardé en bas, dans l'atelier de Jerry, évidemment... Quelqu'un a vu mes lunettes ? finit-il par demander.

— Tu es assis dessus, comme d'habitude, répondit Valentine en rangeant son précieux outil d'espionnage. Bon, et alors ? Il faut bien se tenir informé, non ?

— Bravo, Law, dit Oscar en riant, je vois que tu es passé du côté des délinquants...

— J'ai un peu insisté, reconnut-elle en jouant avec une mèche rouge. Alistair a raison : l'union fait la force...

Lawrence redressa les branches de ses lunettes et retrouva son sérieux.

— Je me demande pourquoi Worm a insisté pour que ces deux-là fassent partie du groupe. Il aurait très bien pu les faire voyager seuls, ou les accompagner.

— Worm ne m'aime pas, déclara Oscar. Il espère sans doute que Moss m'empêchera de rapporter mes Trophées...

— *Nous* empêchera de rapporter tes Trophées, rectifia Valentine. On vient avec toi, je me charge de convaincre tout le monde.

— Impossible. Je dois trouver ces Trophées au plus vite pour passer ensuite au troisième Univers. Et c'est trop dangereux.

— Trop dangereux ? Je te rappelle qu'on a connu pire, et que sans nous, tu ne l'aurais jamais rapportée, ta Fiole d'Hépatolia !

— D'accord, concéda Oscar pour la calmer. On en reparlera.

Il était presque 10 heures, sa mère avait dû se réveiller. Peut-être ne s'était-elle pas encore rendu compte de son absence. Les souvenirs de la veille l'assaillirent : son retard, les reproches de Celia, et surtout leur attitude, à Violette et à lui, face à Barry Huxley, qui l'avait tant peinée. Pas question d'aggraver la situation.

— Il faut que je rentre à Babylon Heights.

— Tu ne peux pas rester ici, ce week-end ? On vient à peine de se retrouver ! se plaignit Valentine. On a chacun notre chambre, depuis l'année dernière, et je suis sûre que Cherie a préparé et nettoyé la tienne comme jamais !

— Vous avez passé toute l'année ici ? s'étonna Oscar.

— Bizarrement, Mr Brave a tout de suite accepté, répondit Lawrence. Pour une fois, je n'ai pas cherché à comprendre. Allez, reste, Oscar, l'école ne reprend que lundi et on a plein de choses à te raconter !

Oscar hésita.

— J'ai une meilleure idée.

*
* *

Stomp rajusta son manteau, qui glissait sans cesse de son dos bossu, et se faufila avec une agilité étonnante dans la bouche d'égout. Son corps, trapu et puissant, retomba lourdement dans une flaque saumâtre. Il se rétablit prestement et sinua d'un pas rapide dans les galeries humides. Il évitait les obstacles, sautait les rigoles et ignorait les rats qui se battaient pour la moindre immondice, et finit par atteindre une grille, qu'il arracha d'une main. Il s'engagea dans le conduit et déboucha dans un boyau large. Il tourna la tête : un rond lumineux se découpait au loin. Une bouche de métro. Il traversa les rails sans traîner, poussa une porte métallique et la referma derrière lui.

— Tu me fais attendre.

Stomp se contenta de plier l'échine. Son crâne luisait sous la lumière jaune et accidentée du néon. Son épaule gauche s'anima d'un tic, une violente secousse incontrôlable. Il posa la main sur sa clavicule, en vain. L'homme qui lui tournait le dos s'approcha d'un feu intensément rouge, qui naissait des pierres humides par un sortilège étonnant. Sa silhouette haute se découpait dans un halo pourpre. Il tourna la tête : son visage était dissimulé dans l'ombre de sa capuche.

— Dépêche-toi, ordonna le Prince Noir.

Stomp s'avança avec prudence.

— Ce que nous pensions se confirme.

— Ce que *je* pensais. Vous, vous ne pensez jamais, siffla Skarsdale entre ses dents. C'est bien mon problème. Je suis entouré de gens qui ne pensent pas. Voilà pourquoi je croupis dans un souterrain immonde au lieu d'avoir les Médicus et l'humanité à mes pieds.

Stomp laissa passer l'orage.

— Ce que *vous* pensiez se confirme, corrigea-t-il : des jeunes sont venus à Cumides Circle.

— Comme un troupeau affolé, commenta Skarsdale avec une évidente satisfaction. Ils rameutent leurs brebis égarées. Ils se regroupent alors que je ne les ai pas encore traqués. C'est parfait.

— Ils ne sont plus très nombreux. Ils veulent former la relève.

— Ces jeunes étaient seuls ?

— Non, le Conseil était réuni. On en a repéré certains à leur arrivée.

— La comtesse Lumpini est toujours reconnaissable de très loin...

— On a suivi ces jeunes recrues : elles proviennent d'un peu partout dans la ville.

— Combien sont-ils ?

— Cinq. Leurs parents ne sont pas en mesure de leur enseigner leurs pouvoirs. Surtout...

— Surtout quoi ?

Stomp hésita. La main du Prince Noir s'éleva, immense araignée dans le jeu d'ombre et de lumière, et le coup partit. Stomp, tout aussi vif, l'esquiva. Skarsdale tira une lame rougeoyante d'un fourreau.

— Cette fois, je ne t'épargnerai pas. Alors parle.

— Surtout l'un d'eux, répondit Stomp : le jeune Pill.

Skarsdale ferma les yeux, subitement envahi par un sentiment mêlé de réjouissance et de haine. Haine du nom, réjouissance à l'idée de la revanche, même s'il ne s'agissait que du fils.

— Le jeune Pill, répéta Skarsdale, comme s'il s'en rapprochait par la voix. Le jeune Pill.

Il s'enferma dans un silence que Stomp respecta.

— Qu'ont-ils en tête ? finit-il par se demander.

— Ils savent que vous êtes de retour. Que nous sommes prêts, ici et ailleurs.

— Ils n'ont rien vu, pour l'instant, murmura Skarsdale.

— Voulez-vous qu'on intercepte les jeunes Médicus ?

Skarsdale fit rougir la lame dans les flammes.

— Non. Au contraire.

Stomp releva la tête, surpris.

— Pourquoi les arrêter quand ils peuvent nous être utiles ? Tu n'es pas charitable.

Il eut un petit rire qui se perdit dans le crépitement du feu.

— Surtout le jeune Pill, comme tu le dis si bien. Un garçon privé de son père. Comme c'est triste...

Il se retourna vivement. Il semblait grandi par la perspective obscure de ses plans.

— Non, conclut-il. Nous allons les aider.

9

Un cri de joie retentit et Violette se jeta dans les bras de Valentine.

— J'étais sûre que tu reviendrais !

Elle s'écarta, ravie.

— Tu as bien fait de garder tes cheveux rouges.

— J'ai pas vraiment eu le choix, répondit Valentine qui avait perdu l'habitude des étranges remarques de Violette.

Celle-ci aperçut la valise.

— Vous restez ici ? Génial !

— J'ai le droit de répondre à cette question ? demanda Celia avec un sourire, adossée à la porte d'entrée. Tiens, tiens, il me semble avoir déjà vu ces visages quelque part...

Valentine s'élança vers elle, mais Lawrence l'agrippa et prit la pose d'un orateur en plein congrès.

— Chère madame, nous sommes ravis et charmés de vous revoir, et... comment dire... Oscar nous a gentiment proposé...

— ... de me faire une grosse bise pour fêter les retrouvailles ? Bienvenue à la maison, fit Celia en ouvrant les bras.

— Ça ne t'embête pas si Valentine et Lawrence passent le week-end avec nous ? demanda Oscar en embrassant sa mère lui aussi.

— Si ça te rend heureux, alors oui, je suis d'accord.

Celia le regardait droit dans les yeux ; il y lut toute la douceur et l'amour auxquels elle l'avait habitué, comme si la colère et le chagrin de la veille n'avaient jamais sévi.

— Si toi aussi tu comprenais que le bonheur des autres, ça compte, ça me ferait très plaisir.

Oscar baissa les yeux. Le visage de Barry s'imposa, et la simple idée de le revoir lui fut désagréable. Il préféra éluder le sujet.

— On monte la valise dans ma chambre, lança-t-il avec un entrain forcé.

Le week-end passa comme une heure.

Violette ne cessait d'étonner Lawrence. L'étrangeté de l'une et la logique imparable de l'autre dressaient parfois un mur d'incompréhension entre eux, mais le quatuor fonctionnait à merveille malgré tout. Les frères O'Maley s'étaient joints à eux, et Ayden avait proposé à Sally Bunker, leur future coéquipière Médicus qui vivait à Golden Crown, un quartier populaire proche, de passer le dimanche ensemble.

— C'est qui ? avait demandé Jeremy, surpris. Son garde du corps ?

Sally se révéla sympathique, bien que directe – et un peu brutale. Après avoir répondu aux deux premières questions de Jeremy, elle s'était postée près des vélos.

— Bon, ça suffit. On y va ?

Elle avait accompagné sa décision d'une bourrade amicale et Jeremy avait traversé la moitié du jardin. Ils étaient tous partis à travers Babylon Heights et avaient fini l'après-midi au parc. Ils attendirent l'extrême limite pour repartir, à regret. Sally broya quelques mains et partit en courant au rythme d'un marathonien.

Celia bouscula tout ce petit monde de retour.

— Allez, que les Babyloniens filent chez leurs parents, et les autres, départ dans cinq minutes : Jerry m'a appelée, soyez prêts !

— Je vous accompagne, proposa Oscar. Je reviendrai avec ton vélo, Law. Au fait, c'est toujours 19 heures, l'heure du dîner ?

— Oui, répondit Lawrence – sauf pour Valentine qui a décidé d'énerver Bones tous les soirs. Mais le dimanche, on dîne avec Mr Brave, et parfois Mrs Withers se joint à nous, alors...

— Dix minutes seulement pour me faire belle pour Mr Brave ! s'affola Valentine.

— Il est beau ? demanda Violette.

— T'imagines même pas. Je craque complètement, et je crois qu'il est un peu amoureux de moi.

— Si on est en retard, répliqua Lawrence, tu craqueras dans le Grand Réseau Inter-Universel.

Valentine embrassa Violette.

— Pas un gramme de romantisme, ces Hépatoliens.

La limousine de Mr Brave quitta Babylon Heights. Derrière les vitres teintées, personne ne pouvait distinguer les traits du chauffeur : une fille de douze ans sur les genoux d'un homme, agrippée au volant.

— Débrayez, Jerry, débrayez ! On ne va pas rester en seconde pendant deux heures ! Et accélérez !

Valentine donnait ses instructions à un Jerry attendri, sous le regard inquiet de ses amis. Oscar, assis sur la banquette arrière, se pencha.

— Valentine, tu es sûre que...

— Sûre et certaine. Vous avez deux chauffeurs en un, de quoi vous vous plaignez ? Faites-nous confiance.

Jerry acquiesça, manifestement fier de sa protégée. Cherie et lui n'avaient pas d'enfants, et ils avaient très vite succombé au charme de l'affectueuse Valentine. Oscar capitula, Lawrence marmonna ses leçons de morale et de prudence tandis que l'association de chauffeurs parlait mécanique. Un crissement de pneus puis un choc obligèrent Jerry à freiner : le véhicule devant eux venait de percuter quelque chose.

— Restez dans la voiture, ordonna Jerry.

Il se précipita vers un homme allongé sur le macadam, immédiatement rejoint par les adolescents pressés de désobéir.

— Mr McCooley ! s'écria Jerry.

Alistair, sous le choc, bafouilla quelques mots incompréhensibles et porta la main à sa tête.

— Je ne l'ai pas vu, se désola le conducteur qui venait de le renverser, il a traversé en courant et j'ai à peine eu le temps de freiner...

Alistair retrouva progressivement ses esprits. Jerry le força à rester allongé.

— Ne bougez pas. On va appeler une ambulance, c'est plus prudent.

— Non, non... répondit Alistair en s'asseyant sur la chaussée. Ça va, ne vous inquiétez pas.

— Vous êtes sûr ? demanda Valentine. Sinon, je vous conduis à l'hôpital...

— Je suis entier, décida Alistair en palpant chaque partie de son corps. Je vais rentrer et me reposer, tout ira bien.

— Ah, ces Médicus qui pensent que rien ne peut leur arriver !

Oscar lui donna un coup de coude : le type les écoutait, perplexe.

— Si vous voulez, dit ce dernier, peu rassuré, il y a une clinique toute proche, on peut y aller. Vos amis ont raison, c'est quand même plus prudent.

Alistair finit par céder et se releva, soutenu par Jerry. Tous remontèrent en voiture pour s'arrêter deux rues plus loin devant un petit immeuble sur lequel s'étirait une bande lumineuse :

Clinique médicale et chirurgicale

Le conducteur les précéda. Quand ils entrèrent, il était accompagné d'un médecin, un type encore plus petit que Jerry, le dos voûté, et très agité.

— Venez, dit-il à Alistair. On va faire des radios.

— On l'accompagne, décréta Oscar, préoccupé.

Alistair s'allongea sur un lit et tout le monde se réfugia dans une cabine en verre.

— Pour vous protéger des rayons, expliqua le médecin.

Le lit glissa sur des rails et Alistair disparut dans un gros tube métallique. Les images de son corps défilèrent sur un écran. Quelques secondes plus tard, il émergea du tube.

— Tout est parfait, conclut le radiologue, en nage. Il s'en sortira avec quelques hématomes, c'est tout.

Alistair quitta la clinique avec empressement, entouré et soutenu. Il paraissait encore plus mal en point qu'au moment du choc.

— Ça va passer, dit-il aux adolescents inquiets.

Sur le trottoir, le type qui l'avait renversé bredouilla encore quelques excuses. Jerry, rassuré par les examens, le laissa partir. Alistair monta dans la limousine qui le déposa devant chez lui.

— Merci de m'avoir accompagné. Ça va bien, maintenant, ne vous faites pas de souci.

Il monta quelques marches, puis se ravisa.

— Inutile d'en parler à Mr Brave, Jerry. C'était un accident idiot et sans conséquence.

— Bien, Mr McCooley.

À peine eut-il refermé la porte qu'Alistair s'effondra sur le lit.

À son réveil, il se sentit vide, comme si un brouillard l'avait envahi. Il supporta péniblement la lumière d'une petite lampe et mangea très légèrement.

Il se réfugia dans le salon et songea au jeune Pill, qui lui faisait tant penser à l'adolescent intrépide et aventurier qu'il avait été, insensible à toute blessure. Pourtant, aujourd'hui et pour la première fois de sa vie, il avait eu peur pour lui-même et sa santé, même si les examens avaient été rassurants. Pour ce garçon plus encore que pour les autres, il se devait de recouvrer sa forme au plus vite afin de le conduire dans le deuxième Univers.

Il songea à l'accident, et les mots du conducteur résonnèrent à nouveau : « Il a traversé la rue en courant. » Il était certain du contraire. Était-ce un simple accident ? Peut-être serait-il plus sage d'en parler au Grand Maître à la prochaine occasion. Il secoua la tête et s'agaça de sa propre paranoïa. Depuis l'évasion du Prince des Pathologus, il voyait le mal partout. Non, hors de question de revenir sur cet accident insignifiant ; ni avec Winston Brave ni avec quiconque. À quoi bon ? On feindrait de l'écouter, puis on lui rappellerait immanquablement, et avec plus ou moins de tact, comment son père avait fini. La folie, voilà dans quoi George McCooley avait sombré, durant les dernières années. Et s'il y avait bien une chose qu'il ne pouvait pas supporter, c'était qu'on l'évoque. Il ne tolérait même pas de le lire dans le regard gêné des gens, pas plus qu'il n'avait accepté le verdict des médecins :

— Il y a deux personnes dans le crâne de votre père, Mr McCooley : l'homme que vous connaissez, intelligent et structuré, et puis par moments, quelque chose se déconnecte, et surgit un autre homme qui n'a pas toute sa tête.

— Mais avec moi, et avec ma mère, il est comme on l'a toujours connu !

— Hélas, le personnage qui vous est familier va disparaître avec le temps et il ne vous restera que le second – un étranger pour vous et votre famille. Je suis désolé, jeune homme.

Les médecins ne s'étaient pas trompés – sauf pour Alistair, qui s'était réfugié dans ses souvenirs : ceux d'un père merveilleux et brillant, et peut-être ce que l'on appelle un original. Sa mère était morte peu de temps après George McCooley, accablée par le chagrin et les infamies proférées au sujet de la folie présumée de son mari. Depuis, Alistair avait toujours fui les gens assez indélicats pour aborder le sujet, de près ou de loin.

De la même manière, il redoutait qu'on détecte chez lui ce qu'il avait refusé de voir chez son père. « Fou, Alistair McCooley. Vous êtes fou comme l'était votre père » : voilà ce qu'on penserait s'il parlait de cet accident, s'il jurait qu'il n'avait pas couru, qu'il avait pris soin de bien regarder à droite et à gauche avant de traverser.

Il passa un long moment à ruminer ses idées noires avant de sombrer à nouveau dans un sommeil lourd.

10

Durant la semaine qui suivit, Oscar eut beaucoup de mal à se plier à la discipline scolaire, vite oubliée en vacances. Celia était obligée de le sermonner à longueur de temps, et elle s'était bien gardée de revenir sur l'épineux problème de « Mister Hein ». Quant à Violette, fidèle à elle-même, elle ne s'était pas rendue à l'école à deux reprises. La première fois, elle avait affirmé avec toute la bonne foi du monde qu'un papillon rouge lui en avait interdit l'accès en ouvrant les ailes chaque fois qu'elle voulait franchir le seuil de l'établissement. La seconde, elle était restée en contemplation devant un passage clouté, à la recherche des fameux clous qu'elle tenait à mettre de côté pour Valentine sans jamais les trouver. Celia n'avait rien dit ; elle s'était contentée de soupirer et de caresser la joue de sa fille.

— Tout va bien, maman ?

— Oui, ma chérie. Si pour toi tout va bien, dit-elle avec un sourire las, alors pour moi aussi.

Vendredi, Mr Penguin, le professeur principal d'Oscar, conscient de la difficulté de reprendre un rythme soutenu, avait proposé au professeur de sport d'organiser le cours au parc suivi d'un pique-nique. Autant dire que l'enthousiasme de la classe s'entendit jusqu'aux confins de Babylon Heights. Pour une fois, Oscar fut à l'heure pour le départ.

À 11 heures, Mr Ironman, le professeur d'éducation physique, proposa une activité-surprise : une quinzaine de barques attendaient les élèves au bord du lac. La course vers les bateaux ressembla à peu de chose près à une invasion barbare.

Tilla s'assit sur le rebord de la barque la plus proche d'Oscar.

— Tu veux bien ramer pour moi, Oscar ?

Il hésita une seconde de trop. Moss s'interposa.

— Avec lui, tu ne vas pas dépasser le bord du lac, ricana-t-il. Monte avec moi, tu vas voir ce que c'est, un type musclé.

Tilla joua de ses cheveux en faisant mine de vouloir les attacher et prit place dans l'embarcation avec un regard hautain pour Oscar. Moss retroussa ses manches, sauta à bord et la barque tangua si fort que Tilla, nettement moins fière, dut s'accroupir.

— Doucement, on va se renverser, reprocha-t-elle à son rameur.

— T'inquiète pas, fit Moss, je gère !

Oscar embarqua avec Stella Fischer, une fille à qui il n'avait pas adressé la parole plus de deux fois l'année dernière, et qui passait son temps à noircir des carnets et à manger dans son coin pour ne pas avoir à partager. Ayden monta avec Romano Golino, et Jeremy nomma son frère « rameur attitré » de la famille ; au grand dam d'Eleanor-Shadow, qui voyait Barth lui échapper.

Conscient des intentions rarement amicales de Moss à son égard, Oscar préféra s'éloigner de Moss et de Tilla. D'autant qu'en cas d'agression, il ne pourrait certainement pas compter sur Stella, qui marmonnait toute seule contre le gilet trop serré, l'eau sale du lac et le soleil qu'elle ne supportait pas. Et puis, sans vraiment se l'avouer, la vision de Moss et Tilla ensemble sur cette barque le mettait de mauvaise humeur. Il s'en voulait de ne pas s'être imposé à temps en répondant à la proposition de Tilla ; pourquoi se méfiait-il presque autant de cette fille que de son rameur ?

Il était perdu dans ses pensées, avec les ronchonnades de sa coéquipière en bruit de fond, quand un choc à l'arrière le fit sursauter. Une autre barque venait de le percuter alors qu'ils étaient loin du reste du groupe, cachés par le monticule rocheux au centre du lac. Moss, debout dans la barque, tenait fermement une rame en main. Tilla souriait, peut-être amusée par l'attaque de Moss, ou curieuse de voir comment Oscar relèverait le défi. Ce dernier préférait remettre à plus tard la résolution de l'énigme Tilla. Stella avait émergé de ses plaintes et s'en prenait à lui.

— Qu'est-ce qui se passe ? Hé, Oscar, il se passe quoi ? répéta-t-elle sans faire le lien entre Moss et le choc qu'ils venaient d'encaisser.

— Rien, continue à manger, répondit-il en ramant de plus belle pour prendre de la distance.

Moss gagnait du terrain. Tilla semblait s'être prise au jeu et l'encourageait à sa manière.

— Alors, Ronan, je croyais qu'on allait traverser le lac comme un hors-bord... Même Oscar va plus vite.

Moss redoubla d'efforts et l'écart fut vite comblé. De l'autre côté, Stella avait changé de motif de plainte :

— Ralentis, je vais vomir !

— Normal, avec la tonne de bonbons que tu as avalée ! cria Oscar, essoufflé, tout en regardant derrière son épaule. Va à l'arrière et bombarde-les avec, tu seras moins malade et ça te fera faire du sport !

Stella serra son sac contre elle.

— Jamais !

Un second choc lui cloua le bec. Oscar se baissa in extremis pour éviter la rame qui frappa l'eau. Stella, trempée de la tête aux pieds, poussa un cri de cochon qu'on égorge. Oscar scruta l'horizon : pour une fois que cette fille lui servait à quelque chose, personne d'autre n'était assez près d'eux pour l'entendre. Pourtant, Stella s'en donnait à cœur joie, et il finit par se demander si ses glapissements n'étaient pas plus dangereux pour ses tympans que Moss pour son crâne. Entre-temps, leur barque s'était coincée entre la berge et un tronc d'arbre, et Oscar tenta désespérément de se dégager. Moss s'apprêtait à frapper une seconde fois. Il éclata d'un rire mauvais.

— Alors, Pill, fait comme un rat ? Ça te va bien, ça : un rat !

Il se mit à jouer avec sa rame de gauche et de droite, debout à la proue, faisant dangereusement tanguer son embarcation. Tilla s'agrippa au banc. Oscar se réfugia à l'autre bout de la barque, le plus loin possible de Moss. Stella, terrifiée, le repoussait.

— Mais prends-lui sa rame ! Prends-lui sa rame !

Il l'aurait bien balancée à l'eau pour qu'elle se taise, mais il avait trop à faire avec Moss. La rame de ce dernier s'abattit avec fracas. Stella se mit à pleurer. De son côté, Moss passait d'un pied sur l'autre pour atteindre son adversaire, en pesant de plus en plus à chaque changement.

— Arrête, Ronan, ordonna Tilla, affolée. Ça suffit, je veux rentrer.

Moss, tout à son acharnement, n'écoutait plus personne. Il frappa à nouveau de toutes ses forces au moment où Oscar, dans un ultime effort, parvint à dégager la barque de ses entraves. La rame plongea profondément dans l'eau. Moss lâcha prise et recula brutalement pour retrouver l'équilibre. L'arrière de l'embarcation s'enfonça, et Tilla bascula par-dessus bord. Elle atterrit dans l'eau boueuse et se débattit comme elle put. Oscar se précipita pour l'aider mais Stella, qui avait repris son concert de cris, retomba lourdement sur lui. La rame d'Oscar heurta le crâne de Tilla. La jeune fille disparut sous la surface. Sans hésiter, Oscar se défit de son gilet et plongea sous l'eau tandis que Moss, paniqué, menaçait Stella du bout de sa rame et appelait à l'aide, en vain.

Oscar distinguait à peine le corps de Tilla qui s'enfonçait progressivement dans la vase. Il la prit sous les bras et tenta de la remonter. Quelque chose les retenait. Il la lâcha, refit surface pour prendre de l'air et plongea à nouveau, plus profondément, pour atteindre les chevilles de Tilla, prises dans des algues filamenteuses. Oscar tenta de les sectionner, mais la vase et ses vêtements diminuaient ses forces. Il manquait d'air, et sentait qu'il ne résisterait pas longtemps. Il remonta jusqu'au visage de Tilla : les yeux étaient entrouverts, et de petites bulles – les dernières ? – s'échappaient en une fine colonne vers la surface.

Il y avait sans doute un endroit où il pourrait faire quelque chose pour elle avant qu'elle ne se noie complètement.

Il fouilla sous son T-shirt et sentit le contact du métal. Il serra son pendentif dans la main droite, fixa le nez de Tilla et se projeta en avant.

11

Le M brillait encore. Il regarda autour de lui.

Les plaines qui s'étendaient à perte de vue lui étaient maintenant plus familières. La même terre aride, poussiéreuse, l'étendue plate jusqu'à l'horizon. À quelques mètres de lui, un groupe d'arbres sombres. S'il pouvait faire quelque chose pour sauver Tilla, ce serait ici, au royaume des Souffles – ses poumons. Seul le silence, profond, angoissant, était inhabituel. La différence fondamentale avec sa précédente Intrusion lui apparut immédiatement : il n'y avait plus le moindre souffle de vent. Il lui sembla même que sa propre respiration était difficile : Tilla avait très peu de réserve d'air, il fallait agir vite. Dans le ciel, l'intensité du soleil semblait baisser comme si le jour faisait place à la nuit, alors que l'astre était encore très haut. Un grondement lui fit tourner la tête. Un roulement bientôt assourdissant qui se rapprochait à une allure folle. Oscar, effaré, fut paralysé devant le spectacle terrifiant : à l'horizon, une bande vert sombre, mousseuse, apparut. La bande se transforma en un mur qui ne cessait de monter comme s'il s'apprêtait à toucher le ciel et recouvrir la voûte.

Oscar recula, tétanisé.

Une vague. Une gigantesque vague, telle qu'il n'en avait jamais vu ailleurs qu'à la télé, comme celle qui avait fait des centaines de milliers de morts lorsqu'elle s'était produite dans le monde extérieur, quelque part en Asie. Le nom lui revenait : un *tsunami*. Tilla était bel et bien en train de se noyer.

« Reste calme, Oscar », lui avait dit un jour Mrs Withers. « Tu peux te sortir des pires situations, des cas les plus désespérés si tu restes calme. »

Il ferma les yeux et tenta d'oublier la vague mortelle qui fonçait droit sur lui. Tilla devait vivre, et lui aussi. Chacun, à sa manière, avait sa mission à remplir dans la vie. Celle de Tilla, quelle qu'elle soit, méritait d'être accomplie. Une image s'imposa alors : celle de Mrs Withers, le jour où ils avaient dû affronter une chute de bile depuis le sommet de la montagne alors qu'ils se trouvaient à son pied. Un rayonnement avait jailli de la Lettre et creusé dans la paroi comme un laser coupant : un gros rocher avait fini par se détacher et boucher l'orifice. Oscar avait tenté à plusieurs reprises de réitérer l'exploit, sans succès. « Il faut que tu le veuilles, et que tu y croies », lui avait répété Mrs Withers. Aujourd'hui, il le fallait plus que jamais.

Il se releva et fit face avec courage au mur d'eau sombre qui avançait implacablement sur cette plaine immense et désolée, bientôt ravagée. Il saisit fermement son M, fixa le sol et se concentra de toutes ses forces. Le M s'illumina faiblement puis s'éteignit. Oscar avait du mal à respirer : l'air se raréfiait, le sol tremblait, la lumière baissait. *Tilla est en train de mourir, je veux la sauver ! Je veux que mon pendentif l'aide ! J'y crois !*

Il avait hurlé sans s'en rendre compte. Le M brilla avec une intensité exceptionnelle. Oscar eut l'impression qu'un feu intérieur naissait en lui, une énergie phénoménale qui se concentra dans son ventre, monta dans sa poitrine, ses bras et convergea vers le pendentif. Un rayon vert fulgurant jaillit de la Lettre et creusa le sol. Alors que le mur d'eau progressait toujours, et qu'une fine pluie s'abattait tout autour de lui, Oscar reprit confiance et se déplaça le long d'une ligne. Le rayon, de plus en plus intense, soulevait et pulvérisait la terre, et un véritable précipice se forma. Le sommet de la vague venait de se courber. Le mur forma une gueule béante prête à s'abattre sur Oscar et l'engloutir. Il courut à perdre le souffle, élargissant l'abîme qui le séparait du tsunami. Il trébucha et tomba ; le pendentif lui échappa des mains. Il tourna la tête : le mur d'eau s'effondra d'un coup, avalé par le précipice fraîchement creusé. L'eau chuta sur des centaines de mètres avant de toucher le fond dans un fracas effroyable.

Le répit serait de courte durée : le précipice allait se remplir, et lorsque la vague en déborderait, elle recouvrirait la plaine.

Oscar se releva et s'enfuit. Il n'avait pas parcouru deux cents mètres quand la première gerbe d'eau jaillit du précipice. Une marée montante lécha les bords du ravin et s'étendit sur la terre craquelée. L'eau claquait déjà contre ses chevilles, et le niveau montait.

Cette fois, il ne savait plus, ne voyait plus quoi faire.

Tout était perdu.

À force de brailler, Stella avait fini par alerter les occupants d'une barque qui s'était elle aussi éloignée du groupe. Les professeurs Penguin et Ironman, vigilants, comptaient et recomptaient sans relâche les barques, et s'étaient vite rendu compte de l'absence des deux équipages. Et pas n'importe lesquels : Moss et Pill seuls sur l'eau, ça ne leur disait rien qui vaille. Les cris semblaient venir de partout et nulle part à la fois.

Mr Penguin avait alors interpellé Jeremy et Barth, dont la barque filait comme un bateau à moteur sous l'impulsion de l'aîné.

— O'Maley, vous avez vu Pill ?

Jeremy scruta la surface du lac, les sens aussitôt en éveil.

— Ils ont dû passer de l'autre côté. Barth, rame vers le rocher. Avec ce boulet de Stella Fischer, tout est possible, même un naufrage...

Barth avait mis le turbo et Mr Ironman avait eu du mal à suivre la barque des frères irlandais. Ils contournèrent le massif et aperçurent Moss qui gesticulait et Stella, retranchée au fond de la barque, transformée en sirène d'alarme. Quand ils furent assez proches pour comprendre Moss malgré les beuglements de sa camarade, Mr Ironman plongea. Il fit de longues brasses coulées jusqu'au corps inanimé de Tilla, puis remonta à la surface.

— Penguin ! Dans mon sac, le couteau, vite !

Le professeur fouilla le sac et lança le couteau à son collègue qui plongea à nouveau. Mr Ironman taillada à l'aveugle autour des pieds de Tilla, libéra le corps et le remonta à la surface.

Oscar trébucha sur une racine et tomba. Il se releva péniblement, dégoulinant de vase. L'eau lui arrivait au genou. Il était désespéré : il avait été incapable de sauver Tilla. Il se sentait indigne d'être un Médicus, et n'oserait plus jamais regarder en face Mr Brave, ou Mrs Withers, ou même ses amis. Mais il était conscient que mourir en Tilla ne servirait à rien : comme tout Médicus qui perd la vie à l'intérieur d'un corps, ses pouvoirs disparaîtraient avec lui et ne seraient pas transmis à un autre. Pour cette raison au moins, il devait sortir d'ici, et affronter ensuite la honte d'avoir échoué. Et le chagrin, irrépressible, d'avoir perdu Tilla.

La plaine était maintenant plongée dans la pénombre, et nulle part ne se dessinait le Caducée libérateur.

C'est à ce moment que le niveau de l'eau commença à baisser.

Sa taille fut libérée, puis les genoux, puis ce ne fut qu'une immense nappe sous ses pieds. Alors qu'il s'attendait à voir une seconde vague déferler, fatale cette fois, l'eau se retirait, lentement mais sûrement. Des secousses se firent sentir : on mobilisait le corps de Tilla – peut-être même la retirait-on des profondeurs du lac ? Sur le sol trempé, les stries de terre se rejoignirent pour former la coupe attendue.

Oscar serra son pendentif, fixa le Caducée et s'échappa du royaume des Souffles de Tilla.

Les deux enseignants sortirent Tilla de l'eau et la hissèrent dans la barque. Mr Penguin souleva et baissa ses bras, et la fit rouler sur le côté. Au bout de quelques secondes angoissantes, Tilla se mit à tousser, puis à cracher toute l'eau qui noyait ses poumons. Jeremy retomba sur son banc, soulagé, et Mr Penguin aida Tilla à s'asseoir.

— Ouvre les yeux ! Tu m'entends ? Tout est fini, tu es en sécurité, ma petite.

Barth sauta d'une barque à l'autre et rama de toutes ses forces vers le rivage où les secouristes, alertés, les attendaient pour prendre soin de la collégienne. La seconde barque accosta un peu plus tard, conduite par Mr Ironman, avec Moss et Stella Fischer à son bord, recroquevillés à l'autre bout. À quelques mètres des adolescents, les secouristes sortirent un nouveau corps de l'eau : Oscar était vivant mais à bout de forces. Il roula sur le dos et ferma les yeux. Moss sauta sur la terre ferme et courut jusqu'à lui.

— Tout est la faute de Pill ! Il nous a attaqués avec sa rame, la barque a tangué et Tilla est tombée.

Il se tourna vers Stella, qui venait elle aussi de débarquer ; un simple regard la fit taire.

Les frères O'Maley et Ayden entourèrent Oscar.

— Qu'est-ce qui s'est passé ? demanda Jeremy, qui n'avait pas cru un mot de Moss. On était censés ramer, pas nager !

— Laisse-le parler, intervint Ayden.

Oscar reprit son souffle et raconta les faits.

— Du Moss tout craché ! s'écria Jeremy, furieux. Il faut que tu en parles à Penguin.

— Je ne demande pas mieux, répliqua le professeur qui s'était rapproché. Accompagnez-le à l'infirmerie, ordonna-t-il aux autres élèves. Si ce qu'on vient de me dire est vrai, Pill, alors tu as dépassé les limites.

Il tourna les talons sans attendre. Jeremy se releva, furieux.

— Pourquoi tu n'as rien dit ? Tu ne vas pas laisser Moss se faire passer pour la victime !

— Dire quoi ? répondit Oscar d'une voix faible. Que je fais partie d'un Ordre secret et que j'ai essayé de sauver Tilla en me baladant dans ses poumons, mais qu'il ne faut pas le répéter ?

Il finit par se relever, soutenu par Barth. Près du local de sécurité, Tilla marchait difficilement, encadrée par les enseignants. Elle l'aperçut et détourna le regard, trop éprouvée pour lui exprimer son mépris et sa déception. Moss et ses acolytes, eux, le toisaient avec provocation et un sourire satisfait.

Oscar soupira : l'année scolaire n'aurait pas pu commencer plus mal.

12

Au fil de la semaine suivante, Oscar oublia ces événements – en dépit du mépris affiché de Tilla. Même si elle occupait une place particulière dans sa tête – et dans son cœur, sans se l'avouer –, il ne l'avait pas sauvée pour qu'elle le traite en héros. Il était heureux d'avoir mis ses pouvoirs de Médicus au service de la santé. C'était la principale mission de l'Ordre, et il était fier de l'avoir remplie, même si elle devait rester secrète. Pour la première fois, il avait le sentiment d'avoir repris le flambeau de son père, comme il se l'était promis.

Le plaisir de rejoindre ses amis à Cumides Circle chaque jour avait fini de gommer l'incident du lac. Il retrouvait dans ces moments simples tout le bonheur d'avoir partagé de grandes choses avec eux l'année passée. Valentine et Lawrence, eux aussi, attendaient avec impatience son passage en fin de journée. Ayden ou Jeremy l'accompagnaient parfois. Jeremy appréciait les expériences nouvelles, et s'était prêté de bonne grâce aux attentions de Cherie. Lorsqu'il avait avalé le chocolat chaud aromatisé à l'oignon et au saumon fumé devant ses camarades pliés de rire, il s'était promis de ne plus croiser l'adorable et dangereuse cuisinière aux heures du goûter, lui non plus.

Jeudi, Oscar réussit à s'éclipser très vite du collège en prenant soin d'éviter toute confrontation avec Moss, comme il l'avait fait le reste de la semaine. Lorsque Tilla avait rétabli la vérité, lundi, Moss avait eu droit à une punition exemplaire : deux jours d'exclusion et des travaux à effectuer à son retour. Ce dernier usa de ces deux jours de liberté pour guetter Oscar à la sortie des cours et le harceler.

— On verra si tu t'en sors aussi bien quand on sera ensemble dans le deuxième Univers, Pill. Tu n'auras pas un Penguin ou les jupes de ta mère pour te cacher.

Oscar avait haussé les épaules.

— Faudrait déjà que tu arrives à t'y rendre.

La tension était montée de jour en jour, et la discussion risquait de virer au pugilat. Or il fallait éviter à tout prix d'en venir aux mains ; Oscar avait mieux à faire que finir en retenue : deux semaines s'étaient écoulées depuis que les portes de Cumides Circle s'étaient rouvertes pour lui, et il espérait un départ imminent pour les deux royaumes.

Il enfourcha son vélo et s'apprêtait à prendre le chemin de Cumides Circle quand on l'interpella.

— Bonjour, Oscar.

Un jeune homme mince aux cheveux hirsutes et plutôt débraillé se tenait adossé à un arbre.

— Alistair ! s'écria Oscar, à la fois ravi et surpris. Qu'est-ce que vous faites à Babylon Heights ?

— Je suis venu te voir. Et te parler.

Alistair McCooley avait mauvaise mine : il était pâle, amaigri, et des cernes assombrissaient son regard. Mais ce qui étonna le plus Oscar, c'était la voix mécanique et monotone du conseiller habituellement si vif.

— Vous allez mieux, depuis que ce type vous a renversé ?

— Un peu mieux. Il faudrait... que je dorme un peu plus, c'est tout, dit Alistair en glissant un pan de sa chemise dans son pantalon froissé. Et toi, te sens-tu prêt à démarrer l'aventure dans l'Univers des deux royaumes ?

— Complètement ! s'exclama Oscar, une lueur dans les yeux. Je peux partir tout de suite, si vous voulez.

Alistair se contenta de secouer la tête, douchant l'enthousiasme d'Oscar.

— Non, je vous verrai tous ensemble dans quelques jours, et on décidera du meilleur moment. Mais je suis content de te voir si motivé.

Oscar ne sut que répondre, troublé. Alistair manifestait son contentement avec bien peu d'entrain. Ce dernier rompit le silence, un peu plus enjoué.

— Tu rentres chez toi ? On peut faire un bout de chemin ensemble.

— Je vais à Cumides Circle.

Alistair sembla contrarié. Oscar devinait la cause de son embarras : il ne tenait certainement pas à ce que le Grand Maître l'aperçoive dans cet état. Lui avait-il seulement parlé de l'accident ?

— En tout cas, ajouta Alistair, je tenais à te dire que je me réjouis qu'on fasse bientôt équipe.

Il hésita un instant avant de poursuivre :

— Si tu es aussi brillant que l'était ton père, ça devrait très bien se passer.

Oscar retrouva le sourire.

— J'espère, dit-il. Vous l'avez connu ?

Alistair se redressa, comme s'il avait recouvré une forme d'énergie.

— Non, et je le regrette ; j'ai beaucoup entendu parler de lui et de ses exploits. Mais j'imagine que pour toi, ce doit être bien plus dur de n'avoir jamais vu ton père.

Oscar n'aimait pas évoquer la disparition de son père. Il avait l'impression de s'en éloigner un peu plus, lui qui tenait tant à s'en rapprocher par tous les moyens. Sur ce point, il était très différent de sa sœur : Violette était âgée d'un an quand son père avait disparu, et depuis qu'elle était en mesure de parler et de comprendre ce qu'on lui disait, elle n'avait jamais évoqué devant quiconque la mort de Vitali.

— Je comprends ce que tu ressens, compatit Alistair : moi aussi, j'ai perdu mon père...

Oscar aurait préféré se réjouir de l'exploration imminente d'un nouvel Univers, ou en savoir plus sur ce qui les attendait, plutôt qu'aborder ces sujets tristes.

— Parfois, renchérit Alistair, on aimerait retrouver la Table d'émeraude et ramener les gens à la vie avec la fameuse Panacée universelle...

— La Table d'émeraude ? Qu'est-ce que c'est ?

Alistair secoua la tête.

— Excuse-moi, je parle tout seul, je ne devrais pas... Certains jours, il vaut mieux ne pas m'écouter.

— Mais si, au contraire, parlez-moi encore de cette Table ! insista Oscar, le cœur battant.

Depuis un an, il avait découvert, grâce à l'Ordre des Médicus et en explorant ses propres pouvoirs, que ce qui lui paraissait invraisemblable pouvait exister. Les mots d'Alistair prirent une importance capitale.

— S'il vous plaît, implora-t-il.

Alistair s'emporta.

— Je te dis qu'il ne faut pas toujours m'écouter ! Oublie tout ça et n'en parlons plus.

Oscar marcha en silence. L'expression d'Alistair lui sembla étonnamment dure et fermée. Cela aussi, il l'avait appris : les gens qui semblaient amicaux et souriants pouvaient très vite changer de visage et d'attitude. Alistair s'arrêta à l'entrée de Blue Park Avenue. Il scruta Cumides Circle avec une pointe d'inquiétude.

— Nos chemins se séparent ici, dit-il avec moins de froideur.

Oscar le retint.

— Quand est-ce que nous partons pour le deuxième Univers ?

— Très bientôt, répondit Alistair. Sois patient.

Il disparut parmi les passants, et Oscar resta longtemps immobile, perdu dans ses pensées. « Oublie tout ça. » Si un membre du Conseil suprême, un des plus brillants Médicus, lui parlait d'une Table mystérieuse qui pouvait ramener les gens à la vie, comment pourrait-il l'oublier ? Un espoir fou naissait en lui, et non, il n'avait pas l'intention d'en oublier la raison.

Plutôt que rester à Cumides Circle, Oscar préféra rentrer à Babylon Heights et passer un moment seul dans son refuge favori : la blanchisserie de Mr Tin, entre les sacs de linge propre. Tin était le type le moins bavard du monde et sans doute le plus tolérant et compréhensif.

Lorsqu'il poussa la porte de la maison familiale, sa mère n'était pas encore de retour. Geldhof, son détestable patron – un type malingre, luisant et mal dans sa peau qui faisait payer le prix de ses complexes à ses employés – lui avait probablement imposé une ultime tâche au moment précis où elle s'apprêtait à quitter le bureau. Dans le cercle de ses victimes, Celia, intelligente, déterminée et belle, occupait une place de choix. Si elle avait le malheur de lui tenir tête, la riposte était bien pire. Les obligations avaient eu raison d'elle : elle ne pouvait pas se permettre de perdre son emploi. Après la mort de Vitali, elle avait longtemps dépendu de sa mère, et elle n'avait pas supporté les remarques incessantes de cette femme autoritaire et moralisatrice.

Oscar passa devant la chambre de Violette. Elle était plongée dans la contemplation d'une feuille. Oscar se cala contre le mur, au milieu des mille objets incongrus.

— Je te dérange ?
— Non. Je lis.
— La feuille est blanche.
— Je sais, dit-elle en la pliant. Je lis toutes les histoires que j'ai écrites dans ma tête.
— Pourquoi tu ne les écris pas vraiment ?
— Trop long. Et puis ça change tout le temps.

Oscar n'insista pas et s'attaqua au sujet qui le préoccupait.

— Tu te souviens de papa ?

Violette ouvrit un livre saisi au hasard sur la table.

Oscar vint s'asseoir en tailleur près d'elle. Il lui prit le livre des mains et tenta d'accrocher son regard. Pour la première fois depuis des années, il ne se résigna pas à la voir s'échapper dans son monde.

— Toi au moins, dit-il tout doucement, tu l'as vu...

Violette leva les yeux et se mit à chanter :

Somewhere, over the rainbow,
Skies are blue,
And the dreams that you dare to dream really do come true.[1]

---

1. *Ailleurs, au-delà de l'arc-en-ciel*
Le ciel est bleu
Et nos rêves les plus inespérés se réalisent.
(*Over the rainbow* : musique de Harold Arlen, paroles de E. Y. Harburg, 1939)

Oscar se releva, résigné. Violette était inatteignable.

— C'est lui, finit-elle par dire. C'est papa.

— Qui ?

— Le magicien d'Oz ! Tu sais, dans le film, Dorothy chante et voudrait trouver un monde merveilleux ; elle sait qu'il existe et personne ne la croit. Elle y rencontre le magicien qui promet à tout le monde de réaliser leurs rêves : l'épouvantail voudrait autre chose que de la paille dans sa tête pour être intelligent, l'homme en fer-blanc voudrait un vrai cœur, le lion voudrait devenir courageux... Et à la fin, le magicien leur explique qu'il suffit de savoir regarder en soi, parce que tout ce qu'on cherche est déjà là, à l'intérieur, dit-elle en effleurant sa tête puis son cœur.

Elle regarda par la fenêtre, comme si la suite était inscrite dans le ciel.

— Je ne me souviens plus de son visage, mais pour moi il ressemble au magicien d'Oz. Certaines nuits, il me rend visite pour me dire que ce qui me manque, c'est à l'intérieur de moi que je dois le chercher. Alors j'y vais dès que je peux, voilà. C'est tout.

Elle tourna un visage grave, sans tristesse, vers son frère.

— Je reviens, lui dit Oscar.

Quelques instants plus tard, il reprit place près d'elle et lui tendit la photo de Vitali, Celia visiblement enceinte et Violette dans un landau. Violette repoussa sa main avec douceur.

— Le magicien d'Oz, ça me va bien. Ça me suffit.

Oscar était né après la mort de son père. Il lui fallait plus. Et il avait envie, maintenant, d'offrir à sa sœur mieux qu'un personnage imaginaire. Il quitta la chambre en silence.

Quelque part, dans ce monde ou ailleurs, une mystérieuse Table d'émeraude pouvait offrir ce qu'il espérait. Il la trouverait.

Celia, rentrée quelques instants plus tôt, referma la porte de sa chambre sans bruit et s'adossa au mur, les yeux fermés. Elle essuya du revers de la main les larmes qui coulaient sur ses joues, incontrôlables, tandis que la voix de sa fille – sa magicienne à elle, partie dans un autre monde – lui parvenait de l'autre côté du mur.

Somewhere over the rainbow,
Bluebirds fly,
Birds fly over the rainbow,
Why, then, oh why can't I ?[1]

---

1. *Ailleurs, au-delà de l'arc-en-ciel*
Volent les merles bleus,
Et si les oiseaux s'envolent au-delà de l'arc-en-ciel
Alors pourquoi ne le puis-je pas ?

13

— Oscar...

Oscar ouvrit péniblement les yeux. Décidément, ce début d'année scolaire était maudit : samedi, impossible de faire la grasse matinée. Sa mère insista.

— On t'attend devant la maison. À mon avis, tu ne vas pas être déçu.

Il finit par se traîner jusqu'à la fenêtre. Électrisé, il passa en trombe dans la salle de bains, s'habilla à la manière de sa sœur dans ses plus grands moments d'égarement, saisit sa cape et sa ceinture, et dévala l'escalier. Il ouvrit la porte à la volée : Jerry était debout, bras croisés, devant la limousine de Mr Brave. Sa mère lui tendit un sac de sport plein à craquer.

— De quoi tenir un mois, bien sûr, dit-elle en se moquant d'elle-même. Et je viens te chercher demain soir, d'accord ? Bon *voyage*, mon chéri.

Elle l'embrassa et lui souffla à l'oreille :

— Je suis fière, très fière. Et *lui* aussi, j'en suis certaine.

Oscar dégringola la pente jusqu'au portillon. Il leva les yeux : Violette lui fit signe par la fenêtre de sa chambre, et il disparut dans la voiture.

Arrivé à Cumides Circle, Oscar grimpa les marches quatre à quatre, ralentit prudemment lorsqu'il arriva sur le tapis du premier étage, qui avait une fâcheuse tendance à onduler pour le faire tomber, salua le buste de Selenia à la va-vite et s'engouffra dans le couloir de droite jusqu'à la dernière porte. Il reconnut le nom gravé sur la plaque : *Alfred Bowden*. Il entra dans la chambre qui avait été la sienne l'année précédente. Elle avait été fraîchement nettoyée et aérée, les quelques affaires qu'il y avait laissées étaient à leur place, et surtout, ses amis l'y attendaient de pied ferme.

— Jamais entendu parler d'une Table d'émeraude, confessa Lawrence.
— Moi non plus, ni ici ni dans le Grand Réseau Inter-Universel, reconnut Valentine. Qu'est-ce qu'il a dit d'autre, ton Alistair ?
— Il a parlé du *panaché* de l'Univers, quelque chose comme ça... Mais je ne sais pas de quel Univers il parlait. En tout cas, c'était lié à la Table.
Lawrence se tut, perplexe. Adepte des preuves irréfutables, l'affirmation d'Oscar lui semblait plutôt farfelue.
— Ressusciter les morts... Ce n'est pas sérieux. Il n'y a que Violette pour y croire.
— Il y a un an, si on m'avait dit qu'on pouvait entrer dans un corps, répondit Oscar, je ne l'aurais pas cru non plus. Pourtant...

Même Valentine, encore plus aventurière qu'Oscar, opta pour la prudence.

— On devrait peut-être se renseigner avant de se lancer, qu'est-ce que tu en penses ?

Oscar attendait d'elle de l'enthousiasme, il se heurtait à sa méfiance. Il haussa les épaules, dépité.

— Je dis ça parce que je crois savoir ce que tu as derrière la tête, justifia-t-elle. On ne voudrait pas que tu te fasses des illusions, et qu'ensuite tu sois déçu si ça ne marche pas ou si c'est juste une légende. Mais on va enquêter, ajouta-t-elle avec l'entrain retrouvé, promis !

Bones ouvrit la porte et s'adressa à Oscar.

— Vous êtes attendu. Avec votre cape et votre ceinture, précisa-t-il.

Dans le hall, un petit groupe s'était formé autour d'Alistair qui paraissait en grande forme, ce matin : il avait meilleure mine et Oscar retrouvait chez lui l'enthousiasme des premières rencontres.

— Ah, notre dernier Médicus en herbe ! lança le conseiller, jovial. Nous sommes au complet, et plutôt que des explications, je propose un départ immédiat : nous avons rendez-vous.

— Pas trop tôt, bougonna Moss, qui s'était accoudé contre la statue de Sigismond.

Une secousse le fit sursauter. Il s'éloigna, peu rassuré, et Oscar se mit à rire.

— T'as un problème, Pill ?

— Moi, non, mais toi t'en as avec Sigismond, on dirait.

Alistair, qui les avait à l'œil, s'interposa.

— On y va.

— Attendez-nous ! On vous accompagne.

Valentine et Lawrence déboulèrent, un sac sur l'épaule.

— Pas question, répondit Alistair. C'est un voyage initiatique, pas une visite touristique !

Valentine tomba en sanglots dans ses bras.

— Je vous en supplie, ne me laissez pas ici, on me martyrise ! Un homme tout en noir, chauve et triste à mourir m'oblige à mettre des patins sur le parquet, sauvez-moi !!

Bones, posté en bas de l'escalier, leva les yeux au ciel, et peut-être ébaucha-t-il un sourire. Ayden, Oscar et les deux filles rirent franchement, et Moss se cura les ongles sans prêter attention au numéro. Une voix grave couvrit les lamentations.

— Alors, on est si malheureuse ici ?

Mr Brave apparut sur le seuil de la bibliothèque.

— Mais pas du tout, pas du tout, intervint Lawrence, elle ne pense pas un mot de ce qu'elle raconte. D'ailleurs, c'est bien simple, elle ne pense jamais. Elle *a-dore* Cumides Circle, n'est-ce pas, Valentine, que tu es TRÈS heureuse ?

— Les mauvais traitements vont durer, jeune fille, car vous restez ici, avec moi, confirma Mr Brave.

— Dans ces conditions, déclara-t-elle avec un regard de braise pour le Grand Maître, je ne dis pas non.

— Tu es folle, lui souffla Lawrence, rouge de honte. Il n'a pas treize ans ! Tiens-toi correctement.

— Et alors ? murmura Valentine, rêveuse. J'ai toujours eu un faible pour les garçons plus âgés…

Mr Brave s'adressa au groupe de Médicus :

— Je vous souhaite un bon premier voyage au royaume des Souffles. Soyez attentifs à ce que vous dira Mr McCooley, chaque détail comptera. Et souvenez-vous que vous êtes une équipe : chacun doit penser à l'autre, et s'en soucier.

Oscar s'approcha de Valentine et Lawrence.

— En attendant, vous pouvez m'être très utiles ici… leur dit-il pour atténuer leur déception.

Ils lui firent un signe de tête entendu.

— Méfie-toi, le prévint Lawrence sans quitter Moss des yeux. Le danger ne viendra peut-être pas de l'Univers…

Les cinq adolescents disparurent à la suite d'Alistair, et Valentine et Lawrence restèrent au milieu du hall, les sacs à leurs pieds.

— Ils reviendront bientôt, les rassura Mr Brave. Et votre ami a besoin d'apprendre à se débrouiller seul.

Il monta quelques marches, hésita et se retourna.

— Vous repartirez avec lui, et plus loin que vous ne le pensez. En attendant, à vos leçons, tous les deux. Si vous voulez rester dans le monde extérieur, vous devez travailler.

14

La limousine roulait depuis un quart d'heure, Jerry au volant. Sur la banquette arrière, Sally s'était presque allongée, genoux repliés contre elle, et jouait sur sa console, tandis qu'Iris regardait par la fenêtre, droite comme un i.

— Ronan, tu montes à l'avant, à côté de Jerry, avait ordonné Alistair au moment du départ. Les filles à l'arrière, et Ayden et Oscar, avec moi, dans ma voiture.

Moss avait fait la grimace.

— Dans la voiture de mon père, je monte jamais à côté du chauffeur.

Jerry, ulcéré, avait refermé sèchement la portière qu'il maintenait ouverte par politesse.

— Tu montes ou tu restes ici, avait tranché Alistair.

À peine assis, Moss avait rabattu la capuche de son sweater sur son crâne ras et ignoré les autres. Iris se pencha vers Jerry.

— Ouvrez les fenêtres à l'arrière, s'il vous plaît, demanda-t-elle de sa voix haut perchée. Je ne *sup-porte pas* les trajets en voiture, fenêtres fermées.

— Il y a un bouton près de vous, miss, lui répondit Jerry sans quitter la route des yeux.

— Merci.

Iris s'adressa à Sally :

— J'ai besoin que les fenêtres soient ouvertes des *deux* côtés.

— Attends, j'ai presque fini ma partie.

Iris patienta cinq secondes puis revint à la charge.

— Tu peux ouvrir, s'il te plaît ? Je ne *supporte pas* de...

— Et toi, tu peux attendre, s'il te plaît ? dit Sally. Tu ne vas pas mourir, là. Merci.

Iris se dressa comme un coq et arracha la console des mains de sa voisine.

— Non, je ne peux pas attendre.

Avant même de comprendre ce qui lui arrivait, elle fut plaquée contre le dossier par un avant-bras en acier. Elle en eut le souffle coupé.

— Si tu recommences, la menaça Sally, c'est la portière que je vais ouvrir, et je te fiche dehors. Compris ?

Elle se replongea dans son jeu, pendant qu'Iris retrouvait une respiration normale.

— Je me plaindrai à Mr McCooley, espèce de brute, répondit cette dernière avec moins d'assurance. Tu n'as pas le droit de porter la main sur moi !

— Eh ben, je l'ai pris, répondit Sally sous le regard amusé de Jerry dans le rétroviseur. Tu peux te taire, s'il te plaît ? Je ne *sup-porte pas* qu'on crie dans une voiture quand je joue.

La voiture s'arrêta dans une rue calme de banlieue. Les adolescents se regroupèrent devant le portillon d'une petite maison en briques rouges et au toit de chaume.

— C'est ici que commence le voyage, déclara Alistair. Je vais vous présenter celui qui va vous accueillir dans son deuxième Univers. Je vous demande deux choses : être poli et ne toucher à rien. Mais vous verrez : c'est un charmant monsieur, et...

— QU'EST-CE QUE C'EST QUE CET ATTROUPEMENT DEVANT MA MAISON !

Tous se retournèrent comme un seul homme. Au milieu d'une pelouse impeccable se tenait un vieux monsieur obèse, en pantalon à pinces et gilet, poings sur les hanches et l'air furieux. Ayden fit un pas en arrière.

— Toi ! rugit le monsieur, en le désignant d'un index tremblant. Si tu recules avant même d'être entré dans un corps, tu es fichu ! Vous avez amené une bande de poltrons, McCooley ? Bravo !

Alistair enjamba le portillon en bois, main tendue.

— Cher Leonid, comment allez-vous ?

— On ne vous a jamais appris à ouvrir les portes, chez vous ? J'espère que votre marmaille a plus d'éducation.

Alistair fit marche arrière et s'exécuta. Leonid lui tendit une main molle.

— Il y en a combien ?

— Cinq, répondit Alistair.

— Cinq ?! Vous m'en aviez annoncé trois. Vous savez bien que je n'aime pas qu'ils soient trop nombreux.

— Deux se sont ajoutés, expliqua Alistair, mais ne vous inquiétez pas, ils se tiendront parfaitement bien en vous.

Leonid les observa d'un œil inquisiteur, un à un. Oscar et Ayden se regardèrent, pas rassurés : Alistair avait une curieuse notion de « charmant monsieur ». Iris, elle, s'était redressée ; sans doute avait-elle reconnu un de ses semblables, aussi autoritaire. Moss contemplait la maison avec mépris et Sally quitta sa console un bref instant pour lever les yeux sur le vieux monsieur, pas très impressionnée.

— Je vous présente Mr Leonid Smith, reprit Alistair, époux de la regrettée Mrs Lydia Smith, et père de Leonella et Leonard Smith. Leonard est un Médicus très apprécié de tous, comme l'a été sa mère, tandis que Leonella et son père ne font pas partie de l'Ordre. Néanmoins, Mr Smith a la gentillesse de soutenir notre action en acceptant de recevoir chez lui de jeunes Médicus en cours d'apprentissage. Chez lui, et... *en* lui.

— Parlez plus bas ! ordonna le vieux monsieur en regardant vers la haie qui le séparait de son voisin. Les murs ont des oreilles, ici ! Vous êtes encore plus imprudent que Brave me l'avait dit. Entrez – les chaussures restent dehors, sous la marquise.

Moss lui-même n'osa pas enfreindre les règles de Leonid et se déchaussa.

Ils entrèrent dans un salon rutilant qui sentait l'encaustique ; on n'aurait pas pu trouver le moindre grain de poussière sur les bibelots ni sur les trophées de chasse, et des plaids étaient soigneusement pliés sur les accoudoirs des canapés. Alistair retint son groupe sur le seuil, en chaussettes, et attendit prudemment le feu vert de leur hôte. Leonid traversa le salon jusqu'à une table roulante marquetée, et se servit un whisky qu'il avala d'une traite.

— Eh bien, qu'est-ce que vous faites, plantés comme des piquets ? demanda-t-il, requinqué. Je ne vais pas jouer les terrains d'entraînement pendant des heures, je vous préviens. Tout le monde hors de moi avant la tombée de la nuit !

Alistair poussa les adolescents vers le centre de la pièce.

— Asseyez-vous sans écraser les coussins, ordonna Leonid, et évitez de marcher sur le tapis !

Sally bondit sur le côté et prit place au bord d'un canapé.

— Si vous le permettez, Leonid, je vais donner quelques consignes à mes jeunes élèves, proposa Alistair.

— Faites, faites, dit le vieil homme en remontant ses bretelles, amadoué par le whisky et bien décidé à y recourir à nouveau.

— Je vais vous accompagner durant ce premier voyage, dit Alistair. Le conseil essentiel que je vais vous donner, c'est de rester groupés et de ne pas me perdre de vue.

— Ensuite, on sera seuls ? demanda Ayden, inquiet.

— Chaque chose en son temps. Mettez votre cape et votre ceinture, nous allons partir tous ensemble. Fixez bien les narines de Leonid avant de partir, et vérif...

— Comment ça, vous les accompagnez ? l'interrompit Leonid en se levant péniblement de son fauteuil. Mais hier, vous m'avez dit que vous étiez là en repérage afin qu'ils puissent voyager seuls !

— Hier ? s'étonna Alistair. Vous devez confondre, je ne suis pas venu hier !

— Ne me prenez pas pour un imbécile ! tonna le vieux monsieur, qui virait au rouge écarlate au moindre cri. Nous avons discuté ici, dans ce salon, hier après-midi. Je sais ce que je dis, tout de même !

— Mais...

Smith frappa du poing sur la petite table, qui faillit ne pas y résister.

— Écoutez-moi, McCooley, je suis peut-être un vieux bonhomme, mais j'ai encore toute ma tête. Si quelqu'un a de bonnes raisons d'être fou, ici, ce n'est pas moi, mais bien le fils de ce pauvre George McCooley !

Alistair pâlit comme un mort.

— Vous... devez avoir raison. Je travaille beaucoup, j'ai la mémoire courte.

Moss se mit à ricaner, et Iris jaugea Alistair d'un œil suspicieux.

— Ferme-la, Moss, lui souffla Oscar. Tu vas nous faire renvoyer...

— Depuis quand tu me donnes des ordres ?

— Depuis que tu es trop mal élevé pour qu'on te laisse voyager avec nous. Retourne dans ta piscine et fiche-nous la paix. À moins que tu ne préfères les jets d'eau, comme l'année dernière ?

Ayden se mit à rire en douce. Moss se remémora sa cuisante humiliation lorsqu'en pleine nuit, lui et ses amis s'étaient fait expulser par Zizou, le chêne de Cumides Circle, et avaient atterri au sommet du jet d'eau dans le jardin de sa nouvelle maison. Il allait se jeter sur Oscar quand Alistair, encore blessé par les mots de Leonid, se retourna.

— Si vous êtes prêts, dit-il en fuyant le regard de ses élèves, nous pouvons partir.

Leonid ronchonna et se rassit dans son fauteuil, après avoir pris soin de disposer le flacon d'alcool, un verre et des sucreries à portée de main.

— Sortez vos pendentifs – main droite, Iris, main droite ! répéta Alistair, agacé. Tu devrais le savoir, tout de même !

— Je le sais parfaitement, répliqua Iris. Je le nettoie, c'est tout.

Sally perdit patience.

— Tu ne veux pas repasser ta jupe aussi ?

— Ça m'étonnerait que tu t'y connaisses en jupes, répondit Iris en observant la tenue de Sally de la tête aux pieds.

— Ça suffit, intervint Alistair. Vous vous disputerez au retour. Tout le monde se concentre sur les Grandes Plaines du royaume des Souffles, et on y va. Quand vous y serez, vous vous regroupez et vous m'attendez. C'est moi qui ferme la marche.

Ils se mirent en demi-cercle devant Leonid, qui croqua quelques pralines et les rappela à l'ordre :

— On est bien d'accord : avant la tombée de la nuit, ou vous atterrirez tous dans mon lit !

La perspective, pas très réjouissante, fut efficace : tous se promirent d'être de retour à temps.

Alistair interrogea chacun du regard.

— Prêts ?

Ils acquiescèrent. Oscar, impatient, sentit son cœur s'accélérer.

— Alors, bon voyage, leur souhaita Alistair, et rendez-vous au bout des plaines dans quelques secondes !

15

— C'est quoi, à ton avis ? demanda Ayden, un peu perdu au milieu d'un champ de grandes tiges noires.

— Aucune idée, répondit Oscar. Des plantes ? De vieilles branches ?

Il tira sur l'une d'elles : elle était juste plantée dans le sol.

— On dirait du caoutchouc. Regarde : le bout s'ouvre comme un éventail.

Ils entendirent un bruit proche d'eux. Sally surgit entre les branches, aussi intriguée qu'eux.

— On est où, à votre avis ? On se croirait entre les poils d'un balai géant !

Les trois marchèrent jusqu'à l'autre bout du champ. Oscar sortit son pendentif, le plaça en équilibre sur son index et récita la formule que lui avait apprise Mrs Withers :

Fidèle Lettre,
Toi qui jamais ne te perds,
Permets-moi d'être
Là où la terre s'éclaire.

Le pendentif se mit à tourner et s'immobilisa, les deux pointes supérieures du M vers la droite.

— Là où la terre s'éclaire ? répéta Sally.

— Il nous indique l'est, où le soleil se lève, expliqua Oscar. Donc le nord est par ici, et par là, la fin des plaines.

Ayden sourit, impressionné.

— Il faut que tu m'apprennes à faire ça. Tu savais, toi, que le pendentif pouvait servir de boussole ? demanda-t-il à Sally.

Elle acquiesça.

— D'accord, je suis vraiment nul...

— C'est juste qu'on en a eu besoin pendant une Intrusion, Mrs Withers et moi, sinon je n'aurais jamais su, le rassura Oscar. Je vais te noter la formule, c'est vraiment simple.

Ayden baissa la tête.

— De toute façon, je suis sûr que je ne vais pas réussir à remporter ce Trophée.

— Tu vas pas déprimer parce que tu sais pas indiquer l'est avec ton pendentif, quand même ! s'étonna Sally, qui connaissait mal Ayden et ses fragilités.

Oscar le secoua.

— Dis, je te rappelle qui m'a sauvé la vie avec son Disque de Feu, l'année dernière ?

— Bon, quand vous aurez fini de vous féliciter... Allez, on y va, il faut retrouver les autres et j'ai besoin de me dérouiller les jambes. Le samedi, pour moi, c'est sport !

Sally partit au pas de course. Ayden s'essouffla vite, gêné par son dos : les opérations de la colonne qu'il avait subies durant son enfance l'avaient privé de sport pendant presque toute sa scolarité.

— Le sport, pour elle, c'est du lundi au dimanche inclus, à mon avis, maugréa-t-il en regardant Sally, loin devant eux.

Oscar ralentit son allure pour épargner son compagnon.

— Tu as raison, moi je peux pas la suivre.
— Vers où courez-vous ?

Oscar se retourna. Alistair les observait avec un grand sourire. Près de lui, Moss jouait avec un morceau de ces curieuses tiges, et Iris cherchait de l'ombre. Sally rebroussa chemin.

— Vous étiez dans la bonne direction, cela dit, précisa leur guide. Nous sommes au bout des Plaines des Vents Contraires, et au pied de... ça !

Devant eux s'élevait un immense canyon, avec ses vertigineuses falaises rocheuses entre lesquelles on devinait un étroit passage. Oscar contempla le spectacle, aussi impressionné que ses camarades.

— Maintenant, il s'agit de l'atteindre – et de le traverser, affirma Alistair.

— On y sera dans une petite demi-heure, se réjouit Sally. Avec mon père, quand on fait notre jogging, on court bien plus que ça.

— Détrompe-toi, lui répondit Alistair. Nous sommes encore loin du canyon, qui est bien plus grand qu'on ne l'imagine.

— Y'a quoi, de l'autre côté ? demanda Moss en jetant la tige qu'il avait tronçonnée.

Alistair en ramassa les morceaux.

— Tu sais ce que c'est ?

— Un morceau de plastique, quelque chose comme ça. Et alors ?

— C'est un cil vibratile, l'outil des services d'épuration des plaines. Alors, avant de dégrader quoi que ce soit, tu m'en parles, ordonna Alistair.

— Vous n'avez pas répondu à sa question, releva Iris, très incommodée par la situation. Qu'est-ce qu'il y a de l'autre côté de ce canyon ?

— Le but de votre voyage : le palais d'Éole... et la première partie de votre Trophée. En route !

Ils n'avaient pas fait cinquante mètres, ballottés par le va-et-vient incessant du vent, que la voix d'Iris retentit.

— Il n'est pas question que je marche sous ce soleil. C'est mauvais pour la peau et j'ai trop chaud.

— Commence par enlever ton gilet tricoté, conseilla Sally sans se retourner. Si tu veux de l'aide, n'hésite pas.

— Ça suffit ! décida Iris. Moi, je reste ici, et dès que...

Elle ne termina pas sa phrase : Alistair se planta devant elle et la foudroya du regard.

— Tu sais ce qu'on faisait aux précieuses capricieuses, pendant la Révolution française ?

Iris haussa les épaules et regarda ailleurs.

— On leur brûlait la plante des pieds, poursuivit-il. Et là, oui, elles avaient *vraiment* chaud. Et pour finir, on leur coupait la tête !

Elle recula, terrorisée.

— Vous n'avez pas le droit de me menacer comme ça ! glapit-elle. Et je vous préviens : si vous me coupez la tête, je me plaindrai auprès de Mr Brave !

Les autres adolescents, surpris par son arrogance, éclatèrent de rire.

— Si ça se trouve, chuchota Ayden, elle est comme les poules : même décapitée, elle continuera à courir pour pleurnicher à Cumides Circle.

Tous se remirent en marche et Iris, en nage, n'eut pas d'autre choix que de ravaler sa fierté et d'avancer. Alistair finit par avoir pitié d'elle.

— Si vous avez trop chaud, enveloppez-vous dans votre cape : elle est thermorégulatrice, elle vous permettra de conserver une température stable.

Moss se contenta de jeter sa cape sur l'épaule et d'ouvrir sa chemise, dévoilant ostensiblement son torse musclé. Sally, pour qui Moss était aussi transparent qu'une vitre, n'y porta pas plus d'attention.

— Tu es obligé de te promener comme ça ? demanda Iris sans équivoque. Je trouve ça vulgaire et ça me gêne, tu devrais reboutonner ta chemise.

Pour une fois, Iris s'était presque rendue sympathique aux yeux d'Oscar. Moss se contenta de mâcher un peu plus bruyamment son chewing-gum, vaguement vexé.

Alistair n'avait pas menti : au bout d'une heure de marche, le canyon paraissait infiniment plus grand, plus large. La masse rocheuse semblait manger le ciel. Les adolescents, impressionnés, avaient le sentiment de voir se dresser un mur de pierre fendu en son centre. Pour passer de l'autre côté, il faudrait forcément entrer dans cette fente peu rassurante. Mais, plus que tout, c'était le bruit qui les inquiétait. Le sifflement lointain s'était transformé en hurlement : le vent s'engouffrait dans le canyon, courait entre les parois rocheuses et semblait crier d'effroi en sortant.

— Voilà pourquoi il porte si bien son nom, précisa Alistair : le canyon de la Trachée, ou le Grand Canyon, le plus impressionnant, est aussi nommé le « Canyon hurlant ».

— Il y en a d'autres ? s'étonna Oscar.

— Juste derrière, mon vieux ! Allez, courage, on y est presque.

Progressivement, la roche leur apparut criblée de taches. Le sommet du canyon était érodé, les parois étaient parcourues de fissures, et de gros rochers s'étaient détachés, gisant sur le sol. Ils arrivèrent enfin au pied du canyon et se réunirent autour de leur guide.

— Ça ressemble aux vieilles montagnes qui ont subi un tremblement de terre, remarqua Ayden.

— C'est exactement ça, répondit Alistair. Leonid est un vieux monsieur qui n'a pas ménagé sa santé.

— Pourquoi vous n'avez pas choisi quelqu'un en meilleure santé ? fit Iris, dégoûtée.

— Parce que vous devez apprendre à vous débrouiller dans toutes les situations.

Ils s'enfoncèrent dans le passage en file indienne. Moss se mit à l'écart du groupe pour escalader un rocher et emprunter un autre chemin, en dépit des rappels à l'ordre d'Alistair. Oscar avait choisi de fermer la marche et se concentrait sur Ayden, qui peinait et s'épuisait. Lui-même éprouvait l'étouffante sensation d'être pris en étau entre les parois rocheuses, abruptes et gigantesques, qui ruisselaient d'une substance glaireuse teintée de brun et de vert. Les poumons de Leonid n'étaient manifestement pas en bon état.

Le soleil était au zénith et la chaleur coulait comme du plomb dans le passage. Tous suaient à grosses gouttes, malgré leurs capes. Alistair, plus vigilant que jamais, guettait les fissures dans la paroi et les endroits où la roche lui semblait instable.

Ils finirent par sortir du Grand Canyon fatigués et assoiffés. Devant eux s'alignait un nombre incalculable de canyons plus petits. Le spectacle les effraya.

— Il faut les traverser ? demanda Oscar sans enthousiasme.

— Un seul suffira, les rassura Alistair, puisqu'ils débouchent sur le même endroit. On choisira le plus proche. Reposez-vous un peu, vous l'avez bien mérité.

Ils s'assirent – ou plutôt se laissèrent tomber sur le sol poussiéreux, excepté Iris qui se posa sur un rocher ombragé avec mille précautions pour les plis de sa jupe – et Alistair fit circuler une gourde.

— J'ai la mienne, se méfia Iris. Ce n'est pas sain de boire tous au même goulot.

Oscar et Sally s'apprêtaient à répliquer quand une secousse se fit sentir. Tous se relevèrent.

Une seconde secousse fit tomber Ayden ; Sally, pourtant bien campée sur ses jambes musclées, comme Moss, se rattrapa in extremis. Iris se redressa comme si elle était montée sur ressorts et regarda tout autour d'elle, tel un lémurien aux aguets.

— Un tremblement de terre ? s'inquiéta Ayden.

— Je suis sûre que vous avez choisi un mauvais sujet, insista Iris.

Oscar se rapprocha d'Alistair.

— Qu'est-ce que c'était ?

— J'ai comme l'impression que notre ami Leonid perd patience.

Au bout d'une heure passée dans son fauteuil, Leonid trouvait effectivement le temps long.

Au début, lorsqu'il avait accepté de se prêter aux Intrusions des Médicus, son fils avait été catégorique :

— Papa, si tu penses que tu ne pourras pas rester calme quelques heures, autant le dire.

— Pour qui tu me prends ? s'était emporté Leonid. Je suis le plus patient des hommes !

Leonard s'était contenté de sourire.

— Et puis, je n'ai qu'une parole, avait grondé son père en s'agitant. J'ai dit que ces gamins pourraient se promener dans mon corps, alors ils le feront. Et maintenant, ça suffit !

Mais les mots sont une chose, les actes en sont une autre, et malgré toute sa bonne – et courte – volonté, Leonid perdit patience. Son dos s'était mis de la partie et le faisait souffrir ; pour une fois, il était d'accord pour suivre le conseil de son médecin :

— Un peu d'exercice, Mr Smith. Un peu d'exercice quotidien vous fera le plus grand bien, surtout si vous ne renoncez pas à vos... autres exercices favoris, avait-il ajouté en regardant la bouteille de whisky et les cendriers proches.

Leonid avait haussé les épaules, ce jour-là.

— C'est comme en sport, docteur : on ne change pas une équipe qui gagne.

Mais aujourd'hui, il savait se souvenir de ce qui l'arrangeait : pourquoi ne pas joindre l'utile à l'agréable ? Il sortit se dégourdir les jambes dans le jardin, vérifia que chaque branche de rosier comportait bien le même nombre de roses (il avait déjà renvoyé trois jardiniers qui n'avaient pas respecté la consigne), et heureusement pour Alistair et les jeunes Médicus, il se dépêcha de rentrer, essoufflé. Il se laissa tomber dans le même fauteuil, hésita un instant, et ouvrit le coffre en bois sur la table. Il en sortit un énorme cigare, en coupa l'extrémité avec soin, et fit craquer une allumette.

— Quelques bouffées d'un excellent Cohiba, dit-il, l'œil brillant de plaisir, ça ne peut pas faire de mal.

Dès que les secousses avaient cessé, Alistair avait entraîné le groupe dans le nouveau canyon.

— Plus vite on sera passés de l'autre côté, avait-il affirmé avec une pointe d'agitation dans la voix, mieux ce sera. La traversée sera plus simple, mais la route est encore longue, ensuite.

Pourtant, il s'arrêta après quelques pas, huma l'air et rebroussa chemin. Il scruta l'horizon vers le nord, tendu : une multitude d'hommes gantés et armés de ces curieux cils surgirent alors de nulle part, comme des fourmis venues d'une galerie souterraine. Leur chef les aligna pour former deux rangs, puis il remonta dans un véhicule tout-terrain et roula à vive allure en direction du groupe de Médicus.

— Vous ne bougez pas d'ici, ordonna Alistair aux adolescents.

Il partit à la rencontre de l'homme.

— Alistair, qu'est-ce que vous faites ici ? Et qui vous accompagne ? demanda ce dernier en regardant vers le petit groupe au pied du canyon.

— De jeunes Médicus, Gildas. Ils sont ici pour rapporter leurs Trophées des deux royaumes. Que se passe-t-il ?

Le hurlement des vents contraires dans le canyon se fit plus intense encore.

L'homme à la tête du régiment désigna un nuage brun qui se dirigeait droit vers eux.

— Ça se passe de commentaire, non ? dit-il en faisant un rapide demi-tour. Vite, mettez vos recrues à l'abri si vous voulez les retrouver vivantes !

16

Bones monta au premier étage en passant la main sur la rampe, attentif et satisfait de voir qu'il n'y avait pas la moindre trace de poussière sur son gant. Plus tôt, le jeune Pill était parti avec ses camarades et Mr McCooley pour un de ces voyages qu'il ne leur enviait pas, et la maison avait retrouvé le silence et la paix qui lui convenaient à merveille.

Le retour d'Oscar à Cumides Circle l'avait contrarié au plus haut point. Non pas qu'il nourrisse de l'animosité à l'égard de ce jeune homme manifestement doué et qui, comble des bénédictions, avait les faveurs de Mr Brave ; il lui était même reconnaissant de l'avoir sauvé d'une mort presque certaine, un an auparavant. Cependant, il lui tenait à cœur de préserver la sérénité de cette demeure, or la simple évocation du nom Pill semblait capable de déclencher un ouragan ; les événements de l'été précédent en témoignaient.

Ce matin, il comptait bien profiter de l'absence d'Oscar pour faire le tour de la maison et s'assurer que chaque meuble, chaque bibelot, chaque tableau, le moindre clou résisterait à la « tornade Pill » – qui sévirait inévitablement ; sur ce point, nul ne pouvait blâmer Bones.

Mais avant d'entamer sa minutieuse inspection, il lui semblait judicieux de neutraliser l'autre péril de la maison : ces deux adolescents aussi talentueux que leur compagnon de route pour déclencher les catastrophes. Il lui fallait donc s'assurer que les deux troublions potentiels venus des Univers intérieurs se trouvaient dans leur chambre, à la place assignée quotidiennement par Mr Brave. « Si vous voulez rester dans un monde qui vous est étranger, vous devrez apprendre à le connaître : pour cela, je veux que vous étudiiez tous les jours, sans discuter. »

Lawrence s'en était réjoui, Valentine avait été moins emballée par la nouvelle mais s'était pliée à l'injonction. Ils étaient prêts à tout pour ne pas retourner dans un monde intérieur qu'ils vivaient comme une prison, et surtout, ils affronteraient le pire pour revoir leur ami Oscar.

Sur le premier palier, Bones eut un rapide coup d'œil pour le buste de la jeune Selenia, inerte – et dont les yeux ne prirent vie qu'après le passage du majordome. Il se pencha dans le couloir de droite – vide – et s'engagea dans celui de gauche. Il s'arrêta devant un sas qui donnait sur deux portes. Un cri de rage retentit derrière l'une d'elles.

— J'en ai ras le bol de ces maudits livres !

Bones reconnut Valentine et son goût prononcé pour l'apprentissage. Il frappa contre l'autre porte et entra sans attendre. Lawrence leva la tête de ses livres.

— C'est déjà fini ? demanda-t-il, déçu. J'ai l'impression qu'on vient tout juste de commencer.

— Vous avez encore un peu de temps, répondit Bones.

Un nouveau cri retentit dans la pièce voisine.

— Valentine apprécie moyennement la géographie, confirma Lawrence. Vous tenez à lui rendre visite ?

— Non, je crois qu'il vaut mieux la laisser seule, convint Bones. Vous irez la chercher avant de descendre pour déjeuner.

Le majordome s'éloigna et Lawrence bondit de sa chaise jusqu'à la fenêtre : Valentine était assise sur les plus hautes branches de Zizou.

— Tu te rends compte de ce que tu fais ? chuchota Lawrence. Si Bones te voit dans le jardin alors qu'il vient d'entendre ta voix, il...

Elle se contenta de lui sourire avant de disparaître dans le feuillage. Lawrence secoua la tête et se glissa dans la chambre de Valentine. Il tapota sur le clavier d'ordinateur et coupa le son.

Il s'aventura dans le couloir : Bones s'apprêtait déjà à descendre, hélas. Val n'avait que quelques instants pour atteindre la bibliothèque. Il pesta intérieurement : ils risquaient gros tous les deux et, contrairement à elle, il avait horreur du risque. Pourquoi fallait-il absolument qu'elle se rende ce matin à la bibliothèque ?

— Parce qu'Oscar nous l'a demandé, lui avait-elle répondu.

— Tu ne peux pas attendre cet après-midi ?

— On est samedi, tu sais bien qu'on ne pourra pas y aller avant lundi, et Oscar est pressé d'en savoir plus sur cette Table d'émeraude. De toute manière, avait-elle dit avant même d'ouvrir ses livres, j'en ai marre d'étudier. J'ai besoin de bouger...

Elle n'avait eu aucun mal à faire mine de s'énerver sur ses leçons pour l'enregistrement.

— On va avoir des ennuis, s'était lamenté Lawrence en téléchargeant le fichier sur l'ordinateur.

— Oh, quel rabat-joie ! Tu pourrais être en famille avec Bones... Tu n'as aucune raison d'avoir peur : tu déclenches le son de ma voix dès qu'il approche, et tu restes sagement dans ta chambre.

Ce matin, Lawrence avait un peu rechigné, mais Valentine était quand même passée à l'action : elle savait qu'il ne la laisserait pas tomber. Elle avait ouvert la fenêtre et sauté sur une branche de Zizou, complice consentant.

Pendant que Lawrence guettait les mouvements de Bones dans le couloir, Valentine s'était faufilée dans la cuisine depuis le jardin. Elle passa la tête par l'entrebâillement de la porte : l'ombre d'une silhouette voûtée se projetait déjà sur le tissu mural émeraude. Bones. S'il la surprenait ici, Lawrence le lui reprocherait jusqu'à la fin des temps. Elle était déjà en train de composer une histoire délirante lorsqu'une voix retentit depuis le second étage.

— Bones, j'ai besoin de vous.

La voix de Mr Brave était étonnamment forte : jamais le Grand Maître n'éprouvait le besoin de l'élever, même lorsqu'il se mettait en colère ; elle était grave et rocailleuse et portait naturellement. Bones rebroussa immédiatement chemin et accéléra le pas jusqu'au second palier. Là, il ne vit personne. Il leva la tête. Le buste de Rhoda trônait dans son alcôve, et semblait contrarié. Il s'engagea alors dans le couloir et s'arrêta devant une grande porte en bois centrée par un M incrusté d'une pierre verte. La pierre brillait intensément : le Grand Maître était dans son bureau.

Bones frappa.

— Oui, Bones.

Le majordome ouvrit et se tint immobile sur le seuil.

— Vous m'avez appelé, monsieur ?

Winston Brave était assis à son bureau d'avocat, tout au fond d'une grande pièce baignée de lumière grâce à de vastes fenêtres qui donnaient sur le jardin et la paisible avenue. Il leva la tête d'un dossier juridique compliqué.

— Non.

Il replongea dans ses papiers, vaguement agacé. Bones bredouilla des excuses, troublé, et se retira. Il resta planté au beau milieu du couloir, intrigué. Il n'était ni fou ni gâteux, et il avait bel et bien entendu son nom. Il secoua la tête, passa à nouveau devant Rhoda, figée dans l'alcôve, puis s'éloigna.

Dans un renfoncement du couloir de gauche, Lawrence suait à grosses gouttes et serrait son lecteur mp3 et deux mini-enceintes. Lorsqu'ils s'étaient amusés à enregistrer toutes les voix de Cumides Circle – y compris celle de Mr Brave –, Valentine avait déclaré sur un ton de conspiration : « Ça peut toujours servir. » Elle ne croyait pas si bien dire... Il sortit de sa cachette, tremblant, salua Rhoda pour la remercier de son silence, et se réfugia dans sa chambre. Il n'y avait plus qu'à prier pour que cette diversion ait permis à son amie de gagner la bibliothèque.

Valentine avait très vite compris le stratagème de Lawrence et n'avait pas perdu une seconde. Elle se précipita dans le hall jusqu'aux portes de la bibliothèque, vite refermées avec la plus grande discrétion.

Elle disposait sans doute de très peu de temps, et se dirigea droit vers les rayonnages en jetant un rapide coup d'œil vers le mur de portraits : seule une vieille dame semblait présente dans la salle des Éternels, très concentrée sur un ouvrage. Valentine repéra alors le livre qui l'intéressait : un gros volume encyclopédique. Elle se précipita sur le fauteuil de Mrs Withers.

— Titus, vous voudriez bien m'aider à attraper ce livre, s'il vous plaît ?

Elle voulut le faire glisser malgré lui, impatiente, mais le fauteuil sembla cloué au parquet. Elle enleva ses baskets sans même défaire ses lacets, se rua sur les étagères et entreprit de les escalader. À la deuxième rangée de livres, les planches de bois se mirent à tanguer comme si elles flottaient sur l'eau. Valentine voulut s'agripper au rebord, mais de fines échardes la piquèrent et elle lâcha prise. Elle chuta en arrière et atterrit par miracle sur

Gavroche, le fauteuil d'Alistair McCooley qui avait glissé pour amortir le choc. Valentine caressa le velours, reconnaissante.

— Merci. Bones aurait joyeusement ramassé les morceaux...

Elle leva les yeux sur les rayonnages, désemparée.

— Comment je fais pour atteindre ce livre, moi ?

Titus capitula et Valentine, soulagée, s'empara de l'ouvrage. Elle l'ouvrit et les lignes s'effacèrent instantanément, comme le voulait la règle immuable en cette bibliothèque : sans l'autorisation de l'auteur et du propriétaire d'un livre, personne ne pouvait en lire le contenu, qui disparaissait dès qu'on l'ouvrait.

— Je vous en prie, Mr Beaggle, implora-t-elle, Mr Brave me permet de lire les livres de la bibliothèque ! Je... je suis son amie intime !

Elle regarda autour d'elle, exceptionnellement gênée par l'énormité de son argument. Une ligne se dessina alors sur la page de garde de l'encyclopédie : Stanislas Beaggle s'était décidé à entrer en contact avec cette lectrice inconnue.

— *Que voulez-vous savoir ?*

Valentine poussa un soupir de soulagement.

— J'aimerais lire ce que vous savez sur la Table d'émeraude, s'il vous plaît.

— *La quoi ?* s'étonna Mr Beaggle.

— La Table d'émeraude, répéta la jeune fille, inquiétée par du bruit dans le hall. Elle permettrait de ressusciter les morts. Vite, Mr Beaggle, je suis un peu... pressée.

L'écriture de l'auteur se fit irrégulière, nerveuse.

— *Je ne sais pas de quoi vous parlez – et je suis sûr que vous non plus, vous ne savez même pas de quoi vous parlez. Je n'ai rien à vous dire à ce sujet. Laissez-moi tranquille et cessez d'importuner les livres de cette bibliothèque, c'est un conseil !*

La page redevint parfaitement blanche.

— Hé, s'écria-t-elle, revenez ! Je sais très bien de quoi je parle, et à mon avis, vous aussi !

Le fauteuil s'agita pour la rappeler à l'ordre.

— Pardon, chuchota Valentine. Mais je ne peux pas revenir bredouille, j'ai promis à Oscar de trouver quelque chose sur sa Table, et Lawrence va me faire la morale pendant des heures : « Je te l'avais bien dit, et tu n'en fais qu'à ta tête, bla-bla-bla... »

Elle descendit, terriblement déçue, et s'apprêtait à sortir, quand un souffle attira son attention. Elle remarqua alors la pochette de Julia Jacob – la défunte secrétaire de Mr Brave dont l'esprit était venu habiter ce dossier – qui contenait les archives du Grand Maître mais aussi de l'Ordre, notamment d'innombrables coupures de presse. Les cartons de couverture s'écartèrent puis se rapprochèrent en émettant un bruit feutré. Valentine l'ouvrit et une fine écriture apparut, à l'image de la discrète et douce Julia, comme si les mots étaient tracés avec un cheveu. Elle était si timide que les coins de la feuille se courbèrent.

— *Bonjour, Valentine*, dit-elle. *Je crois que vous êtes une amie de Mr Oscar, je vous ai déjà vue ici, mais je n'ai jamais osé vous parler.*

— Alors ça, voyez-vous, s'amusa Valentine, ça ne pourrait jamais m'arriver !

— *Vous allez me trouver indiscrète, mais je crois que vous n'avez pas trouvé ce que vous cherchiez...*

— J'ai l'impression que ma question a effrayé Beaggle, résuma Valentine. Vous croyez que vous pourriez m'aider ?

— *Je ferai tout ce qui est en mon pouvoir*, répondit Julia avec prudence. *Je vous écoute...*

Cette fois, la jeune fille s'exprima avec plus de discrétion en surveillant un livre corné et abîmé qu'elle connaissait bien : l'*Anthologie des Pathologus*, de Billy Boyd, l'auteur dont le terrible caractère leur avait joué tant de tours l'année précédente.

— Est-ce que vous avez déjà entendu parler de la Table d'émeraude, Julia ?

La secrétaire réfléchit un instant avant de former quelques mots :

— *De mémoire, non, mais je vais fouiller dans mes archives. Vous restez là ?*

— Je ne bouge pas ! s'écria Valentine, dont le cœur se mit à battre d'impatience.

La pochette se referma d'elle-même, et les feuilles qu'elle contenait se mirent à s'agiter frénétiquement, comme si on les triait à la vitesse de la lumière. Valentine entendit des pas dans le hall. Elle ne parvenait pas à déterminer s'ils se dirigeaient vers la bibliothèque, mais l'urgence se faisait sentir. Elle eut toutes les peines du monde à se retenir de bousculer Julia.

Au bout d'un temps qui lui parut interminable, la pochette s'ouvrit à nouveau.

— *Je n'ai pas grand-chose sur votre Table d'émeraude, hélas*, écrivit Julia. *Pourtant, j'ai remonté tous les dossiers et les articles de presse jusqu'à plus de cent ans.*

Valentine soupira. Décidément, ce n'était pas ici qu'on lui offrirait une piste. Au moment de saluer Julia, elle vit l'encre apparaître.

— *J'ai juste cet article scientifique, là, sur la régénération des cellules.*

— C'est quoi ? demanda Valentine, perdue.

— *Je ne suis pas une professionnelle, mais il me semble que c'est un procédé pour faire revivre et multiplier les plus petits éléments du corps humain. Comme vous avez évoqué le fait de faire revenir les morts, tout à l'heure, j'ai pensé que ça pouvait vous intéresser.*

— Dites toujours, répondit Valentine.

Lawrence, qui savait tout sur tout, aurait sans doute réussi à établir le lien entre la Table d'émeraude, ses pouvoirs supposés et cet article sur la régénération des cellules. Elle pesta contre sa discipline inflexible. Onze coups sonnèrent à l'horloge. Julia se sentit autorisée à poursuivre.

— *Dans cet article écrit par un grand biologiste Médicus, on mentionne un certain Hermès. Je ne sais pas si ça peut vous aider, mais je préfère vous en parler.*

— Hermès, répéta Valentine. D'accord, c'est noté. Vous n'avez...

Sa phrase resta en suspens : la porte s'ouvrit à la volée et Bones fit irruption dans la pièce.

— Qu'est-ce que vous faites ici ? demanda-t-il, sans plus rien y comprendre. Vous étiez... vous devriez être dans votre chambre, en train d'étudier vos leçons !

La pochette de Julia se referma d'elle-même. Valentine la rangea sans précipitation, puis chaussa ses baskets sous le regard scandalisé de Bones.

— Je vais devoir en parler à Mr Brave, menaça le majordome.

Valentine marcha paisiblement jusqu'à la porte.

— Il est 11h02, dit-elle avec un grand sourire. Les leçons sont terminées depuis deux minutes, et je viens d'entrer ici. Vous ne m'avez pas vue traverser le hall ? Vous devriez porter des lunettes.

Elle passa devant lui et avança jusqu'à l'escalier.

— Ne travaillez plus le samedi, Bones : ça vous fatigue.

17

Alistair rejoignit son petit groupe en courant. Iris l'apostropha.

— Mr McCooley, vous ne devez pas partir comme ça et nous laisser, c'est très imprudent et je n'aime pas du tout que...

— En cercle, hurla Alistair, et à genoux ! Ne discutez pas et faites ce que je vous dis.

Il tourna la tête vers le nuage de fumée tourbillonnant qui dévastait tout ce qu'il rencontrait sur son passage. Les hommes du régiment, en rangs devant le canyon, abaissèrent leurs masques sur le visage et brandirent leurs armes. Les cils s'ouvrirent comme des éventails et se mirent à battre très rapidement, créant un courant d'air qui s'opposa à l'ouragan.

Les jeunes Médicus fixèrent leur guide : leur sort était entre ses mains, et il fallait faire vite. Très vite.

— Prenez les deux pointes de votre cape, chacune dans une main, et écartez-les jusqu'à ce que vous touchiez la main de vos voisins.

Les adolescents, affolés, obéirent. Des émanations de goudron envahissaient l'espace et les faisaient tousser, mais ils se concentrèrent sur les ordres d'Alistair.

— Répétez après moi :

Sous ces capes
Comme sous une carapace,
Aux dangers on réchappe
Sans y faire face.

Les voix s'unirent et les capes se soudèrent entre elles pour former une sorte de coque hermétique. Les adolescents, plongés dans l'obscurité, sentirent une vague brûlante passer sur le tissu. Recroquevillé sur lui-même, Oscar souleva un pan de sa cape. Une bouffée d'air pestilentielle le fit suffoquer. Il tenta de colmater le trou, en vain, et la fumée nauséabonde prit tout le groupe à la gorge. Oscar lança un regard désespéré à Alistair.

Ce dernier sortit son pendentif. Il récita une formule inaudible, et une brume émeraude s'échappa de la Lettre, fit le tour des capes et se concentra au niveau de l'ouverture que venait de pratiquer Oscar. Le pan de cape se déplia progressivement en colmatant l'orifice et la fumée cessa enfin de s'infiltrer.

Une éternité semblait s'être écoulée lorsque les capes retombèrent enfin. Alistair autorisa tout le monde à se redresser et regarda autour de lui. Le sol était jonché de débris qui ressemblaient à du bois mort, des plaques de poussière brune recouvraient le sol, des morceaux de pierre arrachés au canyon roulaient dans un sens puis dans l'autre, poussés par le vent. Le régiment de nettoyeurs, dispersé, était épuisé. Leurs cils étaient tordus, brûlés, décomposés. Leur chef sonna le rassemblement et ils disparurent péniblement dans les anfractuosités du Grand Canyon.

Alistair se tourna vers les adolescents, médusés face au désastre.

— Parfois, on n'a pas besoin d'un Pathologus pour se faire du mal... On n'est pas à l'abri d'un second cigare, alors en route, si on est au complet...

Sur ces mots, il se figea.

— Où est Moss ?

Pas de trace de lui alentour.

— Bon sang, je savais bien qu'il serait difficile de vous tenir ! Il faut le retrouver, et vite !

Le ciel était encore chargé de gros nuages bruns, comme si le vent ne parvenait pas à les chasser.

— Il n'a pas pu aller bien loin, ajouta Alistair, il s'est forcément engagé dans un de ces trois canyons. Pill et Flockhart, vous partez dans celui de gauche, Spencer et Bunker, vous prenez celui de droite. Je m'occupe du canyon central. Soyons clairs, précisa-t-il, vous restez TOUJOURS ensemble, et en cas de problème vous rebroussez chemin et vous m'attendez devant la fente. Sinon, on se retrouve de l'autre côté. Compris ?

Oscar et Iris échangèrent un regard qui en disait long sur le plaisir qu'ils avaient à faire équipe. Oscar se décida.

— Bon, on y va.

Elle l'arrêta.

— *Tu* me suis.

Oscar rongea son frein : ce n'était pas le moment de mettre les points sur les i ; Iris posait suffisamment de problèmes à Alistair pour que lui-même n'en rajoute pas. Il la laissa passer devant lui et fit un signe à Ayden, docilement rangé derrière la solide Sally.

À peine engagée dans l'étroit passage, Iris s'arrêta, croisa les bras et se mit à crier à tue-tête :

— Moss, si tu es là, sors d'ici ! On n'a pas que ça à faire !

Oscar la dévisagea, stupéfait. Soit cette fille était stupide, soit elle ne connaissait vraiment pas Moss ; il préféra opter pour la seconde éventualité et essaya de la raisonner.

— S'il s'est caché volontairement, ça m'étonnerait qu'il te réponde.

— Même si je lui en donne l'ordre ? répondit-elle, sincèrement surprise.

Elle chemina quelques instants dans le passage, grimpa sur un petit promontoire et se mit à crier de plus belle :

— Moss, si tu n'apparais pas dans les dix secondes, je te dénoncerai auprès du Grand Maître !

Oscar eut presque envie de rire alors que la situation était tout sauf drôle. Il se retourna vivement : des cailloux avaient roulé et rebondi depuis les hauteurs du canyon jusqu'à ses pieds. Il scruta le sommet, les sens en alerte, et vit un morceau de tissu vert voler au vent, puis un pendentif briller. Une fissure se dessina et courut sur la roche, et un énorme bloc de pierre se détacha.

— Iris, attention ! IRIS !

Le rocher dévala la pente dans un grondement assourdissant et s'effondra sur le sol. Oscar se jeta dans un renfoncement de la paroi pour éviter les projections de pierre. Quand il en sortit, le passage était totalement bouché – et Iris avait disparu. Il tenta d'escalader le rocher, en vain : impossible de passer de l'autre côté. Il appela Iris à plusieurs reprises, et n'eut droit qu'à l'écho pour toute réponse. Il leva la tête. En haut, plus de cape, plus de pendentif, plus personne. Il rebroussa chemin aussi vite qu'il put et se heurta à Alistair, alerté par l'éboulement.

— Qu'est-ce qui s'est passé ?

Oscar s'expliqua en quelques mots, et ils s'engagèrent au pas de course dans le canyon.

— Je l'ai appelée mais elle n'a pas répondu.

— IRIS ! hurla Alistair. Si tu m'entends, détache ta cape et fais-la monter, comme on t'a appris à le faire !

Les secondes s'écoulèrent, interminables. Ils guettèrent l'apparition de la cape au-dessus du rocher. Alistair s'apprêtait à crier à nouveau quand un bout d'étoffe émergea enfin dans les airs, de l'autre côté du bloc de pierre. Oscar souffla : Iris était vivante.

— Il est trop lourd pour qu'on le déplace, dit Alistair, qui cherchait une solution.

— Et si on le découpait avec nos pendentifs ? suggéra Oscar.

— Trop dangereux. Si elle est coincée sous la pierre, on pourrait la blesser.

Il réfléchit un court instant et saisit le bras d'Oscar qui rangeait déjà son pendentif.

— Contre la paroi, Oscar ! Contre la paroi !

Oscar l'interrogea du regard.

— Fais comme moi, lui ordonna Alistair.

Ce dernier brandit son pendentif et le rayon frappa la roche tout autour de lui, mais par à-coups.

— Essaie de ne pas la casser, précisa-t-il, il faut juste creuser de petits trous ! Si on parvient à irriter ce canyon bronchique, Leonid va réagir !

Oscar s'exécuta.

— Réagir comment ? demanda-t-il en se protégeant des éclats de pierre.

— Réfléchis, Oscar : quand tes poumons sont irrités, qu'est-ce que tu fais ?

Leonid éloigna le cigare de ses lèvres et posa la main sur la poitrine : depuis quelques instants, il ressentait un picotement qui se transforma vite en une brûlure désagréable. Il observa le cigare, suspicieux, pesta contre son fournisseur et posa le Cohiba dans le cendrier. Il inspira profondément, puis expira. Rien n'y fit : la brûlure sévit de plus belle. Alors Leonid réagit comme n'importe qui dans cette situation : il *toussa*. Une quinte de toux à s'en décrocher les poumons.

Dès qu'il sentit le vent enfler dans le canyon, Alistair sut qu'ils avaient gagné.

— Beau boulot, Oscar : Leonid vient de prendre une grande inspiration ! Je crois qu'on a réussi...

— Comment ça, réussi ?!

— Mets-toi à l'abri !

Il repéra un renfoncement dans la roche et y poussa vigoureusement Oscar. Au même instant, une formidable bourrasque s'engouffra dans le canyon depuis sa sortie et vint frapper le rocher une première fois, puis une deuxième, et enfin une troisième. La dernière fut la bonne : le bloc de pierre fut pratiquement soulevé dans les airs et retomba entre Alistair et Oscar dans un fracas terrible. Quand le vent se fut calmé, soufflant toujours dans un sens puis dans l'autre au gré de la respiration de Leonid, les Médicus sortirent de leur abri. Au milieu des éclats de roche et d'un nuage de poussière et de particules gluantes, Iris était assise et massait sa cheville.

— Je vous avais bien dit que c'était dangereux ! gémit-elle, couverte de glaires de la tête aux pieds. Je ne peux plus marcher, mon pied est sans doute cassé !

— Quel dommage que ce ne soit pas les cordes vocales, murmura Oscar.

— Oh, et mes vêtements sont dégoûtants, se lamenta Iris.

Alistair l'examina rapidement.

— Je ne crois pas que ce soit cassé – tout au plus une foulure. Essaie de te mettre debout.

Il la souleva avec délicatesse et la prit dans ses bras.

— Doucement ! pleurnicha Iris. J'ai horreur d'avoir mal !

— Tu en connais beaucoup qui aiment ça ?

— J'en connais surtout qui aiment que les autres aient mal, dit-elle avec un regard de travers pour Alistair.

Ils rebroussèrent chemin et retrouvèrent Ayden et Sally, qui s'étaient repliés lorsque la tornade les avait surpris.

— Ah, vous voilà, dit une voix dans leur dos.

Moss les observait, agacé, comme s'il les attendait depuis des heures. Alistair lâcha littéralement la « grande blessée » qui tomba comme un sac sur le sol, et se rua sur Moss sans prêter attention aux apostrophes d'Iris.

— Où étais-tu ? s'emporta-t-il en le saisissant par le col. Qui t'a permis de t'éloigner du groupe ?

Moss se dégagea brutalement et retint in extremis un réflexe de riposte, dissuadé par la colère d'Alistair. Il se contenta de le regarder de haut.

— Vous étiez tous en train de trembler sous vos capes, pendant le nuage de fumée... Moi, j'ai préféré avancer.

Oscar sortit de ses gonds, fou de rage.

— Tu mens ! Tu t'es planqué dans les hauteurs du canyon et tu t'es servi de ton pendentif pour faire tomber un rocher sur Iris et moi !

— Tu dis n'importe quoi, ricana Moss. T'as des preuves ?

— Je t'avais *interdit* de t'éloigner, trancha Alistair.

— Mon tuteur, c'est Fletcher Worm, pas vous, répondit Moss avec mépris.

La fureur transforma le visage d'Alistair. Moss recula, inquiet.

— Écoute-moi bien, tonna Alistair, parce que je ne te le répéterai plus jamais : ici, celui qui décide et qui interdit, c'est moi, et toi, tu n'es qu'un petit débutant prétentieux, alors tu te tais et tu o-bé-is. Tu m'as bien compris ?

Moss garda le silence.

— *Je répète* : tu m'as bien compris ?

Moss finit par acquiescer.

— Encore un seul mot de travers, une seule incartade, conclut Alistair, et je te promets que je ferai tout ce qui est en mon pouvoir pour que tu n'aies plus jamais accès aux Univers intérieurs. Crois-moi, ton tuteur ne pourra rien.

Le groupe n'avait pas bronché. Même Iris avait cessé de se plaindre. Moss attendit que l'orage passe et se rapprocha d'Oscar.

— Tu t'es trompé, Pill, murmura-t-il. Ce n'est pas cette idiote que je voulais écraser : c'était toi, juste toi. Mais ce sera pour la prochaine fois.

Oscar soutint son regard mauvais. Moss cherchait l'affrontement, et à un moment ou un autre, il n'aurait pas le choix : il aurait à se battre pour se défendre. La guerre était déclarée.

Pendant ce temps, sur les parois du canyon le plus proche, la tornade avait détaché des morceaux de roche et gravé un symbole qu'ils connaissaient parfaitement, maintenant : une coupe surmontée d'un M et entourée d'un serpent.

— Bien, dit Alistair en aidant Iris à se relever. Je crois qu'on est tous d'accord : on rentre.

18

— Oscar ? Le déjeuner est prêt, ça refroidit !

Cherie fit quelques pas dans le jardin. Seuls quelques oiseaux et le doux bruit de la fontaine, derrière les buis, lui répondirent. Elle capitula et retourna en cuisine. Alors seulement le feuillage du grand chêne tout proche s'écarta. Oscar, perché sur une branche, se pencha.

— C'est bon, elle est partie, dit-il avec un dernier frisson en songeant au poulet cuisiné de Cherie.

L'arbre s'inclina et Oscar sauta sur la pelouse.

— Merci, Zizou. Tu m'as sauvé la vie.

— La vie est un combat de chaque instant, et de chaque endroit !

Il sursauta et regarda autour de lui.

— Là-haut, Oscar.

Alistair était assis sur une des plus hautes branches, lui aussi, et l'observait avec un grand sourire. La branche ploya pour le déposer sur le sol.

— Je crois qu'on a les mêmes amis, dit-il.

Il adressa un clin d'œil à Zizou et passa une main amicale sur le tronc.

— C'est mon endroit préféré à Cumides Circle ; au sommet de ce chêne, on se sent à l'abri, et c'est un point d'observation stratégique unique. Je crois que nous ne sommes pas nombreux à jouir de ce privilège.

Il s'approcha d'Oscar et l'ébouriffa. Visiblement, beaucoup de choses les rapprochaient, malgré les années d'écart : même air débraillé, même soif d'aventure, même personnalité rebelle – et même tignasse hirsute.

— Alors, jeune homme, tes impressions après ce premier voyage dans le deuxième Univers ?

Oscar haussa les épaules.

— L'Univers, ça va, c'est juste...

Il hésita, et Alistair compléta la phrase :

— ... c'est juste que tu n'apprécies pas particulièrement tes compagnons de route, c'est ça ?

Il ajouta sur l'air de la confidence :

— Pour tout te dire, j'aurais préféré qu'on y aille tous les deux ; je suis certain qu'on serait déjà revenus avec la première partie de ton Trophée. Mais le danger guette, et il faut que vous progressiez tous – et vite – pour nous prêter main-forte. Nous ne sommes plus très nombreux, et beaucoup de Médicus ne savent même plus pratiquer l'Intrusion Corporelle...

Depuis que le Prince Noir des Pathologus, qui avait juré de mettre l'humanité à feu et à sang, s'était évadé de la prison du Mont-Noir, le Grand Maître avait décrété l'état d'alerte ; les Médicus du monde entier étaient mobilisés et sommés de s'entraîner pour être capables de lutter contre les Pathologus dans les corps humains. Mr Brave, comme les membres du Conseil suprême, ne se faisait aucune illusion : leur ennemi s'apprêtait à frapper – et ce jour-là, il faudrait être prêt. Les familles devaient former au plus vite les jeunes Médicus inexpérimentés comme lui. Oscar n'avait plus de père, sa mère n'était pas Médicus, et Mrs Withers s'était proposée de s'en charger.

— Je sens qu'il y a plein de choses qui tournent dans cette tête, dit Alistair en posant l'index sur le front d'Oscar. Et pas toujours joyeuses... Je me trompe ?

Il se tourna vers le jardin.

— Et si on se baladait ? Je préfère les champs sauvages à la pelouse bien tondue de ce vieux Bones, mais on sera tranquilles.

Oscar accepta avec plaisir, d'autant qu'Alistair semblait avoir retrouvé son humeur et sa vitalité habituelles. Ils s'engagèrent dans les allées de la roseraie et finirent par trouver un banc sous une tonnelle.

— Avant tout, bravo pour ton courage, reprit Alistair. Grâce à toi, Iris s'en est bien sortie. Ne t'attends pas à ce qu'elle te saute au cou pour te remercier...

— Ça m'arrange, répondit Oscar.

Alistair se mit à rire.

— Tu sais, elle n'a pas si mauvais caractère que ça.

— À part Moss, je vois pas pire.

— Ne t'inquiète pas pour Moss : je l'aurai à l'œil, à l'avenir. Tu ne risques rien.

— Il ne me fait pas peur. J'ai l'habitude, on est en classe ensemble.

— Je ne me fais pas de souci pour toi : je sais aussi d'où tu viens, dit Alistair avec un regard complice. Ton père était un homme exceptionnel, à ce qu'on m'a dit. Il aurait pu donner un grand coup de balai et dépoussiérer tout l'Ordre, j'en suis certain ! s'enflamma-t-il, toujours prêt à se lancer dans une nouvelle révolution.

Oscar fouilla sa poche et toucha son album photos qui ne le quittait presque plus.

— J'admire Winston Brave et j'aime beaucoup Mrs Withers, bien sûr, poursuivit Alistair, mais ton père était jeune et plein d'entrain, et...

Il prit conscience de sa maladresse.

— J'imagine que s'il manque aux Médicus, il manque encore plus à son fils. Excuse-moi, Oscar.

Le garçon lui rendit son sourire ; loin de lui en vouloir, il appréciait qu'Alistair lui parle comme à un adulte, avec franchise. Et au-delà de cela, il était heureux d'entendre un Médicus parler de son père en des termes aussi élogieux, loin de l'image de traître qu'on avait associée à Vitali Pill.

— Tu sais, on peut grandir sans père et devenir quelqu'un de bien, ajouta Alistair. J'en sais quelque chose.

Oscar leva les yeux.

— Vous avez connu votre père, vous ?

Alistair hésita, subitement assailli par des images sombres, celles d'un vieux monsieur agité et terrifié au fond d'un asile qui ne le reconnaissait plus.

— Oui, répondit-il. Peut-être aurais-je préféré le voir un peu moins, vers la fin...

— Le voir moins ? Moi, j'aurais bien voulu le voir au moins une fois.

Alistair sourit.

— Tu as raison, je dis des bêtises. On ne voit jamais assez ceux qu'on aime.

Oscar profita de l'occasion.

— Depuis que vous m'avez parlé de la Table d'émeraude, je me dis que... que ce serait possible. Que je pourrais le voir.

Alistair le dévisagea, surpris.

— De quoi tu parles ?

— De la Table d'émeraude, qui ramène les gens à la vie ! Moi, j'y crois, affirma Oscar, plein d'espoir.

— Qui t'a parlé de ça ? demanda Alistair, qui semblait tomber des nues.

— Mais... vous !

Alistair, contrarié, répondit sèchement.

— Écoute, je ne sais pas d'où tu tiens ces histoires, mais j'aimerais surtout que tu me dises la vérité, parce qu'on ne peut pas être l'ami de quelqu'un et lui mentir.

— Je vous dis la vérité ! Vous avez oublié ? C'était le jour où vous êtes venu me voir à la sortie de l'école, à Babylon Heights !

Alistair posa la main sur sa tempe, puis se ressaisit.

— Alors on va dire que tu fabules un peu.

Oscar se raidit, blessé par la défiance de celui qui se disait son ami.

— Il vaut mieux que tu oublies cette affaire de Table et de résurrection, conclut Alistair. Ce sont de sombres histoires qui ne nous concernent pas, nous autres Médicus, et qui ne veulent rien dire. Ceux qui y ont cru se sont brûlé les ailes, Oscar.

Oscar garda le silence : répliquer envenimerait la situation. Les événements des derniers jours lui revinrent à l'esprit : après l'accident, les examens subis par Alistair avaient été rassurants, mais comment prévoir les conséquences du choc sur sa mémoire ? Il se souvint également de la curieuse scène à laquelle les adolescents avaient assisté chez Leonid. Et si ce dernier avait raison ? Peut-être Alistair souffrait-il du même mal que son père et avait purement et simplement oublié ce qu'Oscar venait de lui rappeler.

Oscar renonçait à insister – mais n'abandonnait pas pour autant.

Alistair le prit par l'épaule, radouci.

— Je sais ce que tu ressens : l'absence est rude, parfois. Mais maintenant, dit-il avec un sourire chaleureux, tu as un grand frère. Ça ne vaut pas un père, mais c'est déjà pas mal, non ?

Oscar sourit et acquiesça.

— Parfait ! s'exclama Alistair, plus enjoué que jamais. Ne t'éloigne pas trop : on n'en a pas fini, tous les deux. Je dois te présenter une personne de la plus haute importance...

Oscar le suivit du regard, curieux. Mais sans oublier ses priorités : lui non plus n'en avait pas fini, et il savait ce qui lui resterait à faire, dès qu'on lui laisserait quelques instants de répit.

19

— Heureusement que le jeune Pill a de bons réflexes et qu'il est courageux, précisa Alistair.

— Ça pourrait ne pas suffire, le prévint Mr Brave. Soyez vigilant. Je ne pense pas que Moss soit si mauvais qu'il n'en a l'air...

— Je ne pense pas non plus qu'il soit un ange.

— Pill n'en est pas un non plus, et le vrai problème réside dans le fait qu'ils se haïssent. Chacun représente un danger pour l'autre, c'est pour cette raison que je vous demande d'avoir l'œil sur les deux.

Alistair, surpris par la position du Grand Maître, ne répondit pas.

— Comment va la jeune Flockhart ? s'enquit Brave.

— Elle a mitraillé tout l'hôpital de conseils, ordres et menaces de plainte ; les médecins se sont dépêchés de la laisser partir avec une prescription d'antidouleur dont elle n'a même pas besoin, à mon avis. Elle est prête pour un second départ.

— Tant mieux, nous n'avons pas de temps à perdre : j'ai eu des nouvelles inquiétantes de

France, d'Italie, et quelques signes troublants depuis l'Asie...

— Le Prince Noir ?

— Sans doute ; d'étranges maladies. Quelques cas, tout au plus, pris à la légère par les autorités, mais ce n'est qu'un début... Repartez et prenez soin de ces jeunes, nous en avons besoin. Et vite.

Ils mirent un terme à l'entretien : Alistair avait un rendez-vous urgent qu'il voulait honorer – d'autant qu'il ne s'y rendait pas seul.

Il s'engagea dans le jardin.

Il suivit les allées sinueuses, sous le feuillage entremêlé des chênes, des bouleaux et des eucalyptus, et longea des massifs d'hortensias multicolores. Lorsque la comtesse Anna-Maria Lumpini, éminent membre du Conseil suprême, s'était introduite dans les végétaux de Cumides Circle – elle était un des rares Médicus à pouvoir pratiquer ce type d'Intrusion –, elle ne s'était pas contentée de modifier leur comportement : elle leur avait de toute évidence inculqué génétiquement son goût prononcé pour les teintes criardes.

Des voix d'adolescents lui parvinrent, au milieu des gazouillis et du frémissement des feuilles sous le vent tiède. Il sourit, traversa les rhododendrons qui tentaient de s'interposer, escalada avec agilité les vagues qui animaient la pelouse, sauta par-dessus les racines qui émergeaient sur sa route, et parvint enfin à la roseraie, amusé mais essoufflé. Il se sentait vidé alors qu'il n'avait jamais manqué d'exercice et s'en inquiéta. Il décida de mettre la chose sur le compte du contrecoup de l'accident et de cette nuit peuplée de rêves angoissants, et d'envisager des vacances urgemment.

Il se pencha au-dessus de rosiers menaçants : les voix étaient enfin distinctes.

— J'ai l'impression que c'est un sujet qui ne plaît pas beaucoup à nos amis de la bibliothèque, expliquait Valentine. Beaggle était dans tous ses états, il n'avait qu'une envie, c'était de refermer son livre.

— Raison de plus pour ne pas abandonner, conclut Oscar. Ça veut dire que la Table existe, et que ses pouvoirs leur font peur. Pas à moi.

— Tu as une piste ? demanda Lawrence.

— J'en ai une, moi, déclara Valentine. Elle s'appelle « Hermès ».

Oscar se tourna vers Lawrence.

— Ça te dit quelque chose ?

— Bien sûr que ça me dit quelque chose. Hermès est un dieu de la mythologie grecque : celui du commerce.

— Jeremy doit l'adorer, alors, s'amusa Valentine.

— C'est aussi celui de l'intelligence rusée. Il doit y avoir un lien de parenté avec toi.

— Très drôle. Continue.

— Hermès a un frère : c'est Apollon, le dieu solaire, celui de la raison, de la musique et des arts. Apollon a échangé sa lyre contre le bâton de son frère ; du coup, deux serpents se sont enroulés autour... Ça ne vous rappelle rien ?

— Le Caducée des Médicus ? supposa Oscar.

— Tout à fait, même si c'est un bâton plutôt qu'une coupe, dans le cas d'Hermès. D'ailleurs, les Romains en ont fait le dieu de la médecine, et son caducée est le symbole de la médecine en Amérique.

— Pour l'instant, s'impatienta Valentine, je ne vois pas le rapport avec notre fameuse Table.

— Moi non plus, reconnut Lawrence. Si ce n'est que...

— Si ce n'est que quoi ? insista Oscar. Vite, j'ai rendez-vous avec Alistair !

— Eh bien, Hermès était aussi un dieu pour les Égyptiens, précisa Lawrence avec un sourire : le dieu Thot, qui a aidé Isis à *ramener les morts à la vie*...

— Tu crois qu'il utilisait la Table d'émeraude pour ça ?

— Aucune idée. Je ne trouve aucun lien entre le dieu Hermès et une quelconque table, désolé.

— Je crois savoir *qui* pourrait nous aider, dit Oscar.

— Et moi, je crois que personne ne pourra vous aider.

Les adolescents sursautèrent. Entre les feuilles et les roses, ils devinèrent le visage triangulaire et les cheveux en bataille d'Alistair McCooley.

— Désolé de perturber ce concile secret, mais à votre âge, j'avais le même repaire et les mêmes amis dans ce jardin, même s'ils ont tenté de me barrer le chemin.

Les rosiers s'écartèrent enfin.

— Tu es obstiné, Oscar, reprocha Alistair. C'est parfois un atout, je suis le premier à le reconnaître, mais c'est aussi un grave défaut. Je te l'ai déjà dit : tout cela n'existe pas, et à force d'y croire, tu vas te faire du mal.

Oscar, comme ses amis, se retrancha dans le silence. Alistair préféra détendre l'atmosphère.

— Puisque tu aimes l'aventure, tu devrais apprécier ce que je te réserve...

— Moi aussi, j'adore l'aventure ! s'écria Valentine. Et je peux être très obstinée quand je veux ! Emmenez-moi, je vous en prie !

— Pour ce qui est de l'obstination, observa Lawrence, je confirme.

— Désolé, répondit Alistair, mais seul Oscar est convié. Et on se dépêche : on ne fait pas attendre la personne que l'on doit voir.

Ils traversèrent la ville du sud au nord.

Oscar aperçut le clocher rose de Babylon Heights, son quartier perché sur une colline, puis les usines des faubourgs ouvriers où sa mère travaillait. Les rares fois qu'il y passait, il se promettait de faire sortir Celia de ces bâtiments sordides noyés sous la pollution et la fumée, et de lui épargner ce détestable travail dont elle avait besoin pour les faire vivre, tous les trois.

Au bout de vingt minutes durant lesquelles Alistair ne voulut rien dire de leur destination, Jerry ralentit aux abords d'une enceinte élevée. La Bentley s'arrêta devant un poste de sécurité. Jerry présenta une carte à travers la fenêtre et le gardien ouvrit la barrière.

La voiture roula au pas dans une rue bordée d'édifices qui semblèrent immédiatement familiers à Oscar.

— L'Empire State Building !

— Et ici, ajouta Alistair, la Grande Pyramide d'Égypte ; là, c'est Big Ben, à côté, le Parthénon. Et au fond, sur la droite, tu sais sûrement ce que c'est.

— La Maison-Blanche ! s'écria Oscar, émerveillé. Où on est ?

— À Monument District, une banlieue très protégée de Pleasantville que peu de gens connaissent.

— Celui-là, je ne le reconnais pas.

— C'est le Taj Mahal, un mausolée indien qui symbolise l'amour absolu : il a été construit par un empereur moghol en souvenir de son épouse morte. Qui l'occupe, Jerry ?

— Personne depuis des années, monsieur, répondit le chauffeur.

Alistair se concentra.

— C'est curieux, j'ai cru voir du mouvement sur l'une des terrasses.

Il haussa les épaules et se détacha du palais.

— L'immeuble dans lequel on se rend va vraiment te plaire, j'en suis sûr. Regarde.

Oscar leva les yeux, fasciné. Jerry échangea un sourire avec Alistair.

— Il est à ton goût, non ? s'amusa ce dernier.

Oscar fut incapable de répondre, les yeux rivés sur la tour gigantesque et magnifique.

— Es-tu déjà allé à Paris ? demanda Alistair.

Oscar secoua la tête.

— Alors, bienvenue à la tour Eiffel, Oscar.

La voiture s'arrêta. Une autre berline aux vitres teintées stationnait déjà devant eux. Jerry fronça les sourcils, contrarié.

— Vous ne serez pas seuls, Mr McCooley, dit-il d'un air entendu.

Alistair eut un mouvement d'humeur.

— Je suis certain qu'*il* était au courant de notre visite. Qui l'a prévenu ?

— Aucune idée, monsieur. Mais je reste ici et je vous attends.

— Nous ne devrions pas en avoir pour très longtemps.

— Prenez votre temps, répondit Jerry sans quitter l'autre voiture des yeux.

Alistair et Oscar sortirent de la limousine. Oscar contempla la dentelle de métal qui s'étirait vers le ciel.

— Tu n'es pas au bout de tes surprises, affirma Alistair.

Ils atteignirent le pied nord. Une jeune femme souriante les attendait devant les portes d'un ascenseur. Vêtue d'un short très court, d'un chemisier blanc noué à la taille et de chaussures noires à talons hauts, elle était ravissante – et tout à fait au goût d'Alistair, visiblement, qui lui rendit son sourire et commença à gigoter.

— Bonjour, Fifties, bafouilla-t-il en se défaisant maladroitement de sa veste, brusquement pris d'une bouffée de chaleur. Euh... hem, voici... je vous présente...

Amusé, Oscar connaissait parfaitement ce trouble pour l'avoir éprouvé des dizaines de fois face à Tilla. Il fut presque soulagé de voir qu'à l'âge d'Alistair, on pouvait être aussi embarrassé devant une fille qu'il l'était, lui, à treize ans. Il finit par se présenter lui-même.

— Bonjour, je m'appelle Oscar Pill, et on a rendez-vous, Mr McCooley et moi.

— Enchantée, répondit la jolie femme, une main sur la hanche, une autre derrière la tête comme si elle posait pour une photo. Je m'appelle Fifties Pinup, et je vais vous conduire. Je vous en prie, dit-elle en indiquant l'intérieur de la cabine.

Les portes se refermèrent et Fifties poursuivit son délicieux babillage sans quitter des yeux Alistair qui ne savait plus où se mettre.

— Bienvenue dans cette réplique parfaite de la tour Eiffel – oh, j'adore Paris, pas vous, Mr McCooley ? dit-elle, l'ongle rouge de son index posé sur sa bouche en cœur.

— Oui, je... j'aris Padore ! Euh... j'a... j'adore Paris aussi !

— À votre droite, les quartiers nord de Pleasantville, poursuivit leur guide de charme. Et à votre gauche, euh...

Elle hésita quelques secondes avant de se lancer :

— ... les quartiers sud ? Oups, je ne sais plus ! avoua-t-elle dans un éclat de rire plein de candeur.

Oscar la laissa à sa considération hautement philosophique sur le nord et le sud et admira le paysage somptueux à travers les parois transparentes de l'ascenseur. Il n'avait jamais vu sa ville de si haut, et elle lui paraissait plus belle que jamais. Il repéra son quartier, et crut même reconnaître Kildare Street et le toit aux tuiles multicolores – et manquantes, par endroits – de la maison familiale. Il imagina la même vue de nuit, sous un ciel sans nuages. Il songea à sa sœur, convaincu qu'elle aurait aimé être ici, plus près du ciel et des étoiles. La voix de Fifties le sortit de sa rêverie.

— Vous êtes arrivés ! dit-elle comme si elle annonçait la venue d'une star sur scène.

Leurs pieds s'enfoncèrent dans une épaisse moquette noire. Oscar regarda tout autour de lui, le souffle coupé : ils se trouvaient au centre d'un immense séjour qui décrivait un demi-cercle totalement vitré. Il s'approcha de la baie, fasciné : la terre entière semblait se dérouler jusqu'à l'horizon.

— Deux cent soixante-quatorze mètres, précisa Fifties en posant avec grâce contre le mur du fond. Je vous laisse admirer la vue ? Elle arrive tout de suite, susurra-t-elle à l'oreille d'Alistair. Au revoir, à bientôt.

— ... 'voir, répondit le jeune homme en s'asseyant au bord d'un immense canapé rouge vif, le regard rivé sur les courbes de Miss Pinup qui disparaissait derrière un escalier en marbre.

Il laissa tomber sa veste sur le velours et s'éventa avec un magazine de mode posé sur la table basse – une sphère en verre, un plateau et un vase rempli d'amaryllis pourpres pour seule décoration. Oscar, lui, ne décollait pas de la vitre. Une voix de cantatrice le fit sursauter.

— Alistair chéri, vous êtes làààààààà ! Quelle joie. Venez m'embrasser.

20

Oscar se retourna vivement. En haut de l'escalier apparut une grande femme aux cheveux très sombres coupés au carré. Elle portait un fourreau noir très décolleté. Une jambe interminable s'échappait par une fente sur le côté. Gantée de velours jusqu'aux coudes, elle prenait délicatement appui sur la rampe dorée d'une main, et tenait un porte-cigarette de l'autre.

Elle lança à ses deux hôtes un sourire un peu figé mais très étudié, et entreprit de descendre l'escalier à la façon d'une vedette de music-hall, perchée sur des talons plus vertigineux encore que ceux de Fifties. Elle s'en sortit avec beaucoup de talent – et sans doute d'expérience – et, parvenue à la dernière marche, tendit une main que saisit Alistair. Le jeune conseiller avait retrouvé son naturel décontracté.

— Vous êtes resplendissante, déclara-t-il avec un grand sourire.

— Et vous, trésor, toujours aussi débraillé, lui fit-elle remarquer. Quel dommage, vous pourriez être si séduisant. Et même me plaire...

— J'aurais adoré, mais je me ferai une raison.

La dame lui lança un regard de braise à travers ses faux cils surlignés de noir, et s'assit avec grâce dans le canapé. Elle croisa sa jambe libre sur l'autre, caressa le velours et posa le bras sur l'accoudoir, dans une pose plus glamour que jamais.

— J'aime le roooooouge, et le noaaaaaar, aussi, dit-elle en traînant sur chaque fin de mot avec des airs de Greta Garbo. Ce vert des Médicus m'assomme, je laisse ça à ma famille.

Oscar ne l'avait pas quittée des yeux. Elle ressemblait à une actrice de ces vieux films que sa mère aimait regarder le soir, les larmes aux yeux, en affirmant que ceux qu'on réalisait aujourd'hui ne seraient jamais aussi romantiques. Si ce n'est que ces actrices y étaient toutes très jeunes et très belles, alors que leur hôte ne semblait vraiment plus de première fraîcheur. Seuls ses jolis yeux verts – qui semblaient curieusement familiers à Oscar, mais sans qu'il puisse trouver de ressemblance avec quiconque – avaient gardé la vitalité et le pétillant de ceux d'une jeune fille.

La femme pencha la tête vers lui. Alistair prit les devants.

— Paloma, puis-je vous présenter un jeune Médicus très prometteur ? Un aventurier qui n'a pas froid aux yeux, comme je les apprécie. Oscar, tu as l'honneur de rencontrer la grande Paloma.

— Ainsi, c'est pour lui que vous êtes ici, et pas pour moi, vil flatteur. Je me disais aussi que vous n'aviez pas sollicité d'entrevue depuis bien longtemps...

— Quand vous saurez qui est ce jeune homme, vous ne vous intéresserez même plus une seconde à ma petite personne. Il s'agit d'Oscar *Pill*.

Paloma posa son porte-cigarette dans un cendrier en cristal – elle n'allumait jamais la cigarette : le tabac abîme la peau et elle détestait la fumée – et, sans quitter Oscar des yeux, saisit discrètement une pochette en satin noir rehaussée de strass. Elle y prit une paire de lunettes qu'elle camoufla derrière son dos.

— Alistair chéri, si vous alliez admirer la vue pendant que je m'entretiens un court instant avec notre invité ?

Alistair s'en alla d'un pas alerte et désarticulé vers la baie vitrée, et Paloma chaussa ses lunettes en catimini pour observer Oscar comme on détaillerait un animal de foire. Elle rangea ses lunettes aussi vite qu'elle les avait sorties et posa la main sur son cœur.

— Alistair, quel choc ! Ce garçon est évidemment le fils de Vitali Pill, son visage ne trompe pas !

— Winston Brave ne vous avait pas prévenue ?

— J'ai cru qu'il plaisantait !

Elle se pencha à nouveau avec attention en plissant les yeux, puis recula pour s'adosser et reprendre la pose avec un sourire mutin.

— Il est aussi beau que son père, d'ailleurs. Vous avez bien fait de ne pas me le présenter dans une dizaine d'années, il m'aurait fait chavirer.

Oscar ne put retenir un rire.

— Qu'est-ce qui t'amuse ? demanda Paloma, brusquement rembrunie.

Alistair fit les gros yeux à son protégé.

— Rien, se rattrapa Oscar. C'est juste que... ma mère vous ressemble un peu, alors je suis sûr que mon père vous trouvait très belle, lui aussi.

Alistair soupira discrètement, soulagé, et Paloma se détendit.

— Il est beau et il sait parler aux femmes : il sera sublime. Vous devriez prendre exemple, Alistair chéri.

Elle se leva comme si une urgence venait de s'imposer.

— Ce n'est pas pour me parler de ce joli minois que le Grand Maître des Médicus m'a appelée, et vous n'êtes pas venus pour me faire la cour. Allons-y, mes trésors.

Elle monta l'escalier avec un déhanchement incomparable, suivie de ses deux visiteurs. Ils traversèrent un long couloir où Oscar admira d'innombrables portraits de Paloma en compagnie d'hommes. Elle effleura au passage l'un d'eux.

— Ce cher, très cher Brad... Ah, comme Angelina m'en a voulu, l'année dernière ! Elle est d'une jalousie, vous n'imaginez pas. En revanche, dit-elle avec une grimace en passant devant la photo de George Clooney, celui-ci m'a terrrrrrriblement déçue. Tout juste bon à faire couler un café...

Au bout de l'appartement, Fifties les attendait devant un autre ascenseur, fidèle au poste.

— Ma mie, lui demanda Paloma en fixant les lèvres de la jeune femme, retouchez-moi tout de suite ce rouge à lèvres, il déborde, c'est atrocement vulgaire, vous allez miner mon humeur. Et puis ajustez un peu votre chemisier, il flotte et bâille de partout. Vous ne travaillez ni dans un couvent ni pour ma sœur – ce qui revient à peu près au même, d'ailleurs. Non, non, ne vous changez pas maintenant, ajouta-t-elle en levant les yeux au ciel.

Fifties, qui dénouait allégrement son minuscule bout de tissu – qu'on pouvait pourtant difficilement ajuster plus qu'il ne l'était déjà –, écarquilla les yeux.

— Mais... vous avez dit « tout de suite ».

— Je pensais au rouge à lèvres, et puis c'est une façon de parler. Faites-nous d'abord descendre, puis vous trouverez un endroit pour vous occuper de tout cela.

Elle se pencha vers les deux autres.

— Voilà qui devrait occuper cette gentille fille un bon bout de temps, dit-elle à voix basse. Elle est ravissante, mais elle est un peu idiote, vous vous en êtes certainement rendu compte.

— Ah non, je... enfin, si vous le dites, se reprit Alistair en lorgnant aussi discrètement que possible du côté de Fifties.

Paloma sourit.

— Je vois... Vous êtes un homme, un vrai. Mon chou, dit-elle à Oscar au moment où les portes de l'ascenseur s'ouvraient, décidément, ne prends pas exemple sur lui.

Ils entrèrent dans un espace totalement blanc et sans aucune fenêtre. Une dizaine de personnes en blouse émeraude s'agitaient en tous sens. Une jeune femme en combinaison et gantée s'approcha et tendit une blouse de la même couleur à Paloma, qui l'enfila à contrecœur.

— Ce vert sur cette robe noire, vraiment... Mais il faut bien faire quelques concessions à l'Ordre.

— Où on est ? demanda Oscar, intrigué.

— Dans le pied de la tour, répondit Alistair.

Paloma déclama à la manière d'une tragédienne :

— Oscar Pill, sois le bienvenu dans l'unité PALOMA : Protection et Armement Léger Offensif pour Médicus Avertis.

Au centre de la salle, dix tables parallèles occupaient l'espace, couvertes d'écrans d'ordinateur, de microscopes et de caisses hermétiques transparentes dans lesquelles on manipulait d'étranges objets. Sur les côtés de la salle, deux rangées de boxes en verre s'alignaient.

— Tu trouveras ici tous les outils et toutes les armes conçus et fabriqués par nos soins pour les membres de l'Ordre et ses combattants. Ton père est venu ici en son temps, ajouta Paloma, moins grandiloquente. J'espère que tu en feras aussi bon usage que lui.

Alistair et Oscar se vêtirent de blouses à leur tour. Oscar reconnut la Lettre brodée sur la poche de poitrine. Paloma le fit entrer dans le premier box en verre.

La salle était partagée par une seconde paroi en verre, derrière laquelle un petit homme blond légèrement dégarni se retourna et leur fit un signe. Une étrange carapace le protégeait de la tête aux pieds. Paloma s'approcha d'un micro.

— Bonjour, Hugo. Comment se porte votre protégé ?

La voix de l'homme résonna dans les haut-parleurs situés au-dessus de leurs têtes.

— Bien, hélas, mais avec la nouvelle formule du Viradormix, j'ai bon espoir.

Oscar distingua dans le fond de la salle, tout près d'Hugo, une masse noire recroquevillée, et des grognements retentirent. Hugo jeta une boulette verte sur le sol. La masse se déplia ; Oscar fit un bond en arrière.

— Aurais-tu déjà été en contact avec ces charmantes choses ? demanda Paloma.

— En rêve, répondit Oscar en reconnaissant la créature de son cauchemar, mais ça m'a suffi.

— Pourtant, il faudra t'y faire. Les virus sont partout, de plus en plus nombreux, et dans tous les Univers. Celui-ci a été ramené du deuxième Univers – n'est-ce pas celui où tu dois bientôt repartir ?

Oscar acquiesça. Les voyages imminents s'annonçaient bien plus périlleux qu'il ne l'imaginait. Remporter au plus vite ses cinq Trophées ne serait sans doute pas aussi aisé qu'il l'avait envisagé. Il chassa ces idées décourageantes et préféra se concentrer sur les explications de Paloma.

— On l'a capturé l'année dernière, on a placé une puce électronique sous sa peau et une microcaméra au sommet de son oreille, puis on l'a relâché. On l'a ensuite retrouvé, ce qui nous a permis d'apprendre pas mal de choses sur ses camarades et lui-même : leurs habitudes, leur manière de vivre, de se nourrir, d'infecter un Univers et de le détruire. Et aussi comment les Pathologus les modifient et les rendent plus résistants, hélas. Hugo Denlamer en est le spécialiste, ici.

Elle parla à nouveau dans le micro.

— Hugo, mon chou, montrez-nous ce que donne votre nouvelle formule du Viradormix. J'ai un déjeuner important avec un charmant jeune homme de vingt-cinq ans, et c'est afffffffffreux ce que l'on peut manquer de patience à cet âge.

Hugo brandit un M cerclé d'or en direction de la petite boule verte. Le rayon se concentra sur la matière qui prit une teinte dorée, puis rouge. La bête se jeta dessus et la dévora. Quelques instants plus tard, elle se mit à tituber, puis se retrouva à quatre pattes et poussa des petits jappements de chiot absolument inoffensif. Elle s'effondra enfin, secouée par de formidables ronflements. Hugo se retourna, tout sourire.

— Ce que je ne connais pas encore, c'est la durée de l'effet, avoua-t-il.

— Nous vous laissons calculer. Viens, trésor, dit-elle à Oscar, je dois te montrer d'autres choses aaaabsolument délicieuses.

Paloma ignora le box suivant et ouvrit la porte du troisième d'un geste magistral, sa robe traînant derrière elle comme un voile de mariée.

— Livia, ma princesse, qu'avez-vous là pour nous ? Voici Oscar Pill, qui pourrait bien devenir un homme splendide, et fort, et séduisant, et...

Une jeune femme brune enleva ses lunettes de protection et coupa court à l'énumération.

— Que dirait ce jeune homme prometteur si je lui proposais de faire un essai avec mon tout dernier Lasercut gamma ? proposa-t-elle.

— Chériiiiiie, quelle excellente idée !

Oscar prit les lunettes que lui tendait Livia, et elle fixa une demi-sphère en cristal à multiples facettes sur son pendentif.

— L'angle des facettes a été calculé par informatique pour concentrer le rayon qui sort de votre Lettre. Avec ça, vous couperez tout dans le corps. *Tout*. On fait le test ? proposa-t-elle en désignant un bloc de béton. Tendez le bras vers votre cible, et répétez : « Lasercut gamma ».

Oscar s'exécuta. Le pendentif se transforma en un cercle éblouissant. Un faisceau doré en jaillit, pas plus épais qu'un cheveu, et pénétra dans la matière comme une lame dans du beurre. Le bloc se fendit en deux.

— Parfait, s'extasia Paloma. Avec ça, aucun corps étranger dans un quelconque Univers ne te résistera.

Ils sortirent du box ; Alistair avait disparu, Fifties aussi.

— Eh bien, plus personne, ici ? demanda-t-elle, surprise. Nous n'avons pas fini : il faut encore que tu comprennes le fonctionnement du Désintégrator, du Surventex, du Tonivax, et Fabien va nous faire une démonstration de Murailline, et...

— La Murailline ? Tu perds la tête, Paloma.

Oscar aurait reconnu cette voix entre mille. Paloma soupira profondément et se contenta de tourner la tête.

— Berenice, quel plaisir de te voir. Nous manquions de sérieux pour assombrir cette séance.

Berenice Withers regarda autour d'elle et fit mine de chercher quelque chose.

— Pas la moindre caméra, pas le moindre flash de paparazzi ; tu peux te démaquiller et mettre une tenue un peu plus adéquate, Paloma.

Oscar sourit : on ne se frottait pas sans risque à Mrs Withers et sa répartie cinglante. Sous ses apparences de sage petite dame dans ses tailleurs vieillots, un volcan pouvait se réveiller à chaque instant. Qui était vraiment Paloma pour braver ainsi le danger ? Mrs Withers s'approcha d'elle, et elles s'embrassèrent de bon cœur.

— Bonjour, ma chère, ma très chère sœur.

21

— Votre... sœur ?! s'exclama Oscar.

— Oui, je sais, fit Paloma sur un ton de tragédie antique, je n'ai pas mérité un tel sort. Ne dirait-on pas qu'il s'agit de ma mère, ou plutôt de ma grand-mère ?

Oscar se garda bien de répondre : il ne voulait froisser ni l'une ni l'autre. En définitive, Paloma ressemblait à une vieille dame déguisée en jeune fille, et Mrs Withers à une petite mamy sous laquelle on devinait un caractère plus vif que celui d'une adolescente. Berenice Withers répondit à sa place.

— Encore une dizaine d'opérations de chirurgie esthétique, et on en reparlera. En attendant, souffla-t-elle, plus sérieuse, ce garçon a treize ans ; un décolleté aussi vertigineux s'imposait-il ?

— D'abord, il n'est pas venu seul, rétorqua Paloma en caressant la joue d'Oscar. Ensuite, un garçon de treize ans finit bien par grandir, et enfin, j'ai un rendez-vous tout ce qu'il y a de plus galant. Et puis, je te l'ai déjà dit : en toutes circonstances et à toute heure du jour et de la nuit, il faut être *prête*, Berenice.

— Prête pour quoi ? demanda Oscar, qui en oubliait sa réserve.

— Mais pour une rencontre, mon ange ! On ne sait pas ce que le hasard nous réserve. Si tu m'avais écoutée, dit-elle en soulevant avec une mine désespérée le foulard jaune citron de sa sœur, et si tu avais suivi mes conseils vestimentaires, tu serais mariée et peut-être aurais-tu la chance d'avoir des soupirants à tes pieds, aujourd'hui encore.

— Et si tu m'avais écoutée, répliqua Mrs Withers, tu ne te serais pas mariée à cinq reprises, tu n'aurais pas divorcé autant de fois et on pourrait éventuellement tenter de comptabiliser tes innombrables amants.

Paloma considéra la chose comme un compliment. Elle baissa les yeux sur son bracelet-montre serti de diamants, et s'affola.

— Mon Dieu, j'ai déjà une demi-heure de retard ! Il faut évidemment savoir se faire attendre, mais sans en abuser. Note, mon chou, note, ordonna-t-elle à Oscar. Je suis experte sur le sujet.

— Ça, c'est certain, confirma Mrs Withers.

— Je file, mes chéris !

Sa sœur tenta de la retenir.

— Je sors moi aussi d'un rendez-vous mais beaucoup moins galant, et dont j'aimerais t'entretenir. C'est important, dit-elle avec un rapide regard en direction d'Oscar.

— Im-pos-sible, décréta Paloma. Demain. Je te rappelle que nous vivons sur le même palier.

Oscar allait d'étonnement en étonnement : Mrs Withers, ici, en haut de la tour ! Il y avait fort à parier que son intérieur ne ressemblait pas plus à celui de sa sœur que ses tenues.

Paloma traversa l'unité en oubliant le pas traînant d'une star sur un tapis rouge, et tendit une sacoche à Oscar.

— Tout y est. Mon équipe a composé cette trousse avec soin, utilise-la de la meilleure façon, au bon moment. Bonne chance, et ne gâche ni ne casse rien : chaque arme vaut une fortune ! Où est Alistair ? Qui te ramène à Cumides Circle ?

— Alistair est en haut, à ma demande, précisa Mrs Withers. Il tente d'empêcher un visiteur indésirable de parvenir jusqu'ici, et c'est à ce sujet que je voudrais te parler, Paloma. En privé. Ça ne prendra que quelques secondes...

— J'arrive à point nommé, on dirait.

La voix grinçante et lente fit taire tout le monde.

Mrs Withers croisa le regard d'Alistair, en retrait, près de l'ascenseur. Il écarta les mains, impuissant. Fletcher Worm fit quelques pas vers la maîtresse des lieux. Celle-ci lui adressa un sourire de circonstance – parmi tous ses talents, Paloma excellait dans l'art de ne jamais paraître prise au dépourvu. Elle leva son porte-cigarette à ses lèvres et tendit la main... qui resta en l'air. Worm n'avait pas la moindre intention de la lui baiser, aujourd'hui moins que jamais. Ses traits étaient tendus malgré son calme apparent, et ses yeux réduits à une fente étincelante. Il passa sur tous les visages et s'attarda sur celui d'Oscar, qui le fixa avec aplomb. Paloma finit par baisser la main et le foudroya du regard.

— Fletcher, quel plaisir de vous voir ici, chez *moi* et *à l'improviste*, dit-elle d'une voix glaciale.

Elle n'avait pas besoin de composer, cette fois : son mépris était parfaitement naturel. Worm y prêta à peine attention.

— Je viens de m'entretenir avec votre sœur, qui m'affirmait que votre laboratoire serait pour l'instant fermé aux jeunes recrues. Et qui vois-je ici ? Le jeune Pill. Quelle surprise, vraiment. Quelle immense et décevante surprise. Surtout lorsque ces mêmes recrues ont fait preuve d'incompétence et de maladresse, dit-il en se tournant vers Oscar. Ça n'étonnera personne, quand on connaît le passé familial...

— Je vous interdis de parler de ma famille, s'emporta Oscar. Et vous ne savez rien de moi.

— Tu *m'interdis*... répéta Worm avec un petit rire. Ce que je sais, c'est qu'au cours de cette première Intrusion dans le deuxième Univers, Iris Flockhart aurait pu être sévèrement blessée. Comme par hasard, elle était ton binôme d'expédition.

— C'est vous qui vous occupez de Moss, vous nous l'avez dit, alors demandez-lui pourquoi il a utilisé son pendentif pour faire tomber un rocher sur nous !

— Oscar, s'il te plaît, intervint Mrs Withers avec fermeté.

Oscar se résigna. Worm s'approcha de lui, impassible.

— Insolent, de surcroît. Mais ça non plus, ça ne m'étonne pas : il a l'arrogance de son père. On sait où ça l'a mené.

Alistair et Mrs Withers s'interposèrent immédiatement entre le conseiller et Oscar. La cruauté et l'habileté de Worm n'étaient plus à prouver, et il suffisait de quelques mots pour faire sortir Oscar de ses gonds. Le second avait tout à y perdre.

— Comme je ne peux pas imaginer que vous m'ayez menti, Berenice, renchérit Worm, je suppose qu'une fois de plus, Winston Brave a changé d'avis sans nous informer, et que la visite de ce garçon dans l'unité PALOMA n'était pas programmée.

— Supposez ce que vous voulez et restons-en là.

— Certainement pas.

— Fletcher, je vous conseille vivement de reconsidérer votre réponse – et de ne pas dépasser les limites.

Berenice Withers avait haussé le ton. Un silence de plomb tomba sur la salle, et même les techniciens figèrent leurs mouvements. Oscar espérait l'affrontement, mais Worm choisit la prudence ; Mrs Withers était puissante, respectée et influente, il était inutile de se heurter à elle, surtout en présence d'autres membres de l'Ordre et du Conseil suprême.

— Ce que je veux dire, rectifia Worm, c'est qu'il me semblerait juste que tout le groupe profite de l'ingéniosité de Paloma Withers et de son équipe : il leur faut une trousse comme celle-ci, dit-il en pointant un doigt arachnéen sur la sacoche.

— D'abord, je ne suis pas un supermarché d'armes pour Médicus, répliqua Paloma en plaquant pour la première fois son porte-cigarette sur la table. Ensuite, tous n'en ont pas besoin.

— Alors convenons qu'il en faut une par groupe.

— Que voulez-vous dire ? demanda Mrs Withers, à peine plus douce. Que les adolescents n'appartiendraient pas à un même groupe ? Je vous rappelle que nous sommes tous unis dans un seul combat, et c'est dans cet esprit que nous avons décidé de former ces jeunes Médicus ensemble afin qu'ils rapportent leur Trophée du deuxième Univers. J'aimerais qu'on leur transmette ces valeurs, justement, plutôt que les opposer les uns aux autres.

Les jeunes Médicus étaient évidemment séparés en deux groupes, le sien et celui de Mrs Withers, ce n'était un secret pour personne. Mais Worm n'avait pas l'intention de tomber dans le piège.

— Je suis tout à fait d'accord avec vous. Pourtant Alistair McCooley les a séparés en deux équipes – même si cela ne semble pas tout à fait opportun, je vous le concède.

Alistair encaissa le reproche à peine voilé. Mrs Withers réfléchit quelques instants avant de répondre. Worm contrait avec adresse tous les arguments, elle n'avait plus le choix.

— D'accord, capitula-t-elle. Il y aura deux trousses, puisque vous insistez.

Worm sourit et s'inclina discrètement devant Paloma.

— C'est toujours un plaisir de vous rendre visite, ma chère. À très bientôt, donc. Je reviendrai vous voir, mais je ne serai pas seul, moi non plus ; j'accompagnerai le jeune Moss.

— Le goujat ! pesta Paloma lorsqu'il eut disparu derrière les portes de l'ascenseur. Certains mourraient pour me baiser les orteils, et il se comporte comme un rustre, chez moi !

— Que comptes-tu faire ? lui demanda sa sœur.

— Fais-moi confiance, dit-elle en tirant sur une cigarette éteinte et en soufflant une fumée imaginaire. Il l'aura, sa trousse.

— Paloma, j'espère que vous ne comptez pas mettre ces adolescents en danger avec des armes défectueuses, s'inquiéta Alistair. J'en suis responsable.

— Pour qui me prenez-vous ? Mais n'utilise pas ces armes qui veut...

Oscar s'éloigna, inquiet. Si Moss avait en sa possession les armes de Paloma, il pouvait s'attendre au pire. Il les laissa à leur discussion et s'aventura dans le laboratoire.

Il parvint au box le plus éloigné, légèrement en retrait et à l'abri des regards. Il distingua vaguement une silhouette à travers la paroi vitrée miroitante. Il se retourna : personne ne prêtait attention à lui – ni à son absence. Il tenta d'ouvrir la porte : elle était fermée. Il reconnut l'empreinte sur la serrure, sortit son pendentif et le plaqua contre le métal. La Lettre prit un étrange reflet qu'il n'avait vu qu'une fois, un an plus tôt, lorsque le Grand Maître avait associé son M à sa propre Lettre.

La porte se déverrouilla instantanément et Oscar se faufila à l'intérieur.

Ici, il n'y avait pas de paroi de protection : juste devant lui, de dos, un individu en combinaison argentée se tenait avec précaution devant une table et trempait son pendentif dans une sorte de coffret très lumineux. Oscar se pencha : une forme longue et rouge était étendue sur la table et attachée par les deux extrémités. Elle ressemblait à un grand morceau de chair. Le technicien retira son pendentif de la boîte : la Lettre brillait d'un éclat rouge par intermittence. L'homme prononça une incantation :

Systole et diastole,
Obéissez à la Lettre
Et suspendez votre vol.

Il trempa à nouveau son pendentif dans le mystérieux boîtier qu'il referma avec soin, fit un pas en arrière et prononça une nouvelle formule :

Systole et diastole,
Comme la Lettre vous le dit,
Reprenez votre envol
Et revenez à la vie.

Une violente secousse fit bouger la table, et plusieurs suivirent, chaque fois plus intense que la précédente. Oscar se plaqua contre le mur, effrayé, et le technicien lui-même eut un mouvement de recul. À la quatrième secousse, particulièrement violente, la table vola en éclats, projetant des fragments de bois et de métal dans toutes les directions. Oscar se protégea le visage in extremis : un projectile l'atteignit au crâne et il tomba à la renverse. L'homme se retourna.

— Qui êtes-vous ? s'écria-t-il en dissimulant précipitamment le boîtier dans son dos. Qu'est-ce que vous faites ici ?

Incapable de prononcer le moindre mot, Oscar se précipita hors du box, sonné. L'homme sortit, lui aussi. Alertés par l'explosion, Paloma, Mrs Withers et Alistair s'étaient rués vers eux.

— Qui t'a autorisé à entrer dans cette salle ? s'emporta Paloma. Mais enfin, tous les gens mal élevés de cette ville se sont donné rendez-vous dans mon laboratoire, aujourd'hui !

Oscar croisa le regard sévère de Mrs Withers.

— Je suis désolé. Vous parliez, je ne voulais pas vous déranger et je croyais que je pouvais continuer à visiter les boxes...

— Jamais sans moi, jeune homme, tu m'as bien entendue ? *Jamais* sans moi !

Paloma le dévisagea, esquissa un sourire et se radoucit.

— Ton aaaaaaadorable visage te sauvera des pires châtiments, aujourd'hui comme plus tard. Mais n'en abuse pas.

— Madame...

Elle leva les yeux au ciel.

— Seigneur, appelle-moi Paloma et laisse ce vieillissant « madame » pour ma sœur, tu veux bien, mon chou ?

— Paloma, se reprit-il, qu'est-ce que c'était ?

— Quoi donc ?

— Rien, intervint Mrs Withers. Rien qui te concerne pour l'instant.

Oscar supplia Paloma du regard. Cette dernière fut aussi catégorique que sa sœur.

— Pour une fois, Berenice et moi sommes d'accord : tu n'as pas besoin d'en savoir plus sur cette arme redoutable ; même les spécialistes de mon unité ont du mal à la maîtriser. Bien, je déclare l'incident et la discussion clos.

Elle rebroussa chemin et Oscar la suivit, avec un dernier regard en arrière, alors que le technicien était retourné dans son box.

— Crois-moi, tout ce qu'il te faut est dans cette sacoche, l'assura Paloma. Et cette fois, dit-elle en lançant moult baisers à l'assemblée telle une diva à la fin d'un récital, je vous laisse.

Elle se retourna une dernière fois devant l'ascenseur.

— Et n'essayez pas de me retenir, déclama-t-elle, tête renversée. C'est sans espoir.

*
* *

— Tais-toi, ordonna Laszlo Skarsdale.

Lavinia rejeta en arrière ses longs cheveux noirs bouclés, et s'éloigna de lui avec un air de défi.

— Tu as vraiment changé, reprocha-t-elle à son amant. Je me demande si tu as bien fait de...

Skarsdale tendit la main, et un tourbillon couleur sang plaqua la jeune femme contre le mur en lui coupant le souffle. Il baissa le bras ; le P brodé dans la paume de son gant rougeoyait encore. Lavinia se redressa, chancelante. Elle croisa le regard de Stomp.

— Ça t'amuse ? siffla-t-elle entre ses dents.

Stomp se contenta de sourire. Avec ses airs de gitane furieuse, le regard enfiévré, Lavinia en aurait impressionné beaucoup d'autres. Pas lui. Il s'aventura sur la terrasse et tendit une paire de jumelles à son maître.

— Ils sont au pied nord de la tour.

Skarsdale s'empara des jumelles et observa longuement.

— Paloma Withers. Le nerf de leur guerre, dit-il comme s'il se parlait à lui-même. Sans elle, ils ne pourront plus rien contre nous.

— Les terrasses du Taj Mahal sont très exposées aux regards depuis la route, s'inquiéta Stomp. On pourrait nous voir. Il faut vous mettre à l'abri.

— Qu'ils me voient, lâcha Skarsdale. Il est temps qu'ils sachent que je suis de retour.

— Ils le savent et ils tremblent déjà. Encore un peu de patience, risqua Stomp, il ne faut pas leur donner la chance de...

Il se tut. Les longs discours n'étaient pas son registre, et de toute manière, Laszlo Skarsdale n'écoutait plus. Il s'était avancé, au contraire, très concentré sur les abords de la tour Eiffel et du laboratoire de Paloma.

— Qu'est-ce qu'*il* fait ici ?

Lavinia saisit l'occasion de revenir en grâce : elle s'empara de l'autre paire de jumelles et rejoignit le Prince Noir en bousculant Stomp.

— Worm. Tu veux que je m'en occupe ? fit-elle, très sûre d'elle.

— Ne le sous-estime pas. Il est intelligent et puissant. C'est un vrai stratège, peut-être la pièce la plus dangereuse de cet échiquier, après Brave.

Pour une fois, Stomp appuya la proposition de Lavinia.

— S'il a décidé de s'en mêler, il va mettre vos plans en péril. On peut le neutraliser.

Skarsdale prit son temps pour répondre.

— Non, trancha-t-il. Laissez-le faire.

— Pourquoi ? s'emporta Lavinia. Écoute-moi, tu sais de quoi je suis capable, dit-elle en coulant ses bras autour de son cou, avec du venin dans la voix. Laisse-moi t'en débarrasser.

Il la repoussa.

— Tu n'as rien compris.

Il s'approcha au plus près de la rambarde. L'ironie du sort le fit sourire : au sommet du temple de la dévotion amoureuse, caché dans ce mausolée paisible, il nourrissait en lui le feu plus sacré encore de la revanche, du combat sans merci et de la domination.

— Il est dangereux, confirma Stomp, moins bravache que Lavinia. On ne le manipule pas comme on manipule des enfants...

— Laissez faire Worm, insista le Prince Noir. S'il œuvre contre son propre camp, Brave l'a déjà dans le collimateur. Worm focalisera l'attention. Il fera même un parfait coupable tandis que j'agirai dans l'ombre...

Il contempla le ciel qui se chargeait de nuages menaçants.

— ... Pour l'instant.

22

Ronan Moss finit par trouver l'escalier qui menait à la coursive.

Il attendait depuis plus d'une demi-heure dans ce hall sinistre, or rien ne l'exaspérait plus que l'attente. Le trajet en voiture, déjà, l'avait rendu nerveux.

Et puis, il y avait l'obscurité. Il avait une sainte horreur du noir depuis l'enfance, malgré les efforts de son père menés à coups de violences et de punitions. Il avait passé des jours et des nuits enfermé dans des chambres voire des placards plongés dans la plus parfaite obscurité : « Il faut combattre le mal par le mal », avait décrété Rufus Moss. Le résultat avait été désastreux : la frayeur du fils s'était transformée en phobie absolue qu'il avait désespérément cachée pour éviter d'autres supplices. Aussi, à peine était-il arrivé dans la demeure sépulcrale et tendue de tissus sombres qu'il n'avait eu qu'une envie : partir.

Il avait tourné en rond comme un lion en cage jusqu'à la limite du tolérable, puis il avait repéré la coursive, et les multiples portes qui donnaient forcément sur des pièces où il aurait accès à une fenêtre – il y avait bien une fenêtre quelque part dans cette maudite maison.

Il monta et longea la coursive par la gauche. Sa silhouette massive passa derrière les colonnes successives et sa main se porta sur chaque poignée. Toutes les portes étaient verrouillées. Il suffoquait. Il envisageait déjà de partir sans rencontrer le maître de maison, quand la dernière porte s'ouvrit : il la poussa.

Il entra dans une pièce carrée et étouffante. Les meubles s'entassaient de toutes parts, du velours cramoisi recouvrait les murs et, comble de malchance, pas de fenêtre. Il donna un coup de pied rageur dans une chaise et s'apprêta à ressortir. Soudain, un bruit le retint. Un bruit *humain*, une sorte de respiration profonde. Un soupir.

Il se retourna et inspecta la pièce.

— Y'a quelqu'un dans ce foutoir ?

Un second soupir emplit l'espace. Cette fois, il repéra l'endroit d'où il provenait : derrière un rideau pourpre qui retombait lourdement sur le sol. Il tendit la main pour le soulever.

— Non ! s'écria une voix derrière lui.

Il sursauta et affronta la femme de chambre pâle comme un linge, dans l'encadrement de la porte.

— Qu'est-ce que vous fichez ici ? demanda Moss, furieux, alors qu'il s'était lui-même permis d'entrer dans cette pièce sans la moindre autorisation.

Elle retrouva ses esprits et ne se laissa pas déborder par l'animosité de Moss. Elle se précipita entre lui et le rideau et le repoussa vers la porte.

— Il faut sortir, monsieur, il faut sortir, répéta-t-elle comme si Moss avait failli commettre l'irréparable.

Il n'en fallait pas plus pour aiguiser la curiosité malsaine de ce dernier. Il la repoussa sans ménagement.

— Fichez le camp. Moi, je veux voir ce qu'il y a derrière ce rideau.

— On vous attend.

La voix, cette fois, était ferme, impérieuse. Moss tourna la tête et reconnut la gouvernante qui l'avait accueilli. Elle se tenait sur le seuil, droite et impassible. La femme de chambre l'implora du regard.

— Je suis désolée, Mrs Gibbs, quand j'ai vu ce monsieur devant les appartements de Madame, j'ai couru, mais il était entré, et...

Mrs Gibbs l'interrompit d'un geste impérieux. En une fraction de seconde, elle tira Moss par la manche, le fit sortir ainsi que la jeune employée, et verrouilla la serrure. Elle glissa son trousseau de clefs dans un repli de sa robe et longea la colonnade.

— Suivez-moi. Mr Worm vous attend dans son bureau.

Moss regarda derrière lui : la femme de chambre avait disparu comme par enchantement, la porte était condamnée, la coursive semblait plus sombre que jamais. Il n'avait d'autre choix que d'obéir.

— Prenez place, lui enjoignit-elle avant de se retirer. Mr Worm arrive d'un instant à l'autre.

Le message était clair : s'il se faisait à nouveau surprendre la main dans le sac, les choses pourraient mal tourner pour lui. Il refusa de s'asseoir, bien sûr, mais attendit tout de même que la gouvernante ait refermé la porte pour se ruer sur les fenêtres.

Des fenêtres, enfin !

Il s'apprêtait à écarter les rideaux pour laisser entrer la lumière quand une poigne solide le retint.

— Tel père, tel fils... J'espère que cela ne concerne que le goût pour la lumière du jour, dit Worm.

Il recula et observa Moss : l'adolescent était âgé de treize ans, mais on lui en aurait donné trois ou quatre de plus. Il était aussi grand que lui, et sans doute serait-il bientôt plus costaud que son père. Mais Worm n'avait jamais eu besoin d'user de la force – ou très rarement : son regard, sa présence suffisaient. Il se dégageait de lui quelque chose qui forçait la soumission et qui s'exerçait tout particulièrement sur les brutes. Il ajusta le col Mao de sa veste et s'éloigna vers son bureau.

— Je déteste qu'on fouine chez moi, dit-il.

— Si encore c'était un peu joyeux, ici, répondit Moss avec insolence, mais on se croirait dans une cave... Je m'ennuyais, je n'allais pas rester dans ce hall, à rien faire...

Worm planta son regard acéré dans celui de Moss.

— C'est moi qui décide ce que tu peux faire dans cette maison. Et même ailleurs. Il serait temps que tu le comprennes.

— Vous me faites pas peur... Mon père m'a dit que vous aviez besoin de moi, de toute manière, ajouta Moss en ricanant.

Les traits de Worm prirent une expression glaciale. Tous les muscles de son visage se contractèrent et roulèrent sous sa peau. Pour la première fois depuis longtemps, Ronan Moss eut peur de quelqu'un.

— Si l'un de nous deux a besoin de l'autre, c'est bien toi, minable morveux. Tu devrais être heureux que je t'accorde un peu d'intérêt, parce que le jour où tu ne m'intéresseras plus et que tu n'entreras plus dans mes plans, tu ne seras plus *rien*. Tu n'étais pas grand-chose, pas plus que ton père, mais tu pourrais être encore moins. Moins que rien. Tu m'as bien compris ?

Worm avait conclu avec un sourire glaçant. Moss se tut et laissa fuir son regard, humilié comme jamais. Le conseiller marcha vers le mur et fit face à un grand portrait en pied d'un homme en armure sur son cheval. Worm n'eut pas le moindre regard pour l'œuvre d'art. D'un geste, il fit signe à Moss de le rejoindre, et apposa son pendentif sur l'étrier du cavalier. Le pan de mur avec le portrait glissa derrière les boiseries et un escalier en colimaçon apparut. Au-dessus de leurs têtes, une partie du plafond s'était escamotée.

— Suis-moi, ordonna Worm.

Ils gravirent les marches et Worm colla son pendentif sur une sorte de totem : le sol se reconstitua, plongeant l'espace dans l'obscurité complète. Moss sentit son cœur battre jusque dans les tempes. Heureusement, de petites lumières scintillèrent autour d'eux.

Ils se trouvaient dans une longue salle sous les toits, recouverte du sol au plafond d'une matière lisse et noire. Un peu partout étaient posés des cloches en verre et des bocaux au contenu – des morceaux de roche ? de la terre ? de la chair ? – indéfinissable. Les murs étaient tapissés de livres. Moss s'en approcha et lut quelques titres : *Au cœur de Cérébra*, *Les Neuronides*, *Précis de survie dans le cinquième Univers*...

— Tu n'y comprendrais rien, lâcha Worm.

Moss lança un regard mauvais au conseiller assis sous un lustre en cristal noir, devant un bloc en bois surplombé d'une plaque de marbre. Il examina l'étrange bureau : la plaque était couverte de signes étranges, de symboles, de formules et de cartes géographiques où il lui semblait reconnaître des montagnes au milieu de déserts. Worm déploya une étoffe pour dissimuler les motifs et posa dessus une bourse en cuir.

— Ce soir, lorsque tu seras de retour dans votre... *belle* maison de Blue Park, tu trouveras une sacoche qui te sera précieuse lors de tes voyages dans le deuxième Univers.

— Je sais, répondit Moss avec un air boudeur. Des armes. Et une femme avec un nom ridicule va m'expliquer demain matin comment on les utilise.

— Je n'aime pas ta manière de répondre, dit Worm d'une voix calme. Alors tu vas te taire et tu parleras quand je t'y autoriserai.

Moss leva les yeux au ciel. Le conseiller marmonna quelques mots, éleva son pendentif d'un geste vif et celui du garçon, pendu à son cou, suivit le même chemin : Moss se trouva suspendu dans les airs.

— Po... posez-moi... à terre ! gargouilla-t-il, étranglé par sa chaîne. Po... sez... moi !

Fletcher Worm baissa la main et Moss s'effondra sur le sol sans ménagement. Il rampa jusqu'à une chaise proche, reprit son souffle et se massa le cou sans oser lever les yeux. S'il l'avait fait, son hôte aurait pu y lire un mélange de terreur et de fureur.

— Dois-je répéter ce que je t'ai dit ou nous sommes-nous compris ?

Cette fois, Moss acquiesça. Le conseiller poursuivit.

— Paloma Withers va en effet te montrer comment utiliser les armes qu'elle met à ta disposition. Quant à celle-ci, ajouta-t-il en poussant la bourse vers le jeune homme, je suis le seul à pouvoir la faire fonctionner. Et toi, tu seras le seul à t'en servir.

23

Oscar s'éveilla dans sa chambre de Cumides Circle. Les nombreux événements de la veille se bousculèrent dans sa mémoire : le voyage dans le deuxième Univers, la rencontre avec l'extravagante Paloma Withers, si différente de sa sœur, le laboratoire et les armes. Il se rappela aussi que ses amis et lui avaient passé la nuit à aller d'une chambre à l'autre en catimini malgré les remontrances de Bones. « Si vous ne retournez pas chacun dans votre chambre », avait grondé le majordome, « vous allez m'obliger à réveiller Mr Brave. » Ils avaient fini par obéir et sombrer dans un sommeil un peu trop court.

Oscar se leva cependant en vitesse, fit sa toilette et rejoignit ses amis dans la cuisine.

— Tu ne pourrais pas rester quelques nuits de plus ? demanda Valentine.

— Dieu merci, non, il ne reste pas dormir ce soir ! s'écria Cherie, qui clignait des yeux plus que jamais – signe de sa fatigue ou de sa nervosité. Je suis si heureuse de vous voir ici, Oscar, vous le savez, n'est-ce pas ? Mais non, vraiment, encore une nuit comme hier, avec le grabuge que vous avez fait tous les trois, et je ne me relève plus ! Seigneur, on aurait dit qu'un régiment de cavalerie traversait l'étage toutes les dix minutes, c'était tout simplement intenable, mais je ne pouvais pas sortir voir ce qui se passait, j'avais des bigoudis plein la tête, j'aurais pu croiser Mr Brave, mon Dieu, j'aurais été couverte de honte. Oh, je ne suis pas idiote, hein, je sais que vous tentiez d'échapper à la surveillance de Bones, et je vous comprends, dit-elle en passant la main dans ses cheveux jaune paille. Mais tout de même, figurez-vous que mon mari, Jerry, eh bien sa sœur, qui vit à Gloucester – vous voyez de qui je veux parler ? –, figurez-vous qu'à force de ne pas dormir, elle...

Cherie était lancée dans un de ces interminables monologues qui ne nécessitaient aucune réponse : les adolescents poursuivirent leur conversation à voix basse.

— Quel est le programme des réjouissances, aujourd'hui ? demanda Lawrence, qui se méfiait des activités menées par Alistair. Une autre actrice fabricante d'armes ? Un agent secret qui fait de la danse classique ?

— Beaucoup mieux, répondit Oscar en plongeant discrètement sa cuiller dans un pot de Nutella qu'il dissimulait sous la table, entre ses genoux.

Les talents de Cherie pouvant s'exercer dès le petit déjeuner, Celia avait préféré assurer à son fils une ration de survie. Elle avait eu du flair : ce dimanche matin, un gigantesque pudding rose fluo avec des morceaux bruns tremblotait au beau milieu de la table.

— Champignons, marshmallows, sucre candi et céleri. Régalez-vous, surtout vous, mon Oscar : il vous faut quelque chose qui tienne au corps, avec ces voyages qui s'enchaînent !

— Ça, pour tenir au corps, ça doit tenir au corps, murmura Lawrence, ébahi. Ça ne doit même plus le lâcher. Courage, on te soutient.

— Cherie, hésita Oscar, je me demande si je ne suis pas un peu barbouillé, depuis cette nuit...

— Encore ?! s'étonna la cuisinière. Mais vous m'avez dit la même chose hier ! Il faudrait que vous consultiez un médecin. Allez savoir ce qu'on attrape pendant ces expéditions à l'intérieur du corps, marmonna-t-elle en rangeant le plat au réfrigérateur.

— Vous avez raison, allez savoir... Je crois qu'il faut que je me prépare, dit-il en faisant glisser le pot sous la table vers Valentine. Aujourd'hui, on repart pour une nouvelle aventure intérieure, mais Alistair ne nous en dira pas plus avant d'être au pied des canyons.

Valentine et Lawrence l'observèrent en silence et avec envie tandis qu'il revêtait sa cape et y rangeait soigneusement son Grimoire. Il saisit la trousse en cuir qui contenait les précieuses armes des Médicus et la fixa solidement à sa ceinture, puis rabattit les pans de la cape sur ses épaules. Il était prêt.

— Allez-y, je vous rejoins tout de suite.

Dès que ses amis furent sortis, Oscar farfouilla sous son oreiller et fourra son album photos dans une des grandes poches de la cape. Il retrouva Valentine et Lawrence dans le couloir.

— Bon, j'y vais, dit-il, embarrassé.

Il savait combien tous les deux – même Lawrence – auraient aimé le suivre. D'abord pour être ensemble, ensuite pour échapper à la monotonie de cette grande demeure, enfin parce que le monde intérieur était le leur : Lawrence était un Hépatolien, Valentine appartenait au peuple de la République indépendante de la Moelle et vivait dans le Grand Réseau Inter-Universel. Même s'ils ne regrettaient pas de l'avoir quittée, leur terre d'origine leur manquait et ils auraient aimé y retourner, le temps d'un voyage.

— Je parlerai à Mrs Withers, ajouta Oscar. Et à Mr Brave, aussi, si ça ne suffit pas. Je suis sûr qu'ils finiront par nous laisser voyager à nouveau ensemble.

— Promis ? demanda Valentine.

— Juré.

— On t'attend, conclut Lawrence. Viens nous raconter tout ça avant de rentrer à Babylon Heights. Et fais attention à Moss, ajouta-t-il, inquiet.

— Si tu as besoin de renfort, tu asticotes les intestins de Leonid, on reconnaîtra le signal, renchérit Valentine.

Oscar sourit et dévala l'escalier.

Dans le hall, tous étaient présents : Alistair, bien sûr, Ayden qui l'accueillit avec un grand sourire et Sally qui lui fit un signe amical. Moss était adossé à un mur et le dévisageait. Une voix monta depuis le bout du hall.

— Tu pourrais te dépêcher ? On est en retard, et comme les choses ne se passent jamais comme prévu avec Mr McCooley, il vaudrait mieux partir le plus tôt possible.

Oscar soupira. Iris était bel et bien là, et l'accident n'avait pas changé son caractère d'un poil, malheureusement. On l'avait allongée sur un sofa, et près d'elle se tenait une dame brune qui lui ressemblait beaucoup : un petit chignon sombre dans la nuque, une jupe plissée bleu marine et un chemisier blanc. Elle tordait la lanière de son sac à main et semblait en permanence au bord des larmes.

— Tu... tu es sûre que tout va bien, ma chérie ? Tu veux vraiment y aller ? Tu es encore si faible après ce terrible accident !

— Je *veux* ce Trophée, maman, et je l'aurai, même si j'ai été presque blessée.

— Faudra que tu m'expliques comment on peut être *presque* blessé, intervint Sally qui tournait autour du sofa, mains dans les poches, en admirant la statue de Sigismond Brave, l'ancêtre et prédécesseur de l'actuel Grand Maître.

— Presque blessé, c'est quand on est passé juste à côté d'un très grand danger et qu'on a subi un choc psychologique très important. En plus, j'ai une plaie.

Ayden se rapprocha, intrigué. Lui qui avait passé des mois à l'hôpital et subi tant d'interventions lourdes et compliquées sur sa colonne vertébrale était très attentif aux problèmes de santé. « C'est aussi ce qui fera sans doute de lui un excellent Médicus », avait répondu Mrs Withers, un jour qu'Oscar s'inquiétait pour son ami et sa faiblesse physique. « Il sait ce qu'est la maladie et la souffrance, il comprendra ce que ressentent les gens avant d'entrer dans leur corps. » Il inspecta la jambe d'Iris et tomba sur un sparadrap de la taille d'un timbre-poste.

— Le médecin a été formel, martela Iris. Si la plaie s'était infectée, on aurait été obligé de m'amputer.

Mrs Flockhart gémit un peu plus dans son mouchoir, et les adolescents attroupés autour d'Iris se dispersèrent sans autre commentaire.

— Bien, dit Alistair, si tout le monde est là... en route !

Tous se dirigèrent vers la sortie.

— Je vous rappelle que je ne peux pas courir, Mr McCooley ! s'écria Iris.

Les jeunes Médicus se répartirent entre les deux voitures – la limousine de Winston Brave, conduite par Jerry, et le 4 x 4 bâché électrique d'Alistair – et manifestement, personne ne se préoccupait d'Iris. Sa mère l'aida à se relever.

— Tout doucement, ma chérie, làààààà, pose le pied, puis l'autre... Tu crois que ça va aller ?

Iris se dégagea avec humeur des bras de sa mère, sauta sur ses deux pieds et se mit à cavaler.

— Attendez-moi, et que personne ne prenne la place à l'avant ! C'est pour MOI, je suis presque blessée, vous m'entendez ? La place à l'avant est pour MOI !

— Que les choses soient bien claires : si j'ai encore des quintes de toux ou cette détestable sensation d'avoir les bronches bloquées, ce sera la dernière fois ! Hier, j'ai manqué m'étouffer, bon sang !

Leonid était planté au beau milieu de son salon et observait de son œil perçant (l'autre était en verre) les adolescents prudemment restés derrière Alistair, qui faisait front. Ce dernier avait prévu la tempête et tentait d'apaiser leur hôte.

— Bien sûr, cher Leonid, bien sûr. Nous n'étions pas responsables de cette obstruction bronchique, et ces jeunes gens ont même tout fait pour vous libérer. Le jeune Pill s'est brillamment illustré, d'ailleurs.

— Ça, pour s'illustrer, on peut dire qu'il s'est illustré ! s'exclama Iris, poings sur les hanches. C'est lui qui...

Sally l'agrippa par le chignon pour la faire rentrer dans le rang. Iris foudroya sa camarade du regard.

— Je t'in-ter-dis de...

— Encore un mot et moi aussi, je vais m'illustrer, menaça Sally.

Oscar sortit la tête du groupe, esquissa un sourire sans parvenir à dérider Leonid, qui avait chaussé ses loupes et le dévisageait sans grande conviction.

— Mouais... Quoi qu'il en soit, au moindre embarras, au moindre éternuement, vous entendrez parler de moi, foi de Leonid Smith !

Alistair se tourna vers son équipe, pendentif en main.

— Rendez-vous au pied des petits canyons, à la sortie du Grand Canyon. *Tous*, précisa-t-il en fixant Moss.

Ronan le dévisagea avec insolence et s'élança le premier.

— On commence à avoir la main, constata Ayden, fier et en même temps étonné.

Tous étaient parvenus au même point, celui qu'Alistair avait fixé comme lieu de rendez-vous.

— Vous réussissez tous parfaitement l'Intrusion ciblée, bravo.

Ils levèrent la tête : Alistair les observait, perché sur un rocher et sourire aux lèvres. Derrière lui, le Grand Canyon se dressait tel un immense rempart fendu en son milieu.

— Pas mécontent d'être de l'autre côté, se réjouit Oscar en songeant à sa mésaventure lors de l'Intrusion précédente.

— On est obligés de repasser par ces fichus canyons ? demanda Moss avec l'air de celui que tout assomme.

— Vous n'avez pas le choix, confirma Alistair. En traversant le plus grand d'entre eux, vous êtes entrés dans les poumons de Leonid par la trachée. Maintenant il faut traverser ses bronches : les canyons plus petits. Cela fait partie de votre parcours de Médicus.

— Pour trouver notre Trophée ? supposa Oscar.

— Avant tout pour que vous reconnaissiez les lieux, mais il faut aussi que les lieux vous identifient.

— Être identifiés par des rochers ?

— Détrompe-toi : pendant votre progression, vous aurez des centaines d'yeux braqués sur vous. Eux savent rester discrets, voilà tout.

Ils firent face aux petits canyons. Ayden les observa, perplexe.

— Lequel choisir ?

— On peut en traverser plusieurs ? Ce serait marrant ! se réjouit Sally, qui ne rêvait que d'une bonne randonnée.

— Il n'y a rien de marrant, la reprit Iris. Je préfère qu'on aille au plus court.

— Pour une fois, intervint Ayden, je suis d'accord avec elle.

— On va emprunter celui du milieu, trancha Alistair. Tous mènent au même point.

— Lequel ?

— Au cœur du premier royaume... et de votre mission.

Ils s'engagèrent dans le passage, plus étroit et plus chaud que dans le Grand Canyon. Ils respiraient difficilement, et l'atmosphère devenait de plus en plus pesante.

— L'air qui entre et circule dans les canyons est progressivement réchauffé pour atteindre 37 °C, les rassura Alistair. Jetez un coup d'œil là-haut, leur conseilla-t-il. Vous ne remarquez rien ?

Ils scrutèrent les parois, essoufflés. Ce fut Oscar qui repéra le premier un petit jet de vapeur.

— On dirait que ça sort par des trous creusés dans la roche, dit-il.

— De l'eau tiède circule dans un réseau de canalisations, dans l'épaisseur de la paroi, pour humidifier l'air qui entre et qui sort. Le peuple du royaume des Souffles est très inventif, et à la pointe de la technologie, vous verrez.

Moss se mit à rire. C'était tellement inhabituel que les autres le dévisagèrent.

— T'approche pas trop, Spencer, se moqua-t-il. Avec tout le métal que t'as dans le squelette, tu risquerais de rouiller.

Ayden rougit jusqu'aux oreilles et fit mine de ne pas avoir entendu. Oscar aurait volontiers répliqué à sa place, mais il se souvint de l'ultime consigne de Mrs Withers : ne pas céder à la provocation. Pour se calmer, il mit la main sur la trousse de Paloma, furieusement tenté de tester les armes sur Moss. Évidemment, il fallut qu'Iris s'en mêle.

— Qu'est-ce que c'est que cette histoire de métal dans le corps ?

— Ça te regarde pas, lança Oscar. Ça regarde personne, d'ailleurs.

Iris observa avec méfiance Ayden, qui avait pris la tête du groupe au côté d'Alistair pour fuir les questions mais aussi pour prouver qu'il ne ralentissait pas la marche.

— Comment s'appelle le peuple du premier royaume, Alistair ? interrogea Oscar.

— Les Éoliennes et les Éoliens.

— Et où vivent-ils ? demanda Sally.

— La réponse est toute proche : derrière ce dernier escarpement.

Le groupe accéléra le pas et sortit enfin du canyon. Oscar fermait la marche ; il buta contre Iris.

— Avance, on...

Le spectacle qui s'offrit à son regard lui coupa la parole et le souffle.

24

Devant eux s'étirait une plaine qui descendait en pente douce jusqu'à une immense nappe de brume. Le vent, qui soufflait à cet instant dans leur direction, poussa vers eux la nuée. Puis, fidèle au royaume des Souffles, il changea de sens : la brume fut emportée au loin et se dissipa. Ils discernèrent alors le rivage d'un océan rouge sombre qui semblait recouvrir l'Univers jusqu'aux confins de l'horizon.

Oscar dépassa ses camarades pour mieux contempler l'incroyable apparition. Au milieu de l'océan, posée sur la surface tel un gigantesque navire, se dressait une construction comme il n'en avait jamais vu dans le monde extérieur : une sphère composée d'un nombre incalculable de triangles blancs et translucides fixés par une armature métallique. Autour d'elle, d'autres sphères plus petites gravitaient dans l'air comme des étoiles autour de la Terre ; elles n'étaient reliées entre elles et à la sphère principale que par des tubes transparents parcourus par des êtres vivants. Moss bouscula Oscar pour être au premier rang.

— C'est quoi, ce truc ? On se croirait sur la Lune.

— Ce « truc », comme tu dis, répondit Alistair, c'est la cité des Brumes, celle du roi Éole et de son peuple. Le cœur de son royaume. Et c'est là que vous allez vous rendre.

— Nous rendre là-bas ? s'inquiéta Iris. Mais comment ?

Elle tourna la tête vers l'étrange palais aux dimensions démesurées. Les dernières brumes venaient de se dissiper après un aller-retour du vent, et devant eux surgit le départ d'un pont phénoménal qui prenait appui sur le sable, bien avant les premières vagues, et qui s'élevait au-dessus de l'océan, suspendu entre d'immenses pylônes. Oscar avait vu les images des ponts de New York ou de San Francisco ; à côté de celui qui se déployait devant eux, ils faisaient figure de petites passerelles ridicules.

— On va passer par ce pont pour aller dans la cité d'Éole ? murmura-t-il.

Alistair acquiesça et se concentra sur l'horizon.

— D'ailleurs, je crois que c'est pour bientôt. Préparez-vous.

Sur le pont, à des kilomètres, apparurent des formes sombres qui tremblaient dans les vapeurs de l'océan, puis un groupe d'individus répartis dans plusieurs voitures se distingua un peu mieux. Ils roulaient droit vers eux. Oscar eut le réflexe de porter la main à son pendentif, puis à sa ceinture, sur la trousse de Paloma. Les autres se raidirent, sur leurs gardes eux aussi. Alistair les rassura.

— Je sais exactement qui vient à notre rencontre, vous n'avez rien à craindre de ces gens.

Ayden s'avança et échangea un sourire crispé avec Oscar.

Le comité d'accueil n'était plus très loin. Lorsqu'ils purent en deviner les contours, ils distinguèrent dans la première voiture – une sorte de tout-terrain décapoté – un homme debout, qui se tenait à l'arceau en métal. Bien qu'à bonne distance, il ressemblait à un géant.

Les trois véhicules quittèrent le pont, soulevèrent un nuage de sable derrière eux et freinèrent à quelques mètres du groupe. L'homme sauta de la première voiture et se dirigea droit sur Alistair. Les allers-retours du vent faisaient voler ses longs cheveux autour de son visage. Les deux jeunes hommes échangèrent une chaleureuse poignée de main.

— Merci de nous accueillir, Gael.

— Winston Brave a prévenu notre roi. Il les attend pour les soumettre aux épreuves.

Les adolescents échangèrent un regard inquiet. Alistair ne leur laissa pas le temps de se poser trop de questions.

— Mes jeunes amis, Gael est capitaine du second régiment des Phagocytes, l'armée royale d'Éole. C'est lui qui va vous escorter jusqu'à la cité.

— Vous ne venez pas avec nous ? demanda Ayden, anxieux.

— Maintenant, c'est à vous de jouer. Gael et le roi Éole vous guideront, et vous en reviendrez avec le premier Trophée de cet Univers, j'en suis certain. Mais vous devez vous débrouiller par vos propres moyens.

— Sans votre aide ? Et si ça se passe mal ? s'exclama Iris. Est-ce que vous y avez pensé ?

Deux autres hommes et une femme descendirent de voiture. Tous avaient la même silhouette, à peine plus fine pour la femme, et de beaux visages triangulaires. Ils portaient la même tenue que leur chef, ainsi que les cheveux longs. Ils dévisagèrent Iris très droite devant eux, bras croisés. Cette dernière apostropha Gael.

— Qu'avez-vous prévu pour notre sécurité ? Par la faute de ce garçon, dit-elle en désignant Oscar, j'ai déjà failli mourir, vous savez !

— Ma faute ? s'exclama Oscar. Au contraire : sans moi, tu étais broyée par le rocher !

Gael sourit. Ses dents étaient très blanches et parfaitement alignées, et ses canines ressemblaient à des crocs bien acérés.

— À ton avis, on ne se sent pas en sécurité avec moi ?

Elle fixa le regard bleu vif, la mâchoire carrée et la cicatrice sur la joue de l'homme. Et finit par reculer d'un pas.

— Si, reconnut-elle en rajustant son chignon, mal à l'aise. Je crois qu'on... qu'on peut être tranquilles. Au moins au début.

Gael domina le petit groupe du regard.

— Pas d'autre question ?

Le silence lui répondit, ainsi que des mouvements de tête négatifs.

— Et toi, Alistair, pas de consigne particulière ?

— Une seule : rends-les-moi entiers. On en a vraiment besoin.

Gael leva les yeux vers le ciel : des nuages s'amoncelaient, comme s'ils avaient voulu appuyer les mots d'Alistair.

— Je te les rendrai. Je sais que rien de bon n'est envisagé dans le futur, et à mon avis, la réalité sera bien plus rude. Bien, vous deux, avec moi, dit-il en désignant Iris et Sally. Toi, le maigre, dans la voiture de Kimi, et les deux autres garçons, grimpez dans la troisième.

Ils obéirent en silence. Alistair leur adressa un signe de la main en s'éloignant. Oscar et Moss échangèrent un regard et montèrent dans la troisième voiture. Gael monta dans le premier 4 x 4 et les dévisagea, alors que les moteurs grondaient déjà.

— Pour vous, les difficultés commencent aujourd'hui, et maintenant.

La voiture démarra en trombe. Oscar et Moss étaient assis sur la banquette arrière tandis que leur chauffeur, un homme plus âgé que Gael, légèrement empâté et peu bavard, les toisait du coin de l'œil. Chacun s'était approché d'une vitre et donnait le dos à l'autre. Pour l'instant, l'affrontement ne tentait personne : ils voyageaient dans un Univers inconnu où les épreuves n'allaient pas manquer, il semblait judicieux d'enterrer la hache de guerre – au moins pour un temps.

— Où on va ? demanda Moss.

— On suit le commandant, se contenta de répondre le type.

Il accéléra pour rattraper le premier tout-terrain, et la voiture avala les dunes avec rudesse. Moss s'agrippa au siège avant et se recroquevilla. Le conducteur sourit discrètement ; Oscar le trouva tout de suite plus sympathique. Il en oublia les secousses et se concentra sur le majestueux décor. Alors que le convoi venait de s'engager sur le pont, Oscar aperçut au loin, sur la terre ferme, des colonnes métalliques hautes comme des gratte-ciel qui se terminaient par une sorte de ventilateur géant.

— Excusez-moi... Qu'est-ce que c'est, ces grandes cheminées ? demanda-t-il en espérant obtenir une réponse plus satisfaisante que celle à laquelle Moss avait eu droit.

— Ce ne sont pas des cheminées, ce sont des tours ZÉPHIR. Elles soufflent l'air pendant quelques secondes, puis l'aspirent, sans cesse. Elles font naître les vents contraires.

— Vous voulez dire que ces ZÉPHIR permettent à Leonid de... respirer ?

L'homme acquiesça. Au même moment, au loin, on entendit des ratés, comme si le moteur d'une des tours s'était grippé et enrayé, puis les vents reprirent normalement.

— Elles sont un peu usées, et en plus elles sont complètement encrassées par la fumée de cigare, expliqua l'Éolien, alors ça le fait tousser, notre bon vieux Leonid.

Oscar ne put s'empêcher de penser à sa mère, comme il le faisait si souvent depuis qu'il avait découvert ses pouvoirs, ou encore à Violette, Jeremy ou Barth. Tout ne fonctionnerait pas toujours à la perfection dans les

Univers intérieurs des gens qu'il aimait. Pourtant, il ne pouvait pas concevoir qu'il arrive quoi que ce soit à sa famille, et s'il était si heureux, parfois, d'être un Médicus, c'était aussi pour cela : savoir qu'il pouvait voyager dans leurs Univers et les sauver le rassurait infiniment. Il n'était pas responsable de la mort de son père, survenue avant sa naissance, mais l'absence était terrible chaque jour, et aujourd'hui qu'il avait les moyens de protéger les deux personnes qui comptaient le plus au monde à ses yeux, il ne se pardonnerait jamais de les perdre.

La véritable question résidait dans ces quelques mots : jusqu'où iraient ses pouvoirs ? Pourrait-il, lui, Médicus, faire en sorte qu'une personne ne meure jamais ? Il songea à nouveau à son père. Vitali était Médicus : personne, hélas, n'aurait pu entrer en lui et l'empêcher de mourir. C'est pour cette raison que les mots d'Alistair, l'autre jour, n'avaient pas quitté sa mémoire : si la Table d'émeraude existait et qu'elle pouvait ramener Vitali à la vie, il fallait qu'il la trouve.

Et il la trouverait.

Lorsqu'il sortit de ses pensées, les trois voitures filaient sur le pont suspendu, à mi-chemin. Oscar leva les yeux sur le tissage serré et géométrique des câbles métalliques tendus d'un pylône à l'autre. Il se pencha : à des centaines de mètres plus bas, une onde se propageait à la surface de l'océan avec la régularité d'un métronome, comme si dans ses profondeurs un choc se produisait toutes les secondes. Mais plus que tout, la cité dont il se rapprochait le fascinait.

À cette distance, Oscar distingua nettement les silhouettes de milliers d'individus qui vivaient et œuvraient derrière les facettes translucides de l'immense sphère, mais aussi dans les canaux – des escalators ou des ascenseurs selon les cas – qui la reliaient aux innombrables alvéoles tout autour. Il se demanda sur quoi cette cité fabuleuse pouvait reposer pour flotter ainsi à la surface de l'océan. Il allait interroger leur conducteur quand le convoi ralentit : ils étaient parvenus aux portes de la cité.

Le vent avait à nouveau tourné, et les brumes qui montaient des eaux à 37 °C les enveloppèrent. Lorsque le brouillard se dissipa, les portes monumentales de la ville venaient de s'ouvrir.

— Suivez-moi, ordonna Gael d'une voix forte.

Les jeunes Médicus passèrent sous un porche et débouchèrent sur une immense place qui ressemblait à celles – très modernes – d'une grande ville. À une différence près : il n'y avait aucun magasin, aucun restaurant, aucun bar ; toutes les constructions, comme la cité entière et la foule survoltée qui la traversait, semblaient consacrées au travail. À la grande surprise d'Oscar, les Éoliens étaient vêtus comme les « Terriens » : jeans, baskets, costumes et robes, mais d'une seule couleur : un bleu très clair, presque transparent. Les vêtements, soumis aux caprices du vent omniprésent, se prêtaient aux mouvements incessants.

Au centre de la place, Oscar remarqua une étrange colonne miroitante qui traversait la voûte. Ayden agrippa alors le bras d'Oscar et Sally ; ils levèrent les yeux, ébahis. La cité était conçue comme un théâtre : d'immenses balcons en faisaient tout le tour, comme des anneaux superposés. À chaque étage, ils supportaient une multitude d'immeubles et de maisons qui formaient de véritables rues et avenues circulaires donnant toutes sur la place centrale. En différents endroits de cette place, de gros tubes émergeaient du sol contre la paroi, et s'ouvraient sur chaque balcon. Enfin, au-dessus de ces immenses balcons superposés, la moitié supérieure de la sphère était le point de départ de ces innombrables tunnels vers les petites sphères périphériques.

Moss lui-même resta interdit, et Iris en oublia de dispenser ordres et consignes aux Éoliens qu'elle croisait. Gael les ramena à la réalité – et à leurs obligations : il les guida sans explication vers un escalier surmonté d'une boule lumineuse sur laquelle on pouvait lire trois lettres : TER.

Sally se tourna vers Kimi, la jeune femme aux longs cheveux tressés et aux grands yeux en amande. La belle Éolienne était au moins aussi sportive et tonique que les autres soldats, tout en étant très féminine. Elle avait tout de suite plu à Sally, qui rêvait elle-même d'entrer dans l'armée.

— Unité spéciale, avait-elle précisé à Ayden.

— Et en quoi elle serait spéciale, cette unité ? avait demandé Ayden en la dévisageant comme on le ferait devant une extra-terrestre.

— Les unités spéciales de l'armée, ça sert à mener des missions dangereuses et difficiles, avait-elle répondu en serrant le poing. Je veux être sur le terrain. Franchement, tu me verrais dans un bureau ?

Ayden avait secoué la tête énergiquement.

— Ah non, vraiment pas. D'ailleurs, sois tranquille : personne ne te verrait dans un bureau.

Sally l'avait pris comme un compliment et avait souri, le regard rivé sur sa nouvelle idole en tenue de combat jusqu'à leur arrivée dans la cité.

— Qu'est-ce que ça veut dire, ces trois lettres ? demanda-t-elle en descendant quatre à quatre les marches de la station de TER au même rythme que l'Éolienne.

— Transfert Éolien Rapide, précisa Kimi. Dépêchons-nous, vous êtes attendus.

Chacun fit glisser le badge magnétique que leur remit Kimi et passa à travers des rayons lumineux bleutés. Ils s'approchèrent du quai, où ils ne trouvèrent aucun rail. À la place, deux gros tubes larges comme un bobsleigh couraient devant le quai. Gael fit un signe à l'employé du TER, derrière une vitre. L'homme pianota sur un écran d'ordinateur et un tube en métal se fendit assez largement ; apparut alors une sorte de coque rigide, avec une banquette.

— Qui passe en premier ?

Moss bouscula Oscar sans ménagement.

— Les hommes d'abord, dit-il avec son agressivité retrouvée.

Gael le dévisagea avec dureté. Pris par le temps, il se contenta de le faire descendre dans le tube.

— Allonge-toi, lui ordonna-t-il, et attache ta ceinture. C'est fait ?

Moss acquiesça, subitement moins vaillant.

— Qu'est-ce qui va se passer ? demanda-t-il, inquiet.

— Tu as peur ? intervint Oscar, saisissant l'occasion. Si tu as peur, laisse passer « les hommes » d'abord, dit-il en désignant ses amis et lui-même.

Moss lui lança un regard furieux.

— Est-ce que... la lumière s'éteint quand ça se referme ? demanda-t-il le plus bas possible à Gael.

Iris, discrètement postée sur le côté, entendit la question.

— Tu as peur du noir ? s'étonna-t-elle à voix haute. Mais tu as quel âge ?

S'il n'avait pas été harnaché dans le compartiment, Moss lui aurait brisé la nuque de ses propres mains. Il fit mine d'ignorer la remarque, paralysé par la terreur et l'humiliation. Le compartiment se referma. Gael effleura un écran à sa gauche, au bord du quai, et le wagonnet partit comme un missile dans le tube. Les autres adolescents se regardèrent, peu rassurés.

Gael désigna Iris du doigt.

— Toi, puisque tu aimes donner des leçons, tu as le droit d'être la suivante.

— Je préférerais que les autres passent avant moi. Ils sont maladroits, il vaut mieux qu'ils soient tous arrivés et... AAAAH !

Gael venait de l'empoigner et de la coller au fond du compartiment. Le panneau de métal glissa et le wagonnet suivit le même chemin que le précédent. Oscar se présenta spontanément sur le quai, prit place et boucla la ceinture. Juste avant la fermeture, Gael se pencha. Pour la première fois, Oscar lui trouva une certaine douceur dans le regard.

— Heureux de contribuer à faire du fils de Vitali Pill un Médicus accompli, lui dit-il à mi-voix. Très heureux. Bonne chance...

Le compartiment se referma.

Oscar entendit le moteur ronronner, puis rugir, et son corps fut propulsé comme dans un grand huit. Il fut secoué dans tous les sens, fit plusieurs tours sur lui-même et crut que sa tête allait exploser quand le projectile s'arrêta brusquement. Le panneau coulissa et il reconnut les visages de ses compagnons – à la teinte près : Moss était pâle comme un linge, adossé à un mur, tandis qu'Iris était assise à même le sol sans aucune précaution pour sa jupe et son chemisier, la main sur la bouche. Quelques instants plus tard, Sally et Ayden sortirent de leurs compartiments en titubant, le cœur au bord des lèvres. Gael et Kimi les rejoignirent.

— La première fois, c'est toujours impressionnant, reconnut Gael. Ensuite, ça fait moins d'effet, vous verrez.

Ils sortirent de la station de TER et débouchèrent sur une esplanade qui surplombait la cité, le pont et la plaine jusqu'aux canyons. De l'autre côté, l'océan se déployait à perte de vue.

— Vous êtes sur le toit de la cité, précisa Kimi.

— Qu'est-ce qu'on fait ici ? demanda Iris. J'ai le vertige, je veux redescendre.

— Tu vas devoir résister, parce qu'on va encore monter.

Les adolescents suivirent son regard. Surplombant la sphère, posé sur le toit de la cité éolienne, le palais royal se dressait, flèche lumineuse, au-dessus des embruns. Gael les pressa.

— Dépêchez-vous, le soleil va décliner et vous n'avez pas encore été présentés.

Tous traversèrent l'esplanade au pas de course. Au bout d'un hall, ils grimpèrent un escalier jusqu'à une porte immense.

— Mais à qui on doit être présentés ? s'impatienta Sally. Je croyais qu'on était ici pour notre Trophée !

— Je crois qu'on se ressemble, lui dit Kimi en souriant : on préfère l'action aux mondanités. Mais cette fois, il va falloir faire un effort....

25

Un vent se leva dans le palais et s'engouffra dans de hauts conduits métalliques, qui produisirent un son grave de cuivre. Les portes s'ouvrirent en grand et les deux Éoliens entrèrent, suivis des Médicus.

La salle de réception s'étirait sous une série de vitraux enchâssés dans les murs et déclinés sous toutes les nuances de bleu. Des gardes en armure et équipés des fameux cils vibratiles s'alignaient devant des colonnes en enfilade.

— Tu as vu ? Ils n'ont pas l'air très en forme, souffla Oscar à l'oreille d'Ayden.

— Ni très jeunes. Celui-là ne bouge même plus. Tu crois qu'il est *vivant* ?

Oscar s'écarta discrètement du groupe emmené par Gael et Kimi et s'approcha d'un garde particulièrement voûté. Le type leva un visage usé et ridé. Son menton tremblait et ses paupières tombaient malgré lui.

— Il n'a même plus la force de parler. Comme beaucoup de gens de ma cité, dit une voix chevrotante surgie de derrière une colonne.

Un homme de grande taille sortit de l'ombre. Sa barbe grisonnante frémissait sous le vent qui traversait la salle, s'infiltrait entre les colonnes et glissait le long des murs pour s'enrouler et siffler dans les recoins. Il portait une longue tunique blanche aux reflets bleutés, brodée d'une sphère traversée par deux drapeaux qui flottaient en sens contraire. Une étrange couronne faite de brume en mouvement flottait au-dessus de son épaisse chevelure poivre et sel.

Le roi Éole s'approcha d'Oscar.

— Leonid Smith est un vieil homme qui ne se ménage pas ; et nous avons vieilli avec lui.

Le monarque, qui semblait dans une forme étonnante pour son âge, contrairement aux autres, se dirigea vers une double porte et sortit sur le balcon d'apparat, d'où il dominait tout son royaume. Oscar le suivit. Éole laissa son regard se perdre au loin et se mit à parler avec de la nostalgie dans la voix.

— Les tours ZÉPHIR ne fonctionnent plus correctement, les canyons se fissurent et se bouchent, le tabac tache et abîme, les Éoliens disparaissent et vieillissent... Nous voilà au crépuscule de la vie de Leonid – et de la nôtre.

Il soupira et quitta la chaleur et la lumière vive du balcon pour la fraîcheur de la salle.

— Vous serez sans doute les derniers à vous introduire dans son corps et dans mon palais.

Éole se tourna vers le groupe.

— Pardonnez-moi, vous n'avez pas encore l'âge de la mélancolie. Et je tiens à ce que tout se passe bien. Pour vous, bien sûr, mais aussi pour Winston Brave, que j'estime beaucoup.

Car il faut que vous deveniez vite des Médicus accomplis : vous ne serez pas de trop pour affronter les temps terribles qui s'annoncent.

— Majesté, intervint Gael, vous avez raison : il est grand temps que ces jeunes gens tentent de remporter leur Trophée.

— Leur Trophée ? Leur Trophée, répéta le roi, perdu dans ses réflexions.

Il finit par se secouer, comme s'il émergeait d'un mauvais rêve.

— Oui, oui, bien sûr, s'exclama-t-il. Eh bien, qu'ils prouvent ce qu'ils valent, qu'ils prouvent immédiatement qu'ils sont dignes de ce Trophée qu'ils sont venus chercher. Et que les épreuves commencent, par le Souffle d'Éole le Grand !

Les portes de la salle s'ouvrirent en grand et un vent terrible s'y engouffra. Les adolescents se retinrent aux colonnes et virent apparaître une escouade de soldats qui se mirent au garde-à-vous.

— Pour atteindre votre Trophée, reprit le roi, il s'agira dorénavant de vaincre les dangers que vous rencontrerez dans les différents Univers. Et dans le royaume des Souffles, hélas, ils ne manquent pas. Vous devez être capables de surmonter ces obstacles et de dominer nos ennemis, parce que la plupart se rangeront très bientôt aux côtés du Prince Noir. C'est peut-être déjà fait... Êtes-vous prêts ?

Oscar, Ayden et Sally acquiescèrent, Iris attendit la suite, bras croisés, et Moss se dirigea d'emblée vers la porte. Gael lui barra la route.

— Où vas-tu ?

— Je sors. Elles se passent où, ces épreuves ? Qu'on en finisse.

Moss mit la main à sa ceinture. Oscar devina un renflement qui l'intrigua. Gael rattrapa Moss par le bras et la cape s'écarta. Oscar reconnut la sacoche : ainsi, Ronan possédait les mêmes armes que lui.

— C'est moi qui décide où et quand vont se dérouler les épreuves, imposa Gael. Tu restes ici.

La poigne du militaire eut raison de Moss, qui s'en dégagea avec un mouvement d'humeur.

Gael se retourna vers le reste du groupe.

— Sally, Iris et Ayden, vous partez avec Kimi. Et je reste avec ces deux-là, conclut-il en dévisageant Moss et Oscar.

Sally, ravie, se rangea au côté de la jeune Éolienne. Ayden ne tarda pas à les rejoindre, tandis qu'Iris se plantait face à Kimi, poings sur les hanches.

— Mais *où* ça va se passer ? demanda-t-elle avec impertinence.

Le roi appuya sur l'accoudoir de son trône.

— Au-dessus de ta tête, répondit-il. Juste au-dessus de ta tête.

Le toit de la salle se fendit en son milieu et les deux pans s'écartèrent. La lumière, éblouissante, tomba comme une pluie blanche. Un bruit de moteur envahit l'espace. La salle était maintenant à ciel ouvert, et ils distinguèrent dans la clarté aveuglante du soleil un gros insecte bleuté qui descendait vers eux. Iris lança un regard affolé au roi, qui n'avait pas quitté son sourire malicieux. Ayden eut un premier mouvement de recul puis se redressa, se rapprocha de Sally et saisit son pendentif, prêt à défendre son amie et lui-même. Le bruit de moteur gronda plus fort encore, saccadé, et un énorme hélicoptère marqué par l'emblème du royaume des Souffles s'immobilisa à quelques mètres du sol. La portière droite s'ouvrit et une échelle souple se déroula jusque devant le petit groupe formé autour de Kimi. La jeune fille n'eut pas besoin de pousser Sally, qui se précipita pour grimper sportivement jusqu'à la carlingue. Ayden lui emboîta le pas, moins agile, et mit un peu plus de temps à s'installer dans l'hélicoptère. Kimi dut ensuite soulever Iris par la taille pour l'obliger à gravir les échelons, tandis que la jeune fille gesticulait et agitait un doigt accusateur. Heureusement, le bruit des pales couvrait sa voix.

Oscar courut au centre de la salle et détacha la sacoche de Paloma de sa ceinture.

— Ayden !

Ayden se pencha par la porte de l'hélicoptère. Oscar lui lança la trousse en cuir, mais son compagnon la manqua. La main de Kimi la saisit en plein vol. Ayden, reconnaissant, sourit à son ami resté au sol. Le pilote rabattit la portière et les visages disparurent derrière les reflets de la vitre. L'hélicoptère reprit de l'altitude et le toit du palais se referma. Oscar se rapprocha de Gael.

— Où vont-ils ?

Pour toute réponse, Gael l'entraîna, ainsi que Moss, vers la porte. Oscar se retourna une dernière fois ; au fond de la salle, Éole, impassible dans son fauteuil, semblait égaré dans une réflexion profonde et plus rien n'existait autour de lui.

Ils sortirent sur l'esplanade et suivirent l'hélicoptère qui vira de bord dans le ciel du royaume pour piquer en direction du pont. Oscar courut jusqu'à la rambarde : l'appareil volait maintenant en contrebas, à l'ouest du pont. Droit vers les tours ZÉPHIR.

26

Ils descendirent de l'Éolair One, au pied des tours. Les pales vrombissaient au-dessus de leurs têtes, mais un bruit, depuis les canyons tout proches, les impressionna plus encore : le vent s'engouffrait entre les parois et sifflait de manière stridente – un hurlement à percer les tympans.

Ayden prit les devants, pour une fois.

— Qu'est-ce que c'est que ce bruit ? Qu'est-ce qui se passe dans les canyons ?

— Ils se sont resserrés ! répondit Kimi en plaçant ses mains autour de la bouche, en porte-voix, et les tours ZÉPHIR ne sont plus assez puissantes pour aspirer l'air ! À vous de jouer !

— Mais qu'est-ce qu'on peut faire ? s'exclama Ayden, désemparé.

— Vous avez peu de temps, cria la jeune femme restée dans l'habitacle, alors que l'hélicoptère décollait et les laissait seuls sur le rivage. Après, il y aura trop de turbulences pour venir vous chercher. Bonne chance !

L'Éolair One décolla. Iris se tourna vers ses camarades.

— Je le savais : Leonid est malade, c'était dangereux de venir ici. Mr McCooley ne m'écoute pas, personne ne m'écoute !

— Pour une fois, on t'écoute : t'as une idée de ce qu'il a ? demanda Sally, qui tournait sur elle-même à la recherche d'une solution. Parce que je ne sais pas si t'as bien compris ce qu'on nous a dit, mais on n'a pas toute la journée !

— Moi je crois savoir, déclara Ayden. Mon petit frère a le même problème : il fait de l'asthme.

— De l'asthme ? s'étrangla Iris. Mais tu es peut-être contagieux !

Sally leva les yeux au ciel.

— Qu'est-ce qu'on fait pour ton frère ? On peut essayer de faire la même chose pour Leonid.

— Il faut agir vite, en tout cas, répondit Ayden. Avant que Leonid se mette à tousser pour dégager ses bronches.

Il ouvrit fébrilement la petite pochette en cuir, et tenta de se rappeler, surtout, ce qu'Oscar lui avait dit au sujet des armes. Sous l'effet de la panique, ses souvenirs étaient confus, et aucun outil ne l'inspirait, quand quelque chose brilla au fond. Il plongea la main et en retira une petite étoile à trois branches gravée d'un M en son centre.

— Sortez vos pendentifs ! dit-il avec une voix assurée et pleine d'espoir que les autres ne lui connaissaient pas.

Sally obéit sans discuter, et Iris, qui préférait rester à distance de lui, l'imita. Ils levèrent les yeux vers les canyons puis vers les tours qui soufflaient l'air avant de l'aspirer péniblement à travers les canyons rétrécis. Sally et Ayden échangèrent un regard et se tournèrent vers leur camarade.

— Pour qui vous me prenez ? s'indigna Iris. Si vous avez une idée, vous pensez vraiment que je ne l'ai pas eue avant vous ?

Une secousse se produisit qui ébranla la plage et le pont, provoquant des vagues à la surface de l'océan.

— Leonid se met à tousser ! prévint Ayden. Soyez prêtes !

Le vent souleva leurs capes en direction de l'eau, puis les moteurs des immenses tours s'inversèrent pour souffler l'air vers les canyons. Ayden lança l'étoile en l'air.

— Maintenant ! ordonna-t-il en brandissant son pendentif. Concentrez tout sur elle !

Les tours hoquetèrent à nouveau et une seconde secousse fit trembler tout le royaume. Sally et Iris s'exécutèrent. Les trois Lettres d'or s'embrasèrent et les rayons convergèrent sur l'étoile qui commença son ascension.

— Résistez ! cria Ayden pour se donner du courage. Il ne faut pas laisser retomber l'étoile, il faut qu'elle atteigne le haut des tours...

— Mais pourquoi ? finit par demander Iris, qui prenait conscience qu'elle avait obéi à un ordre pour la première fois de sa vie. Expliquez-moi d'abord ce que...

Une troisième secousse, beaucoup plus violente que les précédentes, l'interrompit au milieu de sa phrase. Elle vacilla et tomba à la renverse. Son M d'or roula sur le sol et disparut. Elle se précipita à terre.

— Mon pendentif ! Il est là, au fond de cette crevasse !

— Qu'est-ce que tu attends ? s'exclama Ayden. Ramasse-le !

— C'est trop profond, je n'y arrive pas ! s'énerva Iris.

Ayden se tourna vers Sally.

— Si l'étoile retombe et touche le sol, elle perd son pouvoir. Tu peux tenir toute seule ?

Sally se concentra sur son pendentif sans un mot. Ayden rejoignit à toute vitesse Iris et devina l'éclat doré de la Lettre tout au fond de la fissure. Il tenta d'y faire descendre son pendentif en tenant fermement la chaîne.

— Ça ne sert à rien, le rabroua Iris. Nos pendentifs ne sont pas associés, l'un ne peut pas attirer l'autre.

— À cause de toi, on va rater notre épreuve, alors garde tes commentaires pour toi !

Iris se renfrogna.

— Tu n'as pas un aimant dans ta sacoche ?

— Ce n'est pas du fer !

Il regarda au loin. L'hélicoptère, qui tournait dans le ciel sans pouvoir s'approcher d'eux pendant l'accès de toux, s'éloigna. Au sommet de la cité, il crut distinguer des silhouettes sur l'esplanade du palais. La présence d'Oscar lui donna du courage. Il plissa les yeux, et vit la cape de son ami se déployer au vent.

La cape.

Il voulut contraindre Iris à se défaire de la sienne.

— Qu'est-ce que tu fais ? dit-elle en s'agrippant au tissu. J'ai horreur qu'on touche à mes affaires !

— Ta cape va reconnaître ton pendentif, donne-la-moi tout de suite !

— Dépêchez-vous ! supplia Sally, dont le bras musclé commençait à faiblir.

Iris céda. Ayden roula la cape et la fit descendre dans la fente. Dès que l'étoffe entra en contact avec le métal, la Lettre brilla et s'y colla. Ayden remonta la cape avec précaution.

— Venez m'aider ! hurla Sally.

L'étoile flottait maintenant à moins de deux mètres du sol. Dans quelques instants, elle retomberait et ils perdraient toute chance de remporter l'épreuve. Un ronronnement couvrit le sifflement du vent : un bateau à moteur filait dans leur direction sur la surface agitée.

— Ils viennent nous chercher en bateau, se lamenta Ayden. Ils savent que c'est fichu...

— Tant mieux, commenta Iris. Je ne supporte plus cet endroit. On rapportera ce Trophée une autre fois.

— Pas question ! s'écria Sally. Venez m'aider, on peut encore y arriver !

Ils brandirent leurs trois Lettres en direction de l'étoile, qui reprit alors son ascension. Ayden retrouva espoir.

— Plus haut !

L'étoile atteignit bientôt le sommet des vieilles tours ZÉPHIR de Leonid. Dans un ultime effort, les adolescents réussirent à faire monter l'étoile qui se trouva exactement sur le trajet du vent. Sous l'effet conjugué du souffle et des pendentifs, elle s'agrandit jusqu'à prendre la taille et l'aspect d'une immense hélice qui se mit à tourner à vive allure. Le vent s'y engouffra et une colonne d'air se forma, plus haute que les tours elles-mêmes, et se déplaça en soulevant la terre sur son passage. Les trois Médicus se jetèrent au sol et se protégèrent sous leurs capes.

Sally sortit la tête, stupéfaite.

— Un cyclone surpuissant ! Et il se dirige droit sur les canyons !

Le cyclone se heurta au premier canyon. Les morceaux de roche accumulés dans le passage volèrent comme de la paille, et l'ouragan se fraya un chemin tel un couteau dans du beurre, avant de poursuivre son œuvre dans un canyon voisin. Le vent circula enfin dans les différents défilés.

— On a réussi ! se réjouit Ayden.

Le bateau accosta.

— Bravo ! s'exclama Kimi. Vous vous en êtes très bien sortis !

— Heureusement qu'ils m'avaient avec eux, affirma Iris, parce qu'à deux, cette étoile ne montait jamais assez haut.

Ses compagnons, stupéfaits devant tant de culot, finirent par en rire.

— Il ne vous reste plus qu'à récupérer votre récompense, ajouta Kimi.

Une voiture les attendait, quelques mètres derrière eux.

— Vous ne venez pas avec nous ? demanda Sally, désolée de quitter Kimi.

— C'est au tour de vos amis de se soumettre à l'épreuve qui leur est réservée. Je vais les retrouver.

Ayden s'approcha d'elle et lui tendit la trousse d'armes.

— Pouvez-vous la remettre à Oscar ? Il en aura besoin.

La jeune femme prit la trousse et recula vers le bord de mer en direction du bateau.

— Bonne chance. Vous serez toujours les bienvenus dans ce royaume.

Ayden et Iris étaient déjà installés sur la banquette arrière. Sally grimpa à l'avant, à côté du chauffeur. La voiture démarra en trombe.

— Où on va ?

Le chauffeur appuya sur l'accélérateur.

— Je roule, vous me guidez.

Les adolescents se regardèrent, perplexes.

— Décidément, c'est très mal organisé, jugea Iris.

Ce fut Sally qui l'aperçut en premier.

— Au sommet du canyon ! s'écria-t-elle. Le rocher !

— Le rocher ! répéta Iris, exaspérée. Mais il y en a partout, des rochers !

Sally, excédée, pointa du doigt le toit du canyon.

— Et celui-là, au milieu, il ne te fait pas penser à quelque chose ?

— Le Caducée ! se réjouit Ayden.

— Parfait, soupira Iris en se recoiffant. Chauffeur, déposez-nous là-bas, et vite.

— On n'a pas récupéré nos Trophées, fit remarquer Ayden. On ne sait même pas à quoi ils ressemblent !

— De toute manière, trancha Sally, je ne vois pas d'autre signe, donc on y va. Est-ce qu'il y a un chemin qui conduit en haut du canyon ? demanda-t-elle au chauffeur.

— Vous y serez dans cinq minutes, l'assura le type, qui préférait nettement le ton de Sally à celui d'Iris.

La voiture fonça jusqu'au pied du canyon et suivit une route qui faisait des lacets dans la roche jusqu'à un grand plateau, au sommet. Au loin, la cité des Brumes n'était plus qu'une sphère perdue au milieu de l'océan. Ayden eut une pensée pour Oscar qui se préparait à affronter son épreuve. Si lui avait souffert de la présence d'Iris, qu'en serait-il d'Oscar, avec Moss entre lui et son Trophée ?

Sally repéra le rocher en forme de Caducée et remarqua trois points brillants aux angles. Ils coururent au pied du monticule : de petites boîtes en verre les attendaient. Iris se saisit de l'une d'elles sans précaution.

— Ça s'ouvre des deux côtés, c'est bizarre...

À peine eut-elle ouvert une face qu'une voix s'en échappa :

Du haut du gouffre
Prends ton envol
Et cueille un souffle
Du royaume d'Éole.

— Un souffle ? s'exclama Iris en inspectant l'intérieur de la boîte, sceptique. Et il faut le mettre là-dedans ?

— C'est sans doute cela, notre demi-Trophée, supposa Ayden. Logique : c'est l'emblème de ce royaume.

Il se pencha au-dessus du précipice. Le vent s'y enroulait avec violence. Il se tourna vers ses camarades et ouvrit sa boîte, le cœur battant.

— Je crois qu'on n'a pas vraiment le choix, dit-il sans vouloir y croire lui-même : il faut *sauter*.

— Bon, alors... on saute ! décréta Sally, plus confiante que les deux autres.

Ils s'alignèrent au bord du gouffre et ouvrirent chacun leur boîte.

— Prêtes ? demanda Ayden d'une voix mal assurée.

— Prête ! répondit Sally.

Iris acquiesça sans conviction, moins fière qu'à l'accoutumée. Les trois prirent une grande inspiration – et s'élancèrent dans le vide avec un grand cri.

Ayden sentit le vent mugir et courir entre les parois abruptes, et tendit le bras. Un souffle s'engouffra dans le cube transparent, qui se referma spontanément, et une intense lumière jaillit à travers le verre. Il eut le temps d'apercevoir le même phénomène entre les mains de ses deux camarades : les trois avaient emprisonné un souffle du royaume d'Éole. Les filles brandirent leur pendentif en direction du Caducée, dont elles apercevaient encore le sommet : un éblouissement se produisit et, lorsqu'il se dissipa, Ayden était seul, en chute libre dans le canyon.

27

Ayden pivota sur lui-même : le temps de saisir son pendentif, il était tombé de quelques mètres supplémentaires et le Caducée avait disparu de son champ de vision – et avec lui, l'ultime chance d'échapper à une mort certaine. Il allait s'écraser au sol dans quelques secondes. Il songea à sa famille, à ses amis et à ce qui l'attendait, et un nouveau cri – de peur et de rage, cette fois – monta en lui. Dans un mouvement désespéré, il agrippa les deux coins de sa cape qu'il déploya. Le tissu se transforma en une voile qui interrompit sa chute, et une rafale plus importante le porta. Il s'éleva de quelques mètres, et scruta le sommet du canyon : le Caducée apparut comme un mirage dans le ciel alors qu'il planait, soulevé par le vent. Il lâcha sa cape et tendit son pendentif à bout de bras vers le rocher.

Depuis l'esplanade du palais, agrippé à la balustrade, Oscar rendit les jumelles électroniques à Gael, soulagé. Il connaissait les fragilités physiques de son ami et son manque de confiance en lui. Ce qu'il avait vu l'avait réjoui : une fois de plus, non seulement Ayden s'en était très bien tiré, mais il avait permis aux filles de s'en sortir et de remporter leur Trophée.

— Ils ont réussi l'épreuve, lui confirma Kimi, et ils ont quitté le royaume. Maintenant, c'est à vous, dit-elle en tendant à Oscar la trousse de l'unité PALOMA.

— Suivez-moi, ordonna le capitaine des gardes.

Moss n'avait pas prêté le moindre intérêt au sort de ses camarades et s'était affalé sur un banc à l'ombre, entre les bosquets de fleurs blanches. Il suivit sans entrain les Éoliens et Oscar.

Ils s'arrêtèrent devant une colonne miroitante cylindrique dans le hall du palais, derrière le grand escalier. Des portes découpées dans la colonne s'ouvrirent sur une cabine d'ascenseur transparente.

— Personne ne peut nous voir de l'extérieur, précisa Gael. Cet ascenseur est exclusivement réservé au roi et à ses invités, lorsqu'il faut se rendre sur la place royale... ou plus bas.

Ils traversèrent les sous-sols du palais puis le sommet de la sphère sur laquelle il reposait. De si haut, l'intérieur de la cité était féerique : ils surplombaient la place et ses rues bâties sur ces balcons superposés. Ils poursuivirent leur descente au milieu d'une foule indifférente, et s'immobilisèrent plusieurs niveaux au-dessous. Les portes s'ouvrirent.

Oscar et Moss regardèrent autour d'eux, méfiants. Ils étaient, cette fois encore, sur une place immense, mais totalement dépouillée. Le sol était fait d'une terre très claire, et des gradins, tout autour, étaient taillés dans une résine blanche. Une tribune avait été installée, frappée de l'emblème du royaume.

Dans une arène, voilà où on les avait emmenés. Ne manquait plus que les fauves – à moins que la présence de Moss ne soit pire. Oscar se retourna pour s'adresser à Gael.

— Et maintenant, qu'est-ce qui...

Il ne finit pas sa phrase : Moss et lui étaient seuls dans un silence inquiétant.

Le vent se leva et se mit à tourner autour d'eux, puis monta jusqu'aux derniers gradins. Des cuivres, fixés tout en haut, retentirent dans un vacarme assourdissant : le vent les avait traversés pour jouer son étrange musique. Les portes s'ouvrirent et des hordes d'Éoliennes et d'Éoliens déferlèrent sur les bancs du cirque. Oscar et Moss échangèrent un regard. La visite touristique était terminée, de toute évidence.

Ils scrutèrent la tribune et reconnurent Kimi et Gael, installés de part et d'autre d'un siège surélevé. Des visages inconnus les entouraient, impassibles, le regard rivé sur les jeunes Médicus. Le vent changea de sens et les trompettes résonnèrent à nouveau. Toute l'arène se leva comme un seul homme, et le roi Éole fit son entrée dans la tribune, acclamé pendant un temps qui leur sembla interminable.

— C'est bientôt fini, ce cinéma ? cria Moss, impatient. Ras le bol de votre cité et de votre vieillard, je suis là pour passer l'épreuve et gagner mon Trophée.

Le public se tut, estomaqué. Les huées montèrent de toutes parts. Le roi leva la main ; le silence se fit à nouveau et le vent tomba.

— Il a raison, dit-il avec un demi-sourire. Il est temps de les mettre face à leur défi – et à leurs responsabilités futures. Car l'ennemi guette, nous le savons, maintenant.

Les huées reprirent de plus belle.

— Tu leur fais le même effet que les Pathologus, lâcha Oscar à Moss.

— C'est ça. Et moi, marmonna Moss, sans quitter le public du regard, je te réserve le même traitement qu'aux Pathologus.

Le roi reprit la parole.

— Puisque tu es si pressé de connaître ce que nous vous avons préparé, dit-il en s'adressant à Moss, ne te faisons pas attendre.

Un bruit de chaînes puis celui d'une porte qui s'ouvre violemment résonnèrent derrière eux. Ils firent volte-face – et se décomposèrent.

Un animal monstrueux venait de surgir, debout sur ses deux pattes arrière, haletant et rugissant. Oscar reconnut la bête de l'unité **PALOMA** : velue, puissante, des yeux noirs enfoncés au-dessus d'une gueule triangulaire. De ses naseaux suintait une écume grumeleuse. Elle parcourut du regard l'immense décor, et déclencha un cri d'effroi – et de plaisir ? – dans le public.

À l'autre bout de l'arène, une seconde porte fut littéralement enfoncée. Une étrange masse aux formes indistinctes déboula dans un nuage de poussière. Ni tête, ni bras, ni jambes : juste une masse lisse et métallique, plus large et plus haute que Gael. Elle arracha de nouveaux cris à la foule, tandis qu'Oscar et Moss l'observaient, muets d'effroi.

Le roi se leva.

— Un virus et une bactérie : voici nos ennemis quotidiens, dit-il, et sans doute les vôtres, très bientôt, puisque les Pathologus ont déjà enrôlé ces créatures ignobles pour les rendre plus fortes et nous attaquer ; nous en payons le prix tous les jours.

Un frisson parcourut les gradins. Oscar écoutait attentivement tout en dominant la peur qui lui nouait le ventre.

— Aujourd'hui, reprit le vieux monarque d'une voix forte, pour atteindre votre Trophée, vous devez affronter ces ennemis récemment capturés par nos troupes armées (Gael inclina la tête en guise de confirmation.) et les vaincre. Le peuple du royaume des Souffles et son roi vous souhaitent bonne chance !

Spontanément, les jeunes Médicus se mirent dos à dos : s'entraider était leur seule chance de survivre au combat qui s'annonçait. Oscar sentit la sueur couler le long de sa colonne vertébrale. Un fluide glacé. Moss tourna lentement et obligea Oscar à faire face à l'adversaire qui semblait le plus incertain : la bactérie sans forme. Tout autour d'eux, le public hurlait pour que les monstres se décident à attaquer et que l'affrontement commence enfin. Le cœur d'Oscar battait jusque dans ses tempes, mais il ne quitta pas la bête des yeux et, sans geste brusque, il porta une main à son pendentif, et l'autre à la sacoche de Paloma.

— Qu'est-ce que tu fais ? demanda Moss d'une voix rauque.

L'angoisse le rendait plus agressif encore. Dans son regard brillait une lueur animale plus impitoyable que les deux bêtes. Malgré la tension, la perspective de se battre faisait naître en lui un plaisir qu'il ne parvenait pas à cacher.

Face à Oscar, la masse se déforma et prit l'apparence d'un guerrier en armure, alors que le monstre noir se jetait sur Moss. Avec une vivacité de fauve, Moss s'écarta et Oscar se trouva pris en tenaille entre les deux monstres. Il entendit nettement la voix de Gael au milieu des cris.

— Un virus est un parasite : il a besoin d'entrer en nous pour se multiplier. Alors ne vous laissez pas mordre !

Moss plongea la main dans sa sacoche et en sortit une poche translucide qu'il plaqua contre son pendentif. Il brandit l'ensemble vers la bête immonde et le sac se mit à enfler. L'explosion fit hurler la foule, et la bête se trouva ensevelie sous un monceau de substance gluante et jaune. Oscar reconnut l'arme : le Surfactor produisait le mucus dont les poumons usaient pour recouvrir et éliminer les ennemis indésirables. Le virus se dépêtra de la gangue gluante et fonça à nouveau sur Moss. Ce dernier, surpris, recula et glissa sur une éclaboussure de mucus. Son pendentif roula au loin. Lorsqu'il se redressa, le monstre se ruait sur lui. Il n'avait aucune chance de s'en sortir, et le peuple éolien, qui le savait aussi bien que lui, hurla d'effroi. Gael sauta par-dessus la tribune et courut, arme à la main – une fraction de seconde trop tard. La foule hurla de plus belle, galvanisée par la mort imminente du Médicus.

Oscar dégrafa sa cape et la fit voler à travers l'arène en récitant quelques mots :

Telle une coque, solide comme un roc.

L'étoffe se déploya puis retomba sur Moss au moment où le monstre fondait sur lui, gueule ouverte. La cape se figea, rigide comme du métal, et un bruit sourd retentit : les mâchoires de la bête s'acharnèrent en vain. Le monstre se redressa et fondit sur Oscar.

D'un bond, Gael s'interposa entre eux et brandit son arme – un étrange tube noir. Le virus s'immobilisa et fit un pas en arrière.

— Je n'ai pas besoin de vous ! hurla Moss, humilié. Laissez-moi m'en occuper.

Le virus semblait s'être calmé, comme s'il était résolu à abandonner le combat. Au fond de l'arène, deux soldats entrèrent, armés de filets et de tubes identiques à celui de Gael. Moss leur arracha les filets des mains. Il lança habilement le premier, puis le second et, en quelques instants, le virus se trouva emprisonné sous les mailles, incapable de bouger.

Moss fouilla dans la bourse que lui avait remise Fletcher Worm et en sortit un anneau noir sur lequel il fixa son pendentif. La Lettre grandit, et l'anneau noir changea de couleur pour passer au rouge incandescent, sous le regard stupéfait d'Oscar. En quelques secondes, la température monta à plus de

1000 °C, maintenant tout le monde à distance. Le virus fut pris de spasmes de douleur, poussa un cri terrifiant, et sa peau se mit à se fissurer.

— Protégez-vous le visage ! cria Gael.

La carapace du virus explosa et se brisa en milliers de cristaux éparpillés jusque sur la foule tétanisée. Kimi, descendue des gradins elle aussi, agrippa Moss par le bras.

— Pourquoi tu l'as tué ? Il n'était plus en position d'attaque !

— Maintenant, il n'attaquera plus personne, répliqua Moss.

— Tu l'as massacré pour rien, alors qu'il nous était utile pour en savoir plus sur eux ! rugit Gael. Et tu as failli nous blesser.

Moss rangea son arme, indifférent.

Oscar l'observa avec mépris. Un bruit de métal tout proche, puis les cris de la foule et enfin le regard cruel et satisfait de Moss enflammèrent ses sens. Il fit un bond de côté pour éviter le coup mortel.

28

Le monstre battit l'air de ses extrémités transformées en lames tranchantes. Oscar brandit son pendentif. Un rayonnement hésitant jaillit de la Lettre d'or et mourut avant d'atteindre la bactérie. Il se souvint alors de la puissance de ce même rayon lorsqu'il s'était agi de sauver Tilla qui se noyait dans le lac. Lorsqu'il avait cru en son pouvoir et voulu agir. Le rayon prit alors un éclat vert et son intensité se décupla. Un murmure d'admiration parcourut la population massée sur les gradins. Le roi lui-même se leva pour observer le phénomène. Le faisceau heurta le métal, mais la carapace résista et le rayon ricocha sur l'armure. Oscar l'évita de justesse.

La créature avançait inexorablement vers lui.

Il ouvrit fébrilement sa sacoche, dénoua les cordelettes d'une petite bourse et prit une poignée de poudre. Il la dispersa sur son pendentif, et la vaporisa en direction de son adversaire. « C'est un antibiotique plus puissant que tous ceux dont disposent les médecins classiques », lui avait expliqué Paloma. « Avec ça, tu viendras à bout de toutes les bactéries. Enfin, tant que les Pathologus ne leur apprennent pas à y résister... »

Avant d'être atteinte par la moindre particule, l'armure se découpa et se sépara en deux parties absolument identiques sous le regard médusé d'Oscar. Lorsque la poudre se répandit sur la première qui s'effondra, la seconde se dédoublait déjà. Gael porta les mains autour de ses lèvres en porte-voix :

— Les bactéries se multiplient très rapidement, Oscar, et elles vont t'encercler ! Empêche-les de se dédoubler et tue-les !

Oscar projeta son pendentif au-dessus des deux armures.

Lettre d'or,
Si tu as une âme,
Surplombe ces corps
Et que jaillissent les flammes !

Un rideau de feu tomba du pendentif et entoura les créatures malveillantes, emprisonnées dans le brasier. Oscar projeta une nouvelle poignée d'antibiotique en récupérant son pendentif, mais un souffle intense venu de nulle part dispersa les particules. Libérés des flammes, les monstres de métal se ruèrent sur Oscar, excités par le feu et le danger. Oscar aperçut Moss, souriant d'un air mauvais, qui dissimulait son pendentif sous son T-shirt. Il ignora la trahison de celui qu'il avait pourtant sauvé quelques instants plus tôt, et s'abrita derrière sa cape. Les lames sifflèrent une première fois et le manquèrent de justesse. La bête leva le bras et s'apprêtait à porter un coup fatal, mais son mouvement resta en suspens. Le temps sembla s'être arrêté. Sa tête retomba, puis le bras, puis le corps entier s'effondra. Deux mains puissantes s'en saisirent et libérèrent Oscar du poids écrasant. Gael glissa son arme à la ceinture.

— Merci, dit Oscar en observant le trou noir dans le dos du cadavre. Je crois que tout seul...

Il ne finit pas sa phrase, conscient de son échec.

Un *échec*.

Le mot résonna dans sa tête comme un glas : il ne rapporterait pas la première partie de son Trophée. Il fuit du regard le roi qui s'était rassis dans son fauteuil. Il se contenta de dévisager Moss avec haine en se promettant une vengeance à la mesure de la trahison subie. Des hurlements l'arrachèrent à ses pensées.

— Au secours ! Au feu ! AU FEU !

Les flammes, emportées par le souffle du pendentif de Moss, s'étaient propagées dans les gradins les plus hauts. La foule tentait de s'échapper en descendant dans l'arène, tandis que des soldats s'efforçaient d'éteindre l'incendie. Mais les Éoliens furent immédiatement bloqués dans leur fuite : affolée par les flammes et le chaos, la seconde bactérie s'était ruée dans les tribunes. Elle fouettait l'air de ses bras aux lames acérées, et la foule était prise dans l'étau du feu, en haut, et du monstre au bas des gradins. Gael, Kimi et un groupe de gardes se précipitèrent pour défendre leur peuple. La bactérie s'était déjà divisée pour s'opposer et résister aux coups portés par les Éoliens. L'une d'elles, plus violente, progressa dans les gradins, lacérant vêtements et chair dans une foule terrifiée.

Moss observait le spectacle bras croisés, presque amusé par la débandade. Oscar fouilla dans sa sacoche, désemparé. Une arme fit germer une idée. « Elle s'inspire d'un moyen de défense du corps contre les infections », lui avait-on expliqué. Il prit en main la pâte verte qu'il étala sur son pendentif. Il le lança en l'air et la Lettre s'élargit, s'assouplit et prit l'aspect d'une corde très épaisse et brillante. Oscar la fit tourner au-dessus de sa tête à l'aide de sa chaîne, tel un immense lasso. Le M d'or tomba sur les bactéries avec une précision parfaite et se resserra autour d'elles. Les deux créatures se démenèrent en vain, et l'une d'elles tenta de se déformer pour s'en défaire. La corde se resserra un peu plus. L'autre bactérie poussa un grognement lugubre qui résonna dans l'arène, et se dédoubla à nouveau. Enserrées par le Phagocytex de Paloma, elles s'effondrèrent dans les gradins et dégringolèrent jusque dans l'arène, aux pieds d'Oscar. Certains Éoliens en profitèrent pour s'enfuir, et les soldats éteignirent le feu tandis que la foule poussait des cris de joie et de soulagement. Oscar s'empara de poudre antibiotique, puis se ravisa : les bactéries étaient maintenant inoffensives.

Il se retourna : le roi Éole avait quitté la tribune pour rejoindre l'arène, entouré de Gael, Kimi, quelques dignitaires de la cité et sa garde personnelle. Il fit signe à Moss d'approcher et lui tendit une boîte en verre, le visage fermé.

— Tu as vaincu ton adversaire, même s'il était sans défense à cet instant et que sa mort ne t'a rien apporté. À part une satisfaction cruelle, peut-être. Voici donc ton Trophée.

Des murmures d'indignation et de réprobation s'élevèrent des gradins. D'un geste, le roi les fit taire. Moss se saisit du Trophée avec un sourire suffisant.

— Ouvre la petite porte en verre sur laquelle est gravé l'emblème de mon royaume, lui ordonna le vénérable monarque. Et tends les bras vers le ciel.

Dans l'arène, un vent se leva et se mit à tourner autour d'eux et de la foule apaisée. Moss s'exécuta : le vent s'engouffra dans le cube de verre, un tourbillon doré se forma entre les parois transparentes et la porte se referma. Moss glissa son Trophée dans la deuxième sacoche de sa ceinture. Éole se tourna vers Oscar. Les mains vides.

— Tu n'as pas eu raison de ton ennemi et, sans l'aide de Gael, la bactérie t'aurait peut-être tué. Or tu devais sortir victorieux de ce combat pour gagner ton Trophée, Oscar Pill.

Oscar serra le poing dans la poche de sa cape. Il effleura l'album photos et retira la main comme s'il s'était brûlé à son contact. Il se retourna sans un mot et marcha dans le silence oppressant de l'arène vers la colonne miroitante. Repartir d'ici et oublier ce terrible échec, c'était là tout ce qu'il avait à faire ; il était le seul du groupe à revenir les mains vides.

— Tu n'as pas mérité d'obtenir ce Trophée lors de ton combat, Oscar, poursuivit le roi.

Les mots lui vrillèrent le crâne. Il refusa de ralentir son pas. *Reste droit,* se dit-il.

— ... En revanche, insista Éole, tu as prouvé que tu étais courageux et intelligent, que tu étais prêt à risquer ta vie pour sauver celle des autres, et que tu ne tuais pas sans raison. Ce sont de formidables qualités qui feront de toi un Médicus de valeur.

Oscar s'arrêta et se contenta d'un signe de tête pour remercier le monarque, sans se retourner. Il ne voulait pas donner à voir son visage ravagé par la déception et la tristesse. Gael lui fit face. L'imposant capitaine tendait les mains.

— Prends ce coffret, dit-il. Tu l'as mérité *plus que tout autre ici.*

Moss changea de physionomie, furieux. Oscar se retourna, rayonnant de joie. Le peuple massé sur les gradins laissa exploser sa joie, lui aussi, et l'acclama. Gael accompagna le jeune homme jusque devant le roi.

— Ouvre ce coffret, toi aussi, lui ordonna Éole.

Oscar obéit et guetta le moindre souffle de vent ; rien ne se produisit.

— Je crois que c'est un peu trop tard, dit-il avec un sourire triste. Merci quand même.

Éole se pencha, ouvrit la bouche et expira longuement dans le boîtier. Une multitude de points scintillants se mirent à tourbillonner à l'intérieur du Trophée, qui prit l'éclat d'un diamant.

— C'est la première fois que notre roi honore ainsi un Médicus, murmura Gael à l'oreille d'Oscar. Tu peux être fier.

Le roi se redressa.

— Ton Trophée n'abrite pas seulement un souffle des plaines, d'un canyon ou de la cité, déclara-t-il, mais le souffle d'Éole, souverain du royaume. Tu en connaîtras le pouvoir et l'importance plus tard – même si je ne te le souhaite pas, ajouta le roi, mystérieux. Néanmoins, puisse-t-il t'aider un jour à aller au bout de ton chemin. Bonne chance, Oscar Pill, fils du valeureux Vitali Pill.

Éole semblait brusquement épuisé. Ses proches le soutinrent délicatement et le monarque disparut dans la colonne, au fond de l'arène.

Lentement, les gradins se vidèrent ; des soldats emmenèrent les bactéries dans les profondeurs de l'arène, ainsi que les dépouilles des monstres morts. Moss, pressé de partir, désigna le sol du doigt : le sang noir du virus avait coulé sur la terre et formé la fameuse coupe au serpent.

Gael s'approcha.

— Nulle part ailleurs que dans les royaumes des Souffles et de Pompée, on ne connaît mieux la valeur de la vie. Les poumons et le cœur sont le centre vital du corps de Leonid. Tant que nous résisterons, Leonid vivra. Mais combien de temps ?

— La bactérie était insensible au rayon de mon pendentif, fit remarquer Oscar. C'est à cause de...

— ... des Pathologus. Ils les rendent plus fortes, plus résistantes. Voilà pourquoi nous avons besoin de vous, alors ne nous oubliez pas ! dit Kimi avec un sourire confiant.

— La vie prend sens lorsqu'on se bat pour elle, reprit Gael. La sienne, mais aussi celle de l'ennemi. Ne soyez pas comme eux, ne tuez pas pour tuer, ou juste parce qu'on vous a affirmé que c'était un ennemi. Nous avons tous besoin des autres – vivants.

Oscar acquiesça. Moss sortit son pendentif, prêt à quitter le deuxième Univers.

— Bon retour, ajouta Gael en s'éloignant. Et n'oubliez pas la valeur de la vie. Jamais.

29

— Je déteste ce type ! s'emporta Valentine après le récit qu'avait fait Oscar de la trahison de Moss. Qu'est-ce qui t'a pris de lui sauver la vie ? Ce pauvre virus allait le dévorer : ça n'aurait sans doute pas eu bon goût, mais on aurait été débarrassés de Moss !

— Je ne sais pas, reconnut Oscar. En tout cas, quand tu reviens des deux royaumes, tu réalises que la vie compte, que ce n'est pas rien. Tu n'as pas envie de tuer n'importe qui pour n'importe quoi...

— Même lui ? s'étonna Valentine.

— Des gens se battent dans ses Univers pour qu'il vive. Et puis, sa vie doit forcément compter pour quelqu'un.

La mort et l'absence de son père lui apparaissaient chaque jour comme un trou béant, un vide dans sa propre existence. Alors oui, il savait la valeur de la vie ; elle valait le coup qu'on se batte pour elle – et qu'on fasse *tout* pour ressusciter les êtres chers disparus, s'il existait une infime chance d'y parvenir. Il eut envie d'y croire, plus que jamais.

— Vous avez pu enquêter sur la Table ? demanda-t-il, plein d'espoir.

— Tu vas être déçu.

Valentine lui conta son expédition presque aussi périlleuse qu'une Intrusion dans le premier royaume : se rendre dans la bibliothèque un samedi matin lorsque Bones rôde. Oscar écouta attentivement le fruit de l'enquête et la piste sur laquelle Julia les avait mis.

— J'ai lu tout ce qu'on pouvait lire sur Hermès, compléta Lawrence. Je n'ai pas trouvé grand-chose de plus que ce qu'on savait déjà... – si ce n'est qu'il était pour beaucoup de peuples le dieu de la résurrection. Mais aussi...

— Aussi quoi ?

— Un dieu rusé, malin, protecteur des commerçants et des voleurs. Pas très rassurant... Peut-être qu'Alistair a raison ? Toute cette histoire de Table, ça pourrait n'être qu'une invention pour rouler les gens qui voudraient bien y croire...

— Et peut-être qu'Alistair a tort, trancha Oscar. Je crois qu'on a besoin d'un avis extérieur.

Lawrence n'insista pas.

— Toi, tu as une idée derrière la tête, supposa Valentine.

— Une légende, un dieu mythologique... À votre avis, qui s'y connaît assez en histoire pour démêler tout ça ?

Ils entrèrent en catimini dans la bibliothèque, et Oscar salua Titus. Le fauteuil glissa vers les étagères ; il lui était aussi dévoué que sa propriétaire, Berenice Withers. Oscar se hissa jusqu'à la plus haute étagère, celle qui supportait les plus gros livres. Il en prit un avec précaution – un beau volume couvert de cuir et doré sur la tranche – et posa l'ouvrage sur la table.

— Tu crois vraiment qu'il pourra nous aider ? demanda Valentine, sceptique. L'année dernière déjà, sa mémoire n'était pas très fraîche, alors je ne sais pas si...

— Comment tu peux dire une chose pareille ? s'exclama Lawrence. Le marquis Alphonse est brillant et ses connaissances sont innombrables...

— Ses années aussi !

— De toute manière, je n'ai pas de meilleure idée, avoua Oscar. Alors avec un peu de chance, Alphonse aura retrouvé toute sa forme, dit-il sans grande conviction.

Il ouvrit le livre sur la page de garde, blanche, et s'éclaircit la voix.

— Bonjour, Alphonse, c'est Oscar Pill, je ne vous dérange pas ?

Pas la moindre trace d'encre, ni même le plus petit crissement de plume d'oie sur le papier.

Valentine secoua la tête.

— Il est sourd, en plus.

— C'est l'heure de la sieste, c'est tout ! s'indigna Lawrence.

— Alors disons qu'il fait la sieste vingt heures sur vingt-quatre, et qu'il est sourd les quatre heures restantes. Je vous dis qu'on perd notre temps.

— Ça y est, s'écria Oscar, il est là !

Les premiers mots apparurent en lettres élégantes et mal assurées.

— *Quoi ? Comment ? Que se passe-t-il ? Prenez les armes, garçons, et battez-vous ! Allons enfants de la patriiiiiiieu, le jour de gloire eeeeeest arrivééééé !*

Les mots de *La Marseillaise* se mêlèrent à des notes de musique tracées sur le papier.

— Il est de nouveau bloqué sur la Révolution française, fit Valentine, les yeux au ciel. On en a pour une demi-heure.

Oscar refusa de capituler.

— Alphonse, c'est terminé, on a coupé toutes les têtes... C'est Oscar, et voici Valentine et Lawrence, vous les connaissez bien.

Il bouscula les deux adolescents, qui saluèrent le marquis.

— *Ah oui, oui, bien sûr*, reconnut Alphonse. *Je crois que... que je* réfléchissais *très profondément, je ne vous ai pas entendus entrer.*

— Bien sûr, s'amusa Valentine. Moi aussi je réfléchis très profondément toutes les nuits ; je vais devenir hyper intelligente.

— Si tu pouvais devenir discrète, déjà, ce serait génial, lui souffla Lawrence. Tu vas le vexer.

— *Comment vous portez-vous, mon garçon ?* écrivit le marquis de sa plus belle plume, cette fois.

— Très bien, merci, écourta poliment Oscar. Je réfléchissais, moi aussi, et une question m'est venue, mais je ne sais pas y répondre. On s'est dit que vous pourriez certainement nous aider.

— *Mais posez donc votre question !* répondit le vieux monsieur avec enthousiasme. *Vous savez que mes maigres connaissances sont à votre service.*

— Connaissez-vous le dieu Hermès, Alphonse ?

— *Hermès ? Le fils de Zeus et le frère d'Apollon ? Bien sûr.*

— Ça, je vous l'avais déjà dit, se vexa Lawrence.

— *Un voyou sympathique qui n'a pas cessé de faire des siennes. Que lui voulez-vous, mes enfants ?*

— Savoir quel était son rôle, demanda prudemment Oscar.

Il avait bien retenu la leçon : Alphonse était probablement la dernière carte à jouer dans cette bibliothèque, il fallait être adroit et ne pas déclencher de réaction épidermique.

— Est-il vrai qu'il avait le pouvoir de... *ressusciter les morts* ?

— *Pas vraiment*, répondit le marquis. *On l'a cru au fil du temps, mais quand on se penche sur les textes anciens, en fait, Hermès était plutôt chargé de conduire les morts aux enfers...*

Les adolescents échangèrent un regard plein de déception.

— *C'est moins réjouissant*, reconnut Alphonse. *Puis-je savoir pourquoi ce dieu vous captive de la sorte ?*

— Eh bien, j'ai lu un article sur la régénération des cellules, répondit Oscar, désolé de devoir mentir, et on y parlait d'un Hermès. Je voulais en savoir un peu plus...

— *Il y a bien un Hermès assez connu dans l'histoire des Médicus, mais aucun rapport entre lui et le dieu mythologique...*

— Dites toujours ! proposa Valentine, dont la curiosité avait été piquée.

— *Il s'agit d'Hermès Crismégiste.*

— Vous pouvez nous en dire plus ? insista Lawrence.

Alphonse poussa un soupir : la couverture se souleva puis retomba dans un souffle.

— *Laissez-moi jeter un coup d'œil sur certaines pages de mon livre, ma mémoire me fait très légèrement défaut, quelquefois...*

— Prenez votre temps, répondit Oscar en dissimulant son impatience.

Le beau volume se ferma dans un petit nuage de poussière, puis se rouvrit. Les pages furent balayées dans un sens puis dans l'autre, et Alphonse se fixa enfin sur l'une d'elles. On pouvait y voir le portrait d'un homme assez jeune malgré ses cheveux gris, tout sourire, qui tenait un lingot d'or dans la main. Les mots du marquis apparurent dans la marge.

— *Le voici ! Hermès Trismégiste, dont la date de naissance est assez floue. Certains lui attribuent une existence dans l'Antiquité déjà, parfois au Moyen Age, d'autres au quinzième siècle, d'autres encore le situent à la fin du dix-huitième. J'ai tendance à croire qu'il a vécu durant les tout premiers siècles de notre ère, compte tenu de son nom, mais je n'en suis pas certain.*

— Trismégiste, ça veut dire « trois fois le plus grand », risqua Lawrence.

— *Bravo, jeune homme*, le félicita Alphonse. *On apprend le grec, en Hépatolia ?*

— J'ai commandé un DVD sur Internet, dit-il fièrement.

— Sur Internet ? s'étonna Oscar. Comment tu as fait ?

— J'ai entendu Bones commander quelque chose par téléphone ; il donnait un long numéro à douze chiffres. Je me suis dit que c'était bien pratique, alors je l'ai retenu, expliqua Lawrence avec candeur.

— C'est génial, ajouta Valentine. On a essayé plusieurs fois, ça marche toujours !

Oscar songea au majordome et à son compte en banque subitement allégé, et remit à plus tard l'explication sur le principe d'une carte bancaire.

— Mais que faisait cet Hermès Trismégiste ? demanda-t-il à Alphonse.

— *C'était un chimiste avant tout. On l'a longtemps pris pour un Médicus, mais il s'agissait surtout d'un charlatan qui affirmait pouvoir régénérer les cellules mortes.*

— Il a réussi à le prouver ? intervint Lawrence, sceptique.

— *Non, mais les gens ont fini par y croire et le soupçonner de sorcellerie. Pour sauver sa peau, il a alors préféré attirer l'attention sur son travail en arguant qu'il pouvait transformer n'importe quel métal en or. Comme il était très riche, il remplaçait simplement ce qu'on lui apportait par l'or de ses coffres...*

— En somme, il a acheté sa tranquillité ! s'exclama Valentine.

— *Ses boniments lui ont coûté cher.*

— Il n'avait pas d'autre pouvoir ? insista Oscar, dépité. Rien qui soit en rapport avec... la vie et la mort ?

— *Je vous l'ai dit : c'était une rumeur, juste une rumeur. Est-ce que je vous ai aidés ?*

— Oui. Merci, Alphonse.

— Et maintenant, on fait quoi ? tenta Lawrence avec entrain.

Oscar haussa les épaules, découragé. Valentine essaya de lui remonter le moral.

— Une chose est sûre : pas question de laisser tomber. On va chercher ailleurs !

Il leur sourit.

— Merci. Mais je sais ce que je dois faire, maintenant.

— Jerry vous attend, déclara Bones, posté au bas de l'escalier, avec un soupçon de soulagement dans la voix. Il est temps de rentrer à Babylon Heights.

— Il faut que j'y aille, dit Oscar sans grand enthousiasme.

— Quand est-ce que tu pars pour le second royaume ? demanda Valentine.

— Alistair nous a donné rendez-vous ici le prochain week-end. Si Leonid est d'accord, évidemment.

— Et s'il n'a pas fumé trop de cigares d'ici là, précisa Lawrence. Allez, retourne à l'école, petit chanceux. Nous, on poursuit notre enquête.

— Et tu passes nous voir pendant la semaine, tu n'oublies pas ?

— Demain, après les cours, promit Oscar.

Dans la lumière douce de la bibliothèque, Alphonse de Saint-Larynx, duc de Bréviaire, marquis de Carabin et auteur du plus exact, du plus minutieux traité d'histoire des Médicus, se rongeait les sangs.

C'était souvent bien pratique de passer pour un vieillard sénile : les gens ne prenaient pas de précaution, convaincus d'avoir affaire à un homme sourd comme un pot et moins intelligent qu'un moineau, et c'était l'occasion pour lui d'apprendre tout ce qui n'aurait pas été dit en d'autres circonstances. En l'occurrence, il avait parfaitement intégré le fait que le jeune Pill cherchait à en savoir beaucoup plus que ce qu'il avait bien voulu lui dire : « Hermès Trismégiste avait-il un pouvoir en rapport avec la vie et la mort ? » Contrairement aux gens qui le croyaient diminué, lui ne sous-estimait jamais les autres, et il devinait tout à fait ce que le jeune Pill, redoutablement intelligent, avait derrière la tête.

Il relut son propre texte, sur la page qui comportait le portrait du Médicus chimiste, et passa ensuite à la page suivante, vierge. Il fit alors apparaître les lignes qu'il avait adroitement effacées, et lut le titre :

La fabuleuse découverte d'Hermès Trismégiste

L'esprit d'Alphonse soupira tout au fond du volume relié. Il en était persuadé : c'était une idée folle, une quête qui ne mènerait nulle part, comme elle avait égaré tant de Médicus par le passé. Un mythe, une légende sans fondement... Enfin, c'est ce que tous avaient affirmé – jusqu'à ce que lui se penche sur le sujet.

Lui – et *quelqu'un d'autre*.

Mais n'avaient-ils pas ensemble décidé de tenir secret le fruit de leur découverte, pour le bien et la sécurité de l'humanité tout entière ? Il n'en avait gardé trace que dans ce livre, en faisant le serment de ne faire apparaître ces lignes qu'en cas d'extrême, d'ultime nécessité. Aujourd'hui, devant ces trois adolescents, il avait au contraire jugé salutaire de les masquer et de taire ce qu'il savait sur la mystérieuse, la dangereuse Table d'émeraude. Pour eux, pour lui-même, pour l'Ordre.

30

Barry la dévorait des yeux.

Celia s'agitait dans la cuisine pour préparer le repas, serrée dans son tablier à fleurs. Elle sourit : elle était consciente de l'effet qu'elle produisait sur cet homme, et depuis quelque temps elle n'en avait plus honte.

Parce qu'au début, ce n'était pas si simple. Il ne s'agissait pas de la réaction de ses enfants : elle savait que pour eux, il ne serait jamais facile de voir un autre homme entrer dans la vie de leur mère. Elle n'avait jamais évoqué le fait de « remplacer » leur père, parce que cela, elle le leur avait expliqué très vite : on ne remplace jamais personne. Qui pourrait remplacer Vitali, de toute manière ? Non, ce qui lui pesait le plus, c'était le regard qu'elle portait sur elle-même, quand elle songeait qu'elle pourrait avoir envie d'un autre homme que celui qu'on lui avait arraché presque quatorze ans plus tôt. Elle se sentait coupable de simplement *imaginer* reconstruire sa vie avec un autre. Mais grâce à Barry qui s'accrochait à elle depuis tant de temps et auquel elle résistait depuis autant de temps, d'ailleurs, les choses avaient un peu changé.

Elle avait pris l'habitude d'être inlassablement courtisée, d'avoir au moins un coup de fil chaque jour, de se voir offrir des fleurs. Même si on pouvait y voir de l'insistance lourde, même si sa voix était celle d'un charretier au téléphone comme ailleurs, même si les fleurs étaient mal assorties, cela lui faisait plaisir, lui faisait du bien, et elle finissait par penser qu'elle y avait droit comme n'importe quelle autre jeune femme de trente-cinq ans. Et surtout, qu'elle ne trahissait pas son mari disparu pour autant.

Elle sentit deux mains la prendre par la taille, des mains larges et puissantes qui n'hésitaient pas, franches. Elle sourit, lâcha sa cuiller en bois et se dégagea en douceur.

— Dis donc, lança Barry, fallait vraiment qu'on dîne ici ? Pour une fois que je ne suis pas obligé de te supplier pour qu'on se voie un dimanche, on aurait pu sortir, je t'aurais invitée au restaurant ! Et pas n'importe lequel, hein ? insista-t-il. Un bon, un très bon.

Elle le dévisagea. Même si le rejet catégorique de cet homme par Oscar l'exaspérait, elle devait bien reconnaître que son fils n'avait pas totalement tort : il n'était pas d'une extrême finesse. Il allait sans doute lui répéter vingt fois qu'il l'aurait emmenée dans un « très bon » restaurant, mais le fait est qu'il se serait occupé d'elle. En plus, il était beau garçon, ce qui ne gâchait rien.

— Les enfants sont là, Oscar vient de rentrer, et...

— Il rentre d'où, d'ailleurs ? demanda Barry, qui n'était pourtant pas d'un naturel très curieux en dehors des voitures, du sport ou des « très bons » restaurants. On dirait que tu passes ton temps à attendre ce gamin, le week-end. C'est bizarre...

Celia préféra contourner la question.

— Et si tu montais les voir, justement, pendant que je prépare le repas ? C'est l'occasion de vous connaître, de parler un peu, non ?

Barry perdit son sourire. Il n'était pas assez aveugle pour ignorer l'absence d'atomes crochus entre lui et ces adolescents. À la limite, la fille, c'était plus simple : on l'aurait crue en résidence permanente dans les étoiles sans passer par la case Terre, ce qui présentait l'avantage de ne pas avoir à faire la conversation. En revanche, le fils, c'était déjà plus rude : pas commode du tout. Mais puisque Celia y tenait...

Oscar referma la porte de sa chambre avec humeur. Si ça, ce n'était pas une semaine qui finissait mal, alors il n'y avait pas de mauvaise semaine.

Lorsqu'il était sorti de la voiture de Mr Brave et qu'il avait reconnu le bolide rouge garé en biais devant la maison, il s'était retourné vers Jerry sans un mot, le regard chargé de détresse. Le chauffeur l'avait encouragé d'un signe, et la Bentley avait disparu à l'angle. Il avait pris une grande inspiration, était entré dans la maison, avait embrassé sa mère, s'était contenté d'un hochement de tête en direction de Barry et avait battu le record du monde de vitesse dans la catégorie « grimpée d'escalier ». Il s'était alors aventuré jusqu'à la chambre de sa sœur : Violette était assise par terre, sa chevelure dénouée et ramenée devant elle tombait jusqu'à la taille, et une paire de ciseaux était posée sur le sol. Elle la brossait en parlant tout bas, au son d'une musique indienne très zen. Oscar s'était replié vers sa chambre quand il avait entendu les pas dans l'escalier. Rien à voir avec ceux, légers, de sa mère : le son évoquait plutôt un bœuf qu'on aurait poussé dans les marches. Barry montait.

Il ferma sa porte à double tour et y colla l'oreille. Mais qu'est-ce qui prenait à ce crétin absolu de s'aventurer à l'étage ? Pourvu que Celia ne lui ait pas demandé de chercher quelque chose dans sa commode ou son placard ; la simple idée de Barry dans la chambre à coucher de sa mère le révulsait.

— Y'a quelqu'un là-dedans ? brailla Barry.

Oscar fit un bond en arrière comme un chat sur lequel on aurait jeté de l'eau. Barry se mit à renifler bruyamment.

— Snif, snif... Ça sent le rouquin, là-dedans, heeeeein ?

Oscar leva les yeux au ciel, tandis que Barry éclatait de rire. Les pas s'éloignèrent, pour son plus grand soulagement. On remua dans la pièce à côté. Il reconnut la voix de sa sœur, puis un nouvel éclat de rire. Et un cri. Jamais, jamais il n'avait entendu sa sœur crier. Il sortit de sa chambre comme un boulet de canon et fit irruption dans celle de Violette. Barry tenait entre ses mains une paire de ciseaux et une mèche rousse.

— Qu'est-ce que tu lui as fait ? hurla Oscar, qui s'interposa entre eux deux.

— Une petite blague, s'amusa Barry. Elle avait l'air de compter ses cheveux, alors j'en ai coupé quelques-uns. Pas de quoi faire une histoire, hein ?

Violette se réfugia contre son frère, terrifiée. Oscar se tourna vers Barry, fou de rage.

— Une blague ? Mais pour faire une blague, espèce de débile, il faut avoir un peu d'humour !

Barry perdit son sourire et empoigna Oscar.

— Tu te prends pour qui, petit morveux ? C'est quoi ces sales gosses ? Celle-là, elle parle à ses cheveux, et toi, tu oses m'insulter !

Oscar, hors de lui, se mit à frapper Barry partout où il trouva la place de coller ses poings et ses pieds. Le type le prit par les cheveux, le fit décoller du sol et le projeta contre le mur.

La gifle résonna dans la chambre tel un coup de feu.

Barry porta la main à sa joue sans comprendre, les yeux ronds. Celia lui faisait face, crispée, le bras encore levé.

— Ta fille est folle, finit-il par bredouiller, et lui, il m'a sauté dessus comme un dingue !

Celia prit ses deux enfants contre elle et fixa Barry droit dans les yeux. Les siens flamboyaient.

— C'est la première et la dernière fois que tu lèves la main sur eux, tu m'entends, Barry Huxley ?

— Mais...

— Et maintenant, tu prends ta casquette d'adolescent attardé, ta voiture bruyante et vulgaire, et tu t'en vas. Ne remets plus jamais les pieds ici. *Jamais*.

Tout son corps était tendu, elle était prête à mettre ce type en pièces : elle était une mère avant d'être une petite amie, et une lionne si on touchait à ses petits. Barry passait de l'un à l'autre, ahuri et furieux, sans trop savoir quoi faire.

— J'ai dit : tu t'en vas, répéta Celia.

Il inspira, secoua la tête et disparut.

La porte d'entrée claqua. Celia ferma les yeux et s'assit sur le lit de Violette. Ses enfants l'entourèrent sans un mot. Elle les serra contre elle un moment, puis se leva.

— Maman, tenta Oscar, on...

— Je voudrais rester seule, dit-elle d'une voix presque inaudible, un petit moment. Juste un petit moment.

Elle dénoua son tablier, le laissa tomber et sortit. Les deux adolescents baissèrent le regard, immobiles.

— Il ne reviendra plus ? demanda Violette.

— Je crois pas.

Curieusement, Oscar ne parvenait pas à s'en réjouir : il fixait le tablier, tout tordu sur le sol.

Violette ramassa la mèche rousse, désolée.

— C'est dur, une séparation, conclut-elle.

Oscar regarda en direction de la chambre de sa mère. La porte était fermée.

— Oui, dit-il. Ça doit être dur.

31

Le lendemain, lundi, le retour à l'école fut difficile après un voyage intérieur peuplé de canyons, de palais, d'arènes et de monstres. Miraculeusement en avance, Oscar resta un peu à l'écart dans la cour et rumina le décevant silence du marquis Alphonse au sujet d'Hermès et de la Table d'émeraude. Aurait-il dû être plus direct, plus franc avec le vieux monsieur ? Le champ des pistes à suivre se réduisait comme peau de chagrin. Il dut mettre un terme à sa réflexion : les élèves se précipitaient tous vers les bâtiments.

Au fond de la salle, au milieu de ses sbires, Moss était déjà affalé sur une chaise, la capuche de son sweater rabattue sur son crâne tondu. Son visage paraissait encore plus abîmé par l'acné. Il ignora la présence d'Oscar qui s'installa à sa place, à côté de Jeremy.

— Pourquoi t'es pas passé à la maison, hier ? lui reprocha ce dernier. On mourait d'envie de savoir ce qui s'était passé ! Raconte !

Oscar allait répondre quand il lut les mots grossièrement écrits sur sa table avec un feutre. Jeremy lut à mi-voix :

— « Un Trophée, ça se gagne pas en inspirant la pitié... ça se mérite. » Qu'est-ce que ça veut dire ?

Oscar se retourna, furieux. Moss le dévisageait avec un petit sourire, satisfait de son coup.

— Il me le paiera, gronda Oscar en jetant un cahier sur la table pour cacher les inscriptions. Valentine a raison : j'aurais jamais dû lui sauver la vie !

— Quoi ? s'écria Jeremy. Tu as aidé Moss ? Mais tu es suicidaire, ou quoi ? On peut vraiment pas te laisser seul, tu deviens tout de suite gentil – et idiot.

Un sifflement résonna tout près de son oreille, et une longue baguette s'abattit sur le bureau. Jeremy et Oscar sursautèrent et se redressèrent immédiatement.

— Je préfère ça, dit une voix enrouée.

La minuscule Mrs Atwood venait de faire son apparition. La petite taille du professeur de sciences naturelles ne reflétait d'aucune manière son tempérament : quand elle s'emportait, mieux valait ne pas être dans sa ligne de mire, ni même sur son chemin. Elle maniait en permanence – et avec une habileté incroyable – une gaule plus grande qu'elle et qui servait aussi bien à désigner un mot sur le tableau qu'à impressionner ses élèves. Tout le monde se tut, Oscar le premier. Elle grimpa sur l'estrade et toisa la classe.

— Ouvrez votre livre de biologie à la page 24 : aujourd'hui, nous allons étudier le système respiratoire. C'est tout à fait passionnant, vous verrez !

— Pas pour tout le monde... chuchota Jeremy. Je me demande pourquoi les Médicus assistent aux cours de biologie.

Mrs Atwood se retourna comme si on lui avait tiré dans le dos.

— Qui a parlé ? QUI ?

Jeremy leva la main.

— C'est Moss, madame. Son ventre gargouille, mais c'est pas sa faute, il a des problèmes d'intestins...

Toute la classe partit d'un éclat de rire. Moss le carbonisa du regard. Jeremy enfonça le clou.

— On pourrait peut-être étudier le système digestif, à la place des poumons ? Comme ça, on saurait ce qu'il a !

— O'Maley, on se retrouve à la récréation, marmonna Moss en serrant les dents.

— Tu parles à quel O'Maley ? demanda Barth en se penchant d'un air menaçant, un rang derrière son frère.

— Chez nous, quand on parle à l'un, les deux répondent, précisa Jeremy avec un sourire éclatant.

— Ça suffit ! ordonna Mrs Atwood, qui avait exceptionnellement toléré du brouhaha dans sa classe.

Pour le principe, la baguette cingla au-dessus des têtes – avec une petite préférence pour celle de Moss, qui se réfugia sous sa capuche – et personne ne broncha jusqu'à la fin du cours.

Tilla se leva la première lorsque la sonnerie retentit. Elle se faufila entre les bancs jusqu'à la table d'Oscar, flanquée de Shadow et Barbie.

— Ronan m'a parlé d'un trophée, dit-elle avec un demi-sourire. Tu as gagné un trophée, Oscar ?

Il rangea ses affaires sans prêter attention à la question.

— Tu as participé à une compétition, *toi* ? demanda Shadow, qui tentait l'ironie façon Tilla.

— Ouais, répondit Jeremy. Une compétition très spéciale : il faut essayer de ressembler à son amie, et surtout, il ne faut avoir *aucune* personnalité. Heureusement que t'as pas joué, Shadow : on aurait tous perdu.

Humiliée, elle recula dans l'ombre de Tilla.

— J'adore les compétitions, reprit cette dernière en fixant Oscar. Je trouve ça... excitant. Moi, je suis prête à tout pour gagner.

— J'ai pas besoin de me battre ou de tricher pour ça, répliqua Oscar.

— Forcément, si on gagne un trophée sans le mériter...

Il ignora la remarque et s'éloigna. Jeremy et Barth le suivirent.

— Pourquoi tu ne l'as pas envoyée promener, cette peste ? lui demanda Jeremy.

— Je ne veux me battre avec personne : ni avec Moss ni avec elle, dit-il sans conviction.

Autant il n'avait pas l'intention d'affronter Tilla, autant il n'hésiterait pas à rendre à Moss la monnaie de sa pièce pour les deux jours qui venaient de s'écouler.

— Laisse tomber, capitula Jeremy, je m'en occuperai à la prochaine occasion. Ça ne devrait pas trop traîner... Tu déjeunes avec nous ?

Oscar secoua la tête. Barth lui colla une vigoureuse bourrade.

— Je me dévoue pour ta portion de frites, promis.

— Merci, répondit Oscar en se massant l'épaule. C'est ça, les vrais amis.

Il attendit que tous ses camarades aient quitté le bâtiment pour échapper à la vigilance du surveillant et sortir de l'école. Il avait besoin de respirer, d'être seul et de faire le point sur sa situation.

Il sillonna les pelouses du parc de Babylon Heights en évitant soigneusement les allées fréquentées et les rencontres dangereuses, et se dirigea droit vers le lac.

Il fit un numéro de charme à la dame qui l'avait vu grandir et qui finit par céder à son insistance. Elle acceptait de lui prêter gratuitement une barque – avec, en prime, la promesse de ne pas le dénoncer aux autorités supérieures de la maison Pill.

— On est bien d'accord, répéta Mylene en agitant son index : tu n'enlèves pas ton gilet et tu ne passes pas derrière l'île. Je veux pouvoir te surveiller en permanence. S'il arrive quoi que ce soit, je perds mon travail.

— C'est promis, répondit Oscar, sourire aux lèvres et la main droite sur le cœur.

Elle soupira.

— Seul dans une barque... je suis folle. Mais bon, je sais que je peux te faire confiance.

Il sauta dans l'embarcation, rama aussi vite qu'il put et posa pied sur l'îlot central. Il se retourna, fit signe à Mylene qui le surveillait depuis le bord du lac, et attacha sa barque à la racine exubérante d'un arbre. Il se faufila entre les arbustes, se glissa à travers une ouverture dans la roche et se redressa dans une petite grotte recouverte de mousse. Il s'assit dans son refuge secret, s'adossa à la paroi rafraîchissante et ferma les yeux.

En réalité, le bilan de ces deux dernières semaines était simple. Après avoir récupéré ses pouvoirs, les mauvaises nouvelles et les désillusions s'étaient enchaînées et pour finir, qu'il le veuille ou non, il avait bien failli revenir sans la première partie de son Trophée. Et compte tenu des dispositions de Moss à mettre des bâtons dans ses roues, la quête de la seconde partie du Trophée s'annonçait aussi imprévisible que périlleuse. Mais au fond, ce n'était pas ce qui le perturbait le plus ; il savait qu'il irait au bout – parce que dès le départ, il l'avait décidé, pour lui mais aussi pour les siens, et surtout pour rendre à son père l'honneur perdu.

Son père : voilà ce qui l'obsédait, au-delà de toutes les embuches passées et à venir.

Le voir, le toucher. Entendre sa voix.

Grâce à la Table d'émeraude.

Curieusement, tout le monde évitait le sujet, et on avait même tenté de le décourager. Il y voyait la preuve qu'il était sur la bonne voie.

— Tu y songes encore, n'est-ce pas ? lui souffla une voix intérieure. Tu as raison. La Table existe, et si personne ne veut l'admettre, c'est parce qu'elle a tant de pouvoir qu'elle fait peur. Alors qu'il suffirait d'en faire bon usage pour en tirer le meilleur...

— Ramener les gens à la vie, dit Oscar tout bas. Alors, Hermès Trismégiste a vraiment fabriqué la Table ?

— Exactement.

La voix s'était transformée : le dernier mot était plus dur, plus froid. Un contact sur l'épaule, tout aussi glacé, fit bondir Oscar. Dans la pénombre, il devina une silhouette longiligne qu'il n'eut aucun mal à reconnaître.

— Alistair ! s'exclama-t-il, stupéfait. C'est vous ?

Le conseiller entra dans la lumière. Il était à nouveau très pâle, les traits tirés ; il semblait sortir d'un autre accident, comme s'il avait perdu tout son entrain. Le sourire avait quitté son visage, sa tenue était plus débraillée que jamais.

— Pourquoi ? demanda Alistair. Tu crois aux fantômes ?

Oscar prit ses mots pour de l'humour, même s'il paraissait très sérieux.

— Je pensais à vous, et à... à ce que vous m'avez dit un jour, et vous apparaissez !

— Je vais te décevoir : je suis un Médicus, comme toi, mais pas un magicien. Je venais ici quand j'avais le même âge que toi, c'est tout, et j'aime encore y revenir. C'est un hasard... ou peut-être pas.

— Non, je suis sûr que ce n'est pas un hasard : je pensais à la Table d'émeraude.

— Et tu penses qu'elle existe.

— Je ne sais pas, avoua Oscar. Je n'ai rien trouvé. Seul Hermès Trismégiste, le chimiste, a eu la réputation de faire revenir les morts. Mais c'était faux, tout comme le fait de changer les métaux en or...

— Eh bien moi, je suis formel : Hermès Trismégiste a bien fabriqué la Table. As-tu envie d'y croire ?

— Oui, dit le jeune Médicus. J'ai confiance en vous, même si...

— Même si quoi ?

Oscar hésita.

— Même si vous avez des petits problèmes de mémoire, de temps en temps.

Alistair rit discrètement, puis son visage se ferma à nouveau.

— Tu penses que je suis fou ?

— Non, s'empressa de répondre Oscar.

— Tu sais, la folie, ça ne veut rien dire. Tout dépend de ce qu'on estime être « normal ».

— Votre père... dit simplement Oscar, qui ne savait pas comment poursuivre.

— Je ne crois pas qu'il était fou. Peut-être que, comme moi, il faisait semblant d'oublier les choses quand il ne voulait pas qu'on lui pose des questions.

Oscar se rassit sur le sol humide et attendit qu'Alistair continue.

— En tout cas, reprit ce dernier, je n'ai pas oublié ce que je t'ai dit au sujet de la Table.

Oscar poussa un soupir de soulagement.

— Mais pourquoi êtes-vous le seul à accepter de m'en parler ?

Alistair leva des yeux brillants dans la pénombre de la grotte.

— C'est très simple : si on retrouve cette Table qui ressuscite les morts, à quoi serviraient les Médicus ? Voilà pourquoi tout le monde, et le Grand Maître plus encore que les autres, nie son existence et préfère au contraire décourager quiconque de mettre la main dessus. Mais je sais, moi, qu'elle peut faire du bien à ceux qui souffrent de l'absence d'un être cher...

Oscar s'étonna des mots d'Alistair à l'encontre de l'Ordre et de Mr Brave, même s'il le savait de nature rebelle.

— D'un autre côté, ils ont peut-être raison ? se ravisa Alistair. Peut-être que si on abuse des pouvoirs de la Table, l'Ordre des Médicus n'aurait plus de raison d'exister ?

— Non, s'inquiéta Oscar, c'est vous qui avez raison. La Table peut être très utile, et puis on pourrait se contenter de l'utiliser qu'une seule fois !

— Tu crois que tu en serais capable ?

— Oui, répondit fermement Oscar. Je vous le promets. Et je tiens toujours mes promesses.

Alistair soupira, comme s'il était subitement terrassé par une immense fatigue.

— D'accord, je te fais confiance. Mais contrairement à moi, tu n'as jamais vu ton père, alors c'est toi qui feras usage de cette Table.

— Vous... vous en êtes sûr ?

— Tu auras la priorité. Moi aussi, je tiens toujours mes promesses.

Fou de joie, Oscar étreignit Alistair qui se dégagea, gêné. Il eut lui aussi un mouvement de recul, inquiet : le corps du conseiller était froid comme la pierre.

— Vous allez bien ? Vous ne vous êtes peut-être pas assez reposé après l'accident...

— Tout va bien, répliqua Alistair avec humeur.

Il chancela une fraction de seconde et prit appui contre la paroi.

— Je me suis levé un peu trop vite, affirma-t-il.

Oscar l'observa, préoccupé. Peut-être que lors de leur prochaine entrevue, Alistair aurait oublié jusqu'au dernier mot de leur conversation d'aujourd'hui ; il était décidé à ne pas en rester là.

— Est-ce que vous savez où se trouve la Table d'émeraude ?

Alistair hésita, puis s'enfonça un peu plus dans les profondeurs de la grotte. Oscar le suivit. Sans le voir, il pouvait presque sentir son souffle au-dessus de lui.

— Oui, et non, répondit Alistair.

Oscar retint sa respiration.

— La Table d'émeraude est cachée quelque part dans le deuxième Univers, finit par déclarer Alistair. Nul ne sait vraiment où, et ceux qui le savent ne diront rien. Jamais.

— Comment on va faire pour la trouver ?

— Tu repars bientôt pour le second royaume, lui rappela Alistair. Si la Table y est dissimulée, je t'aiderai à la trouver.

— Vous nous accompagnerez, cette fois ?

— Non, mais je trouverai le moyen de t'aider, fais-moi confiance. Maintenant, il faut que je m'en aille. Ah, une dernière chose...

Oscar l'écouta attentivement.

— Tout cela doit rester entre nous, on est bien d'accord ?

— Oui. On est d'accord.

— Rien à Mr Brave ni à Mrs Withers. Sinon, il n'y aura plus de Table... et peut-être plus de voyage à l'intérieur du corps pour nous deux.

32

— Plus de place pour un malheureux yaourt ? demanda Celia en agitant ses petits pots.

Les deux adolescents refusèrent d'un même signe de tête. Elle se leva pour débarrasser la table. Depuis le début du dîner, elle semblait triste et ses magnifiques yeux violets avaient perdu leur éclat. Ses cheveux étaient mal retenus par un chouchou en forme de melon emprunté à sa fille. Elle tourna la tête, surprit le regard préoccupé de son fils et remit un peu d'ordre à sa coiffure. Oscar imaginait sans mal ce qui mettait sa mère dans cet état. Violette, elle, semblait n'avoir rien retenu de la scène de la veille, et chantonnait et parlait avec entrain de tout et de rien.

— Filez faire vos devoirs, puis au lit avec un bouquin, décréta Celia.

Oscar attendit d'être seul avec elle.

— Maman, je voudrais te dire...

Celia se retourna, attentive. Son fils cherchait ses mots et finit par les aligner maladroitement.

— Tu sais, pour hier, avec Mister H... je veux dire avec Barry...

Celia soupira et détourna le regard.

— Je crois que ce n'est pas le moment d'en parler.

— J'aurais pas dû lui dire ce que j'ai dit, concéda Oscar avec difficulté.

— Oscar, insista sa mère plus fermement, ce n'est pas le moment. Pour *moi*. On en reparlera plus tard. Demain.

Oscar acquiesça sans un mot.

— J'apprécie que tu reconnaisses tes torts, ajouta Celia. Maintenant, monte dans ta chambre, s'il te plaît. Et je répète : tu te mets au lit avec un *bouquin*, et pas avec un pendentif et un manuel de géographie des Univers, ou je ne sais quoi.

Oscar sourit et fit la grimace en même temps.

— Samedi prochain, on part pour le second royaume, et...

— Je m'en fiche, trancha Celia. Il ne va rien se passer si tu n'y penses pas un malheureux soir de la semaine. Choisis plutôt un livre qui te plaît et détends-toi.

Oscar se brossa les dents, l'esprit ailleurs – tout à sa mère. En dépit de sa culpabilité, il continuait à en vouloir à Barry, qu'il tenait malgré tout pour responsable du chagrin de Celia : finalement, si ce type avait été un peu plus adroit et moins brutal, elle n'aurait pas eu à le mettre dehors comme un malpropre. La priorité, maintenant, consistait à rendre à sa mère son sourire et sa joie de vivre. Fallait-il que cela passe par un autre homme et qu'elle refasse sa vie ? Si seulement elle pouvait se contenter de leur famille, eux trois, dans cette maison – même si tout tombait en ruine. Violette et lui n'avaient besoin de personne d'autre, eux. En tout cas, pas d'un abruti qui viendrait remplacer leur père.

Fatigué, il essaya de refouler ces pensées sans issue et songea alors à la discussion secrète avec Alistair. Et le lien se fit immédiatement, comme une lumière qu'on allumerait enfin dans une pièce noire : s'il parvenait à mettre la main sur la Table, il parviendrait à tout résoudre d'un coup. Il rencontrerait celui qu'il n'avait jamais connu, et Celia profiterait elle aussi du retour de son mari et pourrait reprendre sa vie amoureuse là où elle l'avait laissée. Plus de Barry, plus de chagrin. Décidément, tout le monde avait à y gagner.

La question qui avait clos la conversation avec Alistair restait intacte : comment trouver la précieuse Table ? Il suspendit sa cape avec soin sur un cintre et sourit : sa mère aurait été bien surprise par tant de précaution, alors que ses vêtements étaient régulièrement éparpillés dans la chambre comme si on avait posé une bombe dans l'armoire. Il porta la main à son pendentif, dans l'espoir que ses attributs de Médicus l'inspireraient, tels des objets magiques. Mais Mrs Withers le lui avait souvent dit : « Nous ne nous amusons pas à faire de la magie, Oscar. Nous sommes des Médicus, et nos pouvoirs fabuleux sont au service des autres. » Il se pencha vers le fond de l'armoire pour s'assurer que le coffre qui contenait sa ceinture et les Trophées était bien en place, et sa tête heurta un objet dur. Oscar se redressa comme s'il avait été électrocuté. Il arracha la cape à son cintre, fouilla frénétiquement dans la grande poche intérieure et en sortit victorieusement un livre.

Mais comment n'avait-il pas pensé à son Grimoire ?

Il ne l'avait pas utilisé depuis plus d'un an, oubliant l'extraordinaire faculté qu'avait le Grimoire de répondre à toute question concernant son propriétaire. Oscar se souvint aussi de la restriction imposée : deux questions par jour, pas plus, et une seule si elle était posée durant une Intrusion Corporelle. Il se précipita sur son lit en mezzanine, le Grimoire sur ses genoux.

Il effleura la couverture en velours vert, s'attarda sur le M brodé, tandis que les gestes et les mots lui revenaient naturellement. Il constatait avec bonheur qu'il n'avait pas oublié le rituel immuable. Il ouvrit le livre sur son unique page – absolument vierge – et récita à voix basse la formule consacrée :

Grimoire,
Si tu as de la mémoire,
Réponds sans surseoir
Et ne me laisse pas croire
Ce qui est sans espoir.

La page frémit un court instant et Oscar, le cœur battant, sut qu'il pouvait poursuivre. Il posa la main gauche – « la main du savoir », lui avait dit Mrs Withers, « tandis que la main droite est celle du pouvoir et de l'action » – sur la page et interrogea son Grimoire :

— Grimoire, je dois absolument trouver la Table d'émeraude. Peux-tu me dire où elle se trouve ?

Les mots apparurent, écrits à l'encre verte et d'une plume fine :

— *Je ne peux répondre qu'aux questions qui te concernent, Oscar Pill.*

— Mais ça me concerne ! Je vais partir à sa recherche, et il faut que tu m'aides.

Les mots s'effacèrent et la page retrouva sa blancheur initiale. Au bout de longues secondes, un cadre fut tracé et une image, floue d'abord, s'éclaircit.

Un son s'échappa du livre : celui du vent, un vent violent qui soufflait par alternance. Puis Oscar reconnut des vagues concentriques à la surface d'une mer ou d'un océan, comme si on avait jeté un caillou au milieu d'une immense flaque d'eau très lisse. Pendant un court instant, le gigantesque pont qui enjambait les flots pour joindre la rive et la cité du roi Éole apparut dans le cadre, puis Oscar eut le sentiment que la caméra piquait droit vers les vagues et plongeait dans les profondeurs rouges ; la page entière fut éclaboussée.

Oscar avait maintenant l'impression de se trouver entouré d'eau ; le silence était presque parfait. Au milieu des Globull, des Prot & In et des mille autres créatures étranges qui évoluaient au fond de la mer, une tache sombre se dessina confusément. La caméra semblait tourner autour de cette ombre dont la taille ne cessait de varier.

— Qu'est-ce que c'est que ça ? murmura Oscar. Je vais devoir aller là-bas pour trouver la Table ?

L'image disparut pendant qu'Oscar prononçait ces mots. Il serra le livre dans ses mains.

— Non, attends ! Je n'ai pas bien vu où je devais me rendre ! Je...

Une seconde image se forma dans le cadre de la précédente et lui coupa la parole. Cette fois, Oscar reconnut sans difficulté ce qu'il voyait : un espace très blanc, puis des tables, un bout de robe noire, une silhouette inoubliable qui s'éloignait. Puis un alignement de portes en verre derrière lesquelles des hommes et des femmes en blouse manipulaient des objets étranges. L'unité PALOMA. La caméra sembla se diriger lentement vers le dernier box d'expérimentation au fond du laboratoire. La porte était entrouverte, et un homme se retourna : Oscar reconnut les traits d'Hugo ; derrière lui, une masse pourpre. La vision dura très peu de temps : Hugo se précipita pour fermer la porte et l'image s'évapora à la surface de la page.

Oscar referma le livre et s'adossa contre le mur. Voilà donc quelle était la réponse du Grimoire à sa question ; énigmatique, comme toujours. Elle ne livrait son sens qu'avec le temps et le recul. Mais elle lui paraissait plus évidente aujourd'hui – au moins en partie : s'il voulait mettre la main sur la Table d'émeraude, il devrait partir au plus vite pour le second royaume, comme l'avait supposé Alistair. En revanche, il ne savait que faire des images de l'unité PALOMA, qu'il liait difficilement à la Table.

— J'aimerais bien avoir un livre qui me parle, moi aussi. Où tu l'as trouvé ?

Oscar glissa précipitamment son Grimoire sous son oreiller. Perchée sur l'échelle, Violette attendait une réponse. Celia avait toujours exigé de lui qu'il en dise le moins possible à sa sœur sur l'Ordre des Médicus. Violette était si étourdie et on la manipulait si facilement qu'elle aurait sans doute trahi le secret si précieusement gardé. De toute évidence, ce soir, elle n'était pas du tout surprise par ce qu'elle venait de voir. C'était l'avantage d'avoir une sœur aussi bizarre : les objets et les événements les plus farfelus ne la choquaient absolument pas ; ils l'étaient toujours moins qu'elle-même.

— Tu pourrais m'en trouver un ? insista Violette.

— Non, c'est pas le livre, en fait, c'est... c'est mon lecteur DVD que j'avais posé dessus. Voilà, c'est ça : mon lecteur DVD.

Elle s'accouda sur le matelas, perplexe.

— C'est drôle, j'ai vraiment cru que tu lui parlais et qu'il te répondait. Il te répond, ton lecteur DVD ? J'adore les objets qui font la conversation – qui parlent, qui répondent, tu vois ? Je leur parle souvent, mais ils répondent rarement, dit-elle, dépitée.

— Oui, je vois très bien, répondit Oscar. Si j'en trouve un, je te le prends, d'accord ? Mais inutile d'en parler à maman : elle ne comprendrait pas.

— Je sais, conclut-elle, contente de partager l'avis de son frère et la confidence.

Elle s'apprêtait à quitter la chambre, puis elle se ravisa.

— Maman ne rit pas beaucoup, en ce moment, fit-elle remarquer d'une petite voix. C'est peut-être parce qu'on... on ne la comprend pas bien non plus ?

— Ne t'inquiète pas. On va lui faire plaisir.

— Comment ? Et quand ?

Il passa la main sur le velours vert, sous l'oreiller.

— Bientôt.

33

— Réfléchis, dit Valentine avec un sourire enjôleur. Un double de cette clef, c'est la porte ouverte sur la liberté ! On en a besoin, Law, tu ne peux pas refuser. Tu ne peux pas.

— Tu veux que je te montre comment on fait pour refuser ? On dit NON.

Elle leva les yeux au ciel. Lawrence, debout et bras croisés, malaxait nerveusement une curieuse pâte de sa fabrication.

— Tu dis toi-même que tu te sens un peu à l'étroit ici, tenta une dernière fois Valentine.

— Nuance : je me sens à l'étroit quand tu me harcèles.

— Moi, te harceler ? Impossible, je suis un ange.

— Ça ne me donne pas envie de finir au paradis.

— Tu portes bien ton nom[1] : t'es tellement rigide ! Tout est si simple : j'ai la clef de la porte de la cuisine qui donne sur le jardin, et toi tu as mis au point cette pâte géniale qui permet de fabriquer un double. Où est le pro-

---

1. Law signifie loi, en anglais.

blème ? Si tu as mauvaise conscience, je veux bien te soulager : *tu* fais le double, *je* le garde.

Un bruit sec contre la vitre les fit sursauter. Lawrence blêmit, affolé, et fourra sa pâte dans sa bouche.

— Qu'est-ce que tu fais ? s'écria Valentine, stupéfaite.

— J'avale la pièce à convicchion, dit-il en mastiquant de toutes ses forces.

— T'es dingue ? Crache ça tout de suite, Law ! Tu vas t'intoxiquer !

Elle frappa dans le dos de Lawrence, qui en perdit l'équilibre.

— C'est tellement dégoûtant, s'écria-t-il en expulsant l'infâme pâte, que je préfère encore aller en prison.

On frappait contre la vitre avec obstination.

— En prison... répéta Valentine sans prêter attention au vacarme. N'importe quoi !

Ils reconnurent sans difficulté le visage écrasé contre la vitre et se précipitèrent pour ouvrir.

— Oscar ! Mais qu'est-ce que tu fiches ici ? demanda Valentine, contente et surprise à la fois.

En équilibre sur une des plus hautes branches de Zizou, Oscar répondit à voix basse :

— Inutile qu'on sache que je suis à Cumides Circle – et je voulais éviter qu'on nous espionne.

— Bones n'est pas là, précisa Lawrence. Il est 17 heures, il sort toujours pour ses mystérieuses courses à cette heure-ci. Entre, tu me donnes le vertige...

— Rejoignez-moi, plutôt, proposa Oscar, tandis que Zizou avançait en douceur une grosse branche.

Valentine sauta sans précaution, et Lawrence la suivit avec plus de prudence. Le chêne les enveloppa d'un feuillage dense et s'éloigna de la belle demeure – et des fenêtres, toutes proches, du bureau et des appartements privés de Mr Brave. Lorsqu'il fut à bonne distance et bien enraciné, il déploya ses branches, et les adolescents revinrent à la lumière du jour.

Oscar leur fit alors le récit de sa dernière rencontre avec Alistair, puis des révélations énigmatiques du Grimoire.

— Les fonds marins autour de la cité des Brumes, d'accord, mais l'unité PALOMA ? C'est vraiment bizarre. La Table pourrait s'y trouver ?

— Tu l'as réinterrogé ? demanda Valentine. Les bouquins disent souvent n'importe quoi.

Lawrence faillit en tomber de sa branche.

— Blasphème ! De toute manière, ils en pensent autant de toi : vous êtes faits pour ne pas vous entendre.

— Je lui ai reposé la question hier et aujourd'hui, répondit Oscar.

— Et ?

— Et toujours la même réponse. Hier soir, le Grimoire s'est même énervé : j'ai eu droit à « J'ai déjà répondu ! » en grosses lettres.

— Cela dit, intervint Lawrence, sa réponse me paraît assez claire.

Valentine s'allongea sur la branche, le regard perdu dans le ciel.

— Éclaire-nous, Einstein. On est un peu lents, tu sais...

— On est tous d'accord pour les premières images : le Grimoire te dit de fouiller du côté du second royaume et des profondeurs de la mer de Pompée pour trouver ce que tu cherches. Quant à l'unité PALOMA, tu n'y trouveras pas la Table... mais une arme qui te sera très utile pour cela.

Oscar se souvint plus précisément des images, concentrées sur la dernière salle d'expérimentation. S'agirait-il de la fameuse arme interdite ?

— En somme, conclut Valentine, avant d'aller chercher la Table, tu vas devoir faire un crochet par la tour Eiffel.

— Il faut surtout que je parte *avant* les autres dans le second royaume, si je veux avoir une chance de chercher cette Table.

— Surtout avec Moss dans tes pattes, reconnut-elle.

— Partir seul ? répondit Lawrence, perplexe. Dangereux... Tu ne connais rien ni personne, dans ce second royaume.

— Affaire conclue : je l'accompagne, décréta Valentine, trop heureuse de l'occasion. Tu peux rester ici, si tu veux, Law.

— Ne dis pas de bêtises. Vous avez besoin de moi, je n'ai pas le cœur de vous abandonner.

— Adjugé, conclut Valentine sans laisser le choix à Oscar. Un détail : tu crois que Paloma te confiera cette arme mystérieuse, alors qu'elle te l'a refusée samedi dernier ?

— Ça m'étonnerait, reconnut Oscar. Il va falloir se la procurer sans son autorisation...

— Je suppose que c'est parfaitement inutile de te dissuader, capitula Lawrence. Comment tu comptes t'y prendre ?

— Aucune idée. Mais je sais qui le fera dès demain – et mieux que personne, répondit Oscar avec un petit sourire.

Le feuillage de Zizou se rabattit brutalement sur lui, et la branche sur laquelle ses amis étaient installés s'inclina jusqu'au sol.

— Hé, Zizou, on n'a pas fini, qu'est-ce que tu fais ? s'écria Valentine.

— Il fait ce qu'on lui dit de faire, de temps en temps, rétorqua Bones qui les attendait au pied du chêne. Puis-je savoir ce que vous manigancez ici, tous les deux ?

— Nous... nous avions envie de prendre l'air, cher Bones, répondit Lawrence. Il fait une chaleur étouffante, dans ces chambres, en début de soirée.

Bones les poussa sur le chemin qui longeait la demeure.

— Il serait plus sage et surtout plus pratique d'emprunter ce que l'on appelle une porte. Et c'est valable pour tout le monde, énonça-t-il d'une voix étonnamment forte, le regard dirigé vers la cime de l'arbre. Je vous suis, dit-il en s'adressant à Valentine.

Elle le dévisagea, stupéfaite.

— Vous me surprendrez toujours, Bones. Vous le savez, ça ?

— Mais j'y compte bien, répondit le majordome avec un discret sourire.

34

La Bentley ralentit sans le moindre bruit : on aurait dit que le moteur était coupé et qu'elle glissait sur le sol comme sur de l'eau. Elle s'arrêta devant la cabine de surveillance. La vitre fumée s'abaissa et une main gantée tendit le badge à travers la fente. La barrière se leva et la limousine entra dans Monument District.

Au volant, planqué sous une casquette, Lawrence suait à grande eau dans le manteau de Jerry. Sa peau ambrée virait au jaune pâle et prenait même quelques reflets verts.

— Ralentis, dit-il d'une voix tremblante, ralentis !

— Serre bien le volant et contente-toi de me dire ce que tu vois, je connais cette voiture comme si je l'avais faite ! souffla Valentine, accroupie à ses pieds sous le siège et les mains sur les pédales. Tu râles depuis qu'on est partis, c'est pénible...

— Je ne râle pas, rectifia Lawrence : je suis mort de trouille.

— Mais non. Tu crois avoir peur alors que tu es juste un peu nerveux.

— Pourquoi je serais nerveux ? On a treize ans pour les gens du monde extérieur, et on est en train de conduire une voiture qu'on a « empruntée » à l'insu du propriétaire...

— Quoi, elle n'était pas bonne, l'idée de faire un double des clefs de la porte de la cuisine, puis de celle du garage ? Merci qui ?

— Et si Jerry a besoin de la voiture ? Tu y as pensé une seconde ?

— Mr Brave est à New York pour la journée et Jerry est de repos.

— C'est un cauchemar, dit Lawrence en s'épongeant le visage du revers de la manche. C'est un cauchemar et je vais me réveiller.

— Regarde la route. Tu vois quoi, là ?

— On passe devant le Taj Mahal, on n'est plus très loin.

Il leva les yeux sur le rétroviseur central.

— Ça va, derrière ?

Trois visages plutôt paisibles acquiescèrent en silence.

— Alors on avance ! dit Valentine en appuyant sur l'accélérateur.

La voiture fit un bond et ils passèrent en trombe devant Notre-Dame de Paris, l'Opéra de Sydney, un morceau de la Grande Muraille de Chine. À l'angle, ils aperçurent la dentelle métallique de la demeure des sœurs Withers. Lawrence manœuvra pour se garer devant la tour Eiffel. Il coupa le moteur et se retourna.

— À vous de jouer !

Les trois passagers sortirent de la voiture, et leur chauffeur improvisé baissa la vitre.

— Il est 17h30. Vous avez une demi-heure, parce qu'ensuite, on sera dans les bouchons, et il faut absolument être de retour avant 19 heures.

— On sera là dans moins d'une demi-heure, dit le plus petit des trois, très sûr de lui.

Il avança vers le pied nord de la tour, flanqué de ses deux acolytes, et se retourna.

— À tout à l'heure, petite, lança-t-il avec un accent sicilien.

Valentine sourit.

— Je suis plus grande que toi, mais c'est pas grave. Bonne chance !

Fifties eut tout juste le temps de nouer son chemisier et courut vers l'ascenseur – comme on peut courir lorsqu'on est perchée sur des talons de quinze centimètres. Elle ouvrit la porte : trois personnes lui faisaient face, immobiles et souriantes. Au milieu, le plus petit était coiffé d'un borsalino et en imperméable façon policier des années 1930 en plein Chicago. Il était encadré par un gaillard bien charpenté et une fille toute longue, perdue dans une robe trop grande. Fifties ne comprit pas un traître mot de ce que marmonnait celui du milieu. Étant donné qu'il lui arrivait assez souvent de sourire sans comprendre, elle s'exécuta avec un battement de cils des plus charmant. Le type en imperméable retira son cigare de la bouche.

— Miss Pinup ?

— Oui, c'est moi ! répondit la jeune femme comme si on avait annoncé son numéro au tirage du loto.

Le type remit son cigare en bouche.

— Mich *Fiftiej* Pinup, plus préchijément ?

— Pardon ?

— Il a dit : « Miss Fifties Pinup, plus précisément ? », traduisit la grande rouquine. Mais... tu la connais *vraiment* ? demanda-t-elle à son voisin.

Le type lui fila un discret coup de coude et renonça définitivement à son cigare.

— Elle est parfaite, décréta-t-il en examinant Fifties de la tête aux pieds. Tout à fait parfaite, c'est *elle* qu'il nous faut.

— Miss Pinup, c'est génial ! se réjouit la jeune fille en robe. C'est vous qu'il lui faut.

Le grand baraqué à son côté se contenta d'acquiescer. Comprenant encore moins ce qui se passait et ce qu'on lui voulait, Fifties se mit à rire à gorge déployée.

— Oui, c'est génial ! s'exclama-t-elle. Mais... pourquoi ?

— Il faut qu'on parle, déclara le chef du trio. Venez, dit-il en l'écartant gentiment pour entrer, allons nous asseoir quelques instants. Ça a l'air très sympa, chez vous.

Fifties enclencha immédiatement son disque automatique : « Je suis tellement heureuse de vous accueillir dans l'eeeeeeextraordinaire demeure de Miss Paloma Withers bla-bla-bla... »

— Oui, on sait, merci, lui dit le petit gars. Écoutez, Fifties, j'ai une nouvelle formidable pour vous : vous avez devant vous Jerrrrremio et Barrrrtholomeo Corrrrmaleone, les légendes vivantes du cinéma américain.

— On n'avait pas dit « sicilien » ? rectifia à voix basse la rouquine, perturbée par le changement subit des consignes.

— Les légendes vivantes du cinéma sicilien... qui ont eu ensuite un succès incroyable en Amérique, corrigea Jeremy. En tout cas, Fifties, vous avez beaucoup, *beaucoup* de chance.

— Oh... merci, vraiment, répondit la jeune femme, sincèrement reconnaissante.

— Vous savez pourquoi ? tenta Jeremy.

— Non, reconnut-elle, mais c'est quand même très gentil.

— C'est plus que gentil : on vous offre la chance de votre vie !

Fifties recula, impressionnée.

— De ma vie ? Mon Dieu !

— Pas de panique : vous allez tout comprendre, dit le producteur qui en doutait fortement. On est en plein tournage, il nous faut une actrice pour tenir le rôle principal. Et devinez de qui on nous a parlé ?

La jeune femme fit mine de chercher, en vain. Le cinéaste abrégea sa quête : le temps était compté.

— De vous, Fifties. De *vous*. Vous vous rendez compte de la coïncidence ? On nous parle de vous au moment précis où on cherche une actrice !

La jeune fille rousse se pencha discrètement vers le grand baraqué.

— On a *vraiment* perdu cette actrice, Barth ?

— Non, Violette, précisa-t-il avec douceur. On en cherche une parce qu'on ne l'a pas encore trouvée, pas parce qu'on l'a perdue. On est toujours dans ce qu'on s'est dit dans la voiture, avec Valentine et Lawrence.

— D'accord, souffla l'assistante de choc. En tout cas, Miss Fifties, moi je vous trouve parfaite pour le rôle.

Jeremy acquiesça. Le stratagème fonctionnait, et contre toute attente, cette planeuse de Violette n'avait pas encore commis de gaffe fatale. Il était temps de passer la vitesse supérieure.

— Vous avez tout pour ce rôle, mais pour en être sûrs, on va faire quelques prises de vue. Barrrrrtholomeo, tu as ce qu'il faut ?

Barth sortit une vieille caméra super-huit – en vente au Bazar de Jeremy – et l'agita au-dessus de sa tête.

— Ce qui serait bien, expliqua Jeremy à Fifties, c'est un endroit très blanc, assez vide, vous voyez ce que je veux dire ? Vous avez ça, ici ?

— Bien sûr, s'exclama Fifties. On peut aller dans le salon, Paloma n'est pas là.

Les deux garçons échangèrent un regard soulagé : la maîtresse de maison aurait été moins facile à berner. Violette, elle, semblait très déçue.

— Quel dommage ! Mon frère m'a dit qu'elle était très drôle !

— Ah ? Qui est votre frère ? demanda Fifties.

— Un admirateur, s'empressa de répondre Jeremy en poussant Violette derrière lui. Il a vu tous les films de Mrs Withers. Où en étions-nous ? Le salon ! Non, ce n'est pas une bonne idée : il ne faut pas trop de lumière ni trop de meubles.

Il s'approcha de Fifties, qui le dominait de deux têtes.

— Vous êtes sublime, Fifties, et il faut un décor pur pour vous mettre en valeur. Un endroit neutre, du carrelage blanc, vous voyez ?

— Euh... l'ascenseur, peut-être ?

Jeremy leva les yeux au ciel.

— Disons... un endroit qui pourrait ressembler à... je ne sais pas, moi, à un la... un labo...

Fifties plissa ses jolis yeux, prise de court.

— Un laboratoire ? lui suggéra Violette, tout sourire.

— Ça alors, quelle excellente idée ! jugea Jeremy. Mais j'imagine qu'il n'y a pas de laboratoire ici, bien sûr.

— Mais siiiii ! répondit Fifties, qui semblait vivre une soudaine illumination, les deux mains sur les joues. Il y en a un, tout en bas ! Mais je ne peux pas vous y emmener, se reprit-elle, contrariée : c'est interdit, interdit, interdit. Personne ne peut s'y rendre sans l'accord de Paloma.

Jeremy se tourna vers ses deux compères.

— Tant pis. Je suis très déçu – surtout pour vous, Fifties : quand je pense à vous dans ce film, à votre magnifique visage sur l'affiche, dans le monde entier...

Il secoua la tête, avec l'air abattu qu'il savait si bien prendre.

— Quel gâchis, vous ne trouvez pas, tous les deux ? Tout avait tellement bien commencé : Fifties qui nous ouvre la porte, un laboratoire ici même, et plouf ! Ça tombe à l'eau parce qu'on ne peut pas faire une minuscule prise de vue... Une carrière magnifique qui part en fumée, conclut-il dans un soupir. Allez, on s'en va. Remballe le matos, Bartholomeo...

Violette en avait les larmes aux yeux.

— Oh non, quel dommage !

Barth la poussa vers la sortie.

— Ça me fait tellement de peine pour Fifties, lui dit-elle à voix basse, même si c'est pas vrai !

La malheureuse Fifties se précipita pour les retenir.

— Attendez... vous êtes certains que ça ne prendra que deux minutes ?

— Évidemment ! Un autre tournage nous attend, vous savez, on ne peut pas se permettre de passer la soirée ici.

— Et on pourra être très discrets ?

— Comme si *rien* ne s'était passé, confirma Jeremy avec cruauté.

— Alors venez vite, c'est par ici !

35

Les portes de l'ascenseur s'ouvrirent sur la salle dénudée. Une femme en blouse s'affairait devant une table ; le reste de l'unité PALOMA était désert. Fifties se précipita sur elle.

— Livia, bonjour, on peut faire quelques prises de vue ? C'est pour un film, je vais être actrice, ça ne prendra pas beaucoup de temps et Paloma ne sera pas furieuse.

La laborantine la dévisagea.

— Fifties, de quoi tu parles ? Et qui sont ces gens ?

Elle observa le trio, méfiante. Pendant que Barth et Violette attiraient Fifties vers le fond de la salle, Jeremy ôtait son borsalino et s'avançait.

— Bonsoir, madame. Je m'occupe de la gazette de l'école de Babylon Heights, je fais un reportage sur l'unité PALOMA. Avec l'autorisation de Mrs Withers, bien sûr.

— Vous avez l'autorisation de Paloma ?

— Évidemment ! C'est pour la gazette...

— ... de votre école, dit-elle, j'ai compris.

— Des ados à problèmes, précisa Jeremy avec des yeux de chien battu. Maltraités, seuls, parfois abandonnés. Et un peu... dérangés, dit-il en se tournant vers ses compères.

Livia observa le grand jeune homme un peu empêtré avec sa caméra et la rousse tout sourire au corps élastique.

— Et qu'est-ce que vous comptez faire ici ?

— Pas grand-chose, deux ou trois photos avec Miss Pinup, pour mettre un peu de couleur.

— Attendez-moi ici, dit-elle en s'éloignant, non sans méfiance.

Elle entra dans un bureau et décrocha le téléphone. Jeremy sut immédiatement qu'il n'y avait plus une seconde à perdre. « Le dernier box, au fond à droite quand on sort de l'ascenseur », lui avait recommandé Oscar. « Tu ne peux pas te tromper. » Il tira par le bras Fifties qui, encouragée par Violette, prenait des poses absolument invraisemblables, et la plaqua contre la porte vitrée.

— En place, Barth ! Fifties, souriez, on vous filme !

Il abaissa la poignée : la salle d'expérimentation était ouverte. Il poussa Fifties à l'intérieur, tandis que Barth, caméra à l'œil, et Violette, avec une lampe de poche en guise de projecteur, s'engouffraient à sa suite. Il referma la porte sans bruit et inspecta la salle. Sur une table, une boîte carrée au fond arrondi avec un couvercle vert ressemblait terriblement à la description qu'en avait faite Oscar. Ils étaient au bon endroit.

— Il ne fait pas un peu trop sombre, ici ? s'interrogea Fifties.

— Avec le spot sur vous, ce sera parfait, vous serez mise en valeur ! répondit Jeremy en braquant la lampe sur son visage.

— Oups, je ne vois plus rien !

— C'est pour vous habituer aux flashs d'Hollywood.

Sur un signe de son frère, Barth posa la caméra, ouvrit sa sacoche et tenta d'y fourrer la précieuse boîte. En vain. Éblouie, Fifties tituba jusqu'à la table. Barth cacha la boîte dans son dos et fit son possible pour la glisser sous sa chemise. Pour cela, il dut la déboutonner et se retrouva presque torse nu. Jeremy prit la jeune femme par le bras et ouvrit la porte.

— Mais... on n'a même pas commencé ! s'étonna Fifties.

— J'ai changé d'avis, dit-il en faisant signe à Violette et à Barth de l'aider. On va faire ça dehors, finalement, ce sera mieux.

Il les poussa tous les trois dehors et s'enferma dans la salle.

— Qu'est-ce que tu fais ? lui demanda son frère à voix basse. Dépêche-toi, on va se faire prendre !

— Que l'on m'explique TOUT DE SUITE le sens de cette comédie ! hurla une voix féminine à l'autre bout du laboratoire.

Une grande dame vêtue d'une somptueuse robe en soie rouge décolletée se tenait devant l'ascenseur. À côté d'elle, Livia, la laborantine, brandissait un pendentif serti d'une cupule en cristal et les tenait en joue.

— Un conseil, mes petits reporters de je ne sais quelle gazette, ne bougez pas : le rayon qui pourrait sortir de cette arme est un vrai rasoir.

Fifties, qui venait de recouvrer la vue, se précipita vers Paloma.

— Miss Withers, j'ai une meeeerveilleuse nouvelle : je vais être une actrice, comme vous !

— J'en ai une autre, de nouvelle, répondit Paloma, furieuse : vous allez pouvoir vous consacrer tout de suite à votre carrière, parce que vous êtes renvoyée ! Qui êtes-vous et que faites-vous ici, vous deux ?

Fifties fondit en larmes sur l'épaule de Barth – incommodé par la mystérieuse boîte qu'il cachait dans son dos. Violette s'avança, absolument insensible aux menaces de Livia et à la fureur de la maîtresse des lieux.

— Oh, madame, dit-elle en joignant les mains, vous êtes vraiment très belle ! Vous ressemblez aux héroïnes des films que ma mère regarde, vous savez, cette comtesse qui ne porte pas de chaussures...

Paloma baissa les yeux sur ses pieds : dans sa précipitation, elle n'avait même pas pris le temps de mettre un escarpin. Elle rabattit sa robe vers l'avant : jamais, au grand jamais, elle n'était apparue en public sans talons, et elle appréciait modérément qu'on le lui fasse remarquer.

— Ma petite, rétorqua-t-elle, si tu penses à Ava, je l'ai vue sans maquillage et crois-moi, elle était infiniment moins belle qu'à l'écran. Tandis que moi, c'est naturel ! Je répète ma question : qui êtes-vous et qu'est-ce que vous êtes venus faire ici ?

Jeremy jaillit de la salle d'expérimentation sans attendre.

— C'est vous ! s'écria-t-il en fixant Paloma avec aplomb. Bon, ça y est, vous êtes contents ? dit-il en se tournant vers Violette et Barth. Vous l'avez vue ? On peut rentrer à la maison ?

Il poussa un long soupir de soulagement et entraîna discrètement Violette vers l'ascenseur.

— C'est simple : ils sont fans de vous, Mrs Withers. On a des photos de vous un peu partout dans la maison, je ne vous parle même pas de leurs chambres : votre visage fait tapisserie. J'ai dû monter ce coup pour vous voir, parce que sinon, on ne nous aurait jamais laissés entrer.

Il lui décocha son sourire le plus charmeur et foudroya les deux autres du regard.

— Ils sont tellement fascinés par vous qu'ils sont devenus muets !

— Oh oui, on vous adore, madame, répéta Violette docilement. Je ne vous connais pas, mais je vous adore déjà !

Jeremy ferma les yeux, effondré.

— Bon, on ne va pas déranger Mrs Withers plus longtemps, je crois.

La voix de Fifties l'obligea à se retourner.

— Mais... alors, ce n'était pas pour moi ? Je ne vais pas être une star de cinéma ?

— Mais bien sûr que si, la réconforta Violette, désolée. Puisque Jeremy vous l'a dit ! Et puis, c'est tout simple : si vous voulez vraiment être actrice, faites comme moi. Vous jouez votre film dans votre tête, et vous le regardez en dedans. Ça marche très bien.

La pauvre Fifties, qui n'avait pas le même pouvoir d'imagination et qui craignait – à juste titre – qu'un film tourné dans sa tête ne lui assure pas un succès mondial, s'effondra en larmes dans les bras de Barth. Ce dernier, encombré par son précieux paquet, ne put rien pour elle. Fifties sentit que rien ni personne ne la retiendrait. Elle suspendit ses sanglots, s'agrippa comme elle put à la chemise ouverte qu'elle arracha, et s'écroula sur le sol. Jeremy subtilisa la boîte et la fourra sous son imperméable comme si de rien n'était, tandis que Barth se retrouvait torse nu au beau milieu du laboratoire. Gêné, il fourra les mains dans les poches de son jean et se mordilla la lèvre.

Paloma en oublia tout. Le spectacle de ce jeune homme musclé et dévêtu – on aurait donné dix-huit ans à Barth tant il était physiquement en avance sur les garçons de son âge – lui rendit toute sa fraîcheur et son jeu de scène. Elle renversa la tête et lança un regard enflammé au pauvre Barth, qui ne savait plus où se mettre.

— Alors comme ça, vous m'admirez ? dit-elle d'une voix langoureuse.

— Ce n'est même plus de la passion, c'est de la rage ! intervint Jeremy en enjambant Fifties pour pousser Violette vers la sortie. Que diriez-vous d'une photo ensemble ?

Livia s'interposa entre Paloma et les faussaires.

— Avant ça, on pourrait jeter un œil dans la salle d'expérimentation, suggéra-t-elle. Ils en sortaient.

— Allez-y, allez-y, répondit Paloma sans quitter Barth des yeux. Moi, je les surveille.

Livia disparut dans la pénombre de la dernière salle. Barth pâlit, tandis que Jeremy appuyait discrètement sur le bouton d'appel de l'ascenseur. Paloma planta ses ongles dans les bras de Barth et s'y accrocha.

Livia, dans le box, sortit un stylo qui se transforma d'un clic en lampe de poche. Elle balaya rapidement l'espace et se concentra sur la table : le faisceau lumineux était faible, mais c'était assez pour distinguer la boîte, l'arme secrète et interdite, posée sur le plateau. Elle ressortit.

— Tout est en place, dit-elle à Paloma du bout de la salle.

— C'est parfait, mon petit, c'est parfait, allez, ne traînez pas, répondit Paloma avec impatience. Et emmenez avec vous cette malheureuse, elle va être toute froissée à force de rester assise par terre. Regardez-moi ça, ce n'est plus un charmant minois, c'est une rivière de mascara !

— Elle va sécher, en plus, si elle continue à pleurer, déplora Violette.

Les portes de l'ascenseur s'ouvrirent. Jeremy, caméra sur l'épaule, recula en entraînant Violette et appuya sur le bouton « rez-de-chaussée ». Barth bondit.

— Hé, attendez-moi !

— Mais... qu'est-ce que vous faites ? s'écria Paloma.

Pour toute réponse, elle eut droit à deux portes qui glissent et se referment.

— Cette fois, on y va, décréta Lawrence, qui avait cédé le volant à Valentine. Jerry va rentrer et la voiture ne sera pas là, il...
La phrase resta en suspens.
— Il quoi ? demanda Valentine qui tapotait nerveusement sur le levier de vitesse.
— Démarre, murmura Lawrence, les yeux écarquillés.
Elle suivit son regard : devant eux, trois adolescents – dont un torse nu, chemise à la main – étaient en train de battre le record du monde de course en agitant les bras comme des fous.
— DÉMARRE !
La porte s'ouvrit, et les trois furies s'engouffrèrent dans la voiture, qui fit un bond en avant et partit dans un hurlement de pneus sur l'asphalte.

36

— Oui, oui, ça s'est bien passé, finit par dire Jeremy, tandis que Barth boutonnait sa chemise jusqu'au cou, cette fois.
— Tu trouves ? s'étonna son frère. On a dû laisser l'arme dans la salle du fond...

Jeremy brandit victorieusement une curieuse boîte avec un couvercle en velours vert et un fond arrondi.

— C'est de ça que tu parles ?
— Comment tu as fait ? La fille en blouse est entrée dans le box d'expérimentation, elle a dit que tout y était !

Violette émergea de dessous la banquette, échevelée.

— Dites, quelqu'un a vu ma boîte de voyage pour escargots ? Elle est verte, pour qu'ils se croient sur la pelouse. Je l'avais laissée ici...

Valentine et Lawrence éclatèrent de rire, Barth se retint, et Jeremy regarda par la fenêtre avec un air innocent.

— Quoi ? Qu'est-ce qu'il y a ? demanda Violette, surprise. Vous croyez que mes escargots n'ont pas aimé le voyage ?

— Au contraire, rectifia Jeremy. Ils sont même restés au camping.

Moins d'une demi-heure plus tard, après trois feux rouges grillés et quelques virages négociés façon Formule 1, Valentine leva le pied et ils longèrent en douceur Blue Park Avenue. Lawrence sortit à une cinquantaine de mètres de Cumides Circle.

— Tu agites la main si la voie est libre, lui dit Valentine. Mais qu'est-ce que t'as ? T'es tout pâle... Enfin, jaune pâle.

— Rien, rien, répondit Lawrence, trop heureux d'être sorti vivant de la voiture. Juste un peu nerveux, comme tu dis. Ça va passer.

Il s'approcha avec prudence de la grille : la porte était fermée, l'allée et le perron libres. Il agita le bras, comme convenu, et la voiture roula au pas. La grille s'ouvrit spontanément lorsque le M incrusté dans la calandre se trouva face à celui dessiné par le fer forgé. Le gravier crissa sous les pneus pendant d'interminables secondes, et la Bentley fit le tour de la demeure pour entrer dans le garage.

— Et hop, se réjouit Valentine en jouant avec les clefs de la voiture. Ni vu ni connu. Rassuré ? demanda-t-elle à Lawrence. On va pouvoir l'emprunter plus souvent.

— Bien sûr. Et maintenant, qu'est-ce que tu proposes ? On entre et on demande à Bones de nous servir des jus de fruits dans le salon en attendant le retour d'Oscar ?

Valentine lança les clefs en l'air et les rattrapa avec adresse sans répondre. Violette, elle, accepta avec enthousiasme.

— Je ne connais pas ce Bones, mais ce serait bien gentil de sa part. Tu n'as pas soif, Barth ?

Le silence l'intrigua. Elle se retourna et ses beaux yeux violets s'arrondirent de surprise. Les deux frères étaient plaqués contre le garage, les pieds un mètre au-dessus du sol, soulevés par les branches d'un immense chêne.

— Je... je crois qu'on a un petit problème avec cet arbre, articula avec peine Jeremy.

— Zizou, ce sont des amis ! s'écria Valentine. Fais-les redescendre, s'il te plaît !

Zizou hésita un instant, puis obéit. Les deux garçons, sous le choc, reculèrent.

— Qu'est-ce que c'est que ça ? demanda Jeremy, stupéfait.

— Plus bas, conseilla Lawrence, tu vas le vexer et il a le coup de tête rapide.

Violette, pas le moins surprise du monde, tendit la main pour serrer la branche la plus basse de Zizou.

— Bonjour, je m'appelle Violette Pill.

Barth s'approcha avec prudence et mit la main sur le bras de son amie.

— Violette ?

— Mmh ?

— Tu... tu parles à un arbre, souffla-t-il.

Comme tout le monde à Babylon Heights, il avait conscience de l'extravagance de Violette, mais il s'attachait à ne pas le montrer pour ne pas la blesser. Elle le dévisagea.

— Ben... et alors ? Pourquoi ça ne parlerait pas, un arbre ?

— Bien sûr, convint Barth avec délicatesse. Tu as raison.

Elle se tourna à nouveau vers Zizou, dont le feuillage s'était fait plus accueillant.

— J'ai l'impression de vous avoir déjà rencontré, reprit Violette, très courtoise. Vous n'auriez pas de la famille dans notre jardin ? C'est sur Kildare Street, à Babylon Heights.

Zizou se contenta de frémir.

— Bon, alors vous avez un sosie. Mais pourquoi Oscar ne m'a jamais parlé de vous ?

À l'évocation du frère de Violette, l'arbre s'inclina jusqu'à ce que les feuilles les plus basses viennent caresser la joue de la jeune fille. Elle y répondit par un beau sourire, sous le charme.

— J'espère qu'on va se revoir, dit-elle.

— Mais qu'est-ce que vous faites ici ? Ça fait dix minutes que je vous cherche dans le jardin !

Oscar se tenait derrière eux, essoufflé.

— On passait par là par hasard, figure-toi, répondit Jeremy.

— Vous êtes trop près de la maison, se méfia Oscar. Les fenêtres de Mr Brave donnent aussi de ce côté.

Valentine secoua la tête.

— Pas là. Tu crois vraiment qu'on t'a attendu pour vérifier ?

— Il n'y a pas que Mr Brave, ici. On va avoir besoin de toi, Zizou. Tu pourrais nous rendre service ? On serait mieux pour discuter dans Blue Park.

Zizou abaissa une branche très haute et solide.

— Allez, ordonna Oscar aux autres, grimpez !

Ils prirent place sur le bois. Oscar s'adressa au chêne.

— On est prêts !

— J'aurai tout fait aujourd'hui, bougonna Lawrence : faussaire, chauffeur, sentinelle, et maintenant, de la volti... AAAAAAAAAAAAH !

Le cri se perdit dans les airs. Zizou se servit de sa branche comme d'un lance-pierre, et les adolescents volèrent par-dessus la grille, traversèrent le ciel au-dessus de l'avenue et atterrirent au beau milieu d'un matelas de feuilles. Oscar se redressa.

— Pas de casse ?

— Cet arbre est cinglé, geignit Lawrence qui émergeait avec une couronne de feuilles sur la tête. On est *tous* cinglés, cette journée ne finira jamais !

Tout le monde semblait entier. Oscar se redressa, tâtonna de la pointe de sa basket... et recula aussitôt.

— Ne vous relevez pas trop brusquement... sauf si vous supportez l'altitude.

Il se pencha. Vingt mètres plus bas, des gens se promenaient dans les allées du parc.

— Je viens de découvrir quelque chose, annonça Jeremy. J'ai le vertige dès que je suis plus haut que ma taille ! dit-il en fermant les yeux.

Violette caressa les feuilles tout autour d'elle.

— Moi j'aime bien... Encore un effort, et on aura la tête dans les nuages.

— Et maintenant, comment on fait pour descendre d'ici ? s'interrogea Oscar.

Les branches de l'arbre s'écartèrent et Oscar, Valentine et Lawrence reconnurent le symbole lumineux sur le tronc.

— L'Arbre Passeur ! s'exclama Valentine. Je croyais qu'il avait disparu...

L'arbre forma une barrière de protection autour du petit groupe et le fit descendre au niveau du sol. Les branches se dénouèrent et ils mirent pied à terre.

— Dites, il n'y a pas d'arbre normal, dans le coin ? demanda Barth, qui tombait des nues.

— Et encore, t'as rien vu, lui répondit Valentine.

Les deux frères n'étaient pas Médicus. Peut-être fallait-il être un peu plus prudent. Oscar changea de sujet.

— Alors, cette visite chez Paloma ?

— Cadeau du Bazar de Jeremy ! répondit Jeremy en lui tendant la mystérieuse boîte.

— Vous êtes géniaux, les félicita Oscar en s'emparant de la boîte.

— Ta sœur a été parfaite, précisa Barth.

Jeremy le dévisagea, surpris.

— C'est elle qui a déridé Paloma, non ? renchérit Barth.

Oscar inspecta le précieux coffre avec mille précautions.

— Tu nous montres comment ça marche ? demanda Jeremy.

Oscar se garda bien de l'ouvrir, au contraire.

— Impossible : le Grimoire m'a juste signifié que je pourrais en avoir besoin pour obtenir... ce que je cherche.

— Tu ne nous as toujours pas expliqué ce que tu cherchais, justement, précisa Jeremy dont la curiosité était à vif.

— Mon Trophée, répondit Oscar sans plus de détail. Il me le faut absolument. J'ai perdu un an, je dois rattraper mon retard, affirma-t-il en fourrant la boîte dans son sac d'école.

Il jeta un rapide coup d'œil sur sa montre.

— Violette, dans vingt minutes, ce n'est pas la police que maman va appeler, c'est l'armée. Il faut qu'on y aille. Merci encore, les...

Un bruit, dans les fourrés tout proches, lui fit tourner la tête en même temps que Jeremy. Il fit signe aux autres de se taire. L'année précédente, son expérience du parc l'avait conduit à ne négliger aucun danger. Il tendit son pendentif en direction d'un buisson très touffu : un faisceau vert pénétra en profondeur, et une fine fumée s'éleva.

— Fais attention, le prévint Lawrence à voix basse. Tu vas mettre le feu au parc !

Un cri aigu retentit et une fille de petite taille sortit du buisson.

— Carrie ! s'exclama Jeremy. Qu'est-ce que tu fiches ici ?

— C'est qui, elle ? demanda Valentine.

— La petite sœur de Moss, précisa Barth.

Oscar s'avança vers l'espionne sans lâcher son pendentif. Elle lui fit face avec aplomb.

— Je t'ai suivi, dit-elle.

— Pourquoi ?

Elle haussa les épaules.

— Tu es le seul à tenir tête à mon frère – avec lui, là, le grand musclé un peu bête.

— Hé, la grenouille, de qui tu parles ? lui dit Barth avec un geste menaçant.

Elle disparaissait presque dans son ombre.

— De toi, répondit Carrie sans se démonter. Tu ne me fais pas plus peur que Ronan ! Personne ne me fait peur.

Elle avait presque crié ; quelque chose en elle semblait bouillir et la rendre furieuse lorsqu'elle prononçait le nom de son frère.

— Pourquoi tu m'as suivi ? demanda Oscar. Et qu'est-ce que tu as entendu de notre conversation ?

— Tout, mentit Carrie, j'ai tout entendu. Je veux rester avec vous pour vous aider ! En plus, je peux vous dire plein de choses sur Ronan.

— C'est gentil de vouloir nous aider, lui dit Oscar, mais je crois que je peux me débrouiller tout seul contre ton frère. Et puis tu es trop petite pour...

— Arrêtez de me parler comme si j'étais un bébé, tous ! s'emporta Carrie.

— On n'a pas besoin de toi, décréta Jeremy. Rentre chez toi, maintenant, et laisse-nous tranquilles. Si tu veux, tu pourras passer au Bazar prendre des bonbons.

— J'en veux pas, de tes bonbons.

Violette voulut la calmer, mais elle se dégagea.

— Vous êtes comme mon frère, renchérit-elle. Il veut que je lui obéisse et que je me taise, il croit qu'il peut faire avec ma sœur et moi comme papa fait avec maman, mais moi je ne me laisserai jamais faire comme Lorna ! Jamais !

Elle partit en courant.

— Quel caractère ! dit Valentine. Elle a quel âge ?

— Dix ans, répondit Oscar.

— Ça promet, s'inquiéta Lawrence. Heureusement que tu ne lui as pas permis de rester...

Oscar suivit la petite silhouette se faufilant au milieu des arbres. Elle se retourna : il vit son visage baigné de larmes, puis elle disparut.

*
* *

Dans l'allée proche, sur un banc, un très vieux monsieur se redressa, malgré la bosse qui déformait son dos. Son épaule gauche se mit à tressaillir, et sa capuche glissa sur son crâne chauve. Il replia sa canne et disparut, lui aussi, aussi agile qu'un adolescent.

37

Les deux derniers jours de la semaine s'écoulèrent sans qu'Oscar ait la moindre minute pour songer à Carrie ni même au frère de celle-ci. Plus le temps avançait, plus il était obsédé par son voyage imminent – et périlleux : il avait décidé de transgresser l'impératif qu'on lui avait enseigné le premier jour, à savoir qu'un Médicus ne devait jamais voyager dans un corps sans en avertir l'Ordre. Mais il n'avait pas le choix : il irait et trouverait la Table.

Il passa en coup de vent à Cumides Circle à deux reprises pour mettre au point un plan avec Valentine et Lawrence. Ils convinrent de se rejoindre samedi matin très tôt et de prendre le bus pour se rendre chez Leonid Smith. La veille, Oscar n'aurait qu'à prétexter une grippe ou un gros rhume pour justifier son absence au rendez-vous officiel.

— On n'aura que quelques heures pour réussir notre mission, rappela-t-il. Ensuite, Alistair et les autres entreront en Leonid.

— Tu as mis l'arme secrète à l'abri ? s'inquiéta Lawrence. J'ai l'impression qu'on va en avoir besoin. Je me méfie du second royaume, après ce que tu nous as dit du premier et de ses monstres.

— Ne te fais pas de souci : ni les Pathologus ni leurs armées de bactéries et de virus mutants ne peuvent résister aux armes de Paloma. Et l'arme interdite est à l'abri dans mon coffre, avec mes Trophées.

— Bon, je m'occupe de la logistique, décréta Lawrence. Horaires des bus, plan de la ville, planning de Bones et de Mr Brave pour ce samedi.

— Et moi, j'« emprunte » ce qu'il faut en cuisine pour les casse-croûte, et les pièces dans la boîte en fer.

— Quoi ! s'exclama Oscar. Tu voles l'argent de Cherie !

— Oh, ça va, c'est juste des bouts de métal ! Y'en a plein partout ailleurs dans la cuisine...

— Il faudra que tu comprennes une bonne fois pour toutes comment on gagne de l'argent, Val, répondit Oscar. En attendant, je vais en demander à ma mère pour le bus.

— Pourquoi tu pourrais prendre celui de ta mère et moi, je ne pourrais pas prendre celui de Cherie ? demanda Valentine qui ne comprenait plus rien.

— Parce que je suis son fils, elle le gagne aussi pour moi.

— Bon, eh bien, c'est parfait : Cherie dit que je suis comme sa fille.

— Laisse tomber.

Vendredi, il ne tint pas en place.

— Mais qu'est-ce qui t'arrive ? chuchota Jeremy à Oscar qui ne cessait de s'agiter en plein cours.

Le professeur Penguin, en pleine démonstration de mathématiques au tableau, se retourna.

— O'Maley, je ne parle pas trop fort, j'espère ? Je peux attendre que tu aies fini pour poursuivre...

— Non, non, continuez. De toute manière, Oscar ne m'écoute pas, autant que je me taise... Oups ! Excusez-moi.

Toute la classe se mit à rire.

— Tu vas rester ici après les cours, répliqua le professeur. Tu pourras parler autant que tu veux, et je vais t'écouter. Tu as certainement des choses très intéressantes à dire.

— Oh non, monsieur, s'il vous plaît ! supplia Jeremy. C'est les soldes au Bazar cet après-midi ! Si vous voulez, vous pouvez venir, il y a vraiment des affaires à faire...

— Une heure de retenue, O'Maley. Et si tu insistes, deuxième heure gratuite. Ça aussi, c'est une affaire.

Oscar resta silencieux. Si Mr Penguin avait la détestable idée de le punir, lui aussi, tous ses plans seraient compromis. Lorsque la sonnerie annonça la fin des cours, Barth les rejoignit.

— Quand je pense que j'ai passé ma semaine à distribuer des tracts dans tout le quartier et à l'école ! se lamenta Jeremy. Il va y avoir un monde fou et moi je serai ici ! Tu crois que tu vas t'en sortir, Barth ?

Il se tourna vers Oscar.

— Dis donc, tu ne peux pas lui donner un coup de main ? Juste une heure !

Oscar espérait y couper : il avait ce genre de rassemblement en horreur.

— Je crois que ma mère a besoin de moi.

— Impossible, trancha Jeremy. Elle était prête à venir, elle aussi !

Oscar ne sut plus quel prétexte trouver pour éviter la foule.

— Bon, dit-il, je peux déjà demander à Violette d'aider Barth, et je les rejoins. Ça te va ?

— Ça me va ! se réjouit Barth.

Jeremy, résigné, régla les détails avec son frère. Une avalanche de conseils et de consignes s'abattit sur ce pauvre Barth, et Oscar en profita pour s'échapper. À quelques mètres, Tilla et ses deux copines se tenaient parmi le groupe de Moss. Elle sourit à Oscar ostensiblement. Oscar ne prêta attention ni à elle ni à Moss, même s'il détestait les savoir ensemble, et enfourcha son vélo. Il avait le temps d'aller acheter un carnet de tickets de bus et de filer préparer ses affaires.

Lorsqu'il entra dans la maison, il s'assura qu'il était seul. Celia n'était pas encore de retour et Violette était partie directement de l'école pour le Bazar, escortée par Barth. Il fonça dans sa chambre. Il plia sa cape, prit son Grimoire, sa ceinture et ses premiers Trophées, et mit le tout dans un grand sac de sport. Puis il fourra son album photos dans sa poche et quitta la maison.

Il ouvrit la remise où il rangeait son vélo et y cacha le sac. Tout était prêt pour son départ le lendemain. Il s'assura que le chemin était libre, se faufila jusqu'au portillon et partit en courant dans Kildare Street pour rejoindre Barth et Violette.

À proximité de la maison des O'Maley, on aurait pu croire à une émeute – ou à une foule en délire qui attendait l'arrivée d'une rock star. Barth ne savait plus où donner de la tête. Il indiquait l'emplacement des choses, déballait, remballait, courait du stock à la cour, et encaissait.
Violette, elle, s'était très vite sentie étrangère à ce qui tournait presque à la fête foraine. Au milieu des cris, des disputes pour obtenir une marchandise, des rires et des bousculades, elle rêvait simplement de s'élever au-dessus de la foule et de s'envoler jusqu'à ce que tout ce capharnaüm se soit dispersé. Elle s'était très vite mise à l'écart, assise sur une pile de cartons et aussi immobile que les objets en vente, lorsqu'une voix insista pour l'arracher à sa bulle protectrice.
— Tu t'ennuies, Violette ?
Tilla s'était plantée devant elle avec un sourire ambigu, à mi-chemin entre l'amitié et la moquerie. Protégée par ses rêves, Violette ne se rendait même pas compte que certains la raillaient. Ils étaient peu nombreux heureusement, parce qu'au fond, la plupart l'aimaient et, si l'on riait de ses extravagances, c'était parce qu'on la trouvait drôle, pas ridicule. Violette lui rendit un sourire franc.
— Non, je ne m'ennuie pas : je suis rentrée chez moi.

Shadow et Barbie s'approchèrent.

— Qu'est-ce qu'elle dit ? demanda Barbie, qui hésitait entre deux pinces à cheveux très sophistiquées qu'elle venait de dénicher sur les étagères « chinoiseries » du Bazar.

Tilla la repoussa.

— Je crois que tu es ici, avec nous, dans le Bazar, non ? dit-elle à Violette.

— Oui, mais je suis rentrée chez moi, à l'intérieur, précisa Violette en pointant sa tête du bout de l'index.

Shadow se mit à rire, puis se ravisa : elle préférait attendre la réaction de Tilla avant d'en avoir une. Barbie haussa les épaules et retourna à son choix de pinces à cheveux. Tilla hésita un instant, et fit mine d'avoir parfaitement compris.

— Bien sûr. Est-ce que tu pourrais en sortir et revenir ici, dans le Bazar ? J'ai une question à te poser.

— D'accord, répondit Violette, toujours prête à faire plaisir.

Tilla se tourna vers Shadow, qui s'assurait que ses baskets étaient bien du même rose que les siennes, et la renvoya d'un simple regard. Elle s'adressa à Violette avec un air angélique :

— Tu sais, j'aime bien ton frère, mais il est tellement secret, il ne veut jamais me parler...

— Ah bon ? Moi, il me raconte tout ! répondit Violette avec candeur.

— Ou alors il est timide ? suggéra Tilla en jouant innocemment avec une boucle de cheveux. Peut-être qu'il me trouve jolie et qu'il n'ose pas me parler.

Violette secoua la tête.

— C'est juste qu'il ne sait pas de quel côté tu es : le sien, ou celui de Moss.

— Moi ? Mais... pas du tout ! s'écria Tilla comme si on venait de la blesser au plus profond de son cœur. Je ne fais partie d'aucun groupe, d'abord, conclut-elle avec une certaine fierté.

— Et puis il pense que tu te sers de ton physique, parce que tout le monde te trouve jolie. Il dit que Naomi, par exemple, la grande brune, tu vois qui c'est ? Eh bien, il la trouve aussi jolie que toi.

Tilla se rembrunit. C'était tellement facile de tirer les vers du nez de cette fille bizarre, mais elle n'appréciait pas particulièrement ses réponses.

— Elle ?! Aussi jolie que moi ? Eh bien, tu peux dire à ton frère que...

Elle se ravisa.

— Oui, je... je suis *d'accord* avec lui, finit-elle par reconnaître.

L'effort qu'elle venait de consentir lui resta en travers de la gorge. Elle regarda discrètement autour d'elle pour s'assurer que personne ne l'avait entendue faire cet aveu, et poursuivit :

— Je suis sûre que si je passais un peu plus de temps avec lui, il me verrait autrement. Par exemple, j'aimerais bien... j'aimerais bien l'accompagner quand il gagne ses trophées.

Violette tomba dans le piège.

— Ah, il t'a raconté ? Je crois qu'il y retourne samedi matin, mais très tôt, à 7 heures, parce qu'il a un rendez-vous secret avec Valentine et Lawrence !

— Valentine ? répéta Tilla, piquée par la curiosité et peut-être un peu de jalousie.

— Il ne faut pas en parler, ma mère n'est pas au courant. Mais de toute manière, on ne peut pas l'accompagner.

— Ah, et pourquoi ?

— Parce que ça ne te regarde pas, répondit une voix ferme. Pourquoi tu lui poses toutes ces questions ?

Tilla se crispa. Passé le choc d'avoir été prise sur le fait, elle se ressaisit.

— Carrie... Tu écoutes les conversations des grands, maintenant ? Je vais en parler à ton frère, il va s'occuper de toi, menaça-t-elle avec cruauté.

— Tu me fais super peur ! ironisa Carrie. En tout cas, moi, je dirai à Oscar que tu t'intéresses beaucoup à lui.

Tilla haussa les épaules, tourna les talons et s'éloigna sans un mot de plus.

— Et je n'oublierai surtout pas de dire à Naomi que tu la trouves aussi jolie que toi ! ajouta Carrie à tue-tête en la rattrapant par le bras.

— Lâche-moi, idiote ! s'emporta Tilla.

Carrie éclata de rire, tandis que Tilla s'enfuyait, puis se tourna vers Violette, l'air désolée.

— Violette, tu n'as pas compris qu'elle cherchait à te faire parler ?

— Si, bien sûr, répondit Violette en souriant. Puisqu'elle me posait des questions...

— Elle voulait que tu lui dises des choses que tu ne dois pas raconter ! J'ai presque tout entendu, elle a parlé de Trophée... Tu lui as expliqué ce que c'était ?

— Non, je croyais qu'elle savait déjà.

— Elle cherche sans doute à en savoir plus sur les Médicus, tu comprends ? dit Carrie à voix basse. Et ça, c'est absolument *secret* !

— Pourquoi ? Elle m'a posé la question gentiment !

— Nous, on est au courant parce que nos frères ou nos parents sont Médicus, expliqua patiemment Carrie. Mais les autres ne doivent pas savoir, sinon les Médicus seront en danger.

— Quel danger ? répondit Violette, brusquement inquiète.

— Carrie, *on* nous attend.

Une fille un peu plus âgée venait de les rejoindre. Lorna Moss avait douze ans mais, contrairement à sa sœur, elle semblait préoccupée et effrayée en permanence. Effacée, résignée, elle ne tenait jamais tête à personne.

— On nous attend ? Qui ça, « on » ? demanda Carrie.

— Tu sais bien, se contenta de dire Lorna. Allez, viens, fais pas d'histoires, ou alors...

— Ou alors quoi ? Qu'est-ce qu'il va nous faire ? C'est juste notre frère ! Vas-y, toi, si tu as peur de lui, moi je m'en fiche, je reste.

Lorna soupira et regarda autour d'elle, gênée qu'on les entende.

— S'il te plaît, viens, on rentre.

Carrie serra les dents, furieuse, et capitula. Elle ne voulait pas laisser Lorna affronter Ronan toute seule. Elle sermonna Violette une dernière fois.

— Tu ne dois plus parler des Médicus à qui que ce soit, d'accord ? Même si on te pose gentiment la question.

À cet instant, elle vit Oscar, planté devant elles comme par enchantement.

— Qu'est-ce que tu veux encore, Carrie ? l'interrogea-t-il, furieux.

— Mais rien ! Au contraire, je...

— Ne me prends pas pour un débile !

Il enchaîna un ton plus bas :

— Tu parlais de Médicus, je t'ai entendue. Arrête de te mêler de ça, dit-il comme on gronde un enfant. Si tu continues, on va tous avoir des ennuis !

— Mais c'est ce que je viens de lui expliquer ! s'emporta Carrie. J'y peux rien si ta sœur se fait avoir et parle à n'importe qui ! Tu devrais me remercier au lieu de me faire des reproches ! Ne me parle plus jamais ! Jamais !

Elle fendit la foule, suivie par sa grande sœur, avant même qu'Oscar ait le temps de répondre. Décidément, cette fille avait un sale caractère en plus d'être obstinée, mais il finirait bien par la décourager de poser des questions sur l'Ordre. Il se tourna vers Violette : elle souriait sur le mode « Désolée, je suis absente, veuillez revenir un peu plus tard. » Il la laissa à ses rêveries et se dirigea vers Barth, qui l'appelait à grands signes.

38

L'escalier grinça comme jamais. Oscar s'immobilisa, le cœur battant. Un frémissement provint de la chambre de sa mère, puis plus rien. Il posa le pied sur la dernière marche et traversa le hall à pas de loup. Il s'apprêtait à refermer la porte lorsqu'il marcha sur un objet bombé qui craqua sous la semelle de sa basket : il maudit sa sœur et ses balles de ping-pong coupées en deux « au cas où des oiseaux ne trouveraient pas de coquilles pour leurs œufs ». Juste au-dessus de sa tête résonna une interminable onomatopée suivie d'un profond soupir échappés de la fenêtre de la chambre de Violette. Puis le silence du petit matin reprit ses droits.

Il contourna la maison, se glissa dans la remise et s'empara du sac. Il sortit le vélo sans bruit jusqu'au portillon. Il jeta un coup d'œil sur sa montre : il était 7 h 10, on était samedi et les rues étaient vides ; il avait tout le temps nécessaire pour se rendre à Cumides Circle. Il fila à toute vitesse.

Derrière lui, un autre vélo partit aussi vite que le sien.

À 7 h 30, il posait le pied à quelques mètres de Cumides Circle. Il inspecta les abords du jardin et de la maison ; le silence était absolument parfait, même pas troublé par un souffle de vent dans le feuillage. Il s'étonna de l'absence de Zizou. Il plaqua son pendentif contre la serrure : la grille s'entrouvrit et il disparut dans le jardin à l'abri des rhododendrons. Il ne tarda pas à entendre des pas précipités sur le gravier. Une silhouette passa près de lui, il lui agrippa le bras. On étouffa un cri d'effroi.

— Chut, lui fit Oscar, tu vas réveiller Bones !

Lawrence mit la main sur son cœur, les yeux fermés.

— Fais-moi encore peur comme ça et je ne réveillerai plus personne : je serai mort d'une crise cardiaque !

— Mais pourquoi vous n'étiez pas dehors, comme convenu ?

— Parce qu'on a dû passer par la porte de la cuisine, souffla Valentine en agitant le précieux double de la clef. Zizou n'a pas voulu coopérer. Un ordre de Mr Brave, peut-être ?

— Il faut faire vite : dans cinq minutes, un bus passe par Bartleby Avenue, juste derrière, dit Oscar. Il nous conduira à Snow Bay. On aura trois heures d'avance sur les autres, pas une minute de plus.

Le bus 312 les déposa pile devant la maison de Leonid Smith. Ils poussèrent discrètement le petit portillon, évitèrent soigneusement les plates-bandes de fleurs et se mirent à l'abri d'un saule pleureur, le temps d'échafauder leur plan. Lawrence sortit de sa poche une liasse de feuilles gribouillées de haut en bas.

— J'ai relevé vingt-huit méthodes pour passer à travers une enceinte fortifiée et pénétrer dans une cité réputée inviolable. Commençons donc par la première...

— ... Et moi, j'ai une vingt-neuvième méthode encore plus efficace, suggéra Valentine en brandissant une lime et des épingles à cheveux. J'ai besoin d'une serrure et le tour est joué.

— VOUS N'ALLEZ MÊME PAS RESTER ICI DIX SECONDES, BANDE DE VOYOUS !

Un vieux monsieur obèse en bretelles et nœud papillon, au visage rubicond et aux sourcils dressés, était penché sur eux. D'en bas, avec son nez crochu et ses petits yeux enfoncés et perçants, Leonid était encore plus effrayant qu'à hauteur d'homme, et même Valentine en eut le bec cloué. Oscar retrouva ses esprits et parla le premier :

— Bonjour, Mr Smith, je suis Oscar Pill, vous vous souvenez de moi ? Je suis déjà...

— Oscar Pill ou pas, lève-toi *immédiatement*, malheureux : tu écrases mon gazon ! rugit Leonid.

Les trois adolescents s'empressèrent de rejoindre l'allée parfaitement ratissée. Leonid les suivit, en occupant presque la totalité de la largeur de l'allée. Oscar reprit la parole aussitôt :

— Vous savez, je suis un Médicus et...

— Bien sûr que je sais qui tu es, coupa Leonid. Tu me crois gâteux, comme le jeune McCooley ? Qui sont ces deux-là, maintenant ?

Oscar tira Valentine et Lawrence vers l'avant.

— Voici Valentine... euh...

— Du GRIU, précisa-t-elle.

— C'est ça, reprit Oscar, Valentine Dugriu. C'est son nom.

— Jamais entendu ce nom-là, dit Leonid, méfiant.

— Bonjour, cher monsieur, anticipa Lawrence en esquissant une révérence d'un autre siècle. Je m'appelle Lawrence de la Mine, vicomte de...

— Mr Smith se contentera de ton nom, Law, intervint Oscar.

— Ils sont Médicus, eux aussi ? demanda Leonid d'un air suspicieux. Je n'en ai jamais vu de cette couleur.

— C'est la mode à la cour, cher Mr Smith, répliqua Lawrence, très sûr de lui depuis ses dernières lectures de *L'Épopée des Médicus* du marquis Alphonse.

— Mais... de quoi parle-t-il ? s'impatienta Leonid.

— De la cour d'école, s'empressa de répondre Oscar. D'ailleurs, à propos d'école, nous n'avons pas cours, alors on a pensé qu'on pourrait venir un peu plus tôt que prévu.

— Quoi ! tonna Leonid. Une Intrusion, comme ça, à 8 heures du matin ? Vous êtes fous ! Je viens à peine de prendre mon café.

— Mais...

— Je ne suis pas prêt, voilà tout, et maintenant rentrez chez vous ! Je vous attends à 10 heures, pas avant.

Leonid faisait déjà demi-tour ; Oscar l'interpella.

— Mr Smith, si on attend d'être tous ici à 10 heures, on va se bousculer dans votre second royaume et vous allez encore avoir des quintes de toux ! Alors que si on se sépare en deux groupes, vous ne sentirez rien.

— Il n'en est pas question, un point c'est tout ! cria Leonid au risque de réveiller tout le quartier.

La voix d'Oscar se fit presque aussi forte que la sienne.

— Alistair avait raison : vous n'êtes qu'un vieux type au sale caractère, et je crois aussi que vous êtes mauvais !

Leonid se figea sur place. La rage monta en lui comme la pression dans une Cocotte Minute. Étrangement, il ne dit pas un mot, plissa les yeux et resta sur le pas de la porte. Lawrence et Valentine firent prudemment un pas en arrière. Lawrence tenta d'entraîner Oscar, mais ce dernier ne bougea pas d'un millimètre.

— Vous vous êtes moqué de son père, qui était fou, mais moi je préfère finir fou plutôt que comme vous. Vous allez finir seul parce que tout le monde va vous détester.

Cette fois, Leonid se retourna, bras croisés dans le dos. Il fixa Oscar droit dans les yeux avec un étrange petit sourire. Oscar soutint le regard de feu : il n'avait plus rien à perdre.

— Alors, comme ça, McCooley me trouve détestable...

— Non : c'est plutôt ce que *je* pense, avoua Oscar.

— Tu es loyal vis-à-vis de ton protecteur, c'est bien... mais n'essaie pas de défendre ce grand dadais de McCooley, qui entendra parler de moi très bientôt ! explosa Leonid, écarlate.

Plus vif que l'éclair malgré son âge et son embonpoint, il saisit les trois adolescents par le col, les poussa à l'intérieur de la maison et claqua la porte.

— Enlevez tout de suite vos chaussures, petits souillons !

Ils s'exécutèrent, peu rassurés. Oscar sentait bien qu'une fois de plus, il ne s'était pas contrôlé et qu'il était allé trop loin. Il s'en voulut d'avoir mis ses amis en mauvaise situation : si Leonid se plaignait auprès de Mr Brave, celui-ci pourrait les renvoyer à l'intérieur du corps. Valentine et Lawrence, en chaussettes au milieu de l'entrée, échangèrent un regard inquiet avec lui. Leonid inspecta méticuleusement leurs pieds.

— Enfin un point positif : vos chaussettes sont propres et ne sont pas trouées.

Les deux adolescents remercièrent Cherie, aussi bavarde et mauvaise cuisinière qu'elle était maniaque et pointilleuse en matière d'hygiène. Pour une fois, la propreté servait à quelque chose.

— Suivez-moi, ordonna Leonid. Et gare à vous si vous touchez quoi que ce soit.

Ils entrèrent dans le salon impeccable et rutilant. Même les trophées de chasse semblaient vivants tant le poil brillait. Leonid s'assit lourdement dans son fauteuil, et se versa une large rasade de whisky.

— Les émotions m'assoiffent, dit-il. Les gamins turbulents et impolis aussi.

Oscar se retint de répondre, cette fois : il en avait fait assez comme cela.

— Oscar Pill, reprit Leonid, ce que tu as osé me dire est tout simplement i-nac-cep-table.

Oscar marmonna vaguement une excuse. Leonid le fit taire d'un geste impérieux.

— Mais j'aime les garçons courageux et déterminés. Et comme je suis moins méchant que certains ne le pensent... eh bien, je vais vous laisser voyager dans mon second royaume.

Les visages s'illuminèrent.

— Dépêchez-vous avant que je ne change d'avis, petits délinquants multicolores ! bougonna-t-il entre deux accès de toux.

Oscar jeta son sac sur un canapé pour y prendre ses précieuses affaires.

— Doucement ! s'étrangla le vieux monsieur. Tu vas abîmer le velours !

Oscar sortit avec précaution la trousse de l'unité PALOMA dans laquelle il avait dissimulé l'arme interdite, puis la ceinture qui glissa d'elle-même autour de sa taille. Il noua sa cape autour de son cou, en écarta les pans pour que s'y réfugient ses deux amis, et fixa intensément le cœur de Leonid.

— Attends ! ordonna celui-ci.

Oscar baissa le bras, surpris.

— Tu avais tort en tout point, car je n'ai pas mauvais caractère.

Leonid se pencha vers les trois adolescents avec un air méchant.

— En fait, j'ai TRÈS mauvais caractère. Alors si vous faites du grabuge à l'intérieur, gare à vous !

Oscar devina un sourire sur le visage sévère de Leonid, et même un furtif clin d'œil.

— À tout à l'heure, Mr Smith, lui dit-il en lui rendant son sourire.

Lorsque le flash éblouissant se fut dissipé comme une poussière scintillante, Leonid s'enfonça dans son fauteuil et ferma les yeux.

De l'autre côté de la fenêtre du séjour, une jeune fille cachée dans un épais buisson fleuri avait rivé son regard sur la scène, stupéfiée, comme si elle avait assisté à l'arrivée d'extraterrestres. Qui la croirait lorsqu'elle raconterait ce qu'elle venait de voir ? Pourtant, Tilla n'avait pas rêvé : Oscar avait tendu un curieux bijou, couru, et s'était bel et bien évaporé. Et ça, c'était sans doute la plus belle découverte de sa vie.

Elle sourit, se releva et disparut presque aussi vite qu'eux.

39

Lawrence se précipita contre le sol.

— Qu'est-ce que tu fais ?

— La sieste, répondit-il à Valentine d'une voix tremblante. Tu penses, c'est le moment...

Il sentit une main rassurante sur son épaule.

— Désolé, lui cria Oscar pour couvrir le hurlement d'une bourrasque de vent, je pensais qu'on arriverait sur la plage du premier royaume.

— Où on est ?

— Sur le pont qui mène à la cité d'Éole. J'ai un peu visé à côté.

Le vent soufflait dans un sens puis dans l'autre, le pont tanguait à cent mètres au-dessus de la mer. Lawrence, qui souffrait du vertige des hauteurs, se fit violence et se releva, agrippé aux filins tendus entre les gigantesques pylônes. Ils regardèrent autour d'eux : ils étaient entourés par la mer, aussi loin que pouvait porter le regard. Au bout du pont, la formidable cité des Brumes, avec le palais d'Éole en son sommet, se dressait au-dessus des eaux tumultueuses, tandis qu'à l'autre extrémité s'étendaient le rivage et ses tours ZÉPHIR, et au loin les canyons qu'Oscar et ses camarades avaient eu tant de mal à traverser.

— Et maintenant, on fait quoi ?

Oscar hésita : rejoindre la rive ou la cité leur ferait perdre toute leur avance. Un bruit sourd, comme une corne de brume, retentit : un immense bateau militaire passait sous le pont. Oscar serra un angle de sa cape dans chaque main.

— Prêts ?

— Prête, déclara Valentine.

— Oh non, Oscar, ne me dis pas que...

— Vite, Law ! le coupa Oscar, qui enjambait la rambarde. Pas le temps de réfléchir.

Lawrence implora tout ce qui lui était cher et imita son amie : ils passèrent sous la cape et s'agrippèrent à Oscar.

— On y va ! cria celui-ci.

Ils sautèrent dans un seul cri. La cape se gonfla d'air et se transforma en un deltaplane, ballotté par les rafales de vent. Oscar baissa la tête et ils piquèrent droit vers les flots. Une bourrasque plus forte que les précédentes les fit remonter alors qu'ils s'approchaient du vaisseau et ils partirent en vrille. Oscar tint la cape de toutes ses forces et parvint à reprendre le contrôle.

— On s'éloigne et on n'a plus assez d'altitude ! hurla Lawrence. Baisse ta main droite !

S'il n'était pas le plus aventurier des trois, Lawrence était un excellent mathématicien et s'y connaissait comme personne en technologie comme en physique. Oscar s'exécuta. Ils virèrent de bord et planèrent un court instant au-dessus de la proue du bateau.

— Pique sur eux ! conseilla Lawrence. Et quand on arrive à quelques mètres, on se redresse pour atterrir en douceur sur le pont !

Ils plongèrent comme un boulet vers le navire. À quelques mètres du bateau, le vent changea encore de sens et fit gonfler la cape dans l'autre direction : ils furent projetés sur le côté et tombèrent dans les eaux tièdes et rouges en soulevant une énorme gerbe.

— Un homme à la mer ! cria-t-on sur le pont du bateau.

Des bouées furent lancées et un canot descendit au bout d'un harnais. Oscar nagea vers une bouée, Valentine atteignit la seconde, tandis que Lawrence gigotait dans tous les sens pour garder la tête hors de l'eau.

— Ne bouge pas comme ça, lui cria une voix masculine. Tu vas t'épuiser ! Mets-toi sur le dos, tu flotteras !

Mais Lawrence n'écoutait plus, affolé.

— Je... je ne sais pas nager !

Valentine et Oscar échangèrent un regard terrifié. Oscar crawla contre les vagues pour rejoindre Lawrence. Ce dernier s'agrippa à la bouée en crachant et toussant. Une troisième bouée fut lancée : elle heurta violemment la tête d'Oscar, qui s'enfonça dans les flots. Valentine poussa un cri d'effroi. Oubliant sa terreur et son handicap, Lawrence lâcha sa bouée pour tenter d'agripper la cape, le bras, ou même les cheveux d'Oscar. En vain : lui-même ne parvenait pas à rester en surface. Valentine le rejoignit tant bien que mal tandis que le corps de leur ami disparaissait sous leur regard horrifié.

Oscar lutta pour ne pas s'évanouir. Son corps lui semblait lourd comme du plomb, ses membres ne répondaient plus et les voix, lointaines, s'éteignirent. Le bruit des vagues s'estompa dans le silence des profondeurs. Il se sentit enveloppé par l'eau, d'abord, puis par la cape. Il voulut prendre une bouffée d'air : au lieu de cela, c'est l'eau qui déferla dans sa gorge et ses poumons. Ce fut comme une décharge électrique : il rouvrit les yeux, comprit la situation et sortit son pendentif de sous son T-shirt. La Lettre se mit à briller et un faisceau lumineux jaillit vers la surface.

Monte, ma cape, monte comme tu sais faire.

La cape s'enroula autour de lui et retint les dernières bulles d'air qui s'échappaient de ses lèvres. Oscar les aspira goulûment, tandis que l'étoffe entamait son ascension. Il restait encore quelques mètres et ses poumons étaient en feu. La nuit tomba tout autour de lui, et une multitude d'images défila devant ses paupières closes comme un film passé en vitesse accélérée. *Je vais mourir. Je vais retrouver mon père.*

À ce moment précis, il émergea de l'eau comme un ballon qui remonte à la surface, et des bras forts le sortirent des vagues pour le poser dans le fond du canot. Il ouvrit les yeux et vit les visages défaits mais soulagés de ses amis. Valentine le serra contre elle sans un mot – pour une fois ! – et Lawrence parla avec des sanglots dans la voix.

— Pardon, Oscar, j'ai essayé, mais...

Oscar toussa et cracha toute l'eau dans ses poumons pour répondre.

— Tu n'aurais même pas dû, c'était très dangereux, dit-il sans oser reparler de l'aveu de Lawrence.

Jamais leur ami ne leur avait confié qu'il ne savait pas nager. Pourtant, il n'avait pas hésité à s'élancer au-dessus de la mer et à lâcher ensuite la bouée pour sauver Oscar. Les plus courageux ne sont pas toujours ceux qui l'affirment.

— Bon réflexe, en tout cas, jeune homme.

Oscar se retourna et reconnut Gael, le capitaine de la garde du roi Éole.

— Qu'est-ce que vous faites ici ?

Gael sourit.

— C'est à moi de te poser la question : qu'est-ce que tu faisais à 8 h 30 au-dessus du navire de surveillance militaire de la cité des Brumes ? Tu y répondras quand on sera sur le pont. Vous avez mérité un peu de repos.

— On n'a pas le temps, s'inquiéta Oscar.

— Plus un mot, ordonna Gael.

Tous obéirent, trop fatigués pour s'opposer à quoi que ce soit.

Des échelles furent lancées depuis le bateau. Valentine puis Lawrence grimpèrent.

— Tu auras la force de monter seul, ou tu veux que je t'aide ? demanda Gael à Oscar.

Les vagues faisaient tanguer l'embarcation et s'écrasaient contre la coque du navire, mais pas question de montrer un signe de faiblesse, sinon Gael ne les laisserait jamais repartir.

— Ça va, je peux monter seul.

Il posa la main sur son pendentif. Une lueur verte, inhabituelle, passait à travers le tissu. Il se remémora cet instant où le Grand Maître des Médicus avait lié son pendentif au sien. Un courant chaud passa dans son corps et le revigora. Il posa le pied sur le premier échelon, alors que l'échelle en corde volait de toutes parts malgré la poigne du capitaine. Il gravit deux autres échelons, et son pied glissa sur le quatrième. Il bascula en arrière et Gael le retint par la taille. Un pan de la cape vola, la trousse de l'unité PALOMA s'entrouvrit et une lueur rouge filtra.

— Qu'est-ce que c'est ? demanda Gael, intrigué. J'ai vu beaucoup d'armes de Médicus, mais aucune de cette couleur...

Oscar referma la sacoche d'un geste vif.

— Rien, dit-il, c'est un accessoire que Mrs Withers m'a donné.

Il sauta sur le pont, le cœur battant, avec l'espoir que Gael oublie très vite ce qu'il venait de voir.

Gael les guida jusqu'à un escalier qui menait au pont supérieur et les fit entrer dans une large cabine. Kimi, sa compagne, les accueillit, surprise.

— Ravie de te revoir, Oscar. Nous t'avons tellement manqué ?

— Maintenant, dit Gael, vous allez pouvoir me dire ce que vous faites ici. Ce n'est pas une visite de courtoisie, n'est-ce pas ?

— Non, avoua Oscar. On comptait se rendre dans le second royaume.

— Je croyais qu'Alistair devait accompagner le groupe, se rappela Kimi, intriguée. D'ailleurs, il en manque quatre sur cinq. C'est beaucoup.

Oscar fit de son mieux pour masquer son trouble. Pas question de dévoiler le but secret de leur visite — et pas question d'y renoncer non plus.

— Il a séparé le groupe en deux, déclara-t-il avec assurance. On ne s'entendait pas bien.

— Curieux, comme répartition, s'étonna la jeune femme. Et tu es parti seul ?

— Permettez-moi de vous faire remarquer qu'Oscar n'est pas seul, précisa Lawrence en nettoyant avec soin ses lunettes.

— Val et Law m'accompagnent, avec l'accord de Mr Brave, renchérit Oscar.

Il n'en était plus à un mensonge près.

— Bon, si vous devez vous y rendre, conclut Gael, on peut sans doute vous aider.

Kimi s'approcha de Valentine.

— Cette demoiselle est une Érythrocyte du Grand Réseau, si je ne m'abuse ?

— Oui, mais je ne suis que de passage dans le corps, précisa-t-elle, inquiète qu'on la rapatrie manu militari. J'habite en dehors, maintenant, chez Mr Brave. On est très proches, lui et moi, dit-elle avec aplomb.

Gael sourit, amusé par son culot.

— Puisque tu es une Érythrocyte, tu dois savoir conduire un Globull...

— Je suis imbattable, demandez-leur.

— Croyez-la sur parole, s'il vous plaît, supplia Lawrence. J'aimerais éviter une démonstration.

Kimi secoua la tête.

— Je crois que vous n'aurez pas le choix.

40

— Mais bien sûr que j'ai compris, s'impatienta Valentine en tripotant la multitude de voyants et de boutons qui s'alignaient sur le tableau de bord.

Après dix minutes de course à travers les couloirs aveugles du navire, ils étaient parvenus à un sas de sécurité où Gael avait collé son œil à un écran.

— Qu'est-ce qu'il fait ? avait demandé Lawrence, captivé.

— La cellule vérifie qu'il s'agit bien de la rétine du capitaine, avait expliqué Kimi.

Ils étaient entrés dans une vaste pièce composée d'une salle de contrôle et Gael avait désigné un trou rempli d'eau.

— Là-dessous, c'est la pleine mer.

— Pourquoi nous avez-vous amenés ici ? s'était impatienté Oscar, qui comptait les minutes perdues.

— Parce que le second royaume est sous-marin. L'aurais-tu oublié ? Si tu veux te rendre dans le royaume de Pompée, il faut que tu passes par les profondeurs de sa mer.

Un homme aux commandes devant des ordinateurs avait fait un signe à Gael. Un périscope avait émergé de l'eau, puis une coque sombre était apparue en surface.

— Voici un Eol Sea III, un sous-marin de poche qui peut accueillir cinq personnes. Il nous sert pour des missions d'exploration aux frontières. Le roi Éole et sa sœur, Mitra, reine de Pompée, ne sont pas en très bons termes, mais les relations diplomatiques ont été rétablies, vous devriez être bien reçus.

À peine l'écoutille s'était-elle ouverte que Valentine avait pris place en écoutant d'une oreille les explications de Gael.

— Bien, dit le capitaine. À vous d'y entrer et de vous y installer.

Oscar et Lawrence obéirent sans traîner.

— Vous connaissez le chemin ?

— Quoi ! s'exclama Valentine. Même pas de GPS sur cette machine ?

— Il y a mieux qu'un GPS : les deux royaumes ont établi des accords. Si tu t'éloignes de la cité des Brumes pour aller vers Pompée, ton sous-marin est identifié, localisé et guidé dès que tu entres dans un périmètre proche. Tu n'as plus rien d'autre à faire que laisser naviguer ton vaisseau.

— Parfait ! Vous êtes prêts, les garçons ?

Elle n'attendit aucune réponse : à peine Gael avait-il regagné la salle que l'Eol Sea III plongea.

— Un sous-marin de guerre des Leucocytes, commenta Valentine. Il doit y avoir une attaque infectieuse quelque part, ils sont à pleine vitesse.

Au fur et à mesure que le sous-marin progressait dans la mer de Pompée, Oscar découvrait un monde fabuleux et totalement inconnu, malgré tout ce qu'il avait pu lire ou apprendre de la bouche de Mrs Withers et des autres membres du Conseil. Ils croisaient des machines ultrasophistiquées qui semblaient progresser sans pilote, au gré du courant, effleuraient des constructions qui reposaient sur les fonds ou en suspension dans l'eau, rencontraient d'autres bâtiments et sous-marins. Soudain, leur propre vaisseau eut des ratés, et Oscar fut obligé de retourner à son siège pour ne pas tomber.

— Qu'est-ce qui se passe ? se demanda Valentine. Aucune panne sur les écrans...

— Sauf que cette jauge, là, t'indique qu'on t'a confié un engin sans carburant, s'affola Lawrence.

— Alors ça, c'est scandaleux ! s'emporta Valentine. Nous, on se tue à faire le plein quand on rend un Globull ! Aucune éducation, ces Éoliens...

— Là ! s'écria Lawrence en pointant l'index à droite de son amie.

— Parfait ! souffla Valentine, soulagée. J'en ai pour deux minutes.

— Qu'est-ce que tu fais ? demanda Oscar.

— C'est un point de ravitaillement.

Oscar finit par distinguer une plateforme qui ressemblait à s'y méprendre à une station essence. Valentine ralentit l'engin qui s'immobilisa devant la première pompe. Un individu en scaphandre sortit de sa cabine de surveillance et parla dans le micro intégré à son casque.

— Le plein ?

— Glucose ordinaire, merci, répondit Valentine dans son propre micro.

— Et tu paies comment ? demanda Oscar à son amie.

— Ah, mais c'est une obsession, chez vous, l'argent ! Ici, c'est plus simple : tant qu'il y en a, c'est pour tout le monde, et quand il n'y en a plus, personne n'en prend.

Elle démarra. Oscar jeta un coup d'œil sur sa montre : il était presque 9 heures. Il leur restait un peu moins d'une heure avant qu'Alistair et les autres n'arrivent chez Leonid et ne se rendent compte qu'il les avait précédés.

— Accélère, Val : on n'est même pas arrivés aux portes du second royaume.

Valentine obéit ; ils furent tous scotchés à leur fauteuil et le sous-marin se transforma en une véritable torpille. Heureusement, elle n'avait pas surestimé ses capacités de pilote : elle était d'une habileté hors pair et zigzaguait entre les obstacles et d'innombrables créatures aquatiques. Leur sous-marin s'était mêlé à des milliers de Globull qui empruntaient la même route.

— Qu'est-ce qu'ils font ici ? demanda Lawrence, intrigué.

— Ils ont chargé l'oxygène dans le royaume d'Éole et ils passent ici pour repartir ensuite dans les cinq Univers, je crois, répondit Oscar.

— Pourvu que je ne rencontre pas de famille éloignée, s'inquiéta Valentine.

Elle se retourna vers ses compagnons.

— Bienvenue dans le royaume de Pompée, les amis.

Devant eux se déployait une gigantesque muraille rouge sombre striée. En son centre, deux ouvertures se dilataient puis se refermaient alternativement.

— Les Valves du royaume, annonça Oscar, impressionné : c'est le nom de ces portes.

Tous ceux qui convergeaient vers Pompée passaient par la porte droite, lorsqu'elle était ouverte. Et quand elle se refermait, c'était celle de gauche qui s'ouvrait pour laisser les gens quitter le royaume.

— Ça dépend du sens du courant, qui change tout le temps, comme le vent dans le royaume des Souffles.

D'étranges bruits se propagèrent dans la mer.

— Qu'est-ce que c'est ? demanda Lawrence, qui inspectait le tableau de bord.

— Ça ne vient pas de notre sous-marin, précisa Valentine. Ça s'accentue au fur et à mesure qu'on progresse. Attention !

Elle freina de toutes ses forces et le sous-marin piqua vers le fond, où il finit par se coucher.

— Qu'est-ce qui t'a pris ? s'écria Lawrence.

— Regarde, dit-elle simplement.

Devant eux, les battants de la Valve s'ouvraient et se fermaient incessamment. À chaque mouvement de l'immense portail, de terribles grincements se produisaient : les Valves de Leonid étaient rouillées et encrassées. Des plaques blanchâtres s'étaient déposées sur le bois et les gonds, et le passage était très réduit. De nombreux vaisseaux tentaient malgré tout leur chance, et y allaient en force pour pénétrer dans le royaume.

— Tu crois que tu pourras passer ? demanda Oscar.

— Ça m'étonnerait, fit Valentine. Notre sous-marin est plus grand qu'un Globull, et eux-mêmes ont du mal à se faufiler...

— Il faut essayer, de toute manière.

— Bien sûr, dit-elle avec enthousiasme. Je ne vais pas seulement essayer, je vais réussir. En selle, cow-boys !

Le sous-marin se souleva du fond sableux, les moteurs rugirent comme jamais et le vaisseau fonça droit vers la Valve. Le courant changea alors de sens. Valentine n'eut plus à lutter contre lui : il les portait, et sous l'effet de la puissante poussée de l'eau, les battants s'écartèrent.

— Accrochez-vous !

Elle poussa à fond la manette de l'accélérateur et leur véhicule bondit à pleine puissance. Un choc les secoua, et un bruit métallique atroce retentit. Le sous-marin s'était immobilisé malgré les moteurs qui tentaient désespérément de le propulser. Dans la cabine de pilotage, les parois avaient touché les portes de la Valve et s'étaient déformées.

— La coque est percée, cria Lawrence : l'eau entre dans la cabine !

Il se tourna vers ses amis.

— Vous avez une idée ? Parce que je n'ai pas appris à nager, depuis tout à l'heure...

Valentine fit une ultime tentative. Une odeur de brûlé leur parvint depuis la salle des moteurs.

— Inutile d'insister. On est coincés.

Elle observa Oscar, qui fouillait dans tous les coins.

— Si tu réfléchissais, au lieu de faire du ménage ?

Il réapparut quelques instants plus tard, les bras chargés, une lueur d'espoir dans ses yeux.

— Je crois qu'on va pouvoir s'en sortir... et sans nager.

41

Il serra les poings autour de sa machine et se retourna : à travers son masque, il aperçut ses deux amis qui le suivaient, et le sous-marin au loin, immobile entre les portes de la Valve. Tous s'étaient équipés d'une combinaison noire, de palmes aux pieds et d'une bouteille d'oxygène. Mais le plus précieux était probablement les propulseurs qu'ils tenaient à bout de bras. Oscar interrogea Lawrence du regard ; celui-ci, étonnamment détendu, le rassura d'un signe. Au plus profond de la mer, ils venaient enfin d'entrer dans le royaume de la reine Mitra : le cœur de Leonid, tout simplement.

Oscar garda la tête de l'expédition, ses pensées tournées vers la Table d'émeraude : il n'avait trouvé aucune piste avant de partir, et pas davantage depuis qu'il était revenu dans les deux royaumes. Un court instant, les rayons solaires parvinrent à percer en profondeur et dessinèrent les contours de deux masses ovales collées, telles deux gigantesques pommes de terre rouge sombre posées sur le sol. À leur sommet, deux cœurs – l'un pourpre, l'autre rouge vif – scintillèrent sous la lumière. Oscar s'approcha de l'étrange structure jusqu'à pouvoir identifier des milliers d'ouvertures dans la paroi. L'une d'elles, plus grande et située à l'avant, ressemblait à un portail finement ciselé, comme si un réseau de racines s'était entortillé tout autour du portique. Oscar sentit une chaleur se répandre sous sa combinaison. Il baissa le zip : son pendentif brillait vivement. Le pourtour de la porte s'illumina, lui aussi, et transforma le lacis autour du montant en guirlandes étincelantes. Les portes s'ouvrirent lentement et les adolescents entrèrent dans le palais Coronaire.

Ils traversèrent un espace totalement nu alors que le portail se refermait lentement derrière eux. Valentine fit signe à ses amis de la rejoindre : elle venait enfin de repérer dans la paroi une étroite ouverture. Ils abandonnèrent leurs propulseurs et s'y glissèrent. Ils explorèrent l'étrange colonne où ils venaient d'entrer, mais cette fois, aucune autre issue. Lawrence jeta un coup d'œil à la jauge d'oxygène : il respirait vite et avait consommé quatre-vingt-dix pour cent du gaz contenu dans la bouteille. Il était grand temps de remonter à l'air libre. Il se retourna vers l'étroit passage qu'ils venaient d'emprunter : il avait disparu.

Ils se mirent à palmer en tous sens à la recherche de la moindre fissure, du moindre recoin qui donnerait sur l'extérieur, en vain. Valentine elle aussi éprouva les premières difficultés respiratoires : sa bouteille était presque vide. Oscar se rapprocha d'eux, désespéré de les avoir entraînés dans ce cul-de-sac où ils allaient mourir noyés, et leur tendit un détendeur de secours relié à sa propre bouteille. Ils refusèrent malgré son insistance. Des clapotis et d'étranges bruits résonnèrent au-dessus de leurs têtes, et ils virent ce qu'ils n'espéraient plus : le niveau d'eau baissait miraculeusement.

Ils donnèrent un grand coup de palme pour remonter à la surface.

Dès qu'ils eurent la tête hors de l'eau, ils arrachèrent masques, capuches et détendeurs pour respirer à pleins poumons.

— Cette fois, reconnut Valentine, essoufflée, j'ai bien cru que c'était fichu ! Mais où est-on venus se perdre ?

Le niveau ne cessait de baisser, et Oscar finit par toucher le sol avec ses palmes. Ils se retrouvèrent tous assis sur une plateforme, ruisselants, dans un tube qui ressemblait à un conduit de cheminée totalement hermétique – si ce n'est la grille, au sol, qui avait permis d'aspirer l'eau. Ils se débarrassèrent de leur matériel de plongée.

— Pas mécontent d'être sur un sol ferme, avoua Lawrence.

— Pas pour longtemps, le prévint Valentine. Il faudra bien qu'on sorte d'ici.

— Tu vas être exaucée, Val, lui dit Oscar, le regard fixé sur la paroi.

Une fente apparut dans le mur. Un panneau coulissa et ménagea une ouverture de la taille d'une porte.

Ils sortirent avec prudence et tournèrent sur eux-mêmes, fascinés. Ils se trouvaient dans une immense salle dont les murs pourpres, translucides, semblaient éclairés de l'extérieur. On en voyait le fin réseau de nervures comme à travers une feuille décomposée.

— On se croirait au cœur d'une immense toile d'araignée, s'extasia Valentine. C'est magnifique.

Plus impressionnant encore était le silence, entrecoupé des battements du cœur de Leonid. Au fond, un escalier couvert d'un tapis rouge se perdait vers la voûte. Des canapés en velours bordeaux s'alignaient le long des murs sur lesquels étaient accrochées des toiles abstraites, couvertes de lignes irrégulières. Ils n'eurent pas le temps d'admirer plus longtemps le décor fastueux : à l'autre extrémité, une double porte s'ouvrit à la volée et des hommes armés se précipitèrent vers eux.

— Des Macrophages ! s'écria Lawrence. Ils nous prennent pour des étrangers !

— Bon, on va leur expliquer que c'est vrai, répondit Valentine, mais...

— Mais rien du tout ! répliqua Lawrence. Pour eux, un corps étranger est un danger : il faut l'éliminer, voilà tout !

— COUREZ ! cria Oscar.

Les trois adolescents partirent comme des flèches vers l'escalier, qu'ils se mirent à gravir.

— Cet... escalier... est... interminable... s'époumona Lawrence, gêné par son embonpoint et son manque d'exercice.

Oscar se retourna : les hommes en armes gagnaient du terrain. Il sortit de sa sacoche un fragment de cristal en forme de flocon de neige.

— Continuez, recommanda-t-il à ses amis tandis qu'il fixait le cristal sur son pendentif. Je vous rejoins...

— Non, dit Valentine, on ne t'abandonne pas !

— Pas question ! confirma Lawrence.

— Ne vous arrêtez pas ! ordonna Oscar fermement. Je vous retrouve tout de suite !

Ils capitulèrent à contrecœur, tandis qu'Oscar se retournait pour faire face à ses poursuivants en se remémorant les mots de Paloma : « C'est redoutablement efficace pour neutraliser un ennemi, mais tu pourras l'utiliser pour tout. Sers-toi de ta tête, mon petit cœur, sers-toi de ta tête : cela te sera plus utile que n'importe quelle arme. »

Il pria pour avoir eu la bonne idée au bon moment et tendit le bras sans trembler.

42

L'énergie se concentra au centre du M, traversa le cristal et le rayonnement bleuté frappa la pierre : une couche de glace se forma sur la marche d'escalier.

Les soldats n'étaient plus qu'à une trentaine de mètres et déjà leurs bras tentaculaires et hérissés de fer se déployaient pour enserrer leur proie. Il sentit ses propres battements de cœur jusque dans la tête, mais ne faiblit pas et fit glisser le faisceau tout le long de la marche. La pierre se couvrit progressivement de cristaux qui s'infiltrèrent dans chaque interstice.

La première fissure apparut enfin.

Celui qui semblait être le chef militaire – plus grand, plus large, et surtout plus terrible que les autres – fut le premier à poser le pied sur la marche gelée. *C'est fichu,* pensa Oscar, *c'est fichu*. Une explosion se fit entendre et la marche vola en éclats sous l'effet du froid et de la dilatation. La partie basse de l'escalier vacilla et le soldat bascula dans le vide avec ses hommes. Oscar monta les marches restantes quatre à quatre pour rejoindre ses amis.

— Je ne comprends pas, s'étonna Valentine. Ton pendentif nous a permis d'entrer ici, ça signifie bien que les Médicus sont considérés comme des amis, alors pourquoi ces Macrophages nous ont-ils attaqués ?

— Peut-être parce que *vous*, vous n'êtes pas Médicus, suggéra Oscar.

Il regarda à droite et à gauche ; d'interminables couloirs s'étiraient à perte de vue.

— Et maintenant, qu'est-ce qu'on fait ? demanda Lawrence. Les renforts vont arriver, c'est certain.

— Tu ne crois pas si bien dire ! s'écria son amie en désignant le couloir de gauche.

Ils s'engouffrèrent dans l'autre couloir avec un régiment à leurs trousses. Très vite ils perdirent du terrain.

— Il faut prendre une décision, et vite ! cria Valentine.

Une porte s'ouvrit en coup de vent, quelques mètres devant eux, et deux bras se tendirent pour saisir Oscar en pleine course et l'arracher au couloir. Valentine et Lawrence pilèrent tout net, stupéfaits, et les deux bras les empoignèrent et les firent entrer eux aussi.

Une force phénoménale les plaqua contre le mur, près de la porte refermée à la va-vite.

— Pas un mot ! murmura-t-on.

Une véritable cavalcade résonna dans le couloir, et s'éloigna. Les adolescents se redressèrent, hors d'haleine.

— Alistair ! s'écria Oscar comme s'il voyait Dieu en personne. Mais... vous n'êtes pas avec les autres ?

Alistair lui imposa le silence, d'un signe. La pièce était obscure et il apparaissait comme un spectre, plus diminué et creusé que jamais. Seule cette lueur glaciale semblait subsister au fond de ses yeux.

— Je m'apprêtais à me rendre à Cumides Circle quand j'ai su que tu étais parti sans eux, expliqua-t-il. Mais j'ai le temps, ce n'est que cet après-midi.

— C'est à 10 heures chez Leonid, corrigea Oscar avec étonnement. Je crois que vous êtes déjà en retard : il est 9 h 45.

Alistair eut un geste d'humeur.

— Je t'avais promis que je t'aiderais, alors je tiens ma parole. Tu n'es pas loin de... de ton but, ajouta-t-il avec prudence en lançant un regard aux deux autres.

— Où sommes-nous exactement ? demanda Oscar fébrilement.

Alistair tendit le bras et une torche se matérialisa dans sa main. Ils se trouvaient dans une pièce de taille bien plus modeste que l'immense hall, mais bien plus richement meublée. Les murs étaient tendus de tapisseries dans les tons de rouge, bordeaux, bleu nuit et or. L'une d'elles représentait le royaume dans son ensemble, avec la muraille qui formait une grande boucle, et le palais en son centre. Une autre figurait une femme aux longs cheveux blancs ceints d'une couronne faite de rubis en forme de cœur, et une troisième, d'un blanc et bleu ciel qui tranchaient dans ce monde si rouge, représentait la cité du roi Éole. Au fond de la salle, un siège était juché sur une estrade recouverte de velours grenat. Les pieds, les accoudoirs et les montants du dossier étaient pris dans une véritable dentelle de bois finement taillée.

— Vous êtes dans la salle du Trône du royaume de Pompée, révéla Alistair. Ici siège la reine Mitra, sœur du roi Éole, et elle y réunit ses conseillers.

Oscar l'observa, surpris : il avait parlé comme un automate, sans aucune intonation dans la voix. Que lui était-il encore arrivé pour changer à ce point d'humeur et de comportement ? Oscar s'inquiéta sincèrement pour lui, et finit par se demander s'il n'était pas judicieux d'en parler à Mr Brave ou du moins à Mrs Withers, qui tenait Alistair en estime. Elle saurait sans doute ce qu'il y aurait lieu de faire.

Au pied de l'estrade, une étrange colonne était surmontée d'une brume pourpre mouvante. Valentine, toujours aussi curieuse, se planta devant le socle.

— C'est très beau, dit-elle. Qu'est-ce qu'il y a dans cette brume ?

La voix d'Alistair résonna du fond de la salle.

— Le sceptre de la reine.

Valentine recula d'un pas. Le bâton royal était incrusté de pierres précieuses toutes taillées de la même manière : en forme de cœur aux mille facettes étincelantes. Alistair s'approcha.

— Il n'est pas seulement beau, dit encore le conseiller en s'adressant à Oscar, il te sera très utile. Même *indispensable* pour accéder à ce que tu cherches.

— Le sceptre peut nous aider à trouver la Table ? demanda Lawrence, sceptique.

Alistair s'étonna de l'entendre parler ainsi.

— Ce sont mes amis, ils sont au courant, précisa Oscar.

Alistair semblait contrarié.

— Tu devrais être plus discret – et plus prudent.

— Vous savez ce que c'est, un ami ? insista Valentine. On ne racontera rien, on ne le trahira jamais.

Oscar et Lawrence la dévisagèrent, stupéfiés, mais Alistair ignora son insolence.

— De toute manière, le mal est fait. Autant que tu ne sois pas seul, puisque je ne peux pas t'accompagner.

— Bon, décida Valentine en tendant les bras vers la coupole de brume, puisqu'on en a besoin...

— Ne fais pas ça, la prévint Alistair. Seule la reine en est capable.

— Qu'est-ce qui se passe si on traverse la brume ? demanda Oscar.

— Un autre gaz se mélange à l'air et explose immédiatement.

— Comment s'en emparer, alors ?

— Seule la reine en a le pouvoir... ou un Médicus.

— Alors vous pouvez le prendre, suggéra Lawrence, méfiant.

Alistair eut un imperceptible mouvement de recul.

— Non, il faut que ce soit celui qui va conserver le sceptre en main et le remettre en place.

Oscar se plaça devant la colonne.

— Attends, ordonna Alistair. L'explosion aura lieu si tu passes la main au travers.

— Vous venez de me dire qu'un Médicus peut s'en emparer !

— Un Médicus déclenchera l'explosion comme n'importe qui d'autre, mais il a la possibilité de s'en protéger.

— Ma cape ? suggéra Oscar.

— Pose-la sur la coupole de brume avant de faire quoi que ce soit.

— Vous n'avez pas de cape ? s'étonna Lawrence.

— J'étais pressé, je l'ai laissée...

Il ne finit pas sa phrase : un brouhaha semblait provenir du couloir. Il n'y avait plus de temps à perdre. Oscar dénoua sa cape et la jeta sans ménagement sur la coupole. Sous l'étoffe, la brume semblait rigide comme du verre.

— Et maintenant, déclara Alistair, tu peux la soulever.

Le souffle de l'explosion les projeta à l'autre bout du tapis. Alistair lui-même dut s'agripper à un fauteuil pour ne pas tomber à la renverse. Oscar se releva et courut jusqu'à la colonne. La brume rouge s'était dissipée et la cape retomba sur le précieux objet. Il la souleva avec précaution : des milliers de cristaux tombèrent comme de la neige. Sur le socle, le sceptre de Mitra, intact, brillait de mille feux orangé et rouge. Oscar hésita. Une sueur glacée coulait le long de son dos. Il tendit la main et saisit le sceptre. Puis il ferma les yeux, soulagé.

Des cris dans le couloir les ramenèrent à la réalité et à ses dangers ; des bruits d'armures et de métal, des pas précipités se mêlèrent aux voix.

— Ils vont fouiller toutes les pièces du palais, s'alarma Alistair. Il faut y aller. Suivez-moi !

— Il y a des soldats partout, on ne va pas pouvoir s'enfuir par d'où nous sommes venus... s'inquiéta Oscar.

Le jeune homme le dévisagea, mystérieux.

— Qui parle de quitter cette pièce ? Approche-toi du trône, vite !

Oscar obéit.

— Regarde au sommet du dossier : il y a deux rubis en forme de cœur, l'un clair, l'autre foncé.

— Oui, c'est l'emblème du royaume, je le vois.

— Glisse le sceptre entre les deux cœurs. Dépêche-toi !

Oscar fit entrer la base du bâton dans le creux. Une lueur intense embrasa les pieds du fauteuil et se propagea dans les accoudoirs puis le dossier, jusqu'aux deux pierres précieuses. L'estrade se mit à vibrer puis à trembler fortement.

— OUVREZ ! ordonna une voix impérieuse de l'autre côté de la porte. OUVREZ IMMÉDIATEMENT !

— Montez tous les trois sur l'estrade, vite ! cria Alistair en bloquant la porte avec un siège.

Valentine et Lawrence rejoignirent Oscar. Les vibrations de l'estrade s'étaient transformées en un lent mouvement vers le bas : le sol s'enfonçait. Alistair se retourna vers eux ; seuls leurs torses et leurs têtes dépassaient encore.

— Et vous ? s'écria Oscar.

— Ne t'inquiète pas, je vais rentrer tout de suite retrouver tes camarades.

Dehors, on tentait de faire tomber la porte à coups de boutoir.

— Bonne chance, Oscar Pill, dit Alistair sans le quitter des yeux.

La plateforme continuait à s'enfoncer dans le sol et Oscar eut encore le temps de voir la porte qui s'ébranlait à chaque coup, puis deux plaques glissèrent au-dessus de leurs têtes et les plongèrent dans l'obscurité.

43

La porte vola en éclats et les soldats déferlèrent dans la salle du Trône. Ils se mirent en rangs et formèrent un couloir. Le silence se fit et une très grande femme apparut dans l'encadrement de la porte. Elle était vêtue d'une longue robe en velours pourpre très simple, et ses interminables cheveux blancs, qui contrastaient avec ses lèvres de la même couleur que la robe, tombaient derrière elle comme une traîne de mariée. Elle se figea : seuls ses yeux d'un noir profond tournèrent dans tous les sens, comme si elle voulait prendre la mesure de ce qui s'était passé dans la salle. Son regard se porta aussitôt sur la colonne, la brume cristallisée sur le sol et, derrière, l'espace vide normalement occupé par le trône et l'estrade. Elle porta instinctivement la main à son cou et effleura le pendentif suspendu à une chaîne, fait de deux cœurs rouges. Elle baissa les yeux sur eux : ils perdirent brusquement leur éclat.

Elle balaya les dernières volutes pourpres au-dessus de la colonne d'un geste furieux. Son visage ridé avait perdu ses couleurs, mais ses yeux flamboyaient comme un brasier.

— Romano !

Un homme jeune, aux traits particulièrement fins, la rejoignit. Il ne portait ni barbe ni moustache, et ses sourcils et sa chevelure étaient rasés.

— Ma reine, personne d'autre que vous ne peut s'emparer du sceptre... à part un Médicus.

Elle baissa le regard sur la colonne dénudée. L'homme poursuivit à voix basse :

— Et le trône a disparu, ce qui signifie que celui qui a dérobé le sceptre se dirige vers la grotte et la salle des...

— Je sais, coupa Mitra.

Le conseiller de la reine s'inclina et recula.

Elle aperçut alors de manière fugace, au fond de la salle, la silhouette longiligne d'un homme qu'elle connaissait, puis un scintillement, puis plus rien. Son homme de confiance s'était retourné au même instant.

— Lui ? murmura Romano, incrédule. Est-ce possible ?

Mitra parla d'une voix glaciale, sans appel.

— Retrouvez-le. Retrouvez Alistair McCooley. *Vite*. Je le veux vivant.

Elle se précipita hors de la salle, suivie de Romano et de ses soldats, quand un véritable tremblement de terre survint. Les lumières semblèrent vaciller dans le couloir, puis elles s'éteignirent.

— La reine ! s'écria Romano. Protégez la reine !

Les soldats entourèrent leur souveraine et formèrent un véritable bouclier hérissé, tandis que Romano sortait d'un étui fixé à sa ceinture une dague qui brillait d'un éclat rouge. Mitra força le rang de militaires à s'ouvrir.

— Ce n'est pas une attaque, déclara-t-elle sans hésiter.

— Comment en être sûr ? demanda le jeune homme aux aguets.

— J'en suis certaine. Parce que je connais ce vieil étourdi de Leonid Smith, affirma la reine en s'engageant à vive allure dans le couloir, suivie de sa garde. Déclenchez l'alerte dans tout le royaume !

*
* *

Installé dans son fauteuil, devant son whisky, Leonid avait entamé une profonde réflexion sur la possibilité ou non d'en boire dès 8 heures du matin. Hélas, beaucoup d'arguments penchaient en faveur d'un verre. D'abord, il aimait le whisky, et quand on aime, on ne compte pas. Ensuite et surtout, l'alcool l'apaisait – ou du moins c'est ce qu'il croyait – et cette visite inattendue l'avait terriblement stressé. Tout particulièrement les mots de cet arrogant jeune homme, le petit Pill. Même si cette arrogance ne l'étonnait pas, car il avait eu l'occasion de se renseigner : Vitali Pill avait eu du caractère et du panache, et il fallait bien convenir que le fils n'en manquait pas. Cela dit, était-ce une raison suffisante pour qu'un adolescent manque d'éducation à ce point et ose injurier le monsieur respectable qu'il était ? Leonid regrettait déjà son indulgence.

Il ronchonna encore quelques minutes, ferma les yeux et s'endormit profondément, habité par une foule d'idées qui peuplèrent bien vite ses rêves. Un quart d'heure plus tard, il se réveillait en sursaut : un rêve avait pris la forme très nette d'un cauchemar dans lequel un gamin roux s'acharnait à faire un grabuge de tous les diables dans son corps en hurlant : « Vous avez un sale caractère, Mr Smith ! Vous avez un sale caractère ! » Il sentait son cœur battre à tout rompre dans sa poitrine.

Il se redressa, regarda autour de lui et, rassuré, tendit la main vers son pilulier. Il était l'heure de prendre son traitement pour le cœur.

Il se remit à bougonner et récapitula tout ce qu'il devait avaler. Un comprimé pour le rythme cardiaque, un autre pour la tension, un troisième pour que les artères ne se bouchent pas. Non seulement il détestait ingurgiter un tel cocktail, mais en plus, le cocktail en question l'empêchait de prendre ensuite un whisky pour faire passer le goût et le temps. Car son médecin – un vrai médecin, cette fois, pas un de ces Médicus fumeux – avait été clair sur le sujet : jamais d'alcool en même temps que les médicaments. Jamais.

Le souvenir de cette consigne le mit de mauvaise humeur ; il détestait quand le Dr Fitch lui faisait la morale et l'empêchait de profiter des petits plaisirs de la vie. Finalement, les médecins classiques valaient à peine mieux que les Médicus, il en était convaincu, et il se serait bien passé des deux.

Il serra les dents, leva ses petits yeux étincelants sur la carafe en cristal. Un sourire se dessina sur ses lèvres, comme chaque fois qu'il contemplait sa boisson préférée. Il joua un instant avec ses médicaments au creux de la main, hésita, effleura du doigt le verre vide posé près de lui. Puis, sans en avoir l'air, il saisit la carafe, versa un peu de whisky, s'arrêta puis en rajouta, et quand le verre fut presque plein, il remit avec soin les comprimés dans le pilulier sans cesser de chantonner un petit air joyeux. Il leva le verre à sa propre santé, surtout pas à celle de ce rabat-joie de Dr Fitch, et but une gorgée de pur malt. Il ferma les yeux et soupira d'aise. Puis il repoussa la boîte pleine de comprimés.

— J'ai dit : plus tard ! s'emporta le vieux monsieur comme si les comprimés lui avaient adressé un reproche. On ne va pas en faire toute une histoire !

Il avala une seconde gorgée, sourit, sirota encore un peu pour la forme et – au diable la modération – vida le verre d'un trait. Il le reposa en poussant un grand râle satisfait, et se laissa aller contre le dossier du fauteuil.

C'était vraiment délicieux.

Le seul problème, c'était qu'à peine un verre était-il fini que le goût disparaissait sous son palais. Par conséquent, il n'y avait qu'une chose à faire : recommencer l'opération depuis le début – une fois, puis une deuxième. À la troisième, il eut à peine la force de poser la tête sur le fauteuil et le verre sur la table.

Et de s'endormir aussitôt.

Sur la table, les médicaments étaient là. Et au grand complet, hélas.

44

Lorsque le sol de la salle du Trône s'était refermé au-dessus d'eux, l'estrade avait continué sa descente sur plusieurs mètres.

Oscar, Valentine et Lawrence la quittèrent enfin et s'engagèrent dans la seule issue qui s'offrait à eux : un tunnel. Construit au fond de la mer, son plafond était une immense plaque en verre que le courant balayait. En levant la tête, on pouvait admirer les profondeurs de la mer de Pompée et ses êtres vivants.

— Incroyable ! s'exclama Lawrence. On se croirait sous un aquarium géant.

— Il faut atteindre le bout de ce tunnel, dépêchez-vous ! leur cria Oscar, qui avait déjà pris de l'avance.

Ils se mirent à courir.

— Un détail, demanda Lawrence sans s'arrêter. As-tu la moindre idée de l'endroit où il mène, ce tunnel ?

— Non, mais on va bientôt le savoir.

Une secousse les obligea à se retenir aux parois pour ne pas tomber. Lawrence leva les yeux vers l'étendue rouge, au-dessus d'eux.

— Qu'est-ce qui se passe ? On dirait que tout le royaume s'assombrit !

— Regardez ! s'écria Oscar. Ces Globull, là-bas, ils n'avancent plus ! C'est comme si le courant s'était arrêté.

— Je ne sais pas pour vous, dit Valentine en tirant sur le col de son T-shirt, mais j'ai du mal à respirer...

La lumière vacilla encore, puis retrouva son intensité. Dans les profondeurs de Pompée, les eaux marines bougèrent à nouveau et la circulation reprit.

— C'était bizarre, s'inquiéta Lawrence, et très désagréable. On aurait dit que le royaume entier s'était paralysé.

— Vous avez remarqué ces battements ? Ils s'étaient interrompus, ils viennent de reprendre. On dirait que le cœur de Leonid a des problèmes...

— En tout cas, si les Globull ne peuvent plus circuler, ils ne livrent plus l'oxygène, reprit Valentine. Et on respire tout de suite moins bien.

— Raison de plus pour ne pas traîner, conclut Oscar. Vous vous sentez prêts à repartir ?

— Bien sûr, dit Valentine vaillamment. C'était juste une petite faiblesse.

Ils se remirent en chemin. Une deuxième secousse les projeta à terre, et ce fut cette fois l'obscurité complète.

— Val, Law, ça va ?

— Ça va, confirma Lawrence, à part une bosse sur le crâne.

— Et le manque d'air, de nouveau, ajouta Valentine.

Ils tâtonnèrent pour se regrouper. Des cris leur parvinrent, lointains. Ils en eurent froid dans le dos.

— Je crois que le cœur de Leonid s'est carrément arrêté de battre, déclara Oscar d'une voix blanche.

*
* *

Leonid ouvrit les yeux. Une terrible douleur serrait sa poitrine comme un étau. Il était en nage et son corps tout entier était mou, écrasé par une terrible fatigue. Ce n'était pas la première fois : il avait déjà éprouvé la même sensation l'année dernière lorsqu'il s'était réveillé dans l'ambulance. On lui avait expliqué que son cœur s'était mis à battre « de travers ». De travers ? Qu'est-ce que ça pouvait bien vouloir dire ? Le Dr Fitch lui avait alors expliqué que les battements étaient irréguliers et que le cœur était moins efficace : « Quand la pompe ne marche pas bien, le sang circule moins bien dans votre corps. »

Depuis, il devait prendre ses médicaments. « Et pas d'imprudence, Mr Smith », avait menacé le médecin. « Un oubli suffit pour vous faire courir un grave danger. »

Ses médicaments ! Il en sursauta. Il se tourna vers la table, pourtant si près de lui, qui lui parut infiniment loin. Il était faible, sa main tremblait tant qu'il lui était impossible de tendre le bras pour attraper le pilulier et prendre les comprimés qui le sauveraient.

Il reposa la tête, terrifié et furieux en même temps. Il put simplement laisser courir son regard sur le verre renversé sur ses genoux. Au même instant, il sentit son cœur battre de manière très irrégulière et une nouvelle douleur, comme un coup de poignard cette fois, lui transperça la poitrine.

Puis tout devint noir.

45

— Mais... tu n'as pas mis ton jean brodé ? déplora Shadow, très déçue d'arborer un jean identique, alors que Tilla portait une jupe et un T-shirt à paillettes qui lui allaient à ravir.

— Non, répliqua Tilla avec un petit sourire. J'ai changé d'avis.

Comme tous les samedis matin, les ados de Babylon Heights avaient investi le parc du quartier tôt le matin, trop heureux de pouvoir profiter du beau temps après tant de week-ends d'automne puis d'hiver. Il était 9 heures, et l'ambiance battait déjà son plein.

— D'où tu viens ? lui demanda Reese, engagée dans un échafaudage très compliqué de tresses et de chignons dans tous les sens. On t'attend depuis une heure !

— J'avais rendez-vous à Snow Bay, répondit évasivement Tilla, qui adorait donner dans le mystère.

— Snow Bay ? s'étonna Reese. Qu'est-ce que tu fichais là-bas ?

Shadow en oublia l'idée de retourner chez elle pour se changer – elle se souvenait qu'elle avait dans son armoire une jupe assez similaire à celle de Tilla –, et s'intéressa immédiatement à ce que leur cachait leur amie. Elle raffolait des ragots, et encore plus lorsqu'ils concernaient la vie intime de Tilla.

— Allez, raconte ! Tu étais là-bas... pour un garçon ? gloussa-t-elle.

Tilla les laissa un peu languir.

— En quelque sorte, finit-elle par répondre. Mais...

— Mais ?

— ... mais ce n'est pas ce que vous pensez.

Elle poussa un profond soupir avant de se reprendre.

— Quel dommage, vraiment, que je ne puisse rien vous raconter... Vous auriez a-do-ré !

— Moi aussi, ça m'intéresserait de savoir, déclara un garçon derrière elle.

Tilla reconnut la voix et se retourna avec un grand mouvement de cheveux qu'elle ramena sur le côté. Sous le soleil, les reflets dorés de ses yeux étaient carrément fascinants, et elle le savait.

— Tiens, Ronan. C'est vrai, ça t'aurait bien intéressé, ce que j'ai découvert ce matin.

Ronan tourna la tête vers son groupe : Doherty était planté sur ses grosses jambes, avec son sourire niais – surtout quand Reese était dans les parages, alors qu'elle ne faisait pas plus attention à lui qu'à un banc –, Norton cassait sans raison les branches d'un arbre et les réduisait en morceaux, et Jimmy Bates, le plus mystérieux des trois, observait les filles sans un mot. Insensible aux œillades de Reese qui, en dépit des conseils de ses amies, faisait n'importe quoi pour attirer son attention, il braquait son regard glacé sur Tilla. Il était beau et inquiétant, et elle n'y était pas insensible, elle non plus. De toute manière, elle n'était jamais insensible au fait de plaire.

— Foutez le camp, ordonna Moss avec un regard menaçant.

Les filles, Doherty et Norton s'éloignèrent. Jimmy Bates se redressa sans empressement. Il finit par se retourner et partir.

— Alors, dit Moss, qu'est-ce qui m'aurait intéressé, ce matin ? On pourrait faire beaucoup mieux ensemble, si t'en as envie...

Tilla avait patiemment attendu que Moss impose son autorité – sans doute pour l'épater. Elle le connaissait par cœur, Moss, à force de le voir tourner autour d'elle et jouer les durs. Elle haussa les épaules.

— Non, j'ai préféré passer un moment avec... Oscar.

Le visage de Moss se durcit.

— Pill ? Tu as passé du temps avec Pill ce matin ?

Elle acquiesça avec un petit sourire et fit mine de regarder ailleurs. Moss se planta devant elle.

— Et... qu'est-ce que vous avez fait ?

Il se força à ricaner.

— Remarque, il est tellement nul qu'on doit s'ennuyer au bout de cinq minutes, mais si ça te fait plaisir...

Il feignit de partir, et Tilla, plus manipulatrice, n'esquissa pas le moindre geste pour le retenir.

— Pill est soûlant, mais si c'est toi qui racontes, ça peut être sympa, se ravisa Moss.

— Oh, rien, mais...

— Mais quoi ? répéta Moss, nerveux.

— Il est beaucoup moins nul que tu le dis.

— Et qu'est-ce qui te fait dire ça ?

— Il fait des choses que tu ne serais sans doute pas capable de faire.

— Comme quoi, par exemple ?

— Oh, je ne sais plus... Oublie.

Elle chercha des yeux ses amies. Moss la rattrapa par le bras, et serra.

— Hé, tu me fais mal ! s'écria Tilla.

— Qu'est-ce qu'il a fait ? répéta Moss d'une voix rauque, insensible.

Elle croisa son regard. Elle ne cherchait plus à séduire, et Moss n'était plus disposé à faire le joli cœur. Ils étaient tels qu'ils étaient, tous les deux : durs et déterminés. Elle comprit qu'elle n'aurait pas le dessus et ne résista pas.

— Il est *beaucoup* plus impressionnant que toi, lança-t-elle avec un malin plaisir. Je l'ai vu disparaître, comme par magie !

Moss relâcha un peu son emprise, intrigué.

— Ça veut rien dire, jugea-t-il, méprisant. Tu racontes n'importe quoi.

— Il a tendu un pendentif accroché à son cou et il a disparu, asséna Tilla, sûre d'elle. Ce n'est pas parce que tu es incapable de faire quelque chose que personne ne peut le faire...

Moss plissa les yeux. Comment Tilla avait-elle pu assister à une Intrusion Corporelle ? Que savait-elle des Médicus ? Pill avait-il parlé ? Même lui, qui n'acceptait d'ordre de personne – sauf de son père –, s'était plié à cette exigence : respecter le secret de l'Ordre et celui de ses propres pouvoirs.

— Où ?

Tilla versa quelques larmes de douleur et de rage.

— Je te dis que tu me fais mal ! se plaignit-elle.

— Où tu l'as vu faire *ça* ? martela Moss sans pitié. Et quand ?

— À Snow Bay ! Ce matin, je te dis ! Lâche-moi tout de suite ou je hurle !

Il desserra l'étau de ses immenses doigts. Elle se dégagea et s'éloigna en courant, puis se retourna, les yeux pleins de feu.

— Je crois que je préfère même Jimmy Bates à toi !

Satisfaite de sa dernière pique, elle s'enfuit en riant.

Moss ne l'avait même pas écoutée. Ainsi, alors qu'ils avaient rendez-vous à Cumides Circle pour être à 10 heures chez le vieux fou, Pill y était allé avant tout le monde pour les devancer dans leur quête de l'autre demi-Trophée. Et il serait sans doute prêt à tout pour leur mettre des bâtons dans les roues. Moss se fichait totalement des autres : il les aurait écrasés pour parvenir à ses fins et il ne voyait en Oscar qu'un obstacle potentiel. Il ne craignait que pour sa propre quête du Trophée. Il regarda sa montre : il était 9 h 15. Il pouvait encore rattraper son retard, s'il se dépêchait. Et tant pis pour le rendez-vous officiel à Cumides Circle ; l'alarme avait sonné, il n'y avait plus une minute à perdre. Et Pill paierait pour ce coup bas.

46

Alistair, en retard, déboula à Cumides Circle. Cherie l'informa que le jeune Pill avait téléphoné la veille : il était malade et ne viendrait pas. Moss ne répondait pas à l'appel non plus.

— De lui, aucune nouvelle, répondit la cuisinière avec une certaine satisfaction.

Iris s'avança, raide comme la justice.

— Tant pis pour eux. En tout cas, pas question de repousser notre Intrusion : nous, on y va.

Alistair salua Ayden Spencer et Sally Bunker et poussa les trois adolescents vers la porte d'entrée. Jerry était prêt depuis belle lurette et les attendait. Tout le monde prit place dans la voiture. La voix grave et rocailleuse du Grand Maître résonna sur le perron.

— Alistair, il me semble n'avoir aperçu que trois Médicus sur les cinq prévus.

— Pill est malade, et Moss est absent.

Winston Brave fronça les sourcils. Que les deux véritables adversaires, au sein du groupe, ne répondent pas à l'appel ne lui disait rien de bon.

— Il faut partir, insista Alistair, plus impatient que jamais. Vous connaissez le vieux Leonid : si nous sommes en retard, nous allons avoir droit à une affaire d'État !

Winston Brave sourit en guise d'assentiment. Il posa sa grande main sur le bras de Cherie, perdue depuis quelques minutes, dans l'indifférence générale, dans une litanie sur l'état de santé si fragile d'Oscar.

— Vous l'avez vu ? Est-il venu ici ?

— Non, il a téléphoné, mais...

— Merci Cherie, coupa Winston Brave, intrigué. Je vous tiendrai au courant pour sa santé, ne vous faites pas de souci.

Il regarda la voiture s'éloigner et remonta d'un pas rapide vers son bureau.

Moins de quinze minutes plus tard, Jerry ralentit devant la maison de Leonid. Alistair éjecta littéralement les adolescents de la voiture, tandis qu'Iris, devant la vitre baissée de Jerry, y allait de son commentaire sur la conduite de celui-ci.

— Vous êtes très imprudent, et j'ai relevé deux feux rouges grillés !

Le chauffeur se contenta de remonter la vitre.

— Pour une fois, dit Ayden qui supportait mal les trajets en voiture, elle n'a pas tort.

Alistair sonna une première fois, puis une deuxième. À la troisième tentative infructueuse, il décida de faire le tour de la maison – au risque de froisser quelques brins d'herbe et de s'attirer les foudres du propriétaire. Il parvint devant la fenêtre du séjour, se pencha et mit les mains autour de ses yeux, gêné par le reflet. Il aperçut alors la silhouette de Leonid engoncée dans son fauteuil. Il frappa avec délicatesse contre la fenêtre, puis avec plus d'application, et finit par y aller franchement du poing. Il vit alors la main du vieux monsieur se lever péniblement de l'accoudoir, et laisser tomber quelque chose qui se fracassa sur le sol. Un bruit de verre brisé.

Alistair courut jusqu'à la porte. Il traversa en trombe l'entrée puis le salon, suivi par ses disciples inquiets. Le pauvre Leonid était en sueur dans son fauteuil, la main sur le cœur et le visage contracté par la douleur. Ses lèvres étaient bleutées, il respirait avec toutes les peines du monde. Il ouvrit la bouche, mais ses mots furent inaudibles. Alistair l'aida à se redresser. Il sembla apprécier la position.

— Vos... chau... att... tion... pis...

— Prenez votre temps, respirez tranquillement et dites-nous ce qui vous est arrivé !

— Vos... vos...

— Nos quoi ? s'impatienta Alistair, qui s'était jeté sur le téléphone pour appeler une ambulance.

— Vos... chaussures... sur... mon... tapis ! s'étrangla Leonid.

Alistair leva les yeux au ciel.

— On passera l'aspirateur en partant, c'est promis ! Mais que s'est-il passé ? Vous pouvez parler ?

— Mes... mes... médi... caments...

Alistair suivit le mouvement de la main et découvrit le pilulier. Il en vérifia le contenu :

les médicaments du matin étaient encore dans leur case.

— Vous n'avez pas pris votre traitement aujourd'hui !

Leonid avoua d'un signe de tête.

— Ces jeunes, se justifia-t-il d'une voix essoufflée, ils... ils ont... débarqué... si tôt... j'ai eu... besoin... de me détendre... un peu...

— Quels jeunes ? Quand ?

— Ce... matin... Pill et... la petite aux... cheveux rouges... et le garçon... rondouillard...

Il prit quelques secondes pour respirer bruyamment avant de reprendre :

— Des Médicus... en... couleur ! Vous ne... savez plus... quoi inventer !

— Ce matin ? intervint Ayden, stupéfait. Oscar est venu ici avec Valentine et Lawrence ?

— Calmez-vous, Leonid, vous n'êtes pas en état de vous énerver. On va appeler le Dr Fitch. En attendant, respirez tranquillement et dites-nous ce que voulait Pill.

— Pardi ! s'écria tant bien que mal Leonid, qui ne savait pas parler sans s'emporter. La... même... la même chose... que vous !

Alistair prit un verre d'eau des mains de Sally et obligea le malade à avaler ses comprimés. Tous attendirent quelques instants que Leonid soit en mesure de s'expliquer.

— Que voulez-vous dire ? insista Alistair.

Le vieux monsieur repoussa le verre avec une grimace comme si on l'avait forcé à avaler de l'eau de Javel.

— Réfléchissez ! Ils voulaient... entrer dans mon corps !

— Avant moi ! s'écria Iris, stupéfaite. Impossible, ils n'auraient pas osé !

— Mais où sont-ils allés ensuite ? poursuivit Alistair.

— Où voulez-vous qu'ils soient ? répondit Leonid d'une voix exténuée. Ils m'ont dit... qu'ils avaient un peu d'avance... sur vous, voilà tout ! Alors...

Une nouvelle douleur à la poitrine l'obligea à se taire.

Alistair se releva, livide.

— Vous restez ici et vous appelez tout de suite le Dr Fitch, ordonna-t-il aux jeunes Médicus. Moi, je pars récupérer vos camarades.

— Fitch ? Un parfait incapable ! beugla Leonid. Je n'ai pas besoin de lui, je vais beaucoup mieux.

Ayden et Sally l'observèrent : son état ne s'était pas aggravé, mais pas franchement amélioré non plus. Oscar, Valentine et Lawrence étaient en mauvaise posture.

— Cette fois, Leonid, ne discutez pas, décréta Alistair en sortant son pendentif. Le docteur va venir, et de mon côté, je vais essayer d'arranger les choses. Vous vous sentirez vite mieux.

Il prodigua une ultime fois ses recommandations aux jeunes.

— Vous ne bougez pas avant mon retour, c'est clair ?

47

Les sirènes couvraient les cris et les mouvements de foule des Coronariens dans le palais. Alistair s'approcha d'une ouverture : dehors, au fond de la mer de Pompée, une panique indescriptible régnait. Les Globull se ruaient par milliers vers la sortie, désordonnés, les Prot & In déambulaient sans but, et l'eau avait pris une teinte dangereusement sombre, chargée de tout ce que les autres Univers charriaient. Partout dans le corps de Leonid, les peuples souffraient du manque d'oxygène en raison du mauvais fonctionnement du second royaume. À deux reprises, ce dernier fut plongé dans l'obscurité la plus totale : les battements de cœur de Leonid étaient irréguliers et inefficaces.

Alistair grimpa les marches du grand escalier quatre à quatre. Tout en haut, la reine Mitra se tenait, droite et fière. Il s'inclina profondément.

— Majesté, pardonnez-moi d'abuser de l'accueil bienveillant que vous réservez toujours aux Médicus et d'entrer ainsi sans prévenir.

Il s'apprêtait à poursuivre, mais une nuée de soldats rouges dévala l'escalier tandis que dans son dos des dizaines d'hommes inondaient le hall et convergeaient vers lui. Il leva des yeux stupéfaits vers la reine. Le visage de Mitra était de marbre, mais au tressaillement des muscles et aux poings étonnamment serrés, Alistair devina une immense colère. Les soldats le tinrent en joue, et deux Macrophages l'enserrèrent et le ligotèrent.

— Majesté, qu'est-ce que...

— TAISEZ-VOUS ! ordonna la souveraine d'une voix forte, pleine de fureur. Comment osez-vous vous présenter ici une seconde fois ? Je vous ai ouvert mes portes, toujours, et avec une totale confiance, et vous m'avez trahie !

Alistair tombait des nues. Un traître, lui ? Mais qu'avait-il fait qui mérite cette terrible et injuste accusation ? Il tenta de se justifier, malgré les tentacules qui l'étranglaient déjà.

— Majesté, il doit y avoir une confusion, jamais je ne vous ai trahie et je ne sais pas de quoi vous me croyez coupable !

— Ne me faites pas croire ce que beaucoup veulent penser : que vous avez hérité de la folie de votre père ! lâcha Mitra avec mépris. Vous savez très bien de quoi je veux parler : votre crime s'est produit il y a quelques instants, et vos doigts doivent encore brûler de mon sceptre !

Alistair pâlit, effondré.

— Votre... sceptre ? J'aurais pris votre sceptre, moi ?

— Fouillez-le ! ordonna la reine.

Romano apparut derrière elle et descendit l'escalier. Il fouilla méticuleusement Alistair, en vain.

— Rien, ma reine. Le sceptre n'est plus sur lui.

— Puisque je vous dis que je n'ai rien volé ! s'emporta le fougueux Alistair. C'est ridicule !

La reine entreprit elle aussi de descendre, sans quitter Alistair de ses yeux flamboyants.

— Ridicule, dites-vous ? Soit. Puisque vous niez l'évidence alors que nous vous avons pris sur le fait, nous allons bien voir qui de nous sera le plus ridicule. Emmenez-le !

Alistair retomba sur le sol, à bout de souffle après l'interminable traversée du palais. Il se tenait sur un plateau, au centre d'une immense sphère en verre rouge. Tout autour, de l'autre côté du verre : la mer et, beaucoup plus loin, au-dessus des eaux rouges, le soleil au zénith. Sans doute se trouvait-il au sommet du palais. Les gardes lui arrachèrent sa cape puis s'écartèrent.

Mitra leva la main et un écran transparent se matérialisa devant elle. Elle effleura l'écran, et le plateau sur lequel Alistair se tenait s'éleva, poussé vers le haut par un piston. Alistair se trouva emprisonné dans une colonne en verre suspendue au toit de la sphère. Il frappa contre la paroi, et la voix de Romano lui parvint depuis un micro :

— Inutile de tenter quoi que ce soit, Mr McCooley. Le verre de ce tube résiste à tout, même au rayonnement de votre pendentif.

Il entra dans la lueur rouge de la sphère, et sa tête, livide et parfaitement lisse, prit de surprenants reflets sombres.

— Regardez, poursuivit-il en pointant le doigt vers les fonds sous-marins proches. Voici la fameuse grotte de Pompée, juste derrière le palais. C'est elle qui aspire le sang du royaume, au fond de la mer, et qui le recrache vers la sortie pour le propulser à l'extérieur de notre Univers. Sans elle, il n'y aurait plus de courant dans le Grand Réseau Inter-Universel – ni ailleurs. Les rivières, les fleuves, les flux marins : tout s'arrêterait dans le corps de Leonid, vous le savez.

— Assez, Romano ! Observez la grotte, McCooley, ordonna la reine.

Tel un gigantesque cratère enfoui dans un tombant vertigineux au fond de la mer, la grotte de Pompée se contractait puis se relâchait sous l'impulsion du battement incessant qui se propageait dans tout le royaume. Par moments cependant, elle était animée de soubresauts ; elle n'avait pas le temps de se relâcher et se remplir, et la contraction suivante survenait.

— Elle fonctionne mal, avoua la reine. Le cœur de Leonid bat de façon irrégulière, sa grotte s'est affaiblie avec le temps, les ouvriers qui y travaillent jour et nuit sont mal en point, et je suppose que très régulièrement, il ne prend pas son traitement.

Une nouvelle sirène retentit. Romano intervint :

— C'est l'alarme des canalisations coronaires sud, Majesté. Elles sont bouchées, on ne peut plus acheminer le glucose et l'oxygène jusqu'à la grotte ; les ouvriers sont épuisés – certains sont dans un état critique.

— Leonid n'a pas pris son traitement ?

— Si, mais en retard : des émissaires d'Hépatolia sont venus nous annoncer que les substances sont en route par cargo dans le Grand Réseau, mais elles n'arriveront que dans une heure ou deux. Entre-temps, il faut trouver le moyen de dilater les canalisations.

Mitra prit quelques secondes pour réfléchir. Ses rides se creusèrent un peu plus sur son visage préoccupé.

— Que l'on réduise les activités physiques de Leonid au maximum. Envoyez des émissaires vers Cérébra : il faut déclencher la douleur et la fatigue. Qu'il dorme, au plus vite. Et qu'on diminue aussi le travail des ouvriers dans la grotte.

Romano s'inclina, puis se tourna vers deux hommes qui partirent sans un mot. La reine leva le regard vers Alistair, accroupi dans sa geôle de verre suspendue.

— Votre Grand Maître est intervenu à plusieurs reprises, dit-elle, épaulé par le fils de Leonid, pour sauver le vieux monsieur grâce aux précieuses armes des Médicus. Il a ainsi épargné mon royaume et mon peuple, et je lui en suis très reconnaissante. C'est pour cela que j'ai autorisé l'entrée de Pompée aux membres de votre Ordre.

Elle tourna autour de la colonne de verre.

— J'ai même permis que vous seuls, Médicus, puissiez vous servir de mon sceptre pour accéder à la grotte, et plus encore... Et aujourd'hui, vous me trahissez !

Elle avait crié en prononçant les derniers mots. Ses longs bras arachnéens s'agitaient, et ses interminables cheveux blancs volaient furieusement autour d'elle, comme un nuage menaçant.

Alistair frappa des deux poings contre le verre, impuissant et désespéré.

— Mais puisque je vous dis que je n'ai rien fait !

— Assez ! s'écria la reine. Je veux ce sceptre. Et comme vous refusez de coopérer...

Deux escaliers montaient en colimaçon pour atteindre le haut de la colonne. Sur un signe de tête de sa souveraine, Romano gravit l'escalier de droite.

— Cette colonne m'est précieuse, expliqua la reine. Avez-vous une idée de son fonctionnement ?

Alistair aurait volontiers répondu qu'il s'agissait là du dernier de ses soucis, mais il se trouvait en trop mauvaise posture. Il se contenta de secouer la tête.

— Elle me permet de connaître l'état de fonctionnement de la grotte, à l'extérieur. Voyez ces deux cœurs au sommet de la colonne, contre le toit de la sphère.

— Je les vois, répondit Alistair, de moins en moins rassuré sur son propre sort.

— L'un permet à l'eau de s'infiltrer dans la colonne où vous êtes enfermé. L'autre permet au contraire d'en pomper l'eau. Ainsi, si la grotte est défaillante, elle aspire mal l'eau et ne la propulse pas hors du royaume : je vois alors le niveau d'eau monter dans la colonne.

Elle se tourna vers Romano.

— Et si nous faisions une démonstration à Mr McCooley ?

Romano appuya sur le cœur de droite : l'eau jaillit au sommet de la colonne comme une douche sur Alistair, qui se plaqua contre la paroi. Romano gravit cette fois l'escalier de gauche. Arrivé sur la dernière marche, il pressa sur l'autre cœur, et l'eau qui bouillonnait déjà aux pieds d'Alistair fut partiellement aspirée. À chaque battement de cœur de Leonid, l'eau giclait par le haut de la colonne, puis une partie en était expulsée. Mais comme l'avait prédit Mitra, la grotte souffrait et fonctionnait mal : il y avait plus d'eau qui entrait que d'eau qui sortait, et le niveau, lentement mais sûrement, montait dans la colonne. La voix de la reine résonna dans la prison d'Alistair, aussi glaciale que l'eau rouge qui ruisselait sur lui était chaude.

— Je ne sais pas combien de temps vous garderez la tête hors de l'eau. Il faut espérer que la grotte pompera mieux que maintenant, et qu'on me rapportera le sceptre qu'on m'a volé avant qu'il ne soit trop tard.

Elle éleva la voix, et ses mots emplirent la sphère.

— Une heure, menaça Mitra. Je reviendrai dans une heure. Si par miracle vous êtes encore vivant et qu'on ne m'a pas rendu mon précieux sceptre, Romano fermera le cœur de gauche, et vous mourrez noyé en quelques minutes.

— Majesté, l'implora Alistair, je ne suis pour rien dans cette disparition, croyez-moi.

— Alors vous avez un complice, trancha la souveraine. Priez pour qu'il soit bien inspiré et qu'il rapporte ce qu'il a volé. Et vite.

La longue silhouette pourpre disparut entre les deux rangs de gardes qui la suivirent.

Quelques secondes plus tard, Alistair était seul dans cet enfer. L'eau lui arrivait déjà aux chevilles. Sa situation lui apparut dans tout son drame. Il n'avait plus aucun allié ici, et personne ne le retrouverait dans cette sphère secrète et reculée du palais : seuls les jeunes restés chez Leonid le savaient parti dans le corps du vieux monsieur, et il leur avait enjoint de ne pas bouger et d'attendre son retour. Qui avait pu faire le coup ? Un instant, le visage du jeune Pill lui vint à l'esprit. Non, ce ne pouvait pas être lui. Pourquoi aurait-il volé cet objet ? Que savait-il du sceptre... et de son *pouvoir* ? D'un autre côté, qui d'autre était entré ici ? Il se souvint des mots de la reine lorsqu'il avait été capturé : « N'essayez pas de me faire croire que vous avez hérité de la folie de votre père. »

Et si tout le monde avait raison ? S'il perdait la mémoire, lui aussi, et qu'il était effectivement coupable de ce dont il était accusé ? *Non, non, c'est faux*, cria-t-il en lui-même.

L'eau l'arracha à ses pensées sombres : le bouillonnement rouge éclaboussait ses mollets. Alistair décida de se concentrer sur la priorité : survivre, et s'échapper d'ici. Il tendit son pendentif vers la paroi. Le rayonnement frappa le verre et ricocha ; Alistair se baissa de justesse pour éviter le retour. Il effleura la surface : pas la moindre égratignure. Romano n'avait pas bluffé : la Lettre d'or n'aurait aucun effet sur la colonne.

Et il n'en sortirait pas.

48

— Ça fait plus d'une demi-heure qu'il est parti, dit Ayden en jetant un coup d'œil sur la pendule.

— J'ai l'impression que ça fait des heures, renchérit Sally, qui tournait comme un lion en cage.

Iris les observait, bras croisés.

— Quand je pense qu'on devrait y être depuis longtemps, peut-être même qu'on aurait déjà récupéré l'autre moitié du Trophée. Je suis très contrariée.

Sally la fixa.

— On est vraiment *très* désolés que tu sois *très* contrariée.

Iris haussa les épaules, plantée au milieu du salon. Ayden s'approcha de Leonid.

— Tu crois qu'il... dort ?

Sally tapota le bras de Leonid sans ménagement. Ce dernier poussa un petit gémissement et ouvrit un œil.

— Il *dormait*.

Leonid regarda autour de lui comme s'il venait d'atterrir sur une planète inconnue.

— Qu'est-ce que c'est ? Qu'est-ce qui se passe ? Qui êtes-vous ?

— Calmez-vous, Mr Smith, c'est nous, vous savez ? Le groupe de Médicus de Mr McCooley...

— McCooley ! s'exclama Leonid, qui retrouvait ses esprits. Où est-il ? Trouvez-le, trouvez-le ! Il faut qu'il revienne, ça suffit, je ne veux plus que quiconque entre dans mon corps, vous entendez ? Je ne veux plus ! Je vous interdis ! Je...

Il se tut, saisi par une nouvelle douleur à la poitrine.

— J'ai des nausées, dit-il en reposant la tête contre le dossier.

— Mais qu'est-ce que vous croyez ? glapit Iris. Si on savait où il se cachait, on lui aurait déjà ordonné de revenir ! En tout cas, moi, je l'aurais fait.

Sally la poussa vers le fond du salon.

— Donne tes ordres au piano et laisse-nous faire, d'accord ?

Elle rejoignit Ayden, qui tentait d'apaiser Leonid.

— Restez tranquille, vous aurez moins mal.

Sally soupira.

— Dites, Mr Smith, si vous continuez à vous agiter comme ça, on appelle le Dr Fitch et il vous fera une bonne piqûre pour vous calmer. Vous verrez, ça marche très bien.

— Non ! Pas cet incapable ! Surtout pas !

— D'accord, négocia Sally. En échange, vous restez bien sage dans votre fauteuil.

Elle lui tendit la main. Leonid la regarda de travers, hésita, leva la main comme s'il soulevait une enclume et tapa dans celle de la jeune fille.

— C'est malin, fit Ayden. On a dit : pas d'effort ! Et Alistair nous a demandé de téléphoner à son médecin, ajouta le garçon à voix basse, et tu m'as dit que tu l'avais fait ! Tu m'as menti !

— Il a pris ses médicaments, on risque rien ! Et puis, va savoir ce que ce docteur va lui donner à avaler... Et va savoir ce que ça va déclencher dans le corps, alors qu'Alistair et Oscar y sont !

Ayden capitula.

— Bon, d'accord, on le laisse dormir, mais...

— Mais quoi ?

— Mais on y va ! s'exclama Ayden. On ne va pas rester toute la journée à attendre leur retour, non ? On n'a pas de nouvelles d'eux, ils ont peut-être besoin de nous !

— Enfin ! se réjouit Sally. J'allais prendre racine, dans cette maison ! En route, dit-elle en sortant son pendentif. Mais comment on va les retrouver, là-bas ?

Ayden fouilla autour de lui et ne tarda pas à trouver ce qu'il cherchait sur la veste impeccable de Leonid : un cheveu.

— Il est long, bouclé, indiscipliné : c'est forcément un cheveu d'Alistair. Il suffit de le coller à notre pendentif : on atterrira précisément à l'endroit où il se trouve !

— Comment tu sais ça, toi ?

— Je m'épate moi-même, avoua Ayden. C'est mon père qui me l'a appris.

— Hé ! s'écria Sally en donnant une claque amicale dans le dos d'Ayden, qui faillit en cracher un poumon. Décidément, t'es plus dégourdi qu'on croit ! Bon, on est prêts pour partir, cette fois !

— Il n'en est pas-ques-tion !

Les deux adolescents se retournèrent : Iris les toisait sévèrement.

— On ne doit pas bouger d'ici, vous n'avez pas entendu Mr McCooley ? D'ailleurs, pendant son absence, je propose de prendre sa place. Et je vous INTERDIS de partir.

Sally ne put s'empêcher de rire malgré la situation.

— Tu sais compter jusqu'à dix ? demanda-t-elle quand elle put retrouver son sérieux.

Iris se contenta de lever les yeux au ciel.

— Alors voilà : tu comptes jusqu'à dix. Après, on ne sera plus là. Si tu veux venir, tu viens, sinon, tu restes ici et on t'envoie Alistair pour que tu lui expliques que tu as pris sa place. D'accord ?

Ayden avait déjà déployé sa cape et sorti son pendentif. Sally fit de même.

— Vous aurez des histoires, je vous préviens ! menaça Iris. Vous devez...

Sally et Ayden changèrent d'avis : ils n'attendirent pas dix secondes – et encore moins la fin de la phrase – pour s'élancer vers le cœur de Leonid.

49

Ils marchaient sans relâche dans le tunnel, et sans se quitter des yeux. Au fur et à mesure de leur progression, les battements qui rythmaient la vie du royaume s'intensifiaient, emplissant le tunnel de leurs *boum-boum*, *boum-boum*, *boum-boum*. Ils sentirent bientôt que le tunnel se redressait pour émerger à la surface du sable, au fond de la mer de Pompée.

Oscar, Valentine et Lawrence débouchèrent enfin sur un cul-de-sac transparent, une pièce rectangulaire vitrée. La vue sur les fonds sous-marins de Pompée était impressionnante. Tout près d'eux, un gigantesque tombant formait une véritable falaise sous les eaux. Ils firent le tour de la pièce, palpèrent le sol, tâtonnèrent contre le mur de pierre, tout autour de la sortie du tunnel, mais rien : aucune autre issue. Valentine perdit son sang-froid.

— Quoi ? C'est tout ? On n'est tout de même pas venus jusqu'ici pour admirer un aquarium !

— Mais pourquoi Alistair t'a-t-il poussé à venir ici ? s'interrogea Lawrence. Décidément, ce type est étrange...

— Approchez, répondit Oscar, collé à la vitre.

Ils se figèrent devant le spectacle du tombant – et du trou sombre en son milieu, qui s'ouvrait et se fermait au rythme des battements.

— La grotte de Pompée, articula enfin Lawrence. Alors, c'est elle...

Valentine sortit de sa contemplation.

— C'est fabuleux, mais n'oublions pas la Table : c'est pour elle qu'on est ici.

Oscar se concentra lui aussi sur leur objectif. Alistair avait insisté pour qu'il s'empare du sceptre et que Val, Law et lui-même viennent ici, dans ce tunnel ; ce n'était pas pour rien. Auraient-ils manqué quelque chose en longeant la paroi ? Oscar s'adossa contre le mur, à côté de la sortie du tunnel, et joua avec le sceptre qu'il tenait en main. Il était à court d'idées, et ses amis aussi.

— Désolé, conclut Lawrence, je ne vois pas du tout ce qu'on peut faire d'autre ici, à part saluer les Globull qui passent...

Oscar refusa d'abandonner. Il tapa contre la pierre, nerveusement, au rythme des battements qui résonnaient dans la pièce comme dans un tambour, avec l'extrémité du sceptre.

— Oscar ! s'exclama Valentine, tétanisée.

— Quoi ? fit-il en se redressant.

— Non ! s'écria-t-elle. Continue !

— Mais... continue quoi ? Je ne fais rien, je n'ai pas la moindre idée de...

— Le sceptre contre le mur, dit simplement Lawrence avec un grand sourire. Ne t'arrête pas !

Dos contre la pierre froide, Oscar reprit son mouvement machinal et heurta le mur avec la pointe du sceptre.

— Regarde ! dit Valentine en désignant le mur tout autour de lui.

À chaque contact, un point lumineux traçait une ligne rouge qui partait du sol et montait un peu plus à chaque coup. Oscar accéléra le rythme de sa main.

— Non, suis le rythme du cœur de Leonid ! lui conseilla Lawrence.

La ligne rouge se contorsionna et dessina des volutes similaires aux motifs qui ornaient le trône de la reine. Le cadre ciselé d'une porte apparut enfin sur le mur, étincelant. Lawrence en examina chaque détail, à la recherche d'un élément qui permettrait de l'ouvrir.

— Rien, constata-t-il, déçu.

— Tu ne veux pas frapper un peu plus fort, qu'on ait une poignée ? demanda Valentine.

Oscar s'impatientait, lui aussi.

— Bon, conclut-il sans oser s'écarter du mur de peur de faire disparaître le tout, il y a forcément quelque chose à faire avec ce sceptre pour ouvrir cette satanée porte. Regardez, il apparaît même sur le cadre, dit-il en indiquant une forme allongée dessinée par la ligne rouge.

Lawrence nettoya ses lunettes et se pencha.

— Où tu as vu le sceptre ? Ah, ce symbole, ici... On dirait plutôt un serpent...

— Non, je ne crois pas, insista Oscar. Même les pierres précieuses figurent sur le dessin, dit-il en collant le sceptre contre le symbole pour comparer, et...

Oscar n'acheva pas sa phrase : le pan de mur inclus dans le cadre pivota sur son axe et il passa de l'autre côté en un éclair. Lawrence et Valentine, médusés, se précipitèrent contre le mur et tambourinèrent.

— Oscar ! Tu nous entends ?

Ils échangèrent un regard affolé : toute trace de la porte avait été effacée sur la pierre, et leur ami, littéralement avalé, ne répondait pas.

Il avait bel et bien disparu.

50

Oscar, plaqué contre le mur, retint sa respiration.

Il était plongé dans l'obscurité, à l'exception d'un halo lumineux, au loin. Du bout du sceptre, il effleura les parois d'un long couloir voûté, à peine plus large que la porte. Ses yeux s'habituèrent peu à peu à la pénombre, et il s'aventura dans ce tunnel rocheux, en direction de la source de lumière qui lui apparaissait plus nettement. Les battements, maintenant explosifs, se propageaient dans les murs comme un tremblement de terre.

Le couloir sinua et, après une marche qui lui parut interminable, il entra dans une salle souterraine et totalement aveugle, qui copiait la forme du palais de Mitra : ovale, avec deux bosses à l'extrémité – une sorte de cœur couché, en somme. Au centre, un immense feu brûlait dont la chaleur irradiait jusque sur la pierre. Les reflets rougeoyants des hautes flammes dansaient sur les murs. Oscar tenta d'oublier le vacarme des battements qui déchiraient toutes les secondes le parfait silence, et perçut des mouvements à travers les langues de feu. Il porta la main à sa trousse d'armes, et contourna le brasier, en nage. À mi-chemin du cercle, il s'arrêta, stupéfié par le spectacle.

Un escalier taillé dans la roche s'élevait et conduisait à une plateforme sur laquelle se tenait un homme âgé, torse nu, et vêtu d'un pantalon en velours rouge trop petit et élimé. Une large ceinture de cuir, craquelée de partout, tenait difficilement sur son ventre bombé. Oscar le reconnut immédiatement : il ressemblait comme deux gouttes d'eau à Leonid. L'homme était debout, dos voûté, et tenait entre ses mains une énorme baguette dont l'extrémité s'élargissait en boule de laine. De cette mailloche, il frappait alternativement sur deux immenses disques de bronze suspendus à la voûte.

Sur l'un, puis sur l'autre. Toutes les secondes. Sans fin.

Boum-boum. Boum-boum. Boum-boum.

Oscar observa le mystérieux maître des lieux et comprit : il avait pénétré dans la légendaire salle des Battements.

Celle dont Mrs Withers et Alistair lui avaient parlé lors de son initiation et que les livres évoquaient eux aussi, mais de manière énigmatique, comme s'il s'agissait d'un lieu sacré et tabou. Aujourd'hui, alors qu'Oscar venait d'y entrer, il réalisait ce que cet endroit représentait : la vie d'un individu se concentrait ici, au cœur de cette salle, au plus profond d'un Univers, dans la chaleur d'un feu perpétuel, sous la main d'un être qui frappait sur deux gongs, toute une existence durant. La Table d'émeraude, qui possédait le pouvoir de faire revenir les morts à la vie, ne pouvait pas se trouver ailleurs.

La voix de l'homme retentit entre deux battements.

— Qui es-tu, jeune homme ?
— Je m'appelle Oscar Pill. Et... et vous ?

Sans cesser son mouvement de balancier avec sa mailloche, l'homme s'emporta.

— Tu t'introduis ici, dans *ma* salle des Battements, et tu oses m'interroger comme si j'y étais un étranger ? Quel effronté !

Oscar fit profil bas : plus de doute, il s'agissait bien là du sosie de Leonid.

— Mon nom est Thorel, monsieur l'impudent. Je suis le premier frappeur des gongs vitaux. Mes trois frères sont là-bas : Flack, Ashoff et Tawara.

Dans un recoin de la salle, tout au fond, protégé de la lumière et de la chaleur du feu, trois hommes ronflaient, allongés sur des lits de camp. Ils étaient rigoureusement identiques à Thorel.

— On se relaie, expliqua celui-ci. Toutes les deux heures. Sinon, les bras ne tiennent pas, avec l'âge... surtout quand les médicaments ne sont pas livrés à temps. Mais pourquoi je raconte tout ça à un morveux comme toi, je me le demande ! s'exclama le vieil homme en relâchant sa mailloche, poings sur les hanches.

Le feu crépita et baissa en intensité.

— Mr Thorel... Les gongs ! Les battements ! s'inquiéta Oscar.

L'homme sursauta, se remit à frapper d'un côté et de l'autre, et retrouva son rythme de croisière.

— Maintenant, fiche le camp ! gronda Thorel. Tu vois bien que tu me distrais, et Leonid va avoir des extrasystoles !

— Des quoi ?

— Des sursauts du cœur. Allez, fiche le camp !

Oscar n'avait pas fait tout ce chemin et bravé les dangers du second royaume pour partir sans la Table, qui ne lui avait jamais semblé aussi proche.

— J'ai juste une quest...

— J'AI DIT : FICHE LE CAMP ! brailla Thorel.

Oscar tourna la tête vers les frères : deux d'entre eux s'étaient retournés dans leur sommeil. Il fit mine de s'en aller et contourna le grand feu, tandis que Thorel, yeux fermés, se remettait à sa tâche de toute une vie : frapper les gongs et donner le rythme sans lequel les ouvriers de la grotte de Pompée cesseraient de travailler.

Oscar se cacha derrière un lit pour observer la salle en détail. À part le mobilier spartiate des trois dormeurs (il n'y avait pas de quatrième lit, pour ne pas tenter celui qui travaillait), l'espace était dénudé, occupé par le grand feu, le socle de pierre et les deux gongs. Rien qui ressemble à une table. Découragé, Oscar suivit le mouvement de bras du frappeur et de l'extrémité de la mailloche qui vint percuter le grand disque de bronze. Et pendant une fraction de seconde, un flash vert l'éblouit.

51

Oscar se crut en proie à une hallucination.
Était-ce la déception, la tension, la chaleur ? Tout ensemble ? Il se concentra plus que jamais : ce qu'il avait cru voir n'apparaîtrait qu'un très court instant, au moment précis du contact entre le métal et la grosse baguette. Lorsque Thorel frappa le gong de gauche, la face interne s'électrifia, et des symboles et des lettres apparurent comme un mirage. Oscar retint sa respiration : à chaque percussion, le phénomène se reproduisait, encore, et encore, et encore. Un grand disque avec des inscriptions qui n'apparaissent qu'à chaque battement de cœur – qui n'apparaissent qu'avec *la vie*. Des inscriptions de la couleur d'une pierre précieuse. L'émeraude.

La Table était là, sous ses yeux, apparaissant et disparaissant au cœur de la salle des Battements.

Oscar figea son regard, fasciné : à chaque coup porté par Thorel, il distinguait mieux ce qui apparaissait, mais n'en comprenait pas le sens. Il réalisa alors toute la difficulté de la situation : comment emporter la Table ? *Réfléchis, Oscar. Réfléchis, ça vaut mieux que la précipitation*. Alors les images du Grimoire refirent surface dans sa mémoire. Il effleura sa cape, la trousse de l'unité PALOMA, et une idée germa dans son esprit. Une idée folle, presque irréalisable, mais qui valait le coup d'être tentée.

Il fallait avant tout éviter que Thorel ne l'aperçoive et l'empêche de mener à bien son plan. Et pour cela, il ne voyait qu'une solution. Il ouvrit la trousse d'armes, en sortit avec précaution la boîte verte, qu'il posa près de lui, et en retira le couvercle d'une main tremblante.

L'arme interdite.

Il songea à Mrs Withers et Mr Brave, ainsi qu'à leur réaction lorsqu'ils sauraient qu'il l'avait dérobée la veille chez Paloma et, pire, qu'il en avait fait usage. Une lumière flamboyante rayonna autour de la boîte. *Tu peux le faire, n'aie pas peur*. Il saisit alors la chaîne au bout de laquelle pendait sa Lettre d'or, trempa cette dernière dans la boîte et l'en retira. Le M brilla d'un éclat pourpre dont l'intensité variait au rythme des battements de la salle. Les mots lui revinrent à l'esprit comme s'il les avait entendus quelques secondes plus tôt.

Systole et diastole,
Obéissez à la Lettre
Et suspendez votre vol.

Sous l'effet des mots et de la Lettre, Thorel s'immobilisa, tétanisé, une vraie statue sur son socle. Le silence dans la salle était profond et impressionnant. La lumière baissait dangereusement : les battements de cœur s'étaient tus et le royaume entier devait en souffrir. Il fallait faire vite. Oscar dénoua précipitamment sa cape et la lança en l'air. *Monte, ma cape, monte, et va où je veux que tu ailles*, pria-t-il. La cape se rigidifia et s'éleva jusqu'au niveau de Thorel et du disque en métal. Au même instant, un bâillement de fauve se fit entendre : Flack, le frère de Thorel, sortait de son sommeil pour prendre le relais. Oscar endigua la panique qui montait en lui et se concentra plus fort sur sa cape, le cœur battant : l'étoffe se colla enfin en douceur contre la plaque.

Oscar trempa à nouveau son pendentif dans le mystérieux boîtier et prononça la seconde formule :

Systole et diastole,
Comme la Lettre vous le dit,
Reprenez votre envol
Et revenez à la vie.

Le visage puis le corps de Thorel s'animèrent comme un film dont on reprend la projection : il inspira et ses bras se balancèrent de droite à gauche. La mailloche percuta avec violence le gong en bronze avant même qu'il réalise que la cape s'était interposée entre eux, et Oscar vit la plaque métallique s'illuminer à travers le tissu. Les yeux de Thorel s'agrandirent.

— Tu es encore là ! s'écria-t-il, furieux. Et qu'est-ce que c'est que...

La cape retrouva sa souplesse et son poids, et chuta depuis le gong jusqu'à terre. Oscar se précipita pour la ramasser.

— Tu n'as rien à faire ici !

Oscar se retourna vivement. Devant lui, la copie conforme – mais reposée et les mains libres – de Thorel se tenait bien droite sur ses jambes, poings serrés.

— Attrape-le, Flack ! cria Thorel sans interrompre les battements.

Oscar fonça droit vers la porte et fouilla dans la poche de sa cape. Il se plaqua contre la pierre et colla vigoureusement le sceptre sur le symbole qui le représentait. Lorsque Flack, gêné par son embonpoint, parvint au mur, il n'y avait plus que les empreintes de baskets sur le sol sableux.

— Qu'est-ce qui t'est arrivé ? s'écria Valentine en se précipitant sur lui.

Oscar s'adossa contre le mur, ruisselant.

— J'ai fait quelques rencontres... brûlantes, dit-il, haletant.

Lawrence l'observa et hésita à poser la question fatidique.

— ... Tu n'as pas trouvé la Table, c'est ça ?

— Si, répondit Oscar. Mais je l'ai laissée à l'intérieur.

— Quoi ? s'écria Valentine, incrédule. Tu l'as trouvée et tu ne l'as pas prise ? Mais pourquoi ?

— Parce que Leonid en a besoin... et parce que j'ai mieux, déclara-t-il en dépliant sa cape.

Ses amis contemplèrent l'étoffe, bouche bée. Sur la face intérieure de la cape s'était imprimée l'empreinte parfaite de la Table d'émeraude.

— Fais voir ! s'exclama Lawrence en rajustant ses lunettes. J'ai lu tant de livres dans la bibliothèque de Cumides Circle que je vais bien parvenir à déchiffrer ça...

Oscar songea aux frappeurs de gong tout proches. Mieux valait ne pas traîner, maintenant qu'il avait mis la main sur ce qu'il avait tant cherché – et tant désiré.

— Et si on s'en occupait à notre retour à Cumides Circle ?

— Bonne idée, répondit Valentine, on rentre. Ras le bol de la mer ! Avec tout le fer que j'avale, je vais finir par rouiller...

Les trois adolescents s'élancèrent dans le tunnel et atteignirent le trône de Mitra, hors d'haleine. Ils sautèrent sur la plateforme et Oscar glissa la base du sceptre entre les deux cœurs. Le plafond s'ouvrit et la plateforme remonta. Ils étaient à nouveau dans la salle du Trône.

— Tu croyais que t'allais t'en sortir comme ça, Pill ?

52

— Qu'est-ce que tu fais ici ?
— C'est à toi qu'il faut demander ça, Pill : tu as triché et tu as essayé de me doubler, et tu vas payer.

Oscar reconnut la petite bourse que Moss tenait entre les mains : l'anneau thermique, une arme redoutable capable d'anéantir un ennemi, quel qu'il soit, et dont son adversaire s'était déjà servi dans l'arène du palais d'Éole. Il recula en entraînant ses deux amis.

— Qu'est-ce que tu veux ?
— Ce que tu as sûrement caché dans la poche de ta cape, répondit Moss, le regard chargé de haine et de convoitise.

Oscar secoua sa cape.

— C'est mon Grimoire.
— Ne me prends pas pour un abruti ! hurla Moss. Tu as trouvé l'autre moitié du Trophée, je le sais très bien : c'est pour ça que tu es venu avant tout le monde ici. Alors tu vas me la donner, et tout de suite.

Il agita nerveusement l'anneau noir qu'il venait de fixer à son pendentif.

— Je te dis que...

Une voix familière lui coupa la parole.

— Vous voilà enfin.

Encore ébloui par la lumière ambiante, Oscar plissa les yeux et distingua la haute silhouette qui se découpait devant eux.

— Alistair ! se réjouit-il.

Moss s'empressa de camoufler son arme.

— Où sont les autres ? demanda Lawrence, intrigué. Vous deviez retourner à Cumides Circle pour les chercher, non ?

— Ils sont en bas, répondit Alistair évasivement. Ne vous faites pas de souci pour eux.

Il s'approcha d'Oscar.

— Tu as trouvé ce que tu cherchais ?

Oscar sourit et écarta discrètement un pan de sa cape.

— Oui, dit-il à voix basse. Tout est inscrit ici, sur le tissu.

— Formidable. Étale ta cape sur le sol, ordonna Alistair avec un rapide coup d'œil en direction de la porte.

Oscar hésita un court instant, puis décida de ne plus s'étonner des changements d'humeur du conseiller. Ils étaient amis – un peu comme des frères, comme le lui avait dit Alistair lui-même. Et deux frères partageaient tout. Lawrence retint Oscar par le bras.

— On a dit qu'on examinerait la cape à Cumides Circle, dit-il sans quitter des yeux Alistair.

Ce dernier le fixa intensément. Lawrence éprouva un étrange mal-être.

— Voyons ça tout de suite, préconisa Alistair. Là-bas, nous ne serons jamais tranquilles. Inutile de crier sur tous les toits que nous avons mis la main sur la Table d'émeraude, n'est-ce pas ?

Oscar déploya la cape sur le sol. Cette fois, c'est Valentine qui s'interposa entre le tissu et Alistair, concentrée sur le visage de ce dernier.

— Votre peau, Mr McCooley.

— Qu'est-ce que tu veux ? Pousse-toi.

— Ici, insista Valentine en pointant l'index sur le bras d'Alistair. Votre peau se décolle.

En un éclair, Oscar tira la cape et s'en enveloppa. Alistair porta la main à son poignet : un lambeau de peau resta collé à ses doigts. Les adolescents reculèrent. Le phénomène s'étendit progressivement sur tout le corps, jusqu'au moment où le cou fut atteint. En dessous, la peau était livide et striée de petits vaisseaux. L'homme se défit de l'étrange enveloppe comme on enlève un manteau. Apparut alors un col rouge, au-dessus d'un costume noir. Sur la poitrine luisait un P aussi rouge que le col.

Oscar blêmit. Pendant toutes ces semaines, il l'avait côtoyé, s'était confié à lui, l'avait cru d'un bout à l'autre.

Un Pathologus.

La peau du visage se décomposa enfin, et dévoila un masque rouge inexpressif. L'homme leva la main, ses doigts se crispèrent en une sorte de tic nerveux, un mouvement de va-et-vient sur la tempe gauche, comme s'ils cherchaient à arracher un mal caché derrière le masque. Oscar se figea. Moss, beaucoup moins sûr de lui tout à coup, mit la main dans la poche de sa cape.

— Ne bouge pas, ordonna le Pathologus.

Moss s'immobilisa et échangea un regard inquiet avec les autres.

— Qui êtes-vous ? demanda Oscar. Et qu'est-ce que vous avez fait d'Alistair ?

— Je me suis contenté de lui voler son image, répondit enfin l'homme.

La voix s'était transformée : elle était lente, grave, effrayante. Elle semblait venir d'une caverne. L'homme se mit à rire.

— C'était si simple : un accident de voiture, un petit passage dans cette formidable machine qui ressemble tellement à un scanner...

Oscar se remémora la scène en une fraction de seconde : la voiture qui renverse Alistair, le conducteur qui leur propose d'aller dans une clinique inconnue toute proche, comme par hasard.

— Ensuite, il suffisait de ne pas apparaître quand il était présent, et vice versa.

— Voilà pourquoi Alistair changeait d'humeur – et d'avis sur la Table d'émeraude, comprit Oscar.

— Le vrai voulait t'en dissuader... Quel idiot. Maintenant, tu vas me donner cette cape, ordonna-t-il en tendant la main.

Oscar et ses amis continuèrent de reculer.

— La cape, répéta le Pathologus. Donne-moi la cape et je vous laisserai partir.

— Vous mentez, intervint Lawrence. Vous allez nous tuer, ensuite.

Un rire s'échappa du masque.

— Si j'avais voulu vous tuer, je l'aurais fait depuis longtemps.

— Non, répliqua Oscar : vous aviez besoin de moi. Vous vouliez que je récupère la Table parce que seul un Médicus pouvait le faire. Vous espérez ressusciter vos morts et répandre le mal !

L'homme rit de plus belle.

— Ressusciter les morts... Décidément, comme tu es naïf.

Il s'avança, poings serrés.

— Ça suffit. Maintenant, donne-moi cette cape.

Oscar serra l'étoffe contre lui et sortit son pendentif.

— N'approchez pas, dit-il en essayant de se maîtriser. Sinon je la détruis.

Valentine et Lawrence se réfugièrent derrière lui, en fouillant du regard la salle afin d'y trouver un moyen de se défendre ou de s'enfuir. Moss, resté près de la porte, observait la scène sans comprendre. Il semblait fasciné par leur ennemi.

L'homme poussa un profond soupir.

— Je vais donc devoir vous tuer.

Oscar brandit sa Lettre vers son adversaire. Le rayon doré se concentra au centre du M et jaillit. L'homme présenta sa paume : au creux du gant, un P s'embrasa et un puissant jet de flammes dévora le rayonnement du pendentif, puis fit naître un tourbillon incandescent. La Lettre d'or, brûlante, obligea Oscar à lâcher prise. Oscar enveloppa Law, Val et lui-même dans la cape pour échapper aux morsures du feu et rattrapa sa chaîne.

— DONNE-MOI CETTE CAPE ! rugit l'homme.

La chaleur, suffocante, traversait peu à peu l'étoffe magique. Lawrence dégoulinait à travers son T-shirt : le nectar d'Hépatolia suintait de tous ses pores. Ils échangèrent un regard chargé de détresse. Oscar fit glisser son pendentif sous la cape et récita d'une voix forte :

*Lettre d'or, Lettre d'acier,
Rends-nous forts, tel un bouclier !*

Un nuage vert se condensa tout autour du M et s'ouvrit comme un parapluie – qui fondit presque instantanément sous le feu incessant du Pathologus.

— Ce n'est pas un simple Pathologus, murmura Oscar.

— Qu'est-ce qui te fait dire ça ? demanda Valentine.

— Il est plus fort que mon pendentif alors qu'il est lié à celui de Mr Brave.

Malgré le feu et la chaleur écrasante, un frisson glacé les parcourut. Désemparé, Oscar ouvrit sa trousse et sortit précipitamment l'arme interdite : c'était leur dernière chance. Contre elle, personne ne pouvait lutter. *Même le plus puissant Pathologus qui soit*. Il y trempa fébrilement son pendentif en déclamant la formule, et l'en retira.

Rien. Plus rien ne se produisit, comme s'il avait eu le droit de s'en servir une seule et unique fois.

— D'accord, cria-t-il, la mort dans l'âme. Je vous la donne...

Le jet de feu se tarit et Oscar écarta les pans de sa cape. Tous se redressèrent, chancelants.

Autour d'eux, la salle semblait dévastée : les meubles étaient carbonisés pour certains, en feu pour d'autres, les belles tentures s'étaient racornies et avaient bruni sous l'effet de la température, et une fumée pestilentielle flottait comme une brume toxique et les prenait tous à la gorge.

Le jeune Médicus dénoua sa cape. Le Prince Noir tendit la main.

— Vite.

Oscar lança l'étoffe. Curieusement, la cape fut réfractaire au mouvement : elle se replia et vint retomber à ses pieds.

— Ne joue pas avec moi, Oscar Pill, dit Skarsdale d'une voix beaucoup plus grave. Ne joue pas avec moi...

— Elle refuse d'aller vers vous : vous êtes un Pathologus.

— Alors étale-la sur le sol et recule.

Oscar se plia à l'ordre, et il étendit avec soin la cape par terre. Elle semblait flotter à quelques centimètres du sol. Pour la première fois, il s'interrompit quelques instants pour contempler la Table d'émeraude calquée sur le gong. Le Prince Noir s'en approcha. Oscar devina un éclat de convoitise à travers les fentes du masque.

— Enfin, dit simplement Skarsdale.

Oscar et ses amis l'observèrent, effrayés, furieux et désespérés à la fois. Le Prince Noir les ignora, fasciné par ce qu'il découvrait : un cercle doré et plusieurs symboles autour, à chaque point cardinal.

— J'attendais ce moment depuis si longtemps, dit-il à voix basse.

Au sommet du cercle, le premier symbole représentait un cube noir miroitant.

— Le Sanctuaire...

Sa main passa sur le cercle dans le sens des aiguilles d'une montre et s'arrêta sur le deuxième symbole : un M délicatement travaillé qui ressemblait à une forme très ancienne du pendentif qu'Oscar portait autour du cou. Valentine et Lawrence s'approchèrent eux aussi pour contempler la Table.

— Reculez ! leur ordonna Skarsdale.

Ils obéirent. Oscar, lui, ne bougea pas, concentré sur le troisième symbole qui s'assombrit lorsque le Pathologus l'effleura. Il distingua ce qui ressemblait à une coupe surmontée d'un M, avec un serpent enroulé autour du pied. Un M très ancien, un cube noir et brillant que le Pathologus avait appelé « Sanctuaire », une coupe... Quel était le rapport entre l'Ordre et la Table d'émeraude ? Pourquoi n'en avait-il rien su en fouillant dans les livres ?

Il suivit le regard de Skarsdale. Un pan de la cape, replié, cachait la partie basse de l'empreinte. Skarsdale tendit la main, mais la cape s'échappa.

— Déplie-la, ordonna-t-il.

Oscar amorça un geste, puis se figea. Sa respiration était courte, il était en sueur, et il tentait de raisonner. Si la cape s'était pliée, elle qui savait protéger ce qui devait l'être, cela signifiait certainement qu'une inscription devait rester secrète. Il s'en voulait atrocement de n'avoir été qu'un pantin manipulé depuis le début par cet homme, et ce jusqu'au bout en déposant la Table d'émeraude à ses pieds. C'était le moment de se rattraper et de ne plus se laisser faire. D'un geste vif, Oscar tira la cape à lui et courut se protéger derrière le trône, entraînant avec lui Valentine et Lawrence.

— Reviens immédiatement avec cette cape, ou tu n'auras plus jamais l'occasion de t'en servir !

Skarsdale tendit la main et libéra une spirale pourpre. Le tourbillon broya tout ce qu'il rencontrait sur son chemin, et plus rien ne le séparait d'Oscar. Au même instant, un rayon frappa le Pathologus au poignet. Skarsdale poussa un cri de douleur et la spirale mourut dans l'air. Il tourna la tête vers la porte, furieux.

— Moss ! s'écria Valentine, qui n'en croyait pas ses yeux.

Le Prince Noir tendit les mains et deux fumées noires se jetèrent sur Moss. Elles avaient pris la forme des virus contre lesquels Oscar et lui s'étaient battus dans le palais d'Éole.

— Pill ! hurla Moss, qui tentait de se protéger avec sa cape.

Le laser qui sortait de son pendentif ne pouvait rien contre les deux bêtes qui s'acharnaient sur l'étoffe durcie. Oscar fixa sur son pendentif le cristal en forme de flocon et le faisceau frappa la cape.

— Plus à droite, Oscar ! cria Valentine.

Mais Oscar s'obstina et une épaisse couche de glace vint se superposer à la cape de Moss. À chaque coup de griffe ou à chaque morsure, la glace fondait et s'attaquait aux monstres faits de feu et de fumée, qui reculaient dans un nuage gris, mais sans perdre leur vigueur. Oscar s'empara alors d'une boulette de cette substance verte mise au point par Hugo Denlamer dans l'unité PALOMA. Il la lança en direction des immondes bêtes et l'irradia : elle prit la couleur éclatante du sang. Le premier virus tourna la tête, la renifla puis l'avala goulûment. Oscar pria pour que la nouvelle formule du Viradormix soit efficace. Un instant plus tard, le virus s'était transformé en peluche en train de japper, puis en un chiot absolument paisible. Le second virus se jeta sur la boulette qu'Oscar s'empressa de lui donner.

Laszlo Skarsdale poussa un long soupir.

— Je n'ai plus le temps de m'amuser avec vous, dit-il d'une voix étrangement douce. Alors...

53

— ... Adieu.

Une masse noire se matérialisa entre ses gants, qui ne cessa d'enfler et de se déformer dans l'air jusqu'à prendre l'aspect d'un gigantesque P en forme de faux qui balaya l'espace pour s'abattre sur un mur. Les meubles, les tapisseries, les tableaux – tout vola en éclats dans un fracas épouvantable. Les adolescents se mirent à courir vers la sortie pour rejoindre Moss et s'échapper dans le couloir, mais le P mortel leur barra la route. Ils étaient pris en étau entre le Prince Noir et la faux maléfique. Il n'y avait plus d'issue.

— C'est très juste, Skarsdale : il n'est vraiment plus l'heure de s'amuser.

La voix grave et rocailleuse avait résonné à un bout de la pièce. Une autre voix, paisible et délicate, lui fit écho à l'autre extrémité.

— Laszlo, quel plaisir de vous revoir. Je suis certaine qu'au Mont-Noir, en Sibérie, ils diraient la même chose.

Dans l'encadrement de la porte, le Grand Maître des Médicus paraissait plus grand et plus impressionnant que jamais. Mrs Withers, elle, était assise dans un fauteuil crapaud, les mains sagement posées sur les genoux. Sur ses épaules, la cape des Médicus était élégamment rabattue vers l'arrière. Ses petits yeux verts brillaient derrière les incroyables lunettes en plastique rouge.

— Et si vous disiez adieu à ces jeunes gens, justement, pour qu'on puisse vous ramener dans votre cellule ? suggéra la dame avec un charmant sourire.

Skarsdale lui rendit son sourire – ou plutôt un rictus de rage. D'un geste, il fit voler la gigantesque faux à travers la salle en direction du Grand Maître. Plus vive encore, Mrs Withers lâcha son mouchoir brodé, se leva et tendit son pendentif. Winston Brave en fit de même. Les deux faisceaux se rencontrèrent sous le plafond à caissons de la salle du Trône, et un cercle de foudre se forma autour de la faux, ainsi emprisonnée. L'anneau tourna sur lui-même au point de former une sphère émeraude et or, tandis que les deux Médicus faisaient pivoter leur pendentif dans la main. Le Pathologus tendit les bras : le flux noir se heurta à la sphère sans parvenir à la briser. Au cœur de celle-ci, le P explosa, pulvérisé dans les airs.

— Là-bas, au fond ! s'écria Oscar.

Skarsdale s'enfuyait. Le Grand Maître retint Berenice Withers.

— Non, ce n'est pas la peine, dit-il.

— Winston ! Il s'agit de Laszlo Skarsdale ! Il *faut* l'arrêter.

— Les dégâts seront terribles si nous devons nous battre contre lui ici, répliqua Brave. Leonid est déjà en mauvais état, il n'y résisterait pas. Le palais est immense et notre ennemi a des complices ici, on le sait. Il nous échapperait probablement.

En haut d'un escalier qui menait à une porte dérobée, Skarsdale s'était immobilisé dans une attitude de défi.

— Savourez cet instant, dit-il d'une voix forte. Vous gagnez ce combat, alors que ma victoire, à moi, est immense : j'ai obtenu ce que je désirais. Et quand je vous déclarerai la guerre, la vraie, l'immense guerre que je compte livrer, vous serez à genoux. Et je vous écraserai !

La porte claqua et un rire terrible résonna dans les couloirs labyrinthiques du palais de Mitra. « J'ai obtenu ce que je désirais. » Oscar baissa les yeux sur sa cape. Une main large et puissante s'en saisit : Winston Brave contempla les symboles et les inscriptions mystérieuses avant d'échanger un regard soucieux avec Berenice Withers.

— Vous... vous nous avez sauvé la vie ! déclara Valentine, pétrie d'admiration.

Lawrence leva les yeux au ciel, tandis que le grand homme souriait discrètement.

— Ce n'est pas moi qu'il faut remercier, mais cette jeune fille.

Sur le seuil, bras croisés sur son chemisier blanc boutonné jusqu'au col, chignon resserré et pieds joints, Iris les toisait d'un air sévère.

— Je vous avais prévenus : je suis allée me plaindre auprès de Mr Brave !

— Pourquoi ne pas leur dire ce que tu m'as dit : que tu t'es fait du souci pour eux ? lui demanda le Grand Maître.

Iris haussa les épaules, gênée.

— C'est... c'est surtout que je *déteste* quand ils ne m'obéissent pas.

Ils l'entourèrent et Valentine l'embrassa.

— J'adore ton sale caractère ! Ne change rien.
Iris sortit de la mêlée, toute rouge et décoiffée.
— Ça suffit ! s'écria-t-elle, surprise par la réaction inattendue de ses camarades. Je... je vous avais prévenus, c'est tout !
— Quant à toi, Oscar Pill, ajouta Mr Brave plus sérieusement, je t'avais aussi prévenu que ton entêtement te jouerait des tours.
Il posa un regard sombre sur la cape d'Oscar.
— Laissez-nous, Oscar et moi devons parler quelques instants.
Mrs Withers éloigna Moss, Iris, Valentine et Lawrence.
— Ainsi, jamais je ne pourrai te faire confiance, déclara avec dureté Winston Brave.
Oscar entendit ces mots comme on reçoit un coup de poignard. D'une loyauté à toute épreuve, l'idée qu'on ne puisse pas compter sur lui, sur son honnêteté, lui était insupportable.
— Si, répondit Oscar, vous pouvez me faire confiance, toujours.
— Alors je t'écoute. Dis-moi la vérité.
Oscar lui raconta tout : l'accident d'Alistair, son image volée par le Prince Noir pour usurper l'identité du jeune conseiller lorsque ce dernier était absent. Les révélations sur la mystérieuse Table d'émeraude, l'espoir déçu provoqué par Hermès Trismégiste qui n'était qu'un charlatan, et l'espoir retrouvé lorsque le faux Alistair lui avait appris que la Table se trouvait au cœur du second royaume. L'extraordinaire pouvoir de ressusciter les morts. Et son envie dévorante.
— Je voulais... j'espérais... *le* voir. Vivant. Juste une fois.

Le Grand Maître regarda autour de lui, comme s'il cherchait les bons mots avant de parler.

— Hermès Trismégiste n'était pas un charlatan. Il était bien un Médicus, et de grande qualité.

— Mais... je croyais qu'il n'en était pas un et qu'il faisait simplement croire qu'il transformait les métaux en or !

— Tu as raison : il ne savait pas le faire, mais il avait affirmé qu'il en était capable pour détourner l'attention.

— Détourner l'attention de quoi ?

— Hermès était un homme imprudent : il s'était fait surprendre lors d'une Intrusion, et les gens le voyaient comme un sorcier. Pour détourner l'attention, il a fait croire qu'il avait le pouvoir de transmuter les métaux en or. Il s'est proclamé Alchimiste. Les Alchimistes, tout au long des siècles, ont fait comme lui. Ils ont créé leur légende pour cacher le fait qu'ils étaient tous des Médicus. C'était ça, leur or...

— L'alchimie n'a jamais existé ? demanda Oscar, intrigué. Ils mentaient tous ?

— En un sens, non. Ils prétendaient qu'ils étaient capables, aussi, de fabriquer la Panacée universelle, le fameux soin qui guérirait tout. Et ça, ce n'était pas faux, en effet, puisqu'ils avaient le pouvoir secret d'entrer dans le corps et d'y faire ce que tu sais faire : guérir.

— Alors, c'est bien Hermès Trismégiste qui a découvert la Table d'émeraude ?

— Oui, c'est bien lui. Et très vite, il a compris qu'il fallait en cacher l'existence et surtout garder secret ce qu'elle révélait.

Oscar dévisagea Mr Brave, plein d'espoir.

— La Table permet-elle vraiment de…

— … de ressusciter les morts ? Non, Oscar, non. Désolé de te décevoir. Mais en quelque sorte, elle révèle le secret de la vie, effectivement.

Il hésita un instant, puis déplia partiellement la cape du jeune Médicus.

— Regarde, Oscar Pill, regarde ce que tu as mis au jour.

Oscar observa à nouveau les symboles : un cube, un M, une coupe entourée d'un serpent. Et, au-dessus de chacun d'eux, une inscription : *En moi le savoir, En moi la force, En moi la décision*.

— Voici la Table sacrée des Médicus – dite Table d'émeraude… la couleur de notre Ordre, bien sûr. Ici sont gravés les trois symboles fondamentaux, les Piliers sur lesquels repose l'Ordre, avec les devises qui sont les nôtres : le Sanctuaire des Connaissances qui représente le savoir, le M originel qui nous confère la force d'agir, et le Caducée d'or, enfin, qui permet le jugement équitable.

— Alors c'est pour cela que la Table d'émeraude possède le secret de la vie, conclut Oscar. Elle révèle l'existence des Piliers de l'Ordre.

— Sans eux, sans ces trois reliques, l'Ordre n'est plus rien et nous perdrions tous nos pouvoirs. Pour cette raison, l'existence de la Table d'émeraude d'Hermès, qui n'est autre que la Table des Médicus, n'a *jamais* été révélée. Pas plus que l'existence de ces Piliers.

Winston Brave jaugea sévèrement Oscar.

— Tu es maintenant porteur de ce secret malgré toi, et tu le garderas au plus profond de ta mémoire. Jamais tu ne dois évoquer quoi que ce soit à qui que ce soit. *Jamais*. J'ai ta parole, n'est-ce pas ?

La question n'en était pas une. Oscar pâlit.

— Monsieur... Tout à l'heure, avant que vous arriviez... *Il* les a vus.

— Je sais, dit-il simplement.

Il marqua une pause. Le silence était écrasant.

— Nous sommes fragilisés, maintenant, et nous allons devoir être plus vigilants que jamais.

Oscar ne répondit pas, atterré. Par sa faute, le Prince des Pathologus avait pris connaissance du secret de la Table d'émeraude : il connaissait les trois Piliers, il chercherait bientôt à s'en emparer.

— De toute manière, le rassura le Grand Maître, il était au courant de l'existence de la Table, de ce qu'elle révélait et du lieu où elle se trouvait. Mais il savait aussi que nul autre qu'un Médicus n'aurait pu y avoir accès. Il s'est servi de toi aujourd'hui, mais il l'aurait fait avec un autre plus tard.

— Et s'il les trouve ? demanda Oscar, angoissé. Si Skarsdale met la main sur les Piliers de l'Ordre ?

— Il n'est pas près de les trouver. En tout cas, il nous trouvera sur sa route. Maintenant, dit-il en se tournant vers le petit groupe resté en retrait, il est temps de rentrer.

Mrs Withers fit quelques pas et se pencha sur la curieuse enveloppe et les lambeaux de peau sur le sol.

— C'est l'image d'Alistair – le vrai Alistair, expliqua Lawrence. Le Prince Noir la lui a volée...

— N'y touchez pas, ordonna Mrs Withers en approchant son pendentif.

Les lambeaux furent attirés comme s'ils étaient aimantés et rejoignirent l'enveloppe morte que Mrs Withers emprisonna dans un nuage sorti du pendentif. Elle saisit alors la boule d'or ainsi formée et la mit à l'abri dans la poche intérieure de sa cape.

— La question est là : où est le vrai Alistair ? Car nous avons moins de vingt-quatre heures pour lui restituer son image. Après, il perdra toute consistance et toute forme, hélas.

— Il est probablement ressorti de Leonid pour récupérer le reste du groupe et rentrer. Partons d'ici au plus vite !

Une voix retentit depuis les grandes portes de la salle.

— Il n'en est pas question : les traîtres ne quitteront pas ce palais !

Devant eux se tenait la reine Mitra, droite et altière. La colère et la rancœur se lisaient sur son visage. Mr Brave s'avança et s'inclina.

— Mitra, grande reine de Pompée, que nous vaut un tel accueil ?

— Demandez-moi plutôt pourquoi je vous ai toujours aveuglément ouvert les portes de ce royaume, puisqu'en retour vos Médicus me trahissent, me volent et veulent ma perte et celle de mon peuple !

Sur un geste d'elle, une nuée de soldats déferla dans la salle et encercla le groupe. Oscar se rapprocha instinctivement des autres.

— Mais... quel vol ? Quelle trahison ? De quoi parlez-vous ? demanda Brave, surpris.

— De ça, monsieur.

Oscar s'avança entre Mrs Withers et Mr Brave en direction de la reine. Mitra lui prit le sceptre des mains.

— Oscar, qu'as-tu fait ? Nous voulons une explication ! exigea Mrs Withers.

— C'est inutile, répondit la reine. Je ne sais pas comment ce sceptre a atterri entre ses mains, mais nous avons le coupable et il a payé pour son crime. À cette heure, il est probablement mort.

— Le Prince Noir m'a convaincu de le prendre pour me rendre dans la salle des Battements, avoua Oscar. Je pensais pouvoir le remettre dès mon retour.

La souveraine se raidit.

— Le Prince Noir ? Qu'est-ce que Skarsdale ferait ici ? Voyons, c'est impossible.

— Pourtant il était ici il y a quelques minutes, assura Mrs Withers. Dans la peau d'un des conseillers de l'Ordre, hélas. C'est ainsi qu'il a pu pénétrer dans le royaume...

Elle sortit la boule scintillante qui renfermait l'image en lambeaux d'Alistair, en guise de preuve.

— Dans la peau d'un conseiller ? répéta la reine.

— Alistair McCooley, Majesté, précisa Mrs Withers, inquiétée par la réaction de la reine.

Mitra blêmit.

— Je crains d'avoir commis une erreur terrible. Et irréparable, hélas.

54

Alistair étira son cou pour atteindre le peu d'air qui restait dans la colonne.

Au fil des minutes, et même des secondes, il avait vu le niveau d'eau monter inexorablement. Et il venait de perdre pied. La colonne était très étroite et il était difficile d'y nager pour rester en surface. *Ne gesticule pas, Alistair ; ton corps est moins dense que l'eau, tu vas flotter si tu ne t'agites pas.* C'était hélas plus facile à penser qu'à faire. Il tenta de coller ses mains et ses semelles aux parois en verre, mais l'eau les rendait glissantes.

Ne pas paniquer. Il était jeune, mais à trente-trois ans, il en avait vu d'autres. Son sang-froid et son courage l'avaient sauvé bien des fois, avaient fait de lui un grand Médicus et lui avaient offert un siège au Conseil suprême. C'était le moment de s'en souvenir.

Il jeta un rapide coup d'œil à travers le verre, dix mètres plus bas ; la salle était vide, même le technicien était parti en le laissant à son sort, comme l'avait ordonné la reine, et seule sa cape gisait misérablement sur le sol. Mitra n'avait pas changé d'avis et il connaissait le caractère de la souveraine : elle resterait inflexible. L'eau montait, encore et encore. Il allait mourir noyé dans un tube en verre, au fond d'un royaume. Il n'avait pas peur ; il était simplement malheureux de réaliser qu'il ne resterait rien de lui puisqu'il allait mourir à l'intérieur d'un corps. Il ne resterait rien non plus de son père, dont il était le fils unique.

Il prit en main son pendentif et le contempla, tandis que son crâne venait de toucher le sommet du tube et que l'eau lui arrivait au menton. Combien de fois ce pendentif lui avait-il sauvé la vie ? Et sauvé celle des gens en qui il était entré ? Aujourd'hui et maintenant, ce M ne lui serait d'aucun secours. Et personne ne pouvait quoi que ce soit pour lui.

À moins que... Non. C'était trop tard.

L'eau monta au-dessus de ses lèvres.

Il observa une ultime fois son pendentif, et ferma les yeux.

*
* *

Sally et Ayden scrutèrent les lieux, habités par l'écho des battements cardiaques qui résonnaient dans le sol, les murs, l'air. Ils avaient atterri directement dans cette salle, « guidés » par le cheveu d'Alistair. Pourtant, cette étrange sphère en verre rouge était déserte. Absolument déserte.

— Le truc du cheveu, faudra qu'on révise, décréta Sally, déçue. Et maintenant, on fait quoi ?

— On sort d'ici et on cherche, répondit Ayden, intrigué. Viens.

Ayden ouvrit la porte avec précaution : le couloir était vide, lui aussi. Là encore, seuls les battements brisaient le silence.

— Pas très régulier, le cœur du vieux Leonid, remarqua Sally.

— Pourquoi tu dis ça ?

— Tu n'as pas entendu le battement en plus, entre deux ?

— Non, s'étonna Ayden, attentif aux sons dans le couloir. C'est régulier. *Boum-boum. Boum-boum.*

— Ben ici, j'ai *boum-boum-tac. Boum-boum. Boum-boum-tac.*

Le garçon rebroussa chemin et ils refermèrent la porte.

— D'où vient ce bruit ?

Tac.

Ils levèrent la tête et restèrent interdits. Le corps d'Alistair flottait dans un liquide rouge, emprisonné dans un grand tube en verre suspendu au sommet de la sphère. Ils échangèrent un regard affolé.

— Tu crois... tu crois qu'il est mort ? demanda Ayden, livide.

Sally fixait le conseiller, incapable de dire quoi que ce soit. C'est à ce moment que le bruit se produisit à nouveau : *tac*. Le pied d'Alistair bougeait dans le fond du tube.

— Il est vivant ! cria-t-elle.

Ayden courut au fond de la salle pour mieux voir le sommet du tube. Il distingua le visage d'Alistair et ses lèvres collées à une boule lumineuse.

— Il a enfermé un peu d'air grâce à son pendentif ! Il ne tiendra pas longtemps, il faut le libérer !

Sans hésiter, ils sortirent leurs pendentifs et tendirent le bras vers le tube. Les faisceaux lumineux ricochèrent sur le verre sans même le rayer. Ayden dénoua sa cape et la saisit par le col pour la faire tournoyer autour de son poignet.

> *Tourne telle une hélice,*
> *Et que ton étoffe durcisse !*

La cape se rigidifia comme si elle était faite de métal et monta en tournant sur son axe. Ayden et Sally s'éloignèrent en courant pour éviter les projections de verre. Lorsque la cape, telles les pales d'un ventilateur en acier, entra en contact avec le verre, une gerbe d'étincelles déchira l'air et la cape retomba aux pieds des jeunes Médicus médusés : le tube était intact.

— Mais de quoi est fait ce maudit truc ? s'emporta Sally. Alistair est en train d'étouffer, et on ne peut rien faire !

Ayden ramassa sa cape. Une idée lui traversa alors l'esprit, une idée folle. Peut-être Alistair avait-il déjà respiré tout l'air que la boule formée à partir du pendentif pouvait contenir, et qu'il était mort. Mais il n'y avait plus rien à perdre.

— Il y a peut-être un moyen de le libérer, hésita Ayden.

— Dépêche-toi ! s'écria Sally en le secouant comme un prunier.

— Il faut... unir nos pendentifs.
— Quoi ?
— Les unir, répéta Ayden. C'est... c'est pour la vie.
— Ah, s'exclama Sally, méfiante, et ça implique quoi ?
— Qu'on devra se soutenir, s'entraider, rester amis, dit-il.

Sally hésita une fraction de seconde. Ayden n'était pas le genre de garçons avec lesquels elle nouait des amitiés très solides : il était timide et pas toujours battant, même s'il l'étonnait de plus en plus. Elle chassa ces pensées ; ce n'était pas le moment. Elle saisit son pendentif avec empressement.

— On réfléchira plus tard aux conséquences, dit-elle. Au pire, Mr Brave les séparera, nos pendentifs.

Ayden présenta sa Lettre devant Sally, qui l'imita et positionna la sienne en face de l'autre.

— Répète après moi, dit Ayden.

Par nos Lettres unis,
Nous serons solidaires à vie,
Je serai l'ennemi de tes ennemis,
Tu seras là quand je serai plongé dans l'ombre
et l'oubli.

Sally le dévisagea, perplexe.
— Il faudra faire... tout ça ?
— Répète ! répondit Ayden en regardant avec inquiétude la colonne de verre.

Sally obéit sans traîner. Les M rayonnèrent et les halos lumineux ne firent qu'un, éblouissant.

— Tiens bon, dit Ayden en se protégeant le visage.

L'intensité lumineuse faiblit et les deux adolescents regardèrent leurs pendentifs respectifs.

— Rien n'a changé, conclut Sally, intriguée.
— L'essentiel, c'est que l'union leur confère un pouvoir.
— Lequel ?

Ayden tendit le bras et ouvrit la main.

Monte, ma Lettre, monte et colle-toi à la colonne !

Sally ne posa pas de question et répéta mot pour mot l'injonction. Les pendentifs s'élevèrent et se posèrent contre le verre, de part et d'autre du tube. À l'intérieur de la colonne, Alistair était immobile comme une momie dans le liquide pourpre. Ayden s'empara de la cape du conseiller et l'étala sous la colonne.

— Et maintenant, prions pour que ça marche, dit-il avec angoisse et espoir.

Il leva les yeux et prononça d'une voix forte :

Lettres unies, rejoignez-vous !
Rejoignez-vous envers et contre tous les obstacles !

Les pendentifs se plaquèrent violemment contre les parois, et un faisceau lumineux jaillit de chacun à la rencontre de l'autre, à travers le tube. Sally, qui venait de comprendre ce qu'Ayden attendait des Lettres d'or, serra les poings comme si elle voulait participer à l'effort.

— Allez, les pendentifs, allez ! s'écria-t-elle. Vous pouvez vous rejoindre !

La lumière devint de plus en plus intense autour des Lettres et forma une barre éblouissante dans l'eau. Les adolescents retinrent leur respiration : une première fissure apparut sur le verre. Sally se mit à hurler comme si elle encourageait un cheval de course, et même Ayden s'y mit.

— Encore, pendentifs ! Plus fort ! Serrez !

La fissure courut sur la paroi, se divisa telle une toile d'araignée et les traits cisaillèrent le verre. Un fracas terrible retentit. Sally et Ayden eurent à peine le temps de se couvrir de leur cape et de plonger face contre sol : une pluie de verre et d'eau s'abattit sur l'immense salle. Lorsqu'ils se redressèrent, ils étaient couverts de tessons et ruisselaient de liquide rouge. Devant eux, sur le sol, le corps d'Alistair gisait parmi les débris. Ayden courut à lui.

— Alistair ! Mr McCooley !

Un gargouillis étrange puis un gémissement lui répondirent. Les adolescents poussèrent un cri de joie et de soulagement, tandis qu'Alistair crachait le liquide. Ils l'aidèrent à s'asseoir.

— Je... je crois que vous êtes arrivés à point nommé ! dit-il, épuisé. Quelques secondes de plus et c'en était fini...

— Vous croyez que vous pouvez vous mettre debout et marcher ? demanda Sally.

Alistair se massa le dos et le genou droit. La chute qu'il venait de faire n'avait rien arrangé, même si sa cape l'avait amortie.

— J'espère que rien n'est cassé... Si c'est le cas, c'est un miracle !

— Le miracle ne se reproduira pas.

Derrière eux, la porte était ouverte et Romano, l'homme de confiance de la reine, les observait, bras croisés. Des soldats en uniforme rouge et armés entrèrent et encerclèrent le petit groupe. Romano examina ce qui restait du tube en verre suspendu au plafond. Alistair échangea un bref coup d'œil avec Sally et Ayden qui se précipitèrent pour ramasser son pendentif. Romano, vif, s'en empara avant eux.

— Vous n'en aurez pas besoin.

Il attendit quelques instants avant de rectifier d'une voix très douce :

— Vous n'en aurez plus besoin. Plus jamais. Tuez-les, ordonna-t-il aux soldats. *Tuez-les* !

Les trois Médicus se mirent dos à dos. Ayden et Sally brandirent leurs pendentifs pour protéger leur peau et celle d'Alistair, mais sans illusion : le rapport de force était trop déséquilibré. Le cercle se resserra.

— Attendez ! s'écria Alistair. Ils n'ont rien fait. C'est à moi que vous en voulez, alors prenez-moi et laissez-les partir.

Romano s'approcha de lui, impassible. Son visage livide et si lisse semblait sourd aux mots du Médicus. Alistair joua le tout pour le tout.

— Si vous touchez à ces jeunes gens, Winston Brave ne vous le pardonnera jamais, vous m'entendez ? Et les membres du Conseil non plus. Croyez-moi, les temps qui viennent vont être difficiles, ce sont des alliances qu'il faut nouer, pas le contraire.

— C'est vous qui avez brisé l'alliance, répondit froidement Romano.

Alistair s'emporta.

— Personne ne vous a trahis ! Vous êtes stupide et buté !

La voix d'Alistair se perdit dans une rumeur qui enfla. L'unité spéciale de Macrophages se posta au premier rang. Leurs bras s'allongèrent vers les trois Médicus, tandis que les armes des autres soldats étaient braquées. La main de Romano s'éleva pour donner le signal. Ayden ferma les yeux, Sally poussa un cri de rage et d'impuissance, et Alistair s'interposa pour les protéger des premiers coups.

Romano serra le poing et la main retomba.

55

— ARRÊTEZ !

La voix domina le bruit et les cris. Romano suspendit son mouvement. Une longue silhouette fendit l'espace, les troupes s'ouvrirent et les hommes en armes s'inclinèrent profondément.

La reine Mitra apparut devant les trois Médicus. Derrière elle se dessinaient l'imposante carrure du Grand Maître des Médicus et celle, menue, de Mrs Withers.

— Reculez, ordonna-t-elle aux redoutables Macrophages. Nous nous sommes trompés, ils sont innocents.

— Majesté... rétorqua Romano.

Elle ne le laissa pas poursuivre.

— Ce n'était pas McCooley, nous avons été abusés comme ce jeune homme l'a été.

Oscar fit un pas pour apparaître entre Mr Brave et la vieille dame.

— On a volé votre image, Alistair, dit Oscar. Le jour de l'accident, lorsqu'on vous a fait des radios dans une étrange machine...

Alistair comprit enfin. Il observa son corps, puis le sol à ses pieds.

— Mon ombre a disparu ! Et bientôt, je serai transparent. Bien sûr, comment n'ai-je pas remarqué ? Et comment n'y ai-je pas pensé ce jour-là...

— N'ayez crainte, tout est ici, le rassura Mrs Withers en sortant la boule d'or où était enfermée l'image du conseiller.

Oscar s'approcha.

— Pardon, Alistair. À la fin, j'ai cru que... que...

— ... que j'étais un pauvre fou ?

Il se pencha et poursuivit sur le ton de la confidence :

— C'est sûrement vrai, en fait ! Et ça n'a peut-être rien à voir avec mon père, mais si c'est le cas, eh bien... il faut être fier de ce qu'on tient de son père, non ?

Oscar sourit et acquiesça.

— Moi aussi je suis fier de lui ressembler. Même avec ses défauts.

Une voix de crécelle les ramena parmi les autres.

— Bon, quand vous aurez fini, moi je dois rentrer à la maison, décréta Iris, qui avait bousculé tout le monde pour savoir pourquoi les choses traînaient. On m'attend, et je...

— ... « *déteste* être en retard » ! poursuivirent en chœur ses camarades dans un éclat de rire. Oui, on sait, Iris, on sait.

Elle sembla hésiter entre l'agacement et l'amusement.

— Dans ces conditions, répondit Mr Brave, nous allons devoir prendre congé de nos amis du second royaume.

— Attendez.

La reine Mitra s'avança avec grâce jusqu'à Alistair.

— Avant toute chose, nous vous devons des excuses, Alistair McCooley.

— Tout est oublié, répondit-il avec humour, alors qu'il était fourbu, endolori et qu'il ruisselait encore de l'eau pourpre de Pompée.

— Les portes de ce royaume et de ce palais vous seront toujours ouvertes, à vous comme à tous les Médicus qui nous honoreront de leur présence, poursuivit la reine. Mais ces jeunes personnes ne peuvent pas repartir ainsi, les mains vides. Sinon, comment les accueillerais-je à l'avenir ?

Mrs Withers sourit et, sans autre explication, fit s'aligner les cinq adolescents. Oscar ouvrit la deuxième sacoche de sa ceinture et en sortit le petit coffre en verre qui lui avait été remis par le roi Éole. À l'intérieur, de fines particules scintillaient et virevoltaient sous l'effet du souffle emprisonné. Les autres l'imitèrent. Comme lui, Ayden et Sally rayonnaient sous le regard ravi de Lawrence. Iris ne se fit pas prier, et même Moss semblait satisfait. Valentine trépignait de joie à côté de Mr Brave, qui l'avait à l'œil.

— C'est génial, ce qui leur arrive ! Vous ne trouvez pas, Mr Brave ? Moi, je trouve ça génial ! Je retournerais bien en chercher une autre, de Table d'émeraude !

— Sans façon, lui répondit à voix basse le Grand Maître. Tu ne bouges pas d'ici.

Mitra saisit son sceptre et tourna sur elle-même au son des battements incessants. Sa robe s'ouvrit en corolle et ses cheveux volèrent et brillèrent sur le fond rouge des parois de la salle.

> *Battements éternels,*
> *Symboles de vie et d'amour,*
> *Qui résonnez de la mer jusqu'au ciel,*
> *Venez à moi pour toujours.*

Alors que la pointe du sceptre tournait dans l'espace, les rubis incrustés s'illuminèrent un à un. Lorsque la cinquième pierre brilla, Mitra s'approcha du Trophée de Moss. Ce dernier ouvrit une face du coffret et la reine approcha l'extrémité du sceptre. L'or blanc entra en contact avec le verre, et une pulsation fit vibrer le Trophée, qui se referma. Le coffret venait d'emprisonner un battement éternel du royaume de Pompée.

Elle en fit de même avec les trois Médicus suivants et s'approcha enfin d'Oscar. Le plus gros rubis, celui qui sertissait la base du sceptre, prit un éclat surnaturel. Le bâton royal effleura le Trophée et, entre ses paumes, Oscar ressentit les vibrations d'un *double* battement.

— Ce sceptre te connaît, maintenant, se contenta de dire la reine sans le quitter des yeux. À moins qu'il ne te *reconnaisse*.

— Je ne l'ai jamais touché avant ce matin, s'étonna Oscar.

La reine se tourna vers Mrs Withers et le Grand Maître des Médicus. Elle se pencha :

— On peut reconnaître celui qu'on n'a jamais vu, dit-elle d'une voix feutrée. Simplement parce qu'on l'attend depuis longtemps, dans son cœur et dans sa tête.

Oscar s'apprêtait à lui répondre, mais Mrs Withers se permit d'interrompre la conversation.

— Il faut partir, maintenant, et ne plus importuner la reine.

Mrs Withers et Winston Brave saluèrent Mitra avec tous les égards qui lui étaient dus.

— Je souhaite de tout cœur que vous puissiez tous revenir pour des occasions heureuses, dit la reine alors qu'une ombre passait dans son regard, même si la présence de ce sinistre Prince Noir augure des années troubles.

— Prions pour que l'avenir vous donne raison, Majesté, répondit Mr Brave avec gravité.

Les jeunes Médicus imitèrent Alistair, qui s'inclina profondément devant la souveraine et se tourna ensuite vers les débris de verre, sur le sol. Au milieu des éclats, un dessin apparaissait en surbrillance : celui d'un serpent enroulé autour d'une coupe avec un M à son sommet.

Il chercha Iris du regard.

— Le Caducée de mademoiselle est avancé. Si mademoiselle veut bien se donner la peine...

56

— Je crois que vous oubliez quelque chose.

Fletcher Worm s'immobilisa sur le perron de Cumides Circle. Son visage d'ordinaire insondable transpirait la colère et la déception. Très droite dans une sage robe en soie bleu clair et son gilet à manches courtes, Mrs Withers se tenait au milieu du hall, face à la porte, discret sourire aux lèvres, savourant sa revanche. Elle attendit patiemment que Worm se retourne. Alistair et les autres jeunes Médicus, en retrait, faisaient un vacarme de tous les diables : tous parlaient et riaient en même temps en évoquant les moments effrayants et palpitants qu'ils venaient de vivre. Même Iris s'était déridée et avait refusé de partir avec son mentor : « Je n'ai pas envie de rentrer avec vous. Ma mère viendra me chercher quand je le lui demanderai », avait-elle décrété. Seul Moss avait suivi Worm sans un mot.

Worm se contenta de tourner la tête.

— Eh bien, Berenice, de quoi parlez-vous ?

— De ceci, dit-elle en jouant avec les cordes d'une bourse noire. Ce garçon me l'a confiée tout à l'heure, à notre arrivée ici, précisa-t-elle en toisant Moss. Ne le réprimandez pas : je vous rassure, il ne l'a pas fait spontanément, j'ai dû la lui réclamer avec une certaine... insistance.

— Cela ne m'appartient pas, répondit Worm, glacial. Vous devez faire erreur.

— Vraiment ? répondit Mrs Withers avec délectation. Pourtant les Éoliens m'ont raconté qu'ils avaient vu le jeune Moss se servir d'une arme inconnue – et terriblement dangereuse. J'ai cru qu'elle venait de vous.

Elle s'avança et planta son regard dans celui de Worm.

— Mais vous avez raison, dit-elle, c'est moi qui suis probablement dans l'erreur. Jamais, au grand jamais, vous n'auriez confié une telle arme à ce garçon, et encore moins à l'insu du Conseil.

Elle descendit les marches jusqu'à se trouver tout près de lui.

— Enfin, si mes souvenirs sont bons, vous avez exigé que vos protégés aient une trousse de l'unité PALOMA pour préserver l'équilibre entre les deux groupes. Alors dites-moi, mon cher Fletcher, dites-moi : vous n'auriez pas envisagé un seul instant de doter ce garçon d'une arme sans la proposer aux autres jeunes gens, n'est-ce pas ?

— Vous me connaissez bien, répondit Worm entre les dents. Jamais je n'aurais fait une chose pareille, et j'apprécie que vous ne songiez même pas à le supposer.

Mrs Withers noua les cordes de la bourse et la fit disparaître dans une poche de son gilet.

— Alors c'est parfait, conclut-elle. Nous allons dire que Moss a trouvé cette bourse à un endroit qu'il ne veut pas révéler. Je vous laisse le punir pour cette vilaine cachotterie. Il me paraît juste de lui confisquer cette arme que je vais remettre à ma sœur : elle sera ravie de l'examiner de plus près.

Worm poussa Moss vers la voiture qui les attendait. Mrs Withers le retint pour ajouter avec délectation :

— Vous êtes sûr de ne pas vouloir rester et fêter avec nous le succès de *tous* ces jeunes gens ?

Pour toute réponse, elle eut droit au claquement de la portière.

Oscar fut le dernier à quitter Cumides Circle. Mr Brave lui avait pris sa cape avant de se retirer dans son bureau du deuxième étage.

— Je te la rendrai dès qu'elle sera débarrassée de cette empreinte. Au fait, si tu n'en as plus besoin, peut-être pourrais-tu en même temps te défaire d'une boîte verte qui ne demande qu'à retourner dans l'unité PALOMA ?

Le Grand Maître avait tendu la main, et Oscar avait restitué l'arme interdite sans un mot – et sans oser croiser le regard mi-sévère, mi-amusé de Mr Brave.

Oscar s'approcha de Mrs Withers. Ils étaient seuls dans le grand hall de la demeure ; il avait promis à Valentine et à Lawrence de les rejoindre dans quelques minutes. Elle lui sourit, comme si elle devinait la question qu'il s'apprêtait à lui poser. N'avait-elle pas passé suffisamment de temps avec ce brillant garçon, l'année précédente, pour savoir que sa curiosité n'avait pas de limites ? C'était aussi ce qui faisait son charme et sa vivacité. Et ce qui le rapprochait tant de Vitali, dont elle gardait un souvenir intense et ému.

— Je t'écoute, mon cher Oscar.

— Est-ce que je peux vous parler... en privé ?

Elle acquiesça. Elle connaissait, comme lui, l'omniprésence de Bones dans la demeure.

— Allons dans la bibliothèque, proposa-t-elle.

Oscar hésita : les livres y étaient tout aussi indiscrets, et il tenait à respecter le secret imposé par Mr Brave.

— Je préférerais le salon...

Mrs Withers le suivit et referma la porte derrière elle. Elle apposa son pendentif sur la serrure, qui se verrouilla. Ils s'installèrent sur un canapé, en face du feu aux étranges flammes vertes qui brûlait tous les jours de l'année dans l'âtre.

— De quoi s'agit-il ?

— Eh bien, c'est au sujet de... de la Table d'émeraude. Enfin, de la Table des *Médicus*.

— Je m'en doutais un peu.

— Mr Brave m'a parlé des trois Piliers fondamentaux de l'Ordre, qui sont représentés sur cette Table.

— C'est exact, tu as très bien retenu les mots du Grand Maître.

Elle se crispa imperceptiblement : la mécanique d'esprit du jeune garçon n'avait pas de secret pour elle, et elle voyait parfaitement où il allait en venir. Elle le laissa poursuivre sans dire un mot.

— Quand le Prince Noir s'est penché sur la cape, elle s'est pliée, et une partie de la Table est restée cachée.

— Un heureux hasard, sans doute, répondit-elle sans prendre de risque.

Oscar ne comptait pas en rester là.

— Non, je ne crois pas que c'était un hasard. On aurait dit que c'était volontaire de la part de la cape. Or il tenait *absolument* à voir le bas de la Table... Qu'est-ce que c'était ?

Cette fois, ce fut Oscar qui la dévisagea avec intensité, comme s'il cherchait à lire dans ses pensées. Elle avait trop d'expérience pour se laisser percer à jour.

— Je ne connais pas les détails de la Table, mais je crois qu'il s'agit d'inscriptions autour du nom des Médicus, rien de plus. Mais Skarsdale ne le savait pas : il n'avait jamais vu la Table avant d'en découvrir l'empreinte sur ta cape. Ce qui explique sa curiosité.

Oscar regarda ailleurs, perdu dans ses réflexions. Mrs Withers décida de ne pas lui en accorder le temps.

— Ce qui est fait est fait, Oscar. N'y pense plus, tout comme tu ne dois plus penser à cette Table, qui t'a fait plus de mal qu'autre chose.

Oscar acquiesça.

— Revenons aux vraies valeurs, proposa-t-elle. Et si Jerry allait nous chercher des hamburgers, une bouteille d'huile et une belle poignée de clous à déguster avec nos amis dans le jardin, avant ton retour à Babylon Heights ?

— Vous le savez : pour ça, je suis toujours partant !

— Alors va, je te rejoins.

57

Le lendemain matin, Oscar se réveilla en sursaut. Il eut besoin de quelques instants pour prendre conscience qu'on était dimanche et qu'il n'avait pas passé le week-end complet à Cumides Circle. Il enjamba le monticule qui avait vaguement la forme d'un Hépatolien sur un matelas gonflable et enfoui sous une couverture, et se dirigea vers l'armoire. Il l'entrouvrit : ses deux Trophées brillaient discrètement, cette fois, dans la pénombre.

Il sortit de la chambre sur la pointe des pieds, passa par la salle de bains, en sortit trempé et descendit au rez-de-chaussée. Celia était seule dans la cuisine, devant un magazine et son café.

— Tiens, un revenant du monde du sommeil... Il pleut dans ta chambre, mon Oscar ?

Il l'embrassa, s'empara sans un mot du pot de Nutella et attendit la quatrième cuiller pour répondre.

— Je suis le premier. Lawrence dort encore.

— Rectificatif : tu es le troisième. Les filles sont déjà au parc – je crois que les frères O'Maley étaient plantés sous leur fenêtre à l'aube, ils les ont convaincues d'aller faire un tour en barque. Je ne sais pas ce que Violette y a fait la dernière fois, mais Barth n'avait pas l'air tranquille...

Oscar sourit. Il avait encore un souvenir très net de sa sœur rayonnante et de Barth, ruisselant.

— Je vais réveiller Lawrence et on les rejoint.

— Laisse-le avaler un morceau de beurre, le pauvre garçon... Il n'a pas un peu maigri ?

— Pas vraiment.

— Ah, j'ai cru. Dis, avant que tu ne montes, je peux poser une question ?

Oscar se retourna sur le seuil, méfiant. Les questions de sa mère, malgré son air de les formuler comme si elle parlait de la pluie et du beau temps, faisaient souvent mouche.

— Vas-y.

— Cette histoire de Table, de morts qu'on ressuscite...

Elle préféra finir sa phrase avec un sourire. Oscar soupira et s'adossa au montant de la porte.

— C'était... pour Violette. J'aurais voulu lui faire plaisir, qu'elle... qu'elle voie papa. Pour qu'elle revienne un peu parmi nous, ensuite.

Celia l'attira à elle.

— C'était juste pour Violette ? Vraiment ?

Il haussa les épaules, mains dans les poches, et tenta de se dégager en douceur.

— Mon fils grandit et ne veut plus que sa maman l'embrasse... C'est vrai que tu es devenu un homme, dit-elle avec fierté. Et un homme, quand ça veut quelque chose, c'est prêt à aller jusqu'au bout. Et c'est ce que tu as fait. Félicitations.

— Je voulais aussi le voir, avoua-t-il. Le voir au moins une fois, en vrai. Pas seulement en photo.

Elle réfléchit un instant, saisit le pot de Nutella, y trempa le doigt et barbouilla les joues et la moustache d'Oscar.

— Hé ! Ça va pas ? s'écria-t-il, stupéfait et amusé à la fois.

Celia se leva pour aller chercher son sac à main. Elle en sortit un petit miroir et le tendit à son fils.

— Voilà, dit-elle. Tu voulais le voir, tu le vois.

Oscar observa le reflet.

— Tu lui ressembles tellement, mon chéri. Bon, il avait un peu moins de cheveux et un peu moins de barbe, mais pour le reste, c'est identique. Là-dedans aussi, dit-elle en pointant du doigt le cœur puis la tête d'Oscar.

Il sourit et plongea dans les yeux violets de sa mère.

— J'y ai cru, à cette histoire de Table, dit-il. Je suis vraiment idiot. Faire revenir les morts...

— Comment ça, « idiot » ? Dites, l'homme, je vous interdis de parler comme ça de mon fils. Tu sais ce que je fais aux types qui maltraitent mes enfants, non ? dit-elle en menaçant Oscar du plat de la main. Pif ! paf ! Deux claques en aller-retour. D'ailleurs, je crois que j'ai oublié le retour, l'autre jour...

— Une, ça suffisait largement. On n'a pas été très gentils avec Barry, reconnut-il. C'était pas *complètement* sa faute. Bon, un peu quand même !

Celia lui caressa la joue. Son fils avait décidément grandi.

— Et si on réveillait Lawrence ?

— D'accord, dit-il. Mais avant ça, je voudrais que tu fasses quelque chose.

— Ça va mieux, dit Lawrence en marchant à côté d'Oscar. J'ai juste eu un choc en te voyant comme ça ; je n'étais pas bien réveillé, j'ai cru qu'on t'avait scalpé !

Oscar se mit à rire alors qu'ils apercevaient déjà le petit groupe au bord du lac. Les frères O'Maley, Violette et Valentine avaient été rejoints par Carrie et Lorna Moss, Sally Bunker et deux garçons aussi costauds qu'elle. Il devina même la silhouette d'Iris, qui inspectait les barques comme un douanier, mains dans le dos. Sally et Barth venaient d'en mettre quatre à l'eau comme ils auraient poussé des brins de paille.

Tous se figèrent, stupéfaits.

— Oscar ! Tu t'es endormi sur la pelouse de Mrs Wing ! s'écria Jeremy.

Sally fit le tour du garçon, intriguée.

— Bon, ça prendra moins de temps à coiffer, c'est sûr. Même si c'est toujours plus long que les miens.

Violette toucha les cheveux de son frère. Les boucles avaient disparu ; Celia n'y était pas allée de main morte, selon les recommandations de son fils.

— Tu es beau avec les cheveux courts, mon frère. Et puis c'est plus simple pour tes idées, quand elles doivent sortir de ton crâne.

— Merci. Ça me rassure.

Carrie Moss s'approcha, bras croisés.

— Je sais que tu t'en fiches de mon avis, en général, mais elle a raison, ça te va bien.

Oscar lui sourit.

— Violette m'a raconté ce qui s'était passé avec Tilla, l'autre jour...

Carrie le coupa avec un air satisfait.

— C'est bon, tu es pardonné. Mais c'est vraiment parce que ma sœur t'aime bien.

Lorna Moss, déjà réservée de nature, rougit jusqu'à la racine des cheveux.

— Carrie ! Non, elle... elle dit n'importe quoi.

Carrie vint se planter devant elle.

— Quoi ? S'il t'énerve, tu fais comme moi, tu le lui dis, et si tu l'aimes bien, tu le dis aussi !

— Tais-toi ! répondit Lorna, qui ne savait plus où se mettre.

— Lorna, tu sais qu'au Bazar, on a tout ce qu'il faut pour la Saint-Valentin, s'amusa Jeremy, mais je te conseille de t'y prendre tôt, ça part très vite.

Oscar s'éloigna pour ne pas mettre la pauvre Lorna plus mal à l'aise qu'elle ne l'était. Son regard se perdit vers la roulotte du glacier et se figea sur un attroupement. Tilla était au centre – exactement ce qu'elle aimait – et semblait captiver tout le monde. Elle aperçut Oscar, lui adressa un sourire énigmatique et se décida à sortir du groupe pour le rejoindre, sous le regard inquiétant du beau et ténébreux Jimmy Bates. Curieusement, Ronan Moss n'était pas là.

— Tu es vraiment quelqu'un de... particulier, Oscar, finit-elle par dire.

Oscar se remémora les mots de Moss, la veille, lorsqu'ils étaient rentrés à Cumides Circle : « Ne te fais pas d'illusions, Pill : si je t'ai aidé contre le Prince Noir, c'est parce que je savais qu'à deux, on avait plus de chances de s'en sortir. Tu m'as aidé, je t'ai aidé : on est quittes. Mais on n'est pas amis, et on le sera jamais. » Il avait ajouté avec un regard mauvais : « Il reste encore trois Trophées à remporter, et ce sera chacun pour soi. Et sois un peu plus discret », avait-il lâché à haute voix pour attirer l'attention de Mrs Withers et Mr Brave. « Évite les Intrusions devant les filles de la classe. Tilla, tu l'impressionnes pas du tout. »

Il avait fait le lien avec ce que Violette lui avait raconté, et compris que Tilla avait assisté à son Intrusion chez Leonid, samedi. Était-ce de cela qu'elle parlait avec ses amis, quelques instants plus tôt ?

— Je ne sais pas comment tu as fait ça, dit-elle, mais... j'y ai cru, en tout cas. C'est dommage, j'aurais bien voulu le raconter mais les autres ne me croiraient pas, eux.

Comme toujours, Tilla cultivait avec délice l'ambiguïté. Il préféra s'en tenir au doute.

— Tu viens prendre une glace avec moi ? lui proposa-t-elle.

Il se tourna vers ses amis pour éviter son regard envoûtant.

— Ils m'attendent.

— Décidément, soupira-t-elle en s'éloignant, tu es très fort pour disparaître. Peut-être qu'un jour...

Cette fois, il lui sembla qu'elle ne s'était pas moquée de lui.

— Bon, c'est pour aujourd'hui ou pour demain, ce tour en barque ? s'impatienta Sally, tandis qu'Iris énumérait les règles qu'elle venait d'établir.

— C'est très simple : interdiction de m'arroser avec des coups de rame dans l'eau, interdiction d'aller plus vite que moi, interdiction de me dépasser, de heurter ma barque, de...

Oscar se mit à courir vers la berge. En montant dans l'embarcation où l'attendaient les sœurs de Moss, il songea à sa mère, qui devait vivre sa vie. Lorsqu'il avait quitté la maison, il s'était retourné : à travers la fenêtre, il l'avait vue décrocher le téléphone, hésiter puis composer un numéro. Puis son beau visage s'était illuminé, elle avait lissé ses cheveux noirs – un peu comme quand on lui faisait des compliments ou quand on lui offrait des fleurs. Oscar avait souri et s'était mis en route au côté de Lawrence. Il songea aussi aux Trophées qui l'attendaient, aux trois Piliers révélés, aux heures sombres qui les guettaient tous maintenant que le Prince des Pathologus avait clairement déclaré la guerre, et à ce qu'il voulait faire pour lui et pour ceux qu'il aimait. Il aperçut furtivement son reflet dans l'eau : plutôt que son propre visage, il reconnut celui de son père. « Tu n'as même plus besoin d'une barbe de trois jours en chocolat », lui avait dit Celia. « Tu lui ressembles comme deux gouttes d'eau. »

Alors, il se mit à ramer de toutes ses forces.

58

— Pourquoi lui en aurais-je parlé ? C'est trop tôt, beaucoup trop tôt.

— Vous avez bien fait, dit-il.

Brave se tenait immobile, près de la fenêtre, le regard perdu dans les ombres du parc, et l'esprit bien plus loin sans doute.

— En revanche, reprit Berenice Withers, ce que le jeune Pill nous a rapporté ne laisse pas de doute sur le fait que Skarsdale *sait*, lui.

Elle regretta tout de suite ses mots. À quoi bon lui mettre martel en tête ? Winston Brave était un homme brillant, qui avait probablement déjà pris conscience de tout et plus, avec cette réflexion anticipatrice qui faisait de lui un Grand Maître exceptionnel et visionnaire.

— Je n'en suis pas certain, répondit Brave : tout laisse aussi penser qu'il n'a pas pu le voir sur la cape. C'est notre seul, notre dernier atout, notre ultime avance sur lui. Soyons optimistes.

— Êtes-vous sûr que tout est en sécurité ? J'ai réfléchi, et...

— Berenice, faites-moi confiance. Les Piliers sont en lieu sûr. Il se passera un long moment avant que Skarsdale ne mette la main sur l'un d'eux.

Elle se tut. Elle connaissait aussi bien l'homme que ses artifices sémantiques, et le décryptait sans difficulté : comme elle, il savait que leur ennemi juré aurait bientôt la capacité d'atteindre les Piliers dévoilés, justement. Qu'adviendrait-il, ce jour-là ? L'avenir s'assombrissait, de quelque angle qu'elle l'observe. Pour l'Ordre, et pour *le monde*. Elle éprouva alors un subit besoin de légèreté, de retrouver le plaisir oublié de l'insouciance, ne serait-ce qu'un instant.

— Winston, faisons comme il y a quelques années, quand nous étions si loin de ces terribles perspectives.

— Quoi donc ?

— Le thé, mon cher. Prenons le thé.

Brave se leva pour appeler Bones.

— Allons jusqu'au bout, renchérit-elle : demandez d'y ajouter quelques biscuits. Pas ceux de cette adorable et désespérante pâtissière qu'est Cherie, bien sûr.

Il se força à sourire.

— Bien sûr. Inutile d'ajouter aux épreuves qui nous attendent.

Bones entra quelques instants plus tard. Mrs Withers versa le liquide brûlant. Le crépitement des flammes dans la cheminée, les secondes égrenées par l'horloge, le tintement de la petite cuiller contre la porcelaine – le silence oppressant de Winston Brave : tout lui parut absolument, terriblement assourdissant. Elle lui tendit une tasse.

— Asseyez-vous et prenons le temps, mon ami. Un dernier instant de paix avant la guerre.

Pour tout savoir sur l'actualité d'Oscar Pill
et contacter l'auteur, rendez-vous sur
www.elianderson.info ou Facebook.

10333

Composition
NORD COMPO

*Achevé d'imprimer en Slovaquie
par NOVOPRINT SLK
le 15 avril 2013.*

Dépôt légal avril 2013.
EAN 9782290057766
OTP L21EPJN000113N001

ÉDITIONS J'AI LU
87, quai Panhard-et-Levassor, 75013 Paris

Diffusion France et étranger : Flammarion